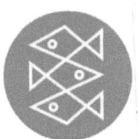

Kontaktadresse nach EU-Produktsicherheitsverordnung:
produktsicherheit@fischerverlage.de

Lisa Keil landete mit ihrem ersten Roman »Bleib doch, wo ich bin« gleich auf der Bestsellerliste. Sie lebt mit ihrem Mann, zwei Kindern und den drei Pferden Sunday, Radieschen und Chapter in einem Ort zwischen Sauerland und Soester Börde in Nordrhein-Westfalen. Die Autorin arbeitet in ihrem Traumberuf als Tierärztin in einer ländlichen Praxis.

Wenn ihr mehr über Lisa Keil und ihre Bücher erfahren möchtet, dann besucht www.lisakeil.de oder folgt ihr auf Facebook und Instagram (@schreibwasduliebst)

LISA KEIL

AUF UND MEHR DAVON

ROMAN

FISCHER Taschenbuch

Die Nutzung unserer Werke für Text- und Data-Mining im Sinne von
§ 44b UrhG behalten wir uns explizit vor.

Originalausgabe

2. Auflage

© 2024 S. Fischer Verlag GmbH,
Hedderichstr. 114, 60596 Frankfurt am Main

Printed in Germany
ISBN 978-3-596-70100-1

Für Vanessa
Jede Geschichte braucht eine wie dich.

1
MILLI

»**HERZ ODER NIEREN?**«

Professor Lauer deutet mit dem Zeigefinger auf mich wie ein Showmaster, der die Kandidatin für die nächste Runde ausgewählt hat. So ähnlich ist es ja auch. Ich schaue an ihm vorbei auf die Metalltische mit den formalinfixierten Organen. Links ein Pferdeherz, rechts in einer Reihe einzelne Nieren von unterschiedlichen Tierarten. Ich kann nicht glauben, dass er mich tatsächlich entscheiden lässt, zu welchem Thema er mir die nächsten Fragen stellt. Schließlich ist die Physikumsprüfung eine Art Abschluss für Anatomie, und Professor Lauer gilt als sehr streng und unbarmherzig. Vielleicht liegt es daran, dass ich in den ersten beiden Runden ziemlich gut war. Ich habe Rob in der Tierarztpraxis schon so oft bei Operationen assistiert, dass ich mich auskenne in der Bauchhöhle. Und die Schädelknochen waren sowieso mein Lieblingsthema, ich habe also bisher richtig Glück gehabt mit meinen Prüfungsfragen. Wenn ich jetzt für die letzte Runde auch noch wählen darf, habe ich eigentlich nichts mehr zu befürchten.

Herz ist nicht so meins, ich verwechsele manchmal die Klappen und ich hatte beim Lernen keine Zeit mehr, mir noch mal das komplizierte Reizleitungssystem anzuschauen. Die Nieren traue ich mir zu, damit habe ich mich intensiver beschäftigt, und allein zu den tierartlichen Unterschieden lässt sich eine Menge sagen. Meine Antwort könnte also ganz einfach sein. Eigentlich.

Ich werfe einen Seitenblick auf Isa. Sie ist fast so blass wie ihr weißer Kittel und sieht mit ihren großen, braunen Augen aus wie ein verängstigtes Reh. Mit hochgezogenen Schultern starrt sie auf die Tische mit den Prüfungspräparaten, als könnten sie jeden Moment explodieren. Isa hat nicht genug gelernt. Das weiß ich genau, denn ich bin ihre Mitbewohnerin. Und ihre beste Freundin. Wie immer hat sie viel zu spät angefangen und war dann so nervös und unstrukturiert, dass sie sich erst recht nichts merken konnte. Dementsprechend hat sie heute in den ersten beiden Runden nicht gerade geglänzt und wenn sie das letzte Thema nicht mit Bravour meistert, sieht es schlecht für sie aus.

Meine Antwort ist tatsächlich ganz einfach. Gestern bin ich mit Isa gemeinsam noch mal das ganze Kapitel zur Niere durchgegangen, irgendwas wird bei ihr bestimmt hängengeblieben sein.

»Wie sieht es aus, Frau Mahler? Wir wären alle gern vor der Dunkelheit zu Hause.« Professor Lauer fixiert mich mit verkniffenem Gesicht und weist mit einer ungeduldigen Handbewegung auf die Metalltische hinter sich.

Ich trete entschlossen einen Schritt nach vorn. »Ich nehme das Herz.«

Aus den Augenwinkeln sehe ich, wie Isa überrascht den Kopf herumwirft. Sie weiß natürlich, dass mir die Nieren lieber wären, aber ich kann mir definitiv mehr erlauben, ein Thema zu verpatzen, als sie.

Der Professor lächelt plötzlich. Etwas daran gefällt mir nicht.

»Interessant. Dann kommen Sie mal mit zu den Nieren«, sagt er zuckersüß. »Dass Sie Ihr Wunschthema draufhaben, kann ich mir denken. Also nehmen wir doch das andere.«

Er wollte mich reinlegen und ahnt nicht, dass ich die Wahl nicht für mich getroffen habe. Das tut mir so leid für Isa. Zerknirscht drehe ich mich zu ihr um, während ich dem Professor zum Präpariertisch folge. Sie zuckt hilflos mit den Schultern, doch sie lächelt dabei.

Professor Lauer räuspert sich. »Was können Sie mir zu den tierartlichen Unterschieden bei der Niere sagen?«

*

Isa und ich atmen gleichzeitig auf, als wir aus der Formalinluft des Anatomiesaals in den milden Septemberwind treten.

»Mensch Milli, eine Eins in Anatomie. Ich bin so stolz auf dich!« Sie rempelt mich mit der Schulter an und lacht.

Ich tue so, als wollte ich den zusammengerollten Kittel

in meiner Hand nach ihr werfen. »Ich bin viel stolzer auf dich. Ich habe echt gedacht, das geht schief. Aber Herz war dein Ding, oder?«

Sie grinst. »Als ich noch ein braves Mädchen war, war Bio mein Lieblingsfach in der Schule. Ich hab mal ein Referat übers Herz gehalten. Das war heute meine Rettung. Glück gehabt.«

Ich mag ihre verschmitzten Grübchen und das Glitzern in ihren Augen. Ich bin so froh, dass sie die Prüfung geschafft hat.

Manchmal wünschte ich, Isa würde sich etwas weniger auf ihr Glück verlassen und mehr lernen. Das wäre besser für meine Nerven. Ich habe das Gefühl, als fieberte ich wochenlang für zwei auf die vielen Testate und Prüfungen hin, während sie immer erst einen Tag vorher nervös wird und mich dann endgültig verrückt macht mit ihrem Versuch, den umfangreichen Lernstoff im Schnelldurchgang auswendig zu lernen. Aber so ist Isa halt und wenn ich ehrlich bin, gefällt mir gerade das ganz besonders an ihr.

Während wir zu unseren Fahrrädern schlendern, stupst Isa mich noch mal mit der Schulter an, diesmal sanfter. »Ich weiß, dass du mir die Nieren überlassen wolltest, um mir den Hintern zu retten, obwohl du Herz viel schwieriger findest. Das war wirklich toll von dir.«

Ich streiche mir eine Haarsträhne aus dem Gesicht. »Dafür hat man doch Freunde, oder?« Wir können aufeinander zählen, das tut einfach gut.

Ob Isa klar ist, wie froh ich bin, dass sie mich damals im ersten Semester angesprochen hat und wir seitdem unzertrennlich sind?

Es war wenige Wochen nach Semesterbeginn und ich fühlte mich ziemlich verloren zwischen all den fremden Gesichtern. So sehr hatte ich mich auf das Tiermedizinstudium gefreut, aber ich war nicht halb so glücklich, wie ich sein sollte. Ich sagte es niemandem, aber ich hatte schrecklich Heimweh nach den Menschen und Tieren im kleinen Neuberg, die Stadt war mir zu groß, zu laut und zu grau. Als meine Mutter damals mit mir vom Land in die Stadt gezogen ist, war das auch nicht schön. Aber ich durfte weiter in Neuberg zur Schule gehen und war immer noch irgendwie dort zu Hause. Die Pferde, der Geruch nach Stroh und Weite, das Schon-immer-Gefühl waren nur eine kleine Zugfahrt entfernt. Außerdem war ich zehn, niemand möchte in diesem Alter umziehen. Doch diesmal war es etwas anderes, ich war erwachsen und niemand hatte mich hierher verfrachtet, ich hatte es mir selbst ausgesucht und mich von Herzen darauf gefreut. Ich hatte mir eine hübsche, kleine Studentenstadt vorgestellt, aber nicht mal die typischen Ansichtskarten für Touristen, die ich Kaya zum Spaß schickte, schafften es, diesen Eindruck zu erwecken. Alles ein wenig altbacken, klobig und grau, keine wirklichen Sehenswürdigkeiten, zu viele große Straßen mitten durch die Innenstadt. Die Stadt wirkte gleichgültig, fast unwillig, sich mit einem schnuckeligen Fachwerkstädtchen oder einer bunten, pulsierenden Metropole messen zu wollen, und damit nicht gerade einladend.

Noch dazu hatte ich keinen Platz im Studentenwohnheim ergattern können und wohnte übergangsweise in einer düsteren, heruntergekommenen Einliegerwohnung in einem leerstehenden Haus, das verkauft werden sollte, und ich versuchte verzweifelt, in der von Studenten überfüllten Stadt eine andere Bleibe zu finden. Das war also mein langersehntes Studentenleben.

Ich war nie gut darin gewesen, neue Leute kennenzulernen. Zu Hause auf dem Land war das auch gar nicht nötig, da kannte man sich oder man kannte jemanden, der die anderen kannte. Mit meiner Tante Kaya konnte ich darüber nicht reden, die hätte mich ausgelacht, weil sie keine Schwierigkeiten hat, auf fremde Menschen zuzugehen. Aber anders als sie denkt, bin ich eben nicht wie sie.

Ich vertiefte mich also in den Lernstoff, dafür war ich schließlich hier – für mein großes Ziel, Tierärztin zu werden.

Ich stand gerade im Anatomiesaal und versuchte, mit dem Lehrbuch in der Hand die Erhebungen und Vertiefungen am Oberschenkelknochen auseinanderzuhalten, als plötzlich jemand von hinten über meine Schulter ins Buch blickte.

»Klingt wie Zaubersprüche.«

Ich drehte den Kopf und blickte in das Gesicht einer Studentin mit einem verschmitzten Lächeln und blitzenden Augen. Weil sie ihre brünetten Haare zum Zopf gebunden hatte, konnte ich sehen, dass ihre Ohren leicht abstanden, was auf eine charmante Weise zu ihr passte.

»Wie bitte?«, fragte ich verunsichert.

Sie deutete mit dem Finger ins Buch. »Na, *Trochanter major, Tuberositas supracondylaris, Fossa extensoria. Expelliarmus!* Man könnte denken, wir sind in Hogwarts gelandet.«

Ich musste lachen. Sie hatte recht. Und natürlich war sie mir mit der Anspielung auf meine Lieblingsbücher aus der Kindheit sofort sympathisch. »Dann muss der Hut aber noch entscheiden, zu welchen Häusern wir gehören.«

Mit gespieltem Ernst hielt sie mir ihre Hände als Spitzhut über den Kopf. »Slytherin ... nein ... Gryffindor ... leider auch nicht ... warte ... Gartenstraße 17.« Zufrieden ließ sie die Hände sinken.

Ich schüttelte den Kopf. »Was soll das denn für ein Haus sein?«

Sie hatte mich gesehen, als ich meinen »Zimmer-gesucht«-Zettel in der Mensa aufgehängt habe, und beschlossen, mich anzusprechen. Denn sie suchte gerade eine Mitbewohnerin für ihre kleine Wohnung in der Gartenstraße. Etwas Besseres als die quirlige Isa hätte mir einfach nicht passieren können.

Mit ihr fühlte es sich plötzlich so an, wie ich es mir immer vorgestellt hatte. Zusammen fingen wir an, ihr Zimmer himbeerrosa und meins sonnengelb zu streichen, aber weil uns dann die Farbe der anderen viel besser gefiel, tauschten wir nach der Hälfte die Farbeimer und haben jetzt zweifarbige Räume. Gemeinsam machten wir uns zur Aufgabe, die versteckten schönen Ecken der hässlichen Stadt zu entdecken. Ein kleiner Baggersee, den man mit den Fahrrädern erreichen konnte, eine dunkle Eckkneipe mit köstlichen Salattellern zu Studentenpreisen und den alten Friedhof, der einen mit hohen, alten Bäumen vom Stadtlärm abschirmte. Sie nahm mich mit auf Partys und stellte mir unglaublich viele Leute vor, deren Namen ich mir nicht merken konnte. Ich schleifte sie in die Botanikvorlesung und ging mit ihr die Pflanzengattungen durch, deren Namen sie sich nicht merken konnte. Von Anfang an taten wir uns gut.

»Ich habe keine Ahnung, warum der Lauer mir noch eine Gnadenvier gegeben hat. Hat er nicht immer gesagt, wer schon eins von drei Themen nicht kann, fällt durch?« Isa öffnet das Schloss, mit dem wir unsere Fahrräder hinterm Hörsaal festgemacht haben.

Sie hat recht, eigentlich hätte sie durchfallen müssen, weil sie zwei Themen echt vermasselt hat. Aber sie hat so eine herzliche Art, die einen sofort für sie einnimmt. Vielleicht sogar den grantigen Professor Lauer.

Doch es zählt nur eins.

»Hauptsache, wir haben unser Physikum in der Tasche. Jetzt geht es richtig um Tiere und Krankheiten und Medikamente ...« Die Prüfung beendet den sogenannten vorklinischen Abschnitt, der aus naturwissenschaftlichen Grundlagen besteht. Ab dem nächsten Semester beginnt der klinische Abschnitt, in dem dann endlich die Tiermedizin im Mittelpunkt steht. Rob sagt, dann wird es spannend für mich.

Als ich dreizehn war, habe ich daheim ein Praktikum in Robs Tierarztpraxis gemacht, und seitdem weiß ich, dass ich nichts anderes werden will als Tierärztin.

Wir treten in die Pedale und lassen nebeneinander die Räder bergab rollen.

Isa grinst. »Von wegen. Jetzt geht es erst mal drum, noch ein paar coole Partys mitzunehmen und den winzigen Rest Semesterferien zu genießen. Der Unistress holt uns noch früh genug wieder ein.«

Da hat sie recht, aber mir bleibt nicht mal mehr genug Zeit, um ein paar Tage nach Neuberg zu fahren, denn übermorgen beginnt schon meine Famulatur in der Rinderklinik. Es ist eine große Chance, ein Semester als studentische Hilfskraft dort mitarbeiten und lernen zu können, und ich habe mich riesig gefreut, dass ich den Platz bekommen habe.

»Du wirst mir so fehlen, wenn dein Zimmer leer steht, Milli. Ich weiß echt nicht, wie du mir das antun kannst.«

Sie sieht tatsächlich traurig aus und mir geht es ganz ähnlich. An Isa als Mitbewohnerin wird die französische Austauschstudentin einfach nicht heranreichen können.

»Wir sehen uns doch trotzdem ständig in der Uni. Und wenn ich keinen Dienst habe, komme ich dich besuchen.«

Sie schiebt die Unterlippe vor. »Das ist nicht das Gleiche.« Dann grinst sie. »Dafür musst du heute Abend mit mir ausgehen. Und wir fahren erst heim, wenn es hell wird, okay?«

Ich seufze. Isa liebt Partys und Studentenkneipen, während ich lieber auf der Couch bleiben würde mit Tee, Büchern und vielleicht einer alten Folge *Gilmore Girls*.

»Mal sehen«, sage ich, worauf sie bestimmt den Kopf schüttelt. »Heute hast du keine Ausrede, meine Liebe. Wir werden feiern.«

An der Fußgängerüberführung trennen sich unsere Wege. Isa muss noch einkaufen und ich will schon mal zusammenpacken, was ich in die Rinderklinik mitnehmen möchte. Außerdem warten Kaya und auch Rob bestimmt auf meinen Anruf, wie es gelaufen ist. Manchmal habe ich das Gefühl, die beiden sind vor meinen Prüfungen noch aufgeregter als ich.

Vielleicht sollte ich auch meine Mutter anrufen. Sie weiß gar nicht, dass ich heute die letzte Physikumsprüfung hatte, geht aber wahrscheinlich eh davon aus, dass ich das locker schaffe. Für sie ist das alles nicht der Rede wert, sie hat ihr Studium nebenbei gemacht und hervorragend abgeschlossen. Trotz mir. Die Eins in Anatomie wird für sie selbstverständlich sein, also kann ich es ihr auch einfach irgendwann erzählen.

Zu Hause lasse ich mich mit dem Handy auf die Couch fallen. Die Vorwahl von Neuberg weckt die Sehnsucht. Wie kann man einen so kleinen Ort so sehr lieben?

2
CORDULA

WIE KANN MAN einen so kleinen Ort so sehr hassen? Sollte ich nicht ein zartes Gefühl von Nachhausekommen empfinden, so ein kindliches Kribbeln im Bauch, als würde mein achtjähriges Ich für immer über eines der endlosen Felder toben?

Stattdessen bin ich genervt vom dritten Traktor, den ich unter Lebensgefahr überholen muss, vom Güllegeruch und Staub in der gelobten Landluft und davon, dass mir nichts Besseres eingefallen ist, als ich eben einfach nur wegwollte.

Ausgerechnet Neuberg. Kein idyllisches Bilderbuchdörfchen, dafür ist es zu groß mit seinen modernen Einfamilienhäusern im Neubaugebiet, dem Bahnhof, den Supermärkten, der Tankstelle und dem hilflosen Versuch einer Einkaufsstraße. Für eine Kleinstadt ist es dagegen nicht groß genug und viel zu unbedeutend. Es gibt keinen Begriff für solche Orte und ich weiß nicht, warum man hier leben will. Meine Tochter sieht das anders. Für Milli ist Neuberg das Paradies. Ich habe immer gedacht, wenn wir erst mal hier weg sind, dann wird ihr das Stadtleben gefallen und sie wird merken, dass der Ort ihr nichts bieten kann. Aber so sehr ich fortwollte, so sehr wollte sie bleiben. Weil wir aneinander hingen wie Mutter und Tochter es nun einmal tun und vielleicht noch ein wenig mehr, fühlte es sich nicht selten an wie ein Zerren und Ziehen. Irgendwann konnte ich nicht mehr und habe losgelassen. Ab diesem Moment hat Milli überwiegend bei meiner Schwester Kaya und ihrem Mann Lasse gewohnt. Eine kleine heile Familienwelt, in die ich nicht gehörte. Und inzwischen studiert sie in der Stadt. Nicht in der, in die ich sie mitgenommen habe, sondern weiter weg. Eine knappe Stunde Autobahn oder zwei mit dem Zug.

Doch bei Milli bin ich mir sicher, dass sie ein Zuhausegefühl spürt, wenn sie das verwitterte Holzschild passiert, das von einer sinnlosen »Unser-Dorf-soll-schöner-werden«-Aktion übrig geblieben ist. *Willkommen in Neuberg.*

Bei mir verursacht es statt Bauchkribbeln eher einen Anflug von Übelkeit.

Ich parke vorm neuen Buch-Café. Für mich ist es immer noch »neu«, dabei ist meine Schwester mit ihrem Laden bereits vor vier Jahren in das alte Kino umgezogen. Für Kaya gibt es auf der Welt keinen schöneren Ort als Neuberg.

Na ja, sie ist hier auch nicht mit sechzehn schwanger geworden, das macht einen großen Unterschied. Meine Schwester hat brav geheiratet und dann erst Kinder gekriegt. Und dazu wahrscheinlich noch Bonuspunkte für

Zwillinge. Das kommt bei der Dorfgemeinschaft besser an als ein schwangerer Teenager, der in die Spalte »Vater des Kindes« *unerheblich* einträgt. »Keiner aus dem Ort«, so viel stand fest, und das war ihnen wichtig. »Die armen Eltern«, da waren sich alle einig, während über Abbruch, Behalten oder Weggeben im ganzen Dorf munter diskutiert wurde.

Ich sollte mich also wirklich nicht wundern, warum ich unbedingt wegwollte, sondern warum ich überhaupt hier bin. Ich habe zwar gedacht, mein Problem ist zu groß, um es allein zu tragen, aber meine Schwester wird mir kaum helfen können. Wahrscheinlich wird sie es nicht mal verstehen und mich auslachen, auf ihre sympathische Kaya-Art, bei der sie fest davon ausgeht, dass man es ihr nicht übelnimmt. Einen Augenblick überlege ich, das Auto zurückzusetzen und Neuberg so schnell, wie ich gekommen bin, wieder zu verlassen. Aber wohin? Sollte ich doch wie ursprünglich geplant zum Kongress nach München fahren? Immerhin liegt das Wochenendgepäck zusammen mit allen Tagungsunterlagen im Kofferraum. Unsinn. Ich würde nicht zum Kongress fahren, so viel stand fest. Zu viele dort wussten von meinem geplanten Projekt. Und wahrscheinlich ebenso schon von der Absage, jedenfalls würde sich diese Nachricht wie ein Lauffeuer verbreiten. Ich wollte nichts erklären. Und kein verständnisvolles Nicken, keine unverhohlene Neugier. Verletzter Stolz. Gekränkte Eitelkeit. Die wollen ohne mich, dann sollen sie ohne mich. Ich bin fertig damit.

Entschlossen steige ich aus. Meine hohen Absätze klacken auf dem Pflaster. Weil ich nach dem unerfreulichen Gespräch einfach aus dem Dekanat gestürmt und losgefahren bin, trage ich noch den dunklen Hosenanzug mit der weißen Bluse. Er wirkt schlicht und schick zugleich und verleiht mir bei Konferenzen und Kongressen die nötige Souveränität. In der Stadt würde ich damit kaum auffallen – hier wirkt es vollkommen overdressed. Der für München gepackte Koffer gibt natürlich nichts her, was hier weniger auffallen würde. Aber es darf gern jeder merken, dass ich nicht hierhergehöre.

Ich trete durch die große Glastür ins Foyer. Es ist unglaublich, was aus dem kleinen Buch-Café geworden ist. Als Kaya im Erdgeschoss unseres Elternhauses ihren Laden eröffnet hatte, bestand er aus nicht viel mehr als chaotischen Bücherregalen an allen Wänden und einer Kaffeemaschine in der ehemaligen Küche. Doch dann ist vor ein paar Jahren Anabel mit eingestiegen und hat das »Café« im Namen ernst genommen. Dafür musste der Laden ins heruntergekommene Kino umziehen, das irgendwann gebaut worden war in einem der gescheiterten Versuche, aus Neuberg mehr zu machen als ein lahmes Dorf. Das »Kopfkino«, wie das Buch-Café jetzt heißt, ist tatsächlich spektakulär und etwas Besonderes.

Der große Kinosaal wurde zur Buchhandlung umfunktioniert, der kleine wird als Veranstaltungsraum genutzt. Es gibt eine niedliche Kinderbücherei und einen Lesegarten im Hinterhof. Und es gibt Anabels phantastische, selbstgemachte Kuchen, in die man sich reinlegen möchte. Wenn das »Kopfkino« nicht in Neuberg wäre, dann würde ich bestimmt öfter vorbeischauen. Unsere Eltern sind zu Recht sehr stolz auf meine kreative Schwester und diesen einmaligen Laden. Wahrscheinlich sind sie irgendwie auch stolz auf mich, aber ein wissenschaftlicher Vortrag an der Uni oder eine Publikation in einer Fachzeitschrift sind natürlich viel weniger greifbar. Außerdem finden sie, dass ich zu viel arbeite. Als ich im Sommer bei ihnen in Salernes war, konnten sie nicht verstehen, dass ich trotz Urlaub täglich am Laptop gesessen und Fachbücher gelesen habe.

Das Foyer ist ansprechend im Vintagestil möbliert und dekoriert, das muss Anabels Werk gewesen sein, denn Kayas Stil ist eher das kreative Chaos. An den hellen Holztischen sitzen einzeln oder in kleinen Gruppen die Neuberger und mustern mich natürlich beim Hereinkommen. Jetzt wünschte ich doch, ich wäre etwas unauffälliger gekleidet. Wenigstens sitzt der Dutt am Hinterkopf straff. Ich mag es nicht, wenn sich Strähnen daraus lösen. Offen trage ich meine Haare in der Öffentlichkeit nie. Eigentlich kennt nur Milli meine blonde Mähne, wenn sie mir den Rücken herabfällt. Als sie klein war, hat sie mir abends gern verrückte Frisuren gemacht mit kleinen bunten Haargummis und Glitzerspangen, die ich dann mühevoll wieder herausfriemeln musste. Milli. Ich rücke meine Brille zurecht und straffe die Schultern.

»Cordula, was machst du denn hier?« Anabel steht hinter der Theke und begrüßt mich strahlend, als wären wir alte Freundinnen, dabei begegnen wir uns eher selten. Sie hat sich auf Kayas Hochzeit in den Tierarzt verliebt und ist aus Berlin hierhergezogen. Dabei passt sie mit ihren Tätowierungen und bunten Haaren noch viel weniger nach Neuberg als ich. Der kleine Ring in ihrer Unterlippe glitzert, als sie zu einem der Barhocker nickt. »Setz dich doch. Möchtest du was trinken? Oder essen? Es gibt Kirsch-Crumble!«

Ich trete an die Theke und damit hoffentlich aus dem Blickfeld der meisten. »Ich möchte nichts, danke. Eigentlich wollte ich mit meiner Schwester sprechen.«

»Oh, Kaya ist gar nicht da. Sie hat sich den Nachmittag freigenommen. Am besten versuchst du es bei ihr zu Hause.«

Sie trocknet sich die Hände mit einem Geschirrtuch ab und tritt hinter der Theke hervor. Dadurch wird ihr Bauch sichtbar, der sich kugelig nach vorn wölbt. Falls ich schon wusste, dass Anabel schwanger ist, habe ich es vergessen, deshalb trifft mich der Anblick überraschend.

»Wow«, sage ich und starre auf das gespannte T-Shirt.

Ich selbst habe damals diesen Blick auf meinen Bauch gehasst, deshalb reiße ich meinen los und will schnell irgendwas sagen. »Äh, Glückwunsch. Wann ... kommt es denn?«

Anabel lächelt und streicht sich mit einer unwillkürlichen Bewegung über den Bauch. »Im Januar ist es so weit. Wir hoffen, dass es nicht schon zu Weihnachten kommt. Aber Hauptsache gesund. Du solltest Rob sehen, der macht sich echt verrückt und mich dazu. Am liebsten würde er mich in Watte packen.«

Ich nicke und möchte weg. Doch Anabel hält mir einladend einen Teller mit Plätzchen hin. »Probier wenigstens einen Keks. Die sind einfach himmlisch.«

Nur aus Höflichkeit greife ich nach einer Kokosmakrone und schiebe sie in den Mund. Zart und süß zerfällt sie auf meiner Zunge. »Wow, die sind wirklich gut.«

Anabel grinst zufrieden. »Sag ich doch. Nimm ruhig noch mehr.«

Ich schüttle den Kopf. »Nein danke, ich muss los.« Damit sie es nicht persönlich nimmt, füge ich hinzu: »Aber du kannst wirklich toll backen.«

Sie lacht. »Die sind gar nicht von mir. Für Plätzchen ist Maike zuständig, das ist ihr Spezialgebiet. Da komme ich einfach nicht ran.«

Ich runzle die Stirn. Maike? Irgendwas hatte Kaya erzählt von einer neuen Mitarbeiterin im Buch-Café, aber ich habe nur mit halbem Ohr zugehört. Doch eins ist mir im Gedächtnis geblieben. »Ist das die mit den Nilpferden?«

Anabel schmunzelt. »Oh ja, die Nilpferdsammlung in ihrer Wohnung ist wirklich beeindruckend. Ungefähr so sehr wie ihre Backkünste. Warte, ich hole Maike eben her, dann kannst du sie kennenlernen.«

Bitte nicht. Nicht nötig. Wirklich nicht. Aber Anabel hat sich schon entfernt. Ich seufze. Warum wird auf dem

Dorf immer alles gleich persönlich? Jetzt stehe ich hier und esse Kekse, dabei wollte ich doch einfach nur zu meiner Schwester. Weil mir nichts anderes übrigbleibt als zu warten, nehme ich mir eine Nussecke vom Gebäckteller. Die können wirklich süchtig machen und das nicht nur, weil ich den ganzen Tag noch nichts gegessen habe. Als Anabel mit Maike zurückkommt, habe ich mich einmal quer durch den bunten Teller probiert, was mir ziemlich unangenehm ist.

Die Nilpferdsammlerin sieht nett aus mit kurzen rotblonden Haaren, geröteten Wangen und einem strahlenden Lächeln. Sie trägt einen Overall, der mit frischen bunten Farbklecksen übersät ist.

Fröhlich bemerkt sie meinen Blick. »Ich bemale gerade die Wand in der Kinderleseecke.« Sie streckt mir die Hand hin. »Hallo, ich bin Maike, die Neue im Buch-Café.«

Anabel nickt ihr zu. »Und ohne deine Hilfe wären wir hier aufgeschmissen.«

Ich drücke die Hand kurz und fühle mich überfordert. Und jetzt? »Ich bin Cordula, Kayas Schwester.«

»Und Millis Mutter«, ergänzt Anabel unnötigerweise.

Maike strahlt. »Wie schön. Milli gibt mir ab und zu Reitunterricht, wenn sie am Wochenende hier ist.«

»Nett«, sage ich. Und wie komme ich jetzt endlich hier weg?

»Cordula ist übrigens verrückt nach deinen Plätzchen. Wie wir alle.« Anabel lacht und zeigt auf den wirklich ziemlich abgerasten Teller.

Maike zwinkert mir zu. »Das freut mich. Ich kann dir gern die Rezepte geben.«

Vielleicht liegt es daran, dass ich mich inzwischen völlig erschöpft fühle, oder es sind diese wirklich unwiderstehlichen Kokosmakronen. Jedenfalls lasse ich zu, dass mir Maike gut gelaunt einen Zutatenzettel schreibt, und folge ihr sogar, als sie mir die Wandmalerei zeigen möchte. Irgendwie tut es mir leid, dass ich nicht die Begeisterung zeigen kann, die sie wahrscheinlich erwartet. Und verdient. Sie hat mit leuchtenden Farben Bauernhoftiere an die Wand gemalt, das Pony sieht tatsächlich aus wie Achterbahn und die Kuh hat einen ähnlichen Stern wie Mitternacht auf der Stirn. Da mir jede künstlerische Ader fehlt, bewundere ich so ein Talent sehr. Was aber nichts daran ändert, dass ich dafür gerade keinerlei Kapazitäten habe und ich sowieso nicht der »Hallo-ich-bin's-eine-neue-Freundin«-Typ bin. Falls Maike das auffällt, lässt sie es sich nicht anmerken. Ich kann mir gut vorstellen, dass sie sich mit Anabel und Kaya blendend versteht. Und mit Milli.

»Möchtest du vielleicht einen Kaffee? Oder ein Stück Kirsch-Crumble?«

Bitte. Nicht. Soll sie mich doch für unhöflich halten, das ist mir egal, es reicht jetzt. »Nein danke, ich habe es wirklich eilig. Vielen Dank.«

Ich drehe mich einfach um und verlasse das »Kopfkino«, ohne auf die Blicke hinter meinem Rücken zu achten.

An der nächsten Straßenecke bleibe ich unschlüssig

stehen. Natürlich wird Anabel meiner Schwester erzählen, dass ich da gewesen bin, was zwangsläufig zu Fragen führen würde, wenn ich jetzt einfach wieder abhaue. Mal ganz abgesehen davon, dass ich dann immer noch keine Idee hätte, wohin. Einfach nur weg ist noch keine Richtung. Rumstehen aber auch nicht, deshalb mache ich mich doch auf den Weg zu Kaya. Es ist nicht weit bis zu meinem Elternhaus, in dem jetzt meine Schwester mit ihrer Familie wohnt. Ich kann ja einfach kurz hallo sagen und behaupten, dass ich gerade in der Gegend war.

Obwohl das Haus meiner Kindheit doch sprühen müsste vor Erinnerungen, wirkt es kühl und fremd wie ein Foto von einem Moment, den man im Gedächtnis nicht wiederfindet. Jedes Mal, wenn ich davorstehe, frage ich mich, wann ich das Gefühl für das Haus verloren habe. Oder ob es vielleicht nie da gewesen war.

Lasse öffnet mir die Tür und schafft es, nicht überrascht auszusehen. Ich bin noch nie spontan vorbeigekommen. Meine Besuche sind geplante Wochenendnachmittage, bei denen wir uns zwar unterhalten, aber eigentlich wenig zu sagen haben. Immer wirkt es, als ob sich alle bemühen. Und froh sind, wenn es vorbei ist. Dabei mag ich Kaya und Lasse, meine Neffen sowieso. Es könnte so leicht sein, doch es fällt mir schwer.

»Cordula, komm doch rein. Ich habe gerade eine große Kanne Kaffee gekocht. Ohne Koffein sind die Englischarbeiten der Elfer nicht zu ertragen.« Lasse lächelt verschmitzt und ich folge ihm durch den großen Flur ins Wohnzimmer, in dem mal der Buchladen untergebracht war. Kaya und er haben die hohen Regale an allen Wänden belassen. Sie sind immer noch gefüllt mit Büchern, aber inzwischen auch mit Fotografien in Bilderrahmen, Spielzeug für die Zwillinge und einer wilden Mischung aus Kunst, Schnickschnack und ungeordneten Papierstapeln. Auf dem Boden liegt zwischen mehreren angefangenen Puzzeln aus Holz, Malstiften und Gummitieren ein angebissenes Rosinenbrötchen.

»Schau dich besser nicht um«, bittet Lasse schmunzelnd. »Ich bin ja schon gegen Kayas Unordnung kaum angekommen, aber Henry und Philipp haben ihr Chaosgen geerbt und bei drei gegen einen muss ich kapitulieren. Ich weiß ja, dass du von der angeborenen Unfähigkeit zum Ordnunghalten verschont wurdest.«

Ja, dass sie einfach nicht anders kann, ist Kayas Lieblingsausrede. Das hat schon früher für reichlich Geschwisterstreit gesorgt, weil ich schon immer fand, dass Ordnung eine Frage von Struktur ist. Und auch von Respekt. Bei Milli habe ich von Anfang an darauf Wert gelegt.

Lasse greift nach einer Thermoskanne und einem Kaffeebecher, die neben einem Heftstapel auf dem Schreibtisch in der Ecke stehen. »Lass uns in die Küche gehen. Nicht dass es dort besser ...«

»Ich wollte eigentlich zu Kaya«, unterbreche ich ihn und merke selbst, dass das ziemlich unhöflich wirkt. Aber Lasse lächelt immer noch freundlich und nickt. »Klar. Sie ist mit den Jungs am Stall. Wenn du magst, fahr doch einfach dorthin. Sie werden sich freuen, dich zu sehen.«

*

Ich parke auf dem Hof neben Kayas Kombi, doch als ich aussteige, ist von ihr und den Zwillingen nichts zu sehen. Das Stalltor steht offen und ich gehe an den leeren Boxen entlang. Alles ist still, anscheinend sind die Pferde noch auf der Sommerweide.

Kaya war das geborene Pferdemädchen und anders als viele andere ist sie den Rössern über die Pubertät hinaus treu geblieben. So wie Milli. Auch meine Tochter war durch nichts von ihrem Pferdevirus zu heilen, am Ende hat es sogar ihre Berufswahl beeinflusst. Sie hätte sich sonst nie für ein naturwissenschaftliches Studium entschieden, Sprachen haben ihr immer mehr gelegen.

An jeder Boxentür hängt ein Holzschild mit eingebranntem Namen. Am letzten links bleibe ich stehen: *Mitternacht*. Der Grund für den großen Streit, der alles verändert hat.

Ein eigenes Pferd stand natürlich wie bei fast jedem Mädchen irgendwann ganz oben auf Millis Wunschliste. Und wie jede Mutter war ich dagegen. Geld, Zeit, Zukunft – all meine Argumente stießen auf taube Ohren. Dann sollte ein Fohlen geboren werden und für Milli stand sofort fest, dass das eines Tages ihr Pferd sein würde. Wahrscheinlich hätte sie recht behalten, denn sie war zu diesem Zeitpunkt sechzehn und das Erwachsensein schon zum Greifen nah. Doch das Fohlen starb bei der Geburt. Milli war so herzzerreißend unglücklich, dass ich heimlich anfing, im Internet nach einem Pferd für sie zu suchen. Allerdings merkte ich schnell, dass ich damit ziemlich überfordert war. Kaya um Hilfe zu bitten kam nicht in Frage, denn ich wollte Milli ihren Wunschtraum ganz allein erfüllen. Sie sollte wissen, dass ich als ihre Mutter immer für sie da war und versuchte, ihr alles zu ermöglichen, was sie sich wünschte, auch wenn ich ihre Begeisterung für Tiere nicht teilte. Also entschied ich mich, Milli in den Plan vom Pferdekauf einzuweihen. Doch statt mir freudig um den Hals zu fallen, lächelte sie nur zart und ihre blauen Augen strahlten.

»Das ist lieb von dir, Mama. Aber ich hab doch jetzt Mitternacht.«

Sie hatte natürlich ständig von diesem Kälbchen geredet, das Kaya und ihre Freunde angeschafft hatten, um die Mutter von dem Fohlen über den Verlust hinwegzutrösten. Trotzdem konnte ich nicht fassen, dass Milli ihren Traum vom eigenen Pferd für ein Kalb aufgeben wollte. Doch sie war nicht umzustimmen.

Enttäuscht und wütend funkelte ich sie an. »Du lässt dir also lieber von deiner Tante ein dummes Rindvieh schenken als von deiner Mutter ein Wunschpferd?«

Es tat mir sofort leid, doch es war zu spät. Milli musterte mich kühl und schob das Kinn vor. »Das ist nicht wahr, aber Kaya würde Mitternacht nie als Rindvieh bezeichnen. Sie weiß nämlich, dass er etwas ganz Besonderes ist.«

Die perfekte Kaya mal wieder. Es verging kaum ein Tag, an dem mich Milli nicht spüren ließ, wie großartig sie alles fand, was ihre Tante machte und sagte.

Ich schluckte. »Von mir aus. Dann behalte dein Kalb. Viel Spaß beim Reiten!«

»Den werde ich haben!« Sie drehte sich um und verschwand in ihrem Zimmer.

Jetzt stehe ich vor der Box von Mitternacht und fahre mit den Fingern die dunklen Buchstabenfurchen im Schild nach. Milli hat recht behalten: Sie reitet den Ochsen tatsächlich. Ein riesiges Tier mit gefährlich großen Hörnern und sie sitzt auf seinem Rücken, als wäre er ein stinknormales Reitpferd. Ich habe Fotos und Videos davon gesehen. Reitsport gilt ja grundsätzlich schon als sehr riskant, in diesem Fall halte ich es für absolut gefährlichen Leichtsinn. Aber ich bin damit natürlich nur wieder die überbesorgte Mutter, die für keinen Spaß zu haben ist.

Als draußen auf dem Hof ein Kind heult, höre ich Kayas genervte Stimme.

»Philipp, gib Henry den Striegel wieder, er hatte ihn zuerst. Nimm du den Hufkratzer.«

Ich trete ans Stalltor und sehe, wie meine Schwester ihr altes Shetlandpony am Balken anbindet und gleichzeitig versucht, den Streit zwischen den Brüdern zu schlichten, die beide vehement an einer großen Pferdebürste ziehen. Der eine bringt sie schließlich mit einem beherzten Ruck in seinen Besitz, während der, der sowieso schon heult, auf den Hosenboden plumpst und die Lautstärke seines Geschreis auf ein Maximum aufdreht. Kaya hebt ihn auf ihren Arm und drückt ihm ein Plastikteil aus der Putzkiste in die Hand, während der Bruder schon das Interesse an dem erbeuteten Stück verloren hat, es fallen lässt, und stattdessen das Pony mit ungestümen Streicheleinheiten überschüttet. Achterbahn lässt es stoisch über sich ergehen. Ich überschlage im Kopf, dass er bereits über dreißig sein muss. Sein rotbraunes Fell ist an vielen Stellen ergraut und sein Rücken hängt ein wenig durch. Wir werden alle nicht jünger, denke ich, und das passt gerade so gut, dass ich schmunzeln muss. In diesem Moment schaut Kaya auf und sieht mich. Nur kurz wirkt sie überrascht, dann grinst sie.

»Da steht meine Schwester und amüsiert sich darüber, wie die beiden Bengel mich in den Wahnsinn treiben.«

Sie setzt den einen ab, kommt auf mich zu und nimmt mich kurz in den Arm. Sie riecht nach Stroh und Stall. Über ihre Schulter sehe ich meine Neffen, die ihr zögernd hinterherstapfen.

»Hey, ihr zwei!« Ich mache einen Schritt an Kaya vorbei und gehe in die Hocke. Unsicher bleiben die beiden stehen. Ich sollte wirklich mehr mit ihnen machen, sie scheinen mich kaum noch zu kennen.

»Sagt hallo zu Tante Cordula«, ruft Kaya den beiden zu. Und ganz unvermittelt fragt sie in meinen Rücken: »Was machst du hier?«

Tja, was mache ich hier?

Ich weiß nicht, wie ich es erklären soll, ohne völlig falsch verstanden zu werden. Es geht mir nicht um verletzten Stolz oder gekränkte Eitelkeit, auch wenn es für Außenstehende wahrscheinlich so wirkt. Die wissen ja nicht, wie es ist, sich monatelang auf ein Forschungsprojekt vorzubereiten und an nichts anderes mehr zu denken. Unzählige Telefonate und E-Mails, intensive Recherche, die Beschaffung von Publikationen und das Anwerben geeigneter Absolventen, denen es nicht einfach nur wahllos um ein Thema für ihren möglichst schmerzfreien und schnellen Doktortitel geht. Zeitpläne, Kostenaufstellungen, Mittelbeschaffung. Seit Wochen hatte ich mich mit nichts anderem befasst. Das ganze nächste Semester habe ich mir dafür freigeschaufelt, vorgearbeitet, Lehraufträge abgelehnt und die Vorlesungsreihe abgetreten. Dabei hätte ich mir selbst das Projekt nicht mal ausgesucht und hatte es von Anfang an als wenig vielversprechend empfunden. Aber weil es der Vorschlag von Susanne war, habe ich mich voll und ganz dahintergestellt. Nicht weil sie Dekanin ist und damit meine Vorgesetzte, sondern weil ich sie schätze und respektiere und ihr unfassbar viel verdanke. Von Beginn an hat sie mich unterstützt, schon im Studium als meine Mentorin, dann als Doktormutter und schließlich in meiner Laufbahn an der Universität. Sie hat in mir nie die überforderte Alleinerziehende gesehen, es gab von ihr weder Mitleid noch Vorwurf. Nie. Sie hat mich gefordert und gefördert mit höchsten Ansprüchen, meine

Tochter galt für sie nicht als Ausrede, aber auch nicht als Einschränkung. Ohne Susanne hätte ich es bestimmt nicht so weit gebracht. Deshalb habe ich auch nicht gezögert, als sie das große Projekt an mich herangetragen hat, obwohl es mich nicht überzeugte. Ich war bereit, für sie ins kalte Wasser zu springen. Aber heute war da plötzlich gar kein Wasser mehr, sondern nur noch harter Stein. Und Susanne ließ mich aufschlagen. Vor allen anderen in der Sitzung und ohne Vorwarnung.

»Nach Abwägung der geschätzten Kosten und des Aufwands und aufgrund der fraglichen Perspektive auf signifikante Ergebnisse wird das Projekt auf unbestimmte Zeit verschoben.« Ich war wie erstarrt und spürte jeden einzelnen Blick auf mir. Irgendwie war ich mir sicher, dass alle davon gewusst hatten außer mir, und dass sie gespannt darauf warteten, wie ich reagieren würde. Meine wochenlange Arbeit war mit einer Handbewegung zur Seite gewischt, meine Position als Projektleitung mal eben gekippt zu »unter ferner liefen«.

Ich nickte ruhig und machte eine kleine Notiz in meinen Planer, als wäre nicht mein gesamtes Semesterprojekt, sondern nur ein belangloses Mittagessen abgesagt worden. Ich brachte sogar ein kühles Lächeln zustande, doch ohne Blickkontakt. Ich wollte es nicht sehen. Die Schadenfreude, das Mitleid, das Gossip-gierige Begehren, mir Kränkung oder Enttäuschung anzumerken. Trotz der vielen Jahre am gleichen Institut bin ich eine Außenseiterin geblieben. Damit habe ich kein Problem. Ich bin gern allein und sehr gut darin. Ebenso wie in meiner Arbeit. Das wissen alle. Und am besten von allen sollte das Susanne wissen.

»Bist du okay damit, Cordula?«, fragte sie, als die anderen den Sitzungsraum verlassen hatten. Ich hätte mit ihnen gehen sollen, schnelle Schritte ohne Blick zurück, dann wäre mir das erspart geblieben. Ich nickte nachdrücklich mit zusammengebissenen Zähnen, doch sie wusste, dass es nicht so war.

Sie zog sich einen Stuhl heran und setzte sich mir gegenüber. »Es gibt noch einen weiteren Grund, warum ich das Projekt abgesagt habe.« Sie suchte meinen Blick, und ich kniff hinter den Brillengläsern die Augen leicht zusammen.

»Ich wollte dir einen Gefallen tun, als ich dir das Projekt übertragen habe, aber es war ein Fehler. Ich hatte wohl gehofft, du fängst vielleicht wieder Feuer.«

Fassungslos starrte ich sie an. »Wie meinst du das?«

Sie schwieg einen Moment, bevor sie Luft holte. »Viele Jahre hast du für deine Projekte gebrannt. Ich kenne kaum jemanden, der sich so fasziniert und wissbegierig einer Thematik widmen kann wie du. Aber in letzter Zeit gelingt dir das nicht mehr. Du arbeitest nur noch ab.«

Empört schluckte ich. »Wie kannst du das sagen? Ich habe für dein Projekt wirklich alles getan.«

Sie lächelte traurig. »Siehst du. Du nennst es *mein* Projekt. Wann war etwas zum letzten Mal ganz deine Sache?

Eine Frage von innen heraus, die dich nicht losgelassen hat?«

Das kurze Gefühl, dass sie recht haben könnte, ließ mich umso aufgebrachter antworten. »Ich nehme jede einzelne Forschungsarbeit sehr ernst und widme mich ihr über die Maße.«

Beschwichtigend wollte Susanne ihre Hand auf meine legen, aber ich zog sie ruckartig zurück. Sie schaute auf die Tischplatte. »Das weiß ich. Aber wo ist die Frau hin, die über ein Thema stolpert und es zu ihrem eigenen macht. Zu einem persönlichen Anliegen. Ich vermisse sie. Du warst immer voll von solchen Ideen, Cordula.«

Ich schwieg.

»Ganz ehrlich, als junge Mutter mit Kleinkind hattest du mehr Biss und Ehrgeiz als jetzt, wo deine Tochter aus dem Haus ist und sich dir alle Türen öffnen könnten.«

»Lass Milli aus dem Spiel.« Meine kalte, distanzierte Stimme baute eine Mauer zwischen uns.

Susanne klopfte mit den Fingerspitzen auf den Tisch. »Vielleicht solltest du dir eine kleine Auszeit nehmen. Ich denke, du bist überarbeitet und vielleicht auch ein wenig gelangweilt. Ab und zu sollte man mal loslassen. Dann kommt auch das Feuer zurück.«

Ich sah das anders. Ich hatte genug Feuer. Aber ich war halt nicht mehr das junge Ding, das sich von ihr voller Begeisterung jede Arbeit aufdrücken ließ. Wollte sie mich deshalb loswerden?

»Alles klar«, sagte ich, schaute ihr in die Augen und lächelte unverbindlich. Sie lächelte zurück und schaffte es sogar, dass es warmherzig wirkte. »Fahr doch jetzt erst mal runter nach München und dann siehst du weiter.«

Der Kongress in München. Den hatte ich ganz vergessen. Mein gepackter Koffer lag schon im Auto. Doch es kam nicht in Frage, dass ich jetzt dort hinfuhr, nach dieser fiesen Absage und allem, was Susanne mir mit ihrer sachlichen Art noch an den Kopf geworfen hatte. Ich wollte raus aus der Stadt, aber bestimmt nicht nach München.

Ich nickte noch mal ergeben wie eine junge Studentin. »Das mache ich.«

»Sehr gut«, lobte sie wohlwollend. Und damit war das Thema erledigt.

*

Ich drehe mich zu Kaya um. Nur ganz kurz, denn auch wenn wir uns oft fremd sind, ist sie meine Schwester. Sie kann in meinen Augen mehr lesen, als ich bereit bin preiszugeben, da helfen auch die dicken Brillengläser nicht.

»Ach, ich hatte etwas Ärger bei der Arbeit und musste mal raus.«

Ich spüre ihren Blick in meinem Nacken und weiß, dass sie sich mit dieser Antwort nicht zufriedengeben wird. Bevor sie nachhaken kann, schnappe ich mir einen der beiden Zwillinge und hebe ihn auf meine Hüfte, ohne darauf zu achten, dass seine kleinen Stiefel wahrscheinlich Spuren an meinem Hosenanzug hinterlassen werden.

»Na, Kleiner, du bist aber gewachsen.« Keine Ahnung, welchen der beiden Zwillinge ich gerade auf dem Arm habe, aber wenigstens fängt er nicht an zu heulen. Stattdessen streckt er seine schmutzige Hand aus, um nach meiner Brille zu greifen. Als ich den Kopf zurückziehe, lacht er begeistert und strampelt. Schnell stelle ich ihn wieder auf dem Boden ab. Wahrscheinlich muss ich gerechterweise den anderen jetzt auch noch hochheben, doch dessen mit Rotz und Staub verschmiertes Gesicht begeistert mich wenig. Zum Glück scheint es ihm ähnlich zu gehen, denn er beäugt mich skeptisch und macht zur Sicherheit einen Schritt rückwärts.

Kaya lacht sanft. »Henry musst du ein bisschen Zeit geben. Er braucht immer etwas zum Warmwerden.« *I feel you*, denke ich und nicke ihm freundlich zu. Selbst das scheint zu viel zu sein, denn er flitzt los und sucht Deckung hinter Kayas Bein. Die wirft einen Blick auf ihre Armbanduhr.

»Rob müsste gleich kommen. Achterbahn braucht nur eine Impfung, danach können wir zu Hause Kaffee trinken und du erzählst, was bei der Arbeit los ist, okay?«

Es war ja klar, dass sie es genauer wissen will, aber ich möchte überhaupt nicht darüber reden – mit meiner Schwester, die einen eigenen Laden, einen Stall voller Pferde und zwei Kleinkinder gleichzeitig jongliert und gar nicht verstehen wird, was mein Problem ist. Im schlimmsten Fall wird sie knallhart Susanne recht geben und vorschlagen, dass ich die Auszeit doch einfach genießen solle, ohne zu merken, dass sie damit alles in Frage stellt, was mich ausmacht.

Ich muss nicht antworten, weil Kayas Handy klingelt. Sie zieht es aus der Potasche ihrer Jeans und hält es ans Ohr, während sie gleichzeitig Henry auf ihren Arm hievt und Philipp mit wildem Kopfschütteln zu verstehen gibt, dass er das Apfelstück vom Boden nicht aufheben soll, was er natürlich trotzdem macht. Bevor er reinbeißen kann, bin ich bei ihm und nehme es ihm aus der Hand.

»Komm, das geben wir Achterbahn.« Ich nehme meinen Neffen an die Hand. Sie ist warm und winzig. Ganz weich schließt sie sich um meine.

»Möchtest du?« Ich halte Philipp das Apfelstück hin. Er nimmt es und reicht es an Achterbahn weiter. Das Tier schnappt so gierig danach, dass ich blutige Finger erwarte. Erschrocken halte ich die Luft an. Ich hätte dem Jungen zeigen müssen, wie er die Hand beim Füttern flach halten muss. Aber er lacht und das Pony kaut zufrieden.

»Achtabahm ist lieb«, strahlt Philipp mich an, als könne er Gedanken lesen.

»Ja, super, wir telefonieren heute Abend noch mal. Ich freu mich so!« Kaya beendet ihr Telefonat und kommt mit Henry auf dem Arm zu uns.

»Das war Milli. Hast du es schon gehört?«

Milli?

»Sie hat Anatomie bestanden. Mit einer Eins. Ist das nicht Wahnsinn?« Sie macht eine freudige Drehung, was Henry begeistert glucksen lässt.

Ich rücke meine Brille zurecht. »Anatomie? Wann war denn die Prüfung?«

Kaya schaut mich verständnislos an. »Na, heute! Sie sind gerade erst rausgekommen. Isa hat es übrigens auch geschafft. Ach, das ist so toll.«

Sie macht noch eine Drehung und weil Philipp beide Arme hebt, nimmt sie ihn ebenfalls hoch für eine dritte.

Isa? Ich glaube, das ist Millis Mitbewohnerin, die mir gerade ziemlich egal ist. Warum wusste ich nicht, dass meine Tochter heute eine Prüfung hat? Kaya hat sie es ja anscheinend erzählt. Ich versuche, den eifersüchtigen Stich zu ignorieren, der mir nicht neu ist.

Ein großer VW fährt auf den Hof und hält neben dem Stalltor. Der Tierarzt ist da. Ich kenne Rob Schürmann schon ewig. Seit ich denken kann, ist er Kayas bester Freund und wie viele andere hätte ich gewettet, dass die beiden eines Tages heiraten. Aber sie sind einfach beste Freunde geblieben und ich glaube, damit haben sie alles richtig gemacht. Ihr Mann Lasse und seine Freundin Anabel sehen das bestimmt genauso.

Rob steigt aus und wird von den beiden Jungs auf Kayas Armen überschwänglich begrüßt. Zappelnd strecken sie sich ihm entgegen, so dass ihre Mutter sie lachend absetzen muss, um nicht das Gleichgewicht zu verlieren. Er geht in die Hocke und klatscht mit den beiden Zwergen ab.

»Na, ihr Racker, seid ihr denn schon fertig mit Striegeln? Ihr wisst ja, für die Impfung muss Achterbahn blitzsauber sein.«

Die Zwillinge schauen sich an und stürmen dann zu dem geduldigen Pony, um es mit Bürsten zu bearbeiten. Rob blickt ihnen grinsend hinterher und richtet sich auf, um Kaya und mich zu begrüßen.

»Cordula, ich wusste gar nicht, dass du hier bist.« Er lächelt und zwinkert dabei, als hätten wir ein Geheimnis. Das macht er immer, ich glaube nicht, dass es ihm bewusst ist, aber die meisten Frauen macht er damit ziemlich nervös. Wir sind im gleichen Alter, doch während meine ersten Fältchen um Mund und Augen nicht gerade ein Geschenk sind, sieht er mit seinen und den grauen Spuren im dunklen Haar noch besser aus als sowieso schon. Das ist ungerecht, aber nicht zu ändern. Ich nicke ihm zu, ohne zurückzuzwinkern oder dämlich zu lächeln.

»Hallo, Rob. Ich bin auch nur spontan vorbeigekommen und eigentlich schon wieder auf dem Sprung.« Das klingt gut. Es ist höchste Zeit, der Dorfidylle zu entfliehen.

»Gerade hat deine Tochter angerufen. Wisst ihr es schon?« Er schaut von mir zu Kaya, die begeistert nickt.

»Ja, eine Eins in Anatomie. Unsere Milli ist unschlagbar!«

Meine Milli, denke ich, was völlig unpassend ist. Vor allem, weil ich anscheinend die Einzige bin, die nichts von der Prüfung wusste und auch keinen Anruf kriegt. Unwillkürlich ziehe ich mein Handy aus der Tasche. Voller Empfang, nicht stummgeschaltet, kein Anruf in Abwesenheit.

»Alles okay?«

Ich schaue vom Telefon hoch in Kayas fragendes Gesicht.

»Ja, alles bestens. Ich muss jetzt los, ich …«

Jetzt schaut auch Rob mich abwartend an. Ist ihnen überhaupt aufgefallen, dass Milli mich nicht angerufen hat? Oder ist es für sie ganz selbstverständlich, dass meine Tochter zu ihnen wohl mehr Bindung hat als zu mir? Warum überrascht mich das überhaupt? Plötzlich weiß ich genau, wo ich hin will.

»Ich bin auf dem Weg zu Milli. Ich will sie überraschen. Wegen der Prüfung und so.«

Das ist es. Ich werde eine Flasche Champagner kaufen und mit ihr anstoßen. Ich sehe es vor mir, und es fühlt sich richtig an.

»Aha«, sagt Kaya skeptisch und betrachtet mich interessiert. »Und was ist mit dem Problem bei der Arbeit?«

Ich winke ab. »Ach, das war nur eine Kleinigkeit. Ist nicht so wichtig.«

Ich verabschiede mich und lasse die beiden gar nicht mehr zu Wort kommen. Auf dem Weg zum Auto fällt mir etwas ein, deshalb drehe ich mich noch mal um. »Wehe, du sagst Milli, dass ich komme!«

Sofort sehe ich an Kayas Gesicht, dass sie genau das vorhatte. Und Drohungen haben bei ihr noch nie gewirkt. Deshalb hole ich Luft und ändere meinen Ton. »Bitte, Kaya, es soll wirklich eine Überraschung sein. Mach mir das nicht kaputt, ja?«

Sie zögert und wirft Rob einen Blick zu. Dann nickt sie und ich atme auf. »Drück Milli ganz lieb, ja?«

Das werde ich. Der Gedanke daran fühlt sich so gut an wie schon lange nichts mehr.

3
MILLI

»**WANN KOMMT EIGENTLICH** die Französin an? Ich hab schon wieder ihren Namen vergessen.« Isa lässt sich auf die kleine Couch in meinem Zimmer fallen und zückt ihr Nagellackfläschchen. Weil wir kein Wohnzimmer haben und die Küche zu klein ist, um gemütlich drin zu sitzen, haben wir die Regel der offenen Tür. Jede darf das Zimmer der anderen wie ihr eigenes mitbenutzen, wenn die Zimmertür nicht geschlossen ist. Wir schließen sie so gut wie nie.

»Sie heißt Zoé Dubrasquet. Und sie kommt am Sonntag an. Am Montag ist ja schon unser erster Kliniktag.« Ich werfe die Mascara zurück in die Schublade und einen letzten Blick in den Spiegel. Mit beiden Händen versuche ich, ein wenig Volumen in meine glatten, blonden Haare zu kneten, auch wenn ich weiß, dass sie in wenigen Minuten wieder platt auf meine Schultern fallen werden. Dann drehe ich mich um. Voilà, ich bin ausgehbereit. Im Gegensatz zu meiner Mitbewohnerin im Bademantel und mit tropfnassen Haaren, die sich in aller Seelenruhe die Fingernägel lackiert.

»Bist du aufgeregt wegen der Famulatur?« Sie schaut kurz von ihren Händen auf, um mich prüfend anzusehen.

»Ja, schon ziemlich. Aber ich freue mich trotzdem sehr.« Nervös machen mich weniger die Tiere, mit Rindern kenne ich mich wirklich gut aus. Aber der Klinikleiter soll sehr streng sein und immer viele Fragen stellen. Wenn man die nicht beantworten kann, wird er wohl schnell cholerisch. Außerdem ist mir ziemlich mulmig, weil so vieles neu sein wird und ich alles erst kennenlernen muss. Die Abläufe, die Klinikmitarbeiter, die ungeschriebenen Regeln. Ich will nicht gleich in irgendein Fettnäpfchen treten. Deshalb bin ich sehr froh, dass diese Zoé gleichzeitig mit mir dort anfängt, gemeinsam fällt das bestimmt leichter. Sie ist bestimmt cool, schon allein, weil sie sich auch für Rindermedizin interessiert. Und ich kann ihr helfen, sich in der Uni zurechtzufinden. Schließlich müssen wir neben der Famulatur auch ganz normal weiterstudieren.

»Bis Sonntag wohnst du aber noch hier, oder?«

Ich setze mich neben Isa auf die Couch und lehne meinen Kopf an ihre Schulter, worauf sie sich am kleinen Finger vermalt.

»Milli!«, seufzt sie vorwurfsvoll, aber sie grinst dabei.

»Natürlich bleibe ich bis Sonntag hier. Und ich ziehe ja nicht für immer aus. Nur bis zum Frühling.«

Sie legt ihren Kopf auf meinen. »Das will ich dir auch geraten haben. Nicht dass du mir plötzlich mit irgendeinem Kuhoberarzt durchbrennst.«

Ich muss lachen. »Keine Sorge! Für einen Kerl habe ich ganz bestimmt nicht auch noch Zeit.«

*

Endlich ist auch Isa abmarschbereit und wir sind schon fast an der Tür, als ihr auffällt, dass ihr Schlüssel nicht am Haken neben der Garderobe hängt und sie eine wilde Sucherei in allen Räumen beginnt. Manchmal erinnert sie mich total an meine chaotische Tante Kaya und wahrscheinlich habe ich sie gerade deshalb so gern.

»Hast du in deiner Jackentasche nachgesehen?«

»Da ist er nicht«, murrt sie und öffnet den Kühlschrank. Völlig ausgeschlossen ist tatsächlich nicht, dass Isa ihren Schlüssel gedankenverloren hineingelegt haben könnte. Ich will gerade anfangen, doch lieber alle Jackentaschen an der überfüllten Garderobe zu durchsuchen, werde aber von der Türklingel unterbrochen. Eigentlich wollten wir die anderen beim »Krokodil«, unserer Lieblingskneipe, treffen, aber vielleicht sind sie spontan vorbeigekommen. Ich drücke den Summer für die Haustür und öffne die Wohnungstür einen Spalt. In der Jeansjacke von Isa finde ich zwei Pfefferminzbonbons, ein zerknülltes Taschentuch, drei Wertmarken und einen halben Bierdeckel mit einer verschmierten Telefonnummer, aber keinen Schlüssel.

Es klopft an der Tür. Was ist mit den Mädels los? Normalerweise stürmen sie in die Wohnung, als wären sie hier zu Hause. Ich reiße die Tür auf und will einen Scherz machen, halte jedoch mitten in der Bewegung inne.

Vor der Tür steht meine Mutter. Sie sieht gut aus wie immer. Dunkler Hosenanzug, weiße Bluse, straffer Dutt, der ihre Gesichtsform betont. Sie gehört zu den Frauen, bei denen eine Brille die Ausstrahlung noch zusätzlich betont. Ich sehe damit im besten Fall aus wie ein Nerd, eher aber wie ein Mauerblümchen aus einem Neunziger-Film, deshalb trage ich lieber Kontaktlinsen.

Eigentlich sieht Mama also aus wie immer und irgendwie doch nicht. Der Anzug wirkt etwas mitgenommen, am Hosenbein ist ein Fleck, der eingetrockneter Schlamm sein könnte. Ich starre darauf, dann auf den Arm, den sie hinter den Rücken hält und schließlich in ihr erwartungsvolles Gesicht. Was macht sie hier?

»Ist etwas passiert?« Im Kopf spule ich alle Katastrophen durch. Es muss eine so schlechte Nachricht sein, dass man sie nur persönlich überbringen kann.

Aber sie zieht lächelnd die Augenbrauen hoch, eine Flasche hinter dem Rücken hervor und streckt sie mir entgegen. »Herzlichen Glückwunsch zum bestandenen Physikum! Ich bin stolz auf dich.«

Entgeistert starre ich auf die Flasche. Woher weiß sie ...

»Mütter wissen alles!«, beantwortet sie meinen Gedanken kryptisch und nickt mir auffordernd zu. »Das ist Champagner. Zum Anstoßen. Ich wollte gern mit dir feiern, dass du ...« Sie spricht nicht weiter und wirkt plötzlich verunsichert. Zögernd lässt sie die Flasche sinken. »Störe ich?«

Ich bin mit der Situation überfordert. Irgendwie freue ich mich schon, sie zu sehen, aber es ist vor allem merkwürdig. Sie hat mich noch nie spontan besucht, das ist überhaupt nicht ihre Art.

»Wir wollten eigentlich gerade ...«

»Oh Mann, ich hab ihn. Er war ganz unten in der verdammten Handtasche. Das Teil ist einfach zu groß. Äh ... hallo?« Isa ist hinter mir aufgetaucht und hat den Überraschungsgast im Türrahmen erblickt. »Wow, Sie müssen Millis Mutter sein. Die Ähnlichkeit ist ja der Wahnsinn. Schön, Sie mal kennenzulernen. Ich bin Isa.«

Sie schiebt sich an mir vorbei und streckt meiner Mutter die Hand entgegen, die sie dankbar annimmt.

»Ah, Isa. Ich habe schon von Ihnen gehört. Ihnen auch herzlichen Glückwunsch zur bestandenen Prüfung.«

So langsam wird mir das unheimlich. Sie kann nicht wissen, dass wir in einer Prüfungsgruppe sind. Das ganze Physikumsthema habe ich in Gesprächen mit ihr immer vermieden und bei Fragen nur ausweichend geantwortet. Immer hatte ich das Gefühl, mich sonst rechtfertigen zu müssen für meine Unsicherheit und Überforderung mit dem Lernstoff, weil meine Mutter das überhaupt nicht kennt. Ich glaube, sie erwartet, dass mir das Lernen ebenso leichtfällt wie ihr früher und ich genauso diszipliniert und fokussiert die Bücher durcharbeite wie sie. Ich versuche es ja, aber natürlich lasse ich mich auch mal ablenken oder schiebe etwas vor mir her. Und trotzdem kostet mich die ganze Paukerei ziemlich Kraft und Nerven. Aber das würde nicht in das Bild passen, das meine Mutter von mir hat.

»Du musst Isa nicht siezen«, sage ich und das ist wahrscheinlich das Dämlichste, was mir einfallen konnte. Doch Mama lacht und zwinkert sogar. »Dann möchte ich aber auch geduzt werden. Ich bin Cordula.«

Bevor ich etwas tun kann, hat Isa meiner Mutter schon den Champagner abgenommen und winkt sie herein. Ich tappe den beiden hinterher und komme mir vor wie im falschen Film. Aber Isa scheint das Drehbuch zu kennen. Als wäre der Besuch geplant gewesen, führt sie meine Mutter in die Küche, holt drei Sektgläser aus dem Hängeschrank, öffnet die Flasche und gießt großzügig ein.

Währenddessen beobachte ich Mama, die sich seelenruhig umschaut. Sie hat mich in den zwei Jahren noch nie in meiner Wohnung besucht, aber ich wäre auch nicht auf die Idee gekommen, sie hierher einzuladen. Wir haben uns sowieso eher selten gesehen, ab und zu bin ich mal zu ihr gefahren und habe eine Nacht in meinem alten Zimmer verbracht. Viel häufiger war ich in Neuberg, schon allein wegen Mitternacht und des Nebenjobs in der Tierarztpraxis.

Isa verteilt die Gläser und hebt ihres. »Na dann. Anatomie, verlass mich nie!« Sie grinst und wir stoßen die Gläser aneinander.

»Auf euch«, sagt meine Mutter leise und schaut mich

dabei durchdringend an. Ist sie sauer, weil ich ihr von der Prüfung nichts gesagt habe? Will sie mich kontrollieren? Was will sie mir mit ihrem Besuch sagen?

Es fällt mir schwer, ihrem Blick nicht auszuweichen, deshalb nippe ich an meinem Glas. Ich mache mir nichts aus dem teuren Sprudelzeug. Auch meine Mutter nimmt nur einen kleinen Schluck.

»Milli, ich wollte dich zur Feier des Tages zum Essen einladen. Wo möchtest du gern hin?«

Ich schlucke. »Isa und ich wollten eigentlich …«

Meine Mitbewohnerin winkt ab. »Quatsch, Milli! Geh mit deiner Mama essen. Wir beide können morgen feiern.«

Ich schüttle den Kopf. »Nein, Isa, ich finde es komisch, wenn wir heute Abend nicht zusammen sind.« Schließlich sollte es unser Abend werden als Abschluss der harten Prüfungszeit, aber auch als Abschiedsabend vor meinem vorübergehenden Auszug.

»Isa kann gern mitkommen«, wirft meine Mutter ein und lächelt ihr zu. »Du bist natürlich auch eingeladen.«

Isas Augen leuchten, aber sie wirft mir einen fragenden Blick zu. »Aber nur, wenn es für Milli okay ist.«

Mehr als okay. Mama wird nicht ohne Grund hier sein, und was auch immer sie mit mir besprechen will, wird wahrscheinlich leichter, wenn Isa dabei ist. Außerdem wirkt es nicht so, als würde meine Mutter sich noch abwimmeln lassen. Also nicke ich. »Klar. Sehr gern.«

Die beiden strahlen mich an. Als Mama sich kurz entschuldigt, um sich im Bad frisch zu machen, nimmt Isa mich in den Arm. Ihr Atem riecht nach Champagner. »Ich mag deine Mutter, die ist ja toll! Wie nett, dass sie einfach vorbeigekommen ist.«

Ich bin mir da nicht so sicher und habe die seltsame Vorahnung, dass der Überraschungsbesuch meiner Mutter nicht ohne Folgen bleiben wird.

4
CORDULA

ERST BIN ICH NICHT BEGEISTERT, dass wir jetzt Millis quirlige Mitbewohnerin im Schlepptau haben, statt allein als Mutter und Tochter essen zu gehen, wie ich mir das so schön vorgestellt hatte. Aber weil Milli eher zurückhaltend auf meine Ankunft reagiert hat und ziemlich still bleibt, bin ich doch ganz froh, dass Isa auf dem Weg zum Restaurant fröhlich plaudert. Verstohlen beobachte ich meine Tochter, die zwischen uns geht, hin und wieder lächelt und nickt oder mit einem Seitenblick an mich gerichtet eine kurze Erklärung einwirft. Es geht um die Prüfung, den fiesen Professor und um Herzen, Nieren und Knochen.

Obwohl es mich interessiert, höre ich nur mit halbem Ohr zu. Milli sieht so erwachsen aus. Dabei war sie doch gerade noch mein kleines Mädchen. Ich kann einfach nicht glauben, dass es das jetzt gewesen ist. Ich sehe diese junge Frau, die Uniprüfungen besteht und in einer WG wohnt, deren blaue Augen noch die gleichen sind, die mich aus dem Gitterbett angestrahlt haben. Doch ihre Gesichtszüge haben die pausbäckige Kindlichkeit verloren. Sie ist erwachsen, niemand weiß das besser als ich. Als ich so alt war, war sie bereits fünf, und wir wohnten noch bei meinen Eltern. Ich versuchte, Studium und Kleinkind gleichzeitig zu meistern, genügend Zeit für Milli aufzubringen und uns dabei ein eigenes Leben aufzubauen.

»Wie lange bleibst du eigentlich?«, reißt Isa mich mit einer Frage aus den Gedanken. Auch Millis Kopf fährt zu mir herum, als hätte sie selbst diese Frage nur nicht zu stellen gewagt. Was ist zwischen uns passiert? Ich weiß noch, dass wir mal ein Team waren, sie und ich gegen den Rest der Welt. Davon muss doch noch etwas übrig sein. Und daran möchte ich anknüpfen. Aber ich weiß, dass das nicht von heute auf morgen geht.

»Ich werde eine Weile bleiben«, höre ich mich sagen. Diese Entscheidung habe ich auf der Autofahrt hierher getroffen. Es war erst nur ein verrückter Gedanke, aber je länger ich ihn drehte und wendete, desto besser gefiel er mir. Was waren irgendwelche Forschungsprojekte oder Aufstiegsmöglichkeiten in der undurchsichtigen und erbarmungslosen Rangordnung einer Fakultät schon gegen das, was wirklich zählte. Die höchste Priorität hatte schon immer meine Tochter gehabt. Und daran hatte sich nichts geändert.

Milli schaut mich überrascht an und runzelt die Stirn. Natürlich muss ich das irgendwie erklären, und sie wird bestimmt nicht hören wollen, dass ich in ihrer Nähe sein will. Da kann ich ihr noch so sehr erklären, dass ich sie nicht kontrollieren möchte, sondern einfach wieder mehr an ihrem Leben teilhaben will. Fast unmerklich schüttelt sie den Kopf. Ich brauche ganz schnell eine Begründung, die nichts mit ihr zu tun hat.

»Ich ... Ich möchte vielleicht wieder studieren. Als Neuorientierung und um mich weiterzuentwickeln.« Das klingt gut. »Mal in andere Bereiche reinschnuppern. Erst mal als Gasthörerin, aber wer weiß? Vielleicht mache ich ja noch mal etwas ganz anderes. Wenn nicht jetzt, wann dann?«

Das klingt sogar sehr gut. Obwohl mir diese Idee gerade erst gekommen ist, erscheint sie mir plötzlich als ultimative Lösung. Ich habe von Susanne eine Auszeit verordnet bekommen, und es ist ja wohl meine Sache, was ich damit anfange. So sehe ich meine Tochter wieder regelmäßig und die gemeinsame Zeit wird uns näher zusammenbringen. Und ich habe tatsächlich Lust, etwas Neues zu lernen. Geschichte vielleicht? Oder Chinesisch?

»Wie cool ist das denn?«, jubelt Isa. »Meine Mutter käme nie auf so eine Idee. Ich finde das großartig!«

Milli dagegen betrachtet mich weiterhin sehr skeptisch.

»Warum kannst du denn nicht in deiner eigenen Uni in andere Bereiche reinschnuppern?« Ihr Tonfall lässt keinen Zweifel, was sie von der Idee hält.

»Ich glaube, dass es nicht gut funktionieren würde, wenn die Dozentin plötzlich an derselben Uni zur Studentin wird. Hier wiederum kennt mich keiner und ich falle gar nicht auf.«

Milli mustert mich. »Na ja, aber du bist ... keine zwanzig mehr.«

Wieder kommt Isa mir zur Hilfe. »Das ist doch egal. In unserem Semester sind auch welche, die vorher etwas anderes gemacht haben. Ich find's gut.«

Ich auch. Bei Milli bin ich mir da nicht so sicher, aber wenn sie erst mal merkt, dass ich sie ja gar nicht bemuttern will, wird das hoffentlich okay für sie sein. Jedenfalls scheint sie keine Einwände mehr äußern zu wollen. Das Gespräch bricht erst einmal ab, weil wir durch die Restauranttür treten und uns zu einem freien Tisch in der Ecke durchquetschen müssen. Die Mädchen wählen einen Salatteller aus der Karte und überreden mich ebenfalls dazu.

»Die Salate sind wirklich riesig und unglaublich lecker, Mama.«

Weil Milli Mama sagt und mich zum ersten Mal an diesem Tag richtig anschaut, bestelle ich natürlich auch einen Salat, obwohl ich lieber etwas Warmes hätte. Aber gerade würde ich sogar einen Teller Regenwürmer bestellen, wenn sie ihn mir ans Herz legte.

»Wie geht es Mitternacht?« Es ist ein Versuch, das Gespräch von meinen halbgaren Plänen abzulenken. Milli hebt verwundert den Kopf, als ob es sie überrascht, dass ich den Namen von dem Ochsentier kenne. Denkt sie, ich weiß nicht, wie sehr sie an ihm hängt? Aber es funktioniert. Sie strahlt und erzählt sprudelnd von einem Ausritt an den Fluss, und dass sie endlich jemanden gefunden hat, der ihr einen Sattel für den Ochsenrücken anpassen konnte. Ich lasse mir auf ihrem Smartphone Bilder davon zeigen, lächle und nicke, obwohl ich die ganze Zeit nur eins denke.

»Verrückt!«, spricht Isa es laut aus und schüttelt grinsend den Kopf. »Ich dachte wirklich erst, Milli verarscht mich, als sie mir von der Reitkuh erzählt hat.«

»Reitochse«, korrigiert Milli sie, »Mitternacht ist männlich.«

»Wie auch immer. Aber irgendwie passt es zu Milli. Auf den ersten Blick wirkt sie einfach süß und sympathisch, aber wenn man ihr in die Augen schaut, merkt man gleich, dass irgendwie mehr dahintersteckt.« Isa lacht, als Milli ihr den Ellbogen in die Seite stößt und freundlich protestiert. Einen Moment lang bin ich eifersüchtig auf die Freundin, mit der Milli so locker und liebevoll umgeht. So möchte ich das auch. Ein kindischer Gedanke.

Die wirklich gigantischen Salatteller werden zwischen uns geschoben und der gratinierte Ziegenkäse mit den karamellisierten Walnüssen lässt mich meine Wahl nicht bereuen. Das Lokal ist voll, überall hört man munteres Geplauder und Gelächter, mir gegenüber sitzt meine große Tochter und tauscht mit ihrer Mitbewohnerin Oliven gegen Käsestücke. Der Gedanke, dass es in den nächsten Monaten vielleicht immer so sein könnte, ist schön. Ich hebe mein Glas, um noch mal mit den beiden anzustoßen. »Auf das Studentenleben!«

Isas Weißweinschorle klingt mit Schwung an mein Rotweinglas, während Millis kleines Radler sanft, fast zögerlich folgt. Sie weicht meinem Blick aus, Isas Augen dagegen fixieren mich interessiert.

»Wann fängst du denn mit dem Studieren an? Und was? Und wo wirst du wohnen?«

Das sind gute Fragen, auf die ich dringend eine Antwort brauche, damit den beiden nicht klarwird, dass ich völlig planlos hier angekommen bin. Zumindest Milli darf das nicht merken, Isa fände das wahrscheinlich »mächtig cool«. Also erzähle ich von einem Termin bei der Studienberatung am Montag, bei dem ich mich direkt als Gasthörerin einschreiben will.

»Bis dahin nehme ich mir erst mal ein Hotelzimmer und dann sehe ich weiter.«

Milli kaut schweigend auf ihrem Salat rum, aber Isa wirft ihr einen empörten Blick zu. »Milli, du lässt doch wohl deine Mama nicht im Hotel übernachten. Das kommt nicht in Frage. Du kannst bei mir auf der Gästematratze schlafen, dann kann Cordula dein Zimmer haben. Super, oder?«

Begeistert schaut sie zwischen uns hin und her. Milli schluckt. »Ja, aber ... das ist ...«

Sie will es nicht. Und ich kann es verstehen.

»Danke, Isa, aber ich bleibe beim Hotel. Eure Wohnung ist wirklich zu klein für drei. Vielen Dank für das Angebot. Wenn ich Montag eingeschrieben bin, mache ich mich auf die Suche nach etwas anderem.«

Milli nickt sichtlich erleichtert, doch in Isas Augen flackert es. »Na gut. Aber ich habe eine großartige Idee. Milli zieht doch am Sonntag in das Zimmer an der Rinderklinik. Für ein ganzes Semester. Das gehört für die Famulanten dazu, damit sie auch im Nachtdienst immer greifbar sind. So lange kannst du doch ihr Zimmer übernehmen.« Sie dreht sich zu Milli. »Du hast doch nichts dagegen, oder? Das ist doch die perfekte Lösung!«

Meine Tochter zuckt mit den Schultern. Ich schaue sie an. »Wäre das okay für dich?«

»Von mir aus. Genaugenommen ist es sowieso dein Zimmer. Du zahlst die Miete.«

»Darum geht es nicht. Wenn du das nicht möchtest ...«

»Mama«, unterbricht sie mich mit eindringlicher Stimme, »mach das ruhig. Es ist okay.«

Ich lehne mich zurück. »Na gut. Dann nehme ich euer Angebot gern an. Aber nur, bis ich etwas anderes gefunden habe.«

»Coole Sache!«, strahlt Isa.

Milli lächelt ein wenig gezwungen. Sollte ich merken, dass es sie stört, wenn ich ihr Zimmer nutze, werde ich mir sofort etwas anderes suchen. Aber gerade sehe ich es als große Chance, dass wir uns wieder näherkommen. Ich nicke ihr zu. »Es ist nur für eine Weile. Und jetzt für das Wochenende suche ich mir trotzdem ein Hotel.«

Ich hab dich lieb, meine Große. Das sage ich natürlich nicht laut.

5
MILLI

ICH BIN GANZ ALLEIN, als ich am Sonntag mit nicht mehr als einer großen Reisetasche einziehe. Bereits letzte Woche hat mir die Sekretärin den Schlüssel ausgehändigt und mir unmotiviert die kleine Wohnung im Altbau der Rinderklinik gezeigt. Zwei Zimmer und eine kleine Küche. Um in das winzige Bad zu gelangen, muss man durchs Treppenhaus eine halbe Etage höher steigen. Wenigstens gibt es eine Toilette in der Wohnung und die beiden Zimmer haben jeweils ein Waschbecken in der Ecke.

Unschlüssig bleibe ich in der Tür stehen. Zoé scheint noch nicht da zu sein, also kann ich mir ein Zimmer aussuchen. Sie sind identisch eingerichtet, einfach und praktisch. Bett, Schrank, Schreibtisch, ein Spiegel in der Waschecke und Garderobenhaken an einer Holzleiste hinter der Tür. Wie viele Studentinnen hier wohl schon ihr Famulatursemester verbracht haben?

Das linke Zimmer ist durch das große Dachfenster etwas heller als das rechte, dessen Fenster deutlich kleiner ist und durch das nahe stehende Nachbargebäude kaum Tageslicht abbekommt. Ich überlasse Zoé den helleren

Raum, irgendwie wäre es kein guter Anfang, ihr als Erstes das schönere Zimmer wegzuschnappen. Wir werden zwar tagsüber sowieso selten hier oben sein, sondern die meiste Zeit unten im Krankenstall und in den Behandlungsräumen verbringen, aber ich kann am Wochenende auch mal zu Isa ausweichen, während Zoé keine Alternative hat. Also nehme ich die rechte Tür und beginne auch gleich, meine Sachen einzuräumen. Es ist gut, dass ich nicht mehr eingepackt habe, denn selbst mit dem spärlichen Inhalt meiner Reisetasche wirkt der Raum überfüllt. Meine Bücher stelle ich unterm Schreibtisch an die Wand, das meiste ist Fachliteratur, dazu drei neue Romane, die Kaya mir bei meinem letzten Besuch im Buch-Café mitgegeben hat. *One of Us is Lying* lese ich gerade, deshalb schiebe ich es kurzerhand unter mein Kopfkissen. Obwohl ich wirklich nur eine Grundausstattung an Klamotten mitgenommen habe, passen sie gerade so mit etwas Stopfen in den kleinen Schrank, die Handtücher muss ich in der Tasche lassen. Da war ich mit meinem großen WG-Zimmer richtig verwöhnt. Das Zimmer, in dem jetzt meine Mutter wohnen wird. Oh Mann, wie konnte sie nur auf so eine Idee kommen?

Na ja, eigentlich war es ja Isas Idee, aber die kann am wenigsten dafür. Ich habe ihr nie erzählt, dass das Verhältnis mit meiner Mutter eher schwierig ist. Warum auch? Ich dachte, es würde keine Rolle spielen, schließlich bin ich erwachsen und lebe mein eigenes Leben. Vielleicht hätte ich mich einfach intensiver um einen Zwischenmieter kümmern müssen, dann wäre ich gar nicht erst in dieses Dilemma geraten. Aber weil wir die Zimmer in der Rinderklinik für die Zeit der Famulatur mietfrei gestellt bekommen, fand ich es gar nicht schlecht, mein WG-Zimmer einfach zusätzlich behalten zu können als Rückzugsort, falls mir hier mal die Decke auf den Kopf fällt. Das kann ich jetzt vergessen. Ganz ehrlich – wie hätte ich aus der Sache rauskommen sollen, ohne Mama wieder total zu verletzen oder als absolut undankbar dazustehen. Sie finanziert mir das Studium, und ich lasse sie nicht in meinem leerstehenden Zimmer wohnen? Na klar.

Falls ich doch mal rausmuss, kann ich ja immer noch nach Neuberg fahren zu Kaya und den Zwillingen. Und zu Mitternacht. Liebevoll stelle ich das gerahmte Foto von meinem Lieblingsochsen und mir auf den Schreibtisch. Ich halte ihn als Halbwüchsigen am Halfter und muss lachen, weil er mir gerade die Wintermütze vom Kopf zieht.

Passend höre ich unten im Stall ein langgezogenes Muuuuh.

Und plötzlich ist die ganze Freude wieder da. Ich werde in der Rinderklinik arbeiten, ich werde unglaublich viel lernen und jeden Tag im Kuhstall sein. Vielleicht darf ich schon bald einen verlagerten Labmagen operieren oder bei der Visite einen Patienten vorstellen. Es wird bestimmt alles aufregend, ich kann es kaum erwarten. Deshalb möchte ich mich jetzt unbedingt ein wenig umsehen. Bisher kenne ich die Rinderklinik nur von einer Vorlesungsstunde in Angewandter Anatomie. Da haben wir uns alle in den kleinen Klinikhörsaal gequetscht, um uns an einer lebendigen Kuh die Besonderheiten des Verdauungsapparats erklären zu lassen. Die stand gelassen mittendrin im Anbindestand und ließ das geduldig über sich ergehen. Das sind schon beeindruckende Tiere. In der Klinik herumgeführt wurden wir leider nicht, und auch bei meinem Bewerbungsgespräch für die Famulatur habe ich nicht viel mehr als das Büro von Professor Kolventhal gesehen, deshalb wird es höchste Zeit, dass ich meinen zukünftigen Arbeitsplatz auf eigene Faust erkunde, bevor es morgen losgeht. Da kann ja wohl niemand etwas dagegen haben.

Im Rausgehen fällt mir ein, dass ich für Zoé einen kleinen Willkommensgruß mitgebracht habe. Ich laufe zurück und ziehe aus dem Seitenfach meiner Tasche die riesige Tafel Kuhfleckenschokolade, an die ich ein kleines Kärtchen gebunden habe. *Bienvenue, Zoé.* Ich lege sie auf das Kopfkissen im hellen Zimmer. Dann laufe ich die Stufen hinunter, aber statt den Seiteneingang zu nehmen, durch den ich gekommen bin, schlüpfe ich durch die grüne Metalltür, die direkt auf die Rinderstation führt.

Die Luft ist warm und riecht nach Kuhdung, Silage und Desinfektionsmittel. An der einen Seite stehen ein paar Kühe an Anbindeplätzen, sie käuen wieder und wirken ganz ruhig. Das zufriedene Malmen, Rascheln von Stroh und ab und zu ein leises Klappern des Fressgitters ist alles, was zu hören ist. Was ihnen wohl fehlt? Eine Rotbunte hat einen Klauenverband am Hinterfuß, bei einem Rind erkenne ich eine große Wundnaht in der Flanke, die mit Aluspray abgedeckt wurde und eine andere sieht sehr eingefallen und ausgezehrt aus. Sie ist die Einzige, die sich nicht für das Futter vorm Gitter interessiert und keine Kaubewegungen macht. Ich kann es kaum erwarten, morgen bei der Visite alles über die Patienten zu erfahren. Ich weiß, dass sich auf der anderen Seite des u-förmigen Gebäudes der Boxenstall befindet. Wahrscheinlich muss ich den Gang hinter dem Hörsaal entlanggehen, um dorthin zu gelangen. Es wäre mir lieber, ich könnte jemanden fragen. Ob ich mit meiner Erkundungstour nicht doch besser bis morgen warte?

»Was machen Sie hier?«, blafft mich plötzlich von hinten eine dunkle Stimme an. Erschrocken fahre ich herum. Auf der Stallgasse ist ein Mann mit grauem Kittel aufgetaucht, der mich wütend anstarrt. Dass er dabei mit der rechten Hand eine Mistgabel mit nach oben ragenden Zinken umklammert, lässt ihn nicht gerade harmloser aussehen. Mit trockenem Mund suche ich nach Worten und wirke dabei wahrscheinlich mehr als schuldbewusst.

»Hier ist Zutritt verboten«, fährt er mich an und macht einen Schritt auf mich zu.

Unwillkürlich weiche ich zurück. »Ich ... Ich arbeite hier. Ab morgen.«

Er mustert mich mit zusammengekniffenen Augen. Er hat einen Vollbart, der zwar gepflegt aussieht, seinen mürrischen Gesichtsausdruck aber noch unterstreicht.

»Davon weiß ich nichts.« Es klingt, als sei es damit für ihn ausgeschlossen.

Was denkt er sich eigentlich? Ich richte mich auf und mache einen selbstbewussten Schritt auf ihn zu, ohne die bedrohliche Mistgabel aus den Augen zu lassen.

»Ich bin Milena Mahler. Morgen beginnt meine Famulatur in dieser Klinik.«

Er lässt die Gabel ein Stück sinken. »Studentin?«

Sein Tonfall ist immer noch unfreundlich, aber ich nicke und versuche ein Lächeln. Dann wäre das Missverständnis ja geklärt.

»Du solltest wissen, dass hier Schutzkleidung zu tragen ist«, blafft er ungerührt weiter, »Stiefel und Kittel. Ohne hast du hier nichts verloren.«

Meine gerade erwachte Selbstsicherheit schwindet. Er hat recht. Wie konnte ich das vergessen? Dabei habe ich doch gerade den Stapel frisch gewaschener, grüner Kittel in meinen Schrank geräumt und die beiden Arbeitsoveralls, die Rob mir extra in XS bestellt hat. Die Gummistiefel stehen in einer Plastiktüte unterm Waschbecken meines neuen Zimmers. Ich habe einfach nicht dran gedacht, sie mit nach unten zu nehmen. Irgendwas will ich erwidern, aber der Kerl scheint das Interesse an mir verloren zu haben. Er tauscht die Mistgabel gegen einen Stallbesen, der an der Wand hängt, und schiebt mit kräftigen Strichen das Stroh von der Stallgasse in die Mistrinne. Kleinlaut entschließe ich mich, auf meinen eigenständigen Klinikrundgang zu verzichten und lieber morgen in voller

Montur wieder zu erscheinen. Kaum habe ich mich umgedreht, blafft der Kerl schon wieder los. »Was machen Sie hier?«

Oh Mann, der hat ein ernsthaftes Problem. Soll ich ihn einfach ignorieren und verschwinden? Natürlich traue ich mich das doch nicht und wende den Kopf, um erneut zu einer Erklärung anzusetzen. Aber er steht mit seinem breiten Rücken zu mir und hat diesmal gar nicht mich gemeint. Im großen Haupttor auf der anderen Seite der Stallung steht ein Mann. Er scheint in der Bewegung erstarrt zu sein, was ich ihm nicht verdenken kann, schließlich habe ich eben auf den harschen Tonfall des Stallgenerals ganz ähnlich reagiert.

»Hier ist Zutritt verboten«, bellt der weiter. Ich muss mir ein Grinsen verkneifen, weil der Auftritt im Repeat irgendwie nicht mehr so beeindruckend wirkt. Jedenfalls nicht auf mich. Der andere am Tor wirkt immer noch eingeschüchtert, trotzdem macht er einen vorsichtigen Schritt auf die Stallgasse zu. »Wir haben hier einen Notfall. Unserem Gustav geht es gar nicht gut.«

»Dann müssen Sie sich beim Haupteingang melden. Die rufen den Bereitschaftstierarzt. Ich bin nur der Tierpfleger.«

Um das zu unterstreichen, setzt er ungerührt seine Fegearbeit fort.

Der andere Mann will sich zum Gehen wenden, als hinter ihm eine Frau auftaucht, die etwas auf dem Arm trägt, was zappelt und sich kaum bändigen lässt. Es gibt einen herzzerreißenden Laut von sich, der wie der verzweifelte Ruf eines kleinen Kindes klingt.

»Ich glaube, der Bauch platzt gleich. Sie müssen schnell etwas tun!« Die Frau ist den Tränen nah.

Der Tierpfleger stellt endlich den Besen zur Seite und wirft einen kurzen Blick auf das Tier im Arm der Frau.

»Studentin!«

Meint er mich? Anscheinend ja, denn er dreht sich zu mir um und schaut mich auffordernd an.

»Ich?«, frage ich trotzdem nach und blicke dabei an mir runter auf meine hellen Jeans und die Stoffturnschuhe.

Er macht eine ungeduldige Geste. »Hinter der Tür sind Kittel und Stiefel.« Dann wendet er sich wieder den beiden Tierbesitzern zu, nimmt der Frau das Tier aus dem Arm und sagt irgendetwas, das ich nicht verstehe, weil er wider Erwarten auch sprechen kann ohne zu brüllen. Und weil mein Herz ziemlich laut klopft. Okay. Okay. Ich muss etwas tun. Hinter der Tür hängen tatsächlich mehrere Kittel, ich nehme wahllos einen davon und ziehe ihn mir über. Aus der Reihe Gummistiefel nehme ich die kleinsten, die immer noch mindestens vier Nummern zu groß sind. Damit stapfe ich in Richtung des Tierpflegers, der die Leute inzwischen weggeschickt hat. Das Tier wirkt auf seinem Arm noch viel kleiner. Es ist eine gefleckte Zwergziege. Sie gibt keinen Ton von sich und zappelt auch nicht mehr. Der Bauch ist riesig, viel zu groß für das kleine Tier. Ohne nachzudenken hebe ich die Hand und drücke vorsichtig dagegen. Unter der angespannten Bauchdecke fühle ich pralle Luft. »Pansentympanie.« Der Magen des kleinen Ziegenbocks ist massiv aufgegast.

Der Tierpfleger nickt stumm, dreht sich um und läuft mit dem Tier auf dem Arm mit Riesenschritten durch den Stalltrakt. Ich stolpere ihm hinterher.

Wir gelangen in einen großen Raum mit gefliestem Boden. In der Mitte steht ein Untersuchungsstand aus Metall, in dem man ein Rind fixieren kann. Es gibt ein Waschbecken, zahlreiche hohe Schränke und an Haken an der Wand hängende Stauketten, Drahtsägen und Stricke. Es könnte auch eine Folterkammer sein.

Der Tierpfleger klemmt sich das Ziegenböckchen unter den Arm und öffnet einen Schrank. Es sieht so aus, als könne er das Gleiche auch mit einem ausgewachsenen Schaf machen, ohne sich sonderlich anzustrengen. Er greift nach einem orangefarbenen Gummischlauch und reicht ihn mir. Eine Schlundsonde. Und jetzt?

Auffordernd schaut er mich an. »Das Gas muss raus.«

Er stellt das ohne jegliche Emotion fest, als hätte er gerade die Wetterlage analysiert. Ich starre auf den Schlauch, dann auf die Ziege, der er seine Hand unter den Kopf gelegt hat, während er sie immer noch unter den Arm geklemmt hält. Auf seine Handfläche würden locker noch zwei weitere Ziegenköpfchen passen. Was hat er vor?

»Soll ich das etwa machen?« Ich kann nicht verhindern, dass meine Stimme leicht panisch klingt.

»Ich bin der Tierpfleger.« Das war wieder die Wetterlage. Und außerdem anscheinend eine Art Freistellung.

»Und ich bin nur die Studentin«, versuche ich gegenzuhalten.

Er verzieht keine Miene. »Und der Bock ist nur gleich tot, wenn ihm nicht langsam geholfen wird.«

Mein Herz zieht sich zusammen. Der Mann sieht nicht aus, als würde er sich gerade einen fiesen Scherz erlauben und das Tier gibt wirklich keinen Ton mehr von sich und hängt ziemlich schlapp in seinem Arm. Ich kann darauf hoffen, dass bald ein Tierarzt hier auftaucht, aber vielleicht ist es dann zu spät. Beherzt nehme ich das Sondenende in die Hand. Ich durfte mit Rob schon mal eine Nasenschlundsonde bei einem Pferd durch die Nüstern schieben. Die Nasenlöcher der Zwergziege sind eindeutig zu klein, ich muss die Sonde also durch den Mund in den Pansen schieben. Der Tierpfleger legt einen Finger in das Mäulchen der Ziege und öffnet es leicht. Ich halte die Luft an und schiebe den Schlauch über seinen Finger in den Rachen. Kurz fühle ich einen Widerstand, aber dann geht es leicht.

»Hat geschluckt«, brummelt er und das soll wohl eine Bestätigung sein, dass ich es richtig mache. Doch plötzlich stoppt die Sonde erneut, diesmal hartnäckiger.

»Es geht nicht weiter.« Ich schaue den Tierpfleger hilflos an.

»Dachte ich mir. Sie haben ihn mit kleingeschnittenen Äpfeln gefüttert. Dummes Zeug. Hängt in der Speiseröhre.«

Deshalb ist der kleine Ziegenbock also aufgebläht. Er

kann das Pansengas nicht nach außen abgeben. Für Wiederkäuer ist Rülpsen lebensnotwendig. Was soll ich nur tun?

»Mit der Sonde sanft drücken oder stupsen, damit das Stück sich löst.«

Ich tue, was er sagt, und tatsächlich gibt das Hindernis plötzlich nach, der Schlauch rutscht nach vorn und zischend entweicht muffige Luft aus dem Schlauchende. Hab ich es geschafft?

»Nicht schlecht, Studentin.« Für einen ganz kurzen Augenblick sieht es aus, als ob sein Bart ein winziges Lächeln verdeckte.

»Ich heiße Milli«, sage ich.

»Ich bin Paul.« Die Wetterlage – mit Aussicht auf Sonne.

Ich will ihn gerade fragen, wie wir jetzt weitermachen mit dem Patienten, als hinter uns die Tür aufliegt.

»Ach, hier sind Sie, Paul. Ich laufe in der ganzen Klinik auf und ab. Es gehört nicht in mein Aufgabengebiet, dass ich den Patienten erst suchen muss.« Professor Kolventhal. Aufrecht betritt er mit großen Schritten den Raum. Sein weißer Kittel hat nicht eine Falte und auch das fahle Gesicht unter dem grauen Haarkranz wirkt wie geglättet, obwohl seine Miene deutliches Missfallen ausdrückt. »Nun gut, wo ist der Patient?«

Paul nickt wortlos auf die Ziege in seinem Arm und ich trete vorsichtig einen Schritt zur Seite, um dem Professor den Blick freizugeben, ohne dabei den Schlauch zu bewegen, der ja immer noch in den Ziegenmagen führt.

»Mädchen, seien Sie doch vorsichtig mit der Sonde. Geben Sie mal her!«

Unwirsch nimmt er sie mir aus der Hand, schnuppert am Sondenende und drückt prüfend auf den Bauch des Tieres.

»Ich kann hier keine Tympanie feststellen. So weit also keine Indikation für eine Schlundsondenbehandlung.«

Er wirft mir einen Blick zu, der gleichzeitig bedauernd und vorwurfsvoll ist. Dann zieht er den Schlauch aus der Ziege und legt ihn achtlos ins Waschbecken.

Ich schlucke. »Der Pansen war sehr gebläht und es ist durch die Sonde viel Gas abgegangen. Wahrscheinlich saß ein Apfelstück in der Speiseröhre.«

Er schnalzt mit der Zunge und schüttelt den Kopf, während er beginnt, die Ziege mit dem Stethoskop um seinen Hals abzuhören.

»Wahrscheinlich hört sich für mich ganz und gar nicht nach einer fundierten Diagnose an. In welchem Semester befinden Sie sich?«

»Ich komme jetzt ins fünfte«, sage ich kleinlaut.

Er seufzt. »Dann will ich mal nicht so sein. Sie können vom korrekten Untersuchungsgang ja noch keine Ahnung haben. Dieser Ziegenbock zeigt einen geschwächten Kreislauf und eine verminderte Pansenmotorik, aber keine Tympanie. Haben Sie die Körpertemperatur erhoben?«

»Nein, habe ich nicht. Aber der Bauch war wirklich riesig.« Ich klinge, als würde ich mich um Kopf und Kragen reden. Hilfesuchend schaue ich zu Paul. Warum sagt er nichts, er weiß doch genau, wie es gewesen ist? Er schüttelt ruhig den Kopf und weicht dann meinem Blick aus.

Professor Kolventhal schaut auf das Fieberthermometer. »38,3 Grad Celsius. Eine fieberhafte Infektion können wir ausschließen. Sehen Sie, Studentin, eine wichtige Information.«

Meint er das ernst? Er seufzt noch einmal tief. »Aber jetzt möchte ich Sie bitten, uns allein zu lassen, damit ich in Ruhe behandeln kann. Im Sonntagsdienst kümmere ich mich ja gern um die Patienten, aber bitte nicht auch noch um die Studenten. Wir sehen uns morgen zur Visite.«

Damit dreht er mir den Rücken zu und nimmt mir jede Möglichkeit, etwas zu erwidern. Auch der Tierpfleger ignoriert mich stoisch.

Also mache ich mich auf den Weg zurück durch den Kliniktrakt, meine Wangen brennen und ich bin den Tränen nah. Egal, was Professor Kolventhal sagt, ich weiß genau, dass der kleine Ziegenbock etwas in der Speiseröhre stecken hatte und der Pansen hochgradig aufgebläht war. Und dieser Paul weiß das auch. Schließlich hat er das Böckchen gerettet, denn ohne ihn hätte ich mich niemals getraut, die Schlundsonde anzuwenden.

Ich stelle die großen Stiefel zurück an ihren Platz und hänge den Kittel darüber an einen Haken. Es war so ein tolles Gefühl, der kleinen Ziege zu helfen, aber Kolventhal hat es geschafft, dass ich nur noch wütend bin. Er hätte mir wenigstens zuhören können. Das ist so ungerecht.

Ich versuche, mich nicht zu ärgern, tue es aber trotzdem. So habe ich mir meinen Start in der Rinderklinik nicht vorgestellt. Als ich die Treppe hochsteige, entdecke ich in dem kleinen Vorraum vor der Wohnungstür einen großen Lederkoffer. Schlagartig bessert sich meine Laune. Zoé ist da, ich bin nicht mehr allein. Ich werde ihr alles erzählen und morgen werden wir dem Professor mit doppelter Frauenpower zeigen, was wir können.

*

Die Tür von Zoés Zimmer steht ein Stück offen, trotzdem klopfe ich lieber an. Als keine Antwort kommt, poche ich etwas fester gegen die Tür.

»Zoé?«

Vorsichtig spähe ich durch den Türspalt um die Ecke. Auf dem Bett sitzt jemand, der eindeutig nicht Zoé sein kann. Er ist ungefähr in meinem Alter, lehnt mit angezogenen Beinen an der Wand und hat riesige Kopfhörer auf den Ohren, durch die er anscheinend Musik hört, denn er nickt rhythmisch mit dem Kopf, während er auf seinem Smartphone herumtippt. Zwischendurch greift er neben sich und schiebt sich etwas in den Mund. Empört erkenne ich meine Willkommensschokolade für Zoé. Was soll das?

Mit zwei Schritten stehe ich im Zimmer. Der Typ bemerkt mich und nimmt seine Kopfhörer ab. Unverschämt freundlich grinst er mich an. »O, 'allo. Wie geht es dir?«

Er hat einen französischen Akzent, aber das ist nicht

der Grund, warum ich seine Frage unverständlich finde. Er stellt sie so selbstverständlich, als würden wir uns kennen und er hätte gerade auf mich gewartet.

»Die Schokolade war für Zoé!« Als wäre es mein einziges Problem, dass er sich an fremdem Eigentum vergreift. Ich sollte ihn vielleicht erst mal fragen, wer er ist und was er hier macht.

Er legt sein Handy beiseite und setzt sich auf. »*Ah oui*, das war ein *malentendu*. Möchtest du?«

Er hält mir die Packung hin, in der nur noch ein letzter angebrochener Riegel der Kuhfleckenschokolade liegt. Ich starre darauf und dann wieder auf ihn. Seine dunklen Augen funkeln und er sieht kein bisschen schuldbewusst aus.

»Ein was?«, frage ich.

»Ein ... äh ... falsches Verständnis ... Unverständnis? Die Universität hat meinen Namen nicht richtig geschrieben. *Ici.*«

Er nimmt das Kärtchen zur Hand, das ich für meine Mitbewohnerin geschrieben habe und zeigt darauf. »Es darf kein Z sein. Es ist N.«

Ich verstehe kein Wort.

Er steht auf und streckt mir die Hand entgegen. »Ich bin Noé. Noé Dubrasquet.«

Zögernd nehme ich seine Hand. Er drückt sie und hält sie fest. Ich starre auf die dicke Uhr an seinem Handgelenk, die bestimmt ein Vermögen gekostet hat, und versuche, die Puzzleteile im Kopf zusammenzusetzen. Es

gibt keine Zoé. Zoé ist Noé. Meine neue Mitbewohnerin und Mitfamulantin ist ein Mann. Weil er nicht loslässt, hebe ich meinen Kopf und schaue ihn an. Seine braunen Haare sind ein wenig verwuschelt und sein verschmitztes Grinsen lässt an den Wangen kleine Grübchen entstehen.
»Und du bist ...?«

Ich bin so durcheinander, dass ich gar nicht auf die Idee gekommen bin, mich vorzustellen. Mit einem Räuspern ziehe ich meine Hand zurück. »Ich bin Milena. Ich bin in diesem Semester Famulantin in der Rinderklinik und wohne so lange hier. Genau wie du, schätze ich?«

Warum auch immer hoffe ich kurz, dass sich das Ganze auflöst und doch noch irgendwo eine Zoé auftaucht. Dabei ist es doch eigentlich egal. Dieser Noé scheint ja ganz nett zu sein.

»*Oui*, Milena Mahler. Der *professeur* hat mir schon berichtet, dass wir hier zusammenwohnen in dieser *cabane*.« Er macht eine abfällige Geste, die deutlich macht, dass das Wort nicht gerade ein Kompliment für die Wohnung ist. »Er war in Sorge, es könnte schwierig sein, weil du ein Mädchen bist und ich ein Junge. Aber *pas de problème*. Für dich vielleicht?«

Ich schüttele nachdrücklich den Kopf. Natürlich habe ich absolut kein Problem damit, da muss er sich keine Sorgen machen.

»Professor Kolventhal hat mit dir über mich gesprochen?«

Noé lässt sich wieder auf sein Bett fallen. »*Oui*, als er

mir die Klinik gezeigt hat und die Universität. Wir haben eine große Tour gemacht, aber dann musste er zu einem Notfall.« Er wirft einen Blick auf seine Armbanduhr. »Ich bin hier in dem Zimmer seit *à peu près* dreißig Minuten.«

Das bedeutet, als der Professor zu Paul und mir in den Behandlungsraum gestürzt ist, kam er gerade von einem großen Spaziergang mit dem Austauschstudenten. Obwohl er doch betont hat, dass er sich sonntags nicht mit Studenten abgibt. Na ja, außer natürlich es ist einer der seltenen Männer im Tiermedizinstudium. Der wird sofort hofiert. Typisch!

Noé schaut erneut auf seine protzige Uhr, als könne er sich an ihr nicht sattsehen.

»Sei nicht böse, Milena, aber ich muss mich etwas ausruhen. Ich bin heute erst aus Nantes gekommen und *Professeur* Kolventhal hat mir gesagt, dass wir morgen sieben Uhr beginnen mit der Arbeit. Darf ich dir *bonne nuit* sagen? Und *merci* für die Schokolade.«

Ich nicke und versuche ein Lächeln, das Noé kurz erwidert, bevor er wieder die Kopfhörer aufsetzt, nach seinem Handy greift und mich nicht mehr beachtet.

Ich gehe rüber in mein Zimmer, schließe die Tür hinter mir und lasse mich aufs Bett fallen. Was bitte ist dein Problem? Noé ist ein Mann, na und? Das ändert rein gar nichts. Bestimmt werden wir uns gut verstehen. Und Professor Kolventhal werde ich schon zeigen, was ich draufhabe. Morgen um sieben fange ich noch mal ganz von vorn an.

6
MILLI

ICH STEHE BEREITS um sechs auf. Obwohl ich schon fertig bin und das Duschen am Abend erledigt habe, bin ich jetzt doch so aufgeregt, dass ich kein Frühstück runterkriegen würde. Während ich in Jeans und T-Shirt schlüpfe und am Waschbecken im Zimmer meine Zähne putze, blättere ich durch das alte Buch über Rinderkrankheiten, das Rob mir überlassen hat. Schwungvoll schlage ich es zu und schiebe es auf dem Tisch nach hinten. Es macht wenig Sinn, wahllos darin zu blättern, ohne zu wissen, was für Fälle mich gleich in der Visite erwarten. Wenn der Professor nicht dazwischengekommen wäre, hätte ich Paul vielleicht fragen können. Er muss als Tierpfleger ja wissen, was den einzelnen Kühen fehlt. Zu spät. Ich greife nach der bereitgelegten Schutzkleidung und der Tragetüte mit meinen Gummistiefeln. Los geht's.

Genau im Augenblick, als ich meine Zimmertür öffne, geht auch die Tür gegenüber auf. Noé strahlt mich an und sieht eher aus, als würde er gleich zu einem Segeltörn aufbrechen als in den Kuhstall. Er trägt eine helle Leinenhose und ein marineblaues Poloshirt. Eins mit Krokodil und bestimmt kein Plagiat, genauso wenig wie die Uhr, die er immer noch am Handgelenk hat, bis er mit dem Arm die erste rektale Untersuchung bei einer Kuh durchführen muss. Der Gedanke bringt mich zum Grinsen, was echt nicht nett von mir ist. Schließlich spielen wir als Famulanten im gleichen Team.

»Guten Morgen, Noé! Hast du gut geschlafen?«

»*Comme ci, comme ca.* Dieses Bett ist unmöglich. Aber ich werde mich gewöhnen.« Er lächelt gequält und streckt sich. Seine muskulösen Arme sind sonnengebräunt. »Und du, Milena? Wie geht es dir?«

Irgendwie macht mich der Blick aus seinen braunen Augen nervös. Normalerweise lasse ich mich von Typen nicht verunsichern, und er hat doch einfach nur gefragt, wie es mir geht.

»Gut geht es mir«, antworte ich schnell, »und du kannst Milli zu mir sagen.«

»Milli?« Er betont es anders, so dass mein Name irgendwie viel edler klingt. Er wirft einen Blick auf seine Uhr. »Sollen wir vor der Visite noch einen Kaffee nehmen, Milli?«

Das ist eine gute Idee. Allerdings stellt sich heraus, dass es in der kleinen Küche zwar eine Kaffeemaschine, aber natürlich kein Kaffeepulver gibt. Wir werden erst einkaufen müssen. Doch ich finde in einer Schublade zwischen Gummiringen und Zahnstochern mehrere lose Einzelpäckchen Instantkaffee mit Kaffeeweißer. Das ist doch besser als nichts. Am Stall trinken wir auch immer diesen Krümelkaffee, weil wir dort nur einen Wasserkocher haben. Als ich Noé die streifenförmigen Portionsbeutel zeige, verzieht er das Gesicht, als hätte ich eine riesige Kakerlake aus dem Küchenschrank geholt.

»*Mon dieu*, das trinke ich auf gar keinen Fall. Warum gibt es hier keine Kaffeemaschine?«

Ich zeige auf die Filtermaschine auf der kleinen Anrichte. »Gibt es. Wir müssen nur Kaffee einkaufen.«

Er beäugt das Gerät skeptisch. »Oh, ich meinte eine richtige Maschine. Ich drücke einen Knopf und sie macht mir einen richtigen *Café* aus Bohnen.«

Natürlich, ein Kaffeevollautomat. Mit weniger gibt sich der Herr mit dem Lacoste-Shirt nicht zufrieden. Sein Problem. Ich fülle den Wasserkocher und stelle ihn ein. »Also, ich trinke jetzt so einen«, betone ich und reiße eins der Tütchen auf. »Was ist mit dir?«

»*Absolument pas*. Ich trinke Wasser.« Er füllt ein Glas am Hahn und leert es mit einem Zug. Dann stellt er es in die Spüle. »Ich mache mich schon auf den Weg, Milli. Wir sehen uns gleich.«

Es gefällt mir nicht, dass er jetzt vor mir im Stall sein wird. Eigentlich dachte ich, dass wir zusammen gehen. Aber ich will auch nicht den Wasserkocher ausstellen und ihm hinterherhetzen. Deshalb schaue ich ihm nur wortlos nach, gieße beim ersten Brodeln den Krümelkaffee auf und stürze ihn viel zu heiß hinunter. Obwohl es erst zehn vor sieben ist, als ich unten bei der Stalltür Kittel und Stiefel anziehe, kommt es mir vor, als sei ich viel zu spät.

»Ah, die Frau Mahler gesellt sich zu uns, dann können wir ja beginnen.« Professor Kolventhal winkt mich mit einer übertriebenen Geste heran an die Gruppe in Gummistiefeln und weißen Kitteln, die ihn umgibt. Manche mustern mich kurz, die meisten beachten mich gar nicht, sondern behalten den Professor im Blick oder starren müde vor sich hin.

»Ich weiß, dass ich Sie alle heute eine Stunde früher einbestellt habe und ich hoffe, Ihre Motivation damit nicht allzu sehr zu überfordern, nicht wahr, Doktor Schröder?« Er fixiert einen großen Kerl mit hellem Kraushaar, der aussieht, als würde er im Stehen schlafen. Das tut er anscheinend tatsächlich, denn als die kleine Dunkelhaarige mit Brille neben ihm ihn mit dem Ellbogen anstößt, schreckt er auf und murmelt: »Natürlich, Herr Professor ... natürlich nicht.«

Hier und da hört man ein verhaltenes Lachen, aber es ist deutlich zu spüren, dass niemand in Kolventhals Fokus geraten möchte. Wir sind gut zehn Leute auf der Stallgasse, neben den Tierärzten und Doktoranden werden noch ein paar Studenten dabei sein, die hier ein Kurz- oder Langzeitpraktikum ableisten. Außer Noé kenne ich niemanden. Der steht direkt an der Seite des Professors und scheint sich als Einziger in dessen Nähe nicht unbehaglich zu fühlen. Er zwinkert mir zu und schenkt mir ein strahlendes Lächeln, als ob er mich nicht eben in der Küche stehengelassen hätte. Professor Kolventhal bedeutet mir, mich auf seine andere Seite zu stellen.

»Ich möchte Ihnen kurz unsere beiden neuen Famulanten vorstellen, die wir heute gemeinsam bei der morgendlichen Stalluntersuchung unterstützen werden. Ab morgen werden sie das mit dem jeweils diensthabenden Tierarzt allein meistern und wir treffen uns wie gehabt um acht zur Visite. Frisch und ausgeruht.« Mit einer bedeutungsvollen Pause fixiert er den armen Doktor Schröder, dessen Wangen sich rötlich färben.

»Nun also, zu meiner Rechten sehen Sie Monsieur Dubrasquet von unserer Partneruniversität in Nantes. Er hat sich entschieden, sein fünftes Semester bei uns zu studieren und dabei eine Famulatur in dieser Klinik zu leisten. Sehr beeindruckend, wie ich finde. Außerdem freue ich mich persönlich über ein wenig männliche Unterstützung in dieser Klinik. Nehmen Sie es mir nicht übel, meine Damen.« Wohlwollend schaut er in die Runde. Dass der Professor nicht viel davon hält, dass fast nur noch Frauen Tiermedizin studieren, ist kein Geheimnis. Er sehnt die Zeit zurück, als Tierarzt ein reiner Männerberuf war. Aber da hat er wohl Pech gehabt. Der verschlafene Doktor Schröder, Noé und er sind in der Runde allein unter Frauen und stellen damit für die Veterinärmedizin sogar eine recht hohe Männerquote.

»Eins möchte ich Ihnen zu Herrn Dubrasquet noch berichten. Sein Vater ist ein wichtiger Mann in einem Pharmaunternehmen, das Ihnen allen bekannt sein dürfte. Wir kennen uns von einigen internationalen Kongressen und ich denke, ich darf Ihnen verraten, dass wir ihm maßgeblich die großzügige Unterstützung unserer jährlichen Rindermedizinfachtage verdanken. Ich war begeistert und fühlte mich geehrt, als er mit der Frage auf mich zukam, ob sein Sohn für ein Semester bei uns an der Klinik lernen dürfe. Willkommen, Monsieur Dubrasquet.«

Noé lächelt freundlich und nickt. Ich mustere ihn. Also hat sein Papi ihn in die Obhut seines Professorenkumpels gegeben und gleich noch eine fette Spende hinterhergeschoben. Wunderbar, daneben kann ich ja nur verlieren.

Kolventhal wendet sich mir zu. »Wie ungehobelt von mir, Ihnen nicht erst die Dame vorzustellen. Frau Mahler studiert hier an der Universität, zeigt bisher glänzende Noten und möchte sich tatsächlich in der Rindermedizin ausprobieren.« Das klingt, als würde er mir nicht das Geringste zutrauen. Und genau so ist es wahrscheinlich.

»Habe ich etwas Wesentliches vergessen, Frau Mahler? Ihrem Vater bin ich meines Wissens noch nicht begegnet. Sollte ich ihn gerechterweise ebenfalls erwähnen?«

»Ich bin ihm selbst noch nicht begegnet, aber danke der Nachfrage.« Schnell und patzig rutscht es aus meinem Mund. Wenn ich könnte, würde ich es mit einem heftigen Atemzug wieder einsaugen und runterschlucken. Stattdessen hängen die Worte in der Luft und werden in der Stille unerträglich.

»Nun gut«, sagt der Professor schließlich mit munterem Ton, »lassen Sie uns keine Zeit verlieren. Herr Dubrasquet kommt mit mir zu den Rindern, Frau Mahler teile ich für heute den kleinen Wiederkäuern zu. Da haben Sie sich ja gestern schon verausgabt, nicht?« Er wartet gar nicht erst auf eine Antwort, sondern eilt geschäftig davon, gefolgt von Noé, der sich nicht mal mehr nach mir umsieht.

Während die Gruppe sich auflöst, wird die Stimmung plötzlich viel lockerer, es wird geredet und gelacht, als hätten sich durch Kolventhals Abgang alle aus einer Art Schockstarre gelöst. Ich weiß nur immer noch nicht, was ich jetzt zu tun habe.

Die Frau mit der Brille, die Doktor Schröder vorhin wachgestupst hat, zupft mich am Kittelärmel. »Komm, ich zeig dir den Schaf- und Ziegenstall. Wir müssen bis zur Visite alle untersuchen. Fieber messen, abhören und so weiter.«

Dankbar folge ich ihr in einen Seitentrakt, in dem die Tiere in kleinen, oben offenen Verschlägen und in größeren Boxen mit Schiebetür untergebracht sind.

»Also, an jedem Stall hängt ein Untersuchungsprotokoll, das du ausfüllen musst, eigentlich ganz einfach.« Sie spricht sehr schnell und blinzelt nervös hinter den Brillengläsern. »Meinst du, du schaffst das allein? Ich muss mir noch die Laborproben anschauen, die brauche ich dringend für meine Doktorarbeit, und nach der Visite komme ich hier so schlecht weg. Geht das?«

Ich nicke. Irgendwie werde ich schon klarkommen.

»Prima, danke!«, sagt sie gehetzt und ist schon fast an der Tür, als sie hinzufügt: »Ach ja, geh nicht in die letzte Box links. Der Bock ist echt bösartig. Soll Kolventhal ruhig motzen, dass wir den nicht untersucht haben, okay?«

Tatsächlich klappt das Untersuchen richtig gut. Ich bin froh, dass ich zusammen mit Rob schon einige Schafe und Ziegen behandelt habe, deshalb fühle ich mich dabei recht sicher. Besonders freue ich mich, dass der kleine Ziegenbock von gestern putzmunter durch seinen Verschlag hüpft. Sein Bauch ist weich und kein bisschen gebläht. Während ich ihn mit dem Stethoskop abhöre, knabbert er neugierig an meinem Gummistiefel.

Es dauert einen Moment, bis ich es schaffe, einem großen Schaf Fieber zu messen, das mir trotz Klauenverband recht agil immer wieder entwischt. Dann gelingt es mir, es in der Boxenecke festzusetzen und es lässt die Prozedur über sich ergehen. Schließlich habe ich alle Protokolle ausgefüllt und laut der staubigen Wanduhr über den Verschlägen sogar noch fünfzehn Minuten Zeit bis zur Visite. Ich trete an die letzte Box heran und schaue über den Holzplanken durchs Gitter. Ein grauer Schafbock mit gerollten Hörnern und zotteligem Fell mümmelt an einem Berg Heu. Er sieht wenig bedrohlich aus und ist nicht größer als ein zierlicher Schäferhund. Wenn ich mit dem großen Mutterschaf aus der Nachbarbox klargekommen bin, sollte ich doch auch diesen kleinen Kerl bändigen können. Es wäre ziemlich cool, wenn ich Professor Kolventhal und den anderen gleich zeigen könnte, was in mir steckt. Ich werde ihn zumindest einmal schnell abhören, was soll schon passieren? Entschlossen greife ich nach der Metallstange, die die Boxentür verriegelt.

»Das würde ich an deiner Stelle lieber bleiben lassen!«,

schnauzt jemand hinter mir. Ich zucke zusammen, aber als ich mich umdrehe, bin ich fest entschlossen, mich vom Tierpfleger diesmal nicht einschüchtern zu lassen.

»Und warum, Paul? Weil ich ein Mädchen bin?«

Er fixiert mich mit seinen graublauen Augen und ich habe das Gefühl, dass sein Unterkiefer unter dem braunen Vollbart vibriert. Ich mache mich darauf gefasst, dass er mich erneut anblafft, aber dann klingt es eher wie ein leises Knurren. »Weil der Bock gefährlich ist. Deshalb.«

»Das bin ich auch.« Ich wende mich wieder der Boxentür zu, um sie zu öffnen. Jetzt erst recht. Es ist mir egal, dass mir Kolventhal und anscheinend auch dieser Paul nichts zutrauen, aber ich kann ja wohl schlecht Großtierärztin werden, wenn ich nicht mal so einen kleinen Schafbock untersucht kriege. Die werden schon sehen. Ich ziehe den Riegel herunter, um die Tür aufzuschieben.

»Tu das nicht, Milli.« Ich weiß nicht, ob es daran liegt, dass er meinen Namen nennt. Oder dass seine Stimme ungewohnt ruhig klingt. Jedenfalls zögere ich kurz und keine Sekunde zu früh. Mit einem lauten Knall kracht der Schafbock wie ein Blitz mit den Hörnern voran gegen die Boxentür, genau an die Stelle, wo sich beim geplanten Öffnen meine Beine befunden hätten. Ich muss schlucken und meine Knie werden weich, aber wenn Paul nicht gewesen wäre, wären sie jetzt Brei. Schuldbewusst schaue ich ihn an, aber er zeigt keine Regung und zuckt gleichmütig mit den Schultern. »Was willst du denn machen mit dem?«

»Un … untersuchen«, stammle ich kleinlaut.

Wortlos holt er ein großes, breites Brett aus der Ecke hinter der Box und stellt es vor mir ab.

»Du drängst ihn damit zurück an die Wand und ich versuche, ihn an den Hörnern zu packen. Wenn ich ihn habe, kannst du ihn abhören und Fieber messen. In Ordnung?«

Ich nicke stumm.

Professor Kolventhal wirft mir einen tadelnden Blick zu, als ich mich atemlos in letzter Minute zu meiner ersten Visite einfinde. Aber das prallt an mir ab, denn das Untersuchungsprotokoll an der letzten Box links ist fertig ausgefüllt und meinem Kittel sieht man an, dass ich etwas geschafft habe. Noés dagegen ist noch blütenweiß, wahrscheinlich musste der Monsieur an Kolventhals Seite keinen Finger rühren. Er steht direkt neben mir.

»Milli, darf ich dich etwas fragen zu deinem Vater?«

»Nein.« So weit kommt es noch. Ich brauche weder seine Neugier, noch sein Mitleid. Ich weiß nicht, wer mein Vater ist und nichts ist für mich unerheblicher. Es hat mir nicht geschadet, keinen zu haben, eher im Gegenteil!

»Ich wollte nur sagen …«

»*Non* heißt *non*«, zische ich. Soll er es doch seinem Mentor Kolventhal erzählen.

7
CORDULA

ICH WAR SCHON IMMER GUT DARIN, gewollt Zuversicht auszustrahlen, wenn ich ahne, dass ich mich eigentlich verrannt habe. Wenn ein Forschungsprojekt sehr wahrscheinlich ins Leere läuft, dann darf man sich das auf keinen Fall anmerken lassen. Denn sofort sind die wissenschaftlichen Mitarbeiter nur noch halbherzig bei der Sache, sie brauchen das Gefühl, etwas Großartigem auf der Spur zu sein, wenn sie Werte in Tabellen übertragen oder mit Pipette titrieren, um die maschinellen Ergebnisse aus dem Refraktometer zu verifizieren. Wenn sie nur den leisesten Zweifel spüren, fangen sie an, unsauber zu arbeiten und wollen es hinter sich bringen, um ein vielversprechenderes Projekt zu beginnen. Und an Forschungsgelder kommt man sowieso nur, wenn man völlig sicher zu sein scheint, in kürzester Zeit bahnbrechende Ergebnisse liefern zu können. Dabei ist das Unsinn. Nur wenn man ein Experiment mit vollem Engagement zu Ende führt, kann man sich dessen Ergebnis sicher sein. Auch wenn es nicht das ist, was man sich erhofft hat. Ganz besonders, wenn man von Anfang an geahnt hat, dass es scheitern wird.

Man darf es sich nicht anmerken lassen. Deshalb strahle ich voller Begeisterung, als Isa mich am Freitagabend fragt, wie mir die erste Uniwoche gefallen hat.

»Großartig«, schwärme ich und hole für sie eine zweite Teetasse aus dem Schrank. »Ich habe ganz unterschiedliche Vorlesungen besucht. Es ist eine interessante Abwechslung.« Psychologie, Sprachwissenschaft, Geographie, Jura, die ganze Woche habe ich orientierungslos Gebäude und Räume gesucht und in schlecht klimatisierten Hörsälen gesessen mit einem Collegeblock vor mir, in den ich dann meist doch nichts notiert habe. Zwischen Studenten, die so alt sind ... tja, Überraschung ... so alt wie meine Tochter eben. Das Ganze hat etwas von einem etwas langweiligen, schlecht organisierten Kongress ohne Kaffeepause und Mittagsbuffet. Und dass ich eben nicht Dr. Cordula Mahler, Dozentin für Chemische Biologie und Leiterin einer Forschungsgruppe bin, sondern in erster Linie nur eins: fehl am Platz. Mir fiel es schon schwer, im Studium Anschluss zu finden, als ich genauso alt war wie die anderen. Jetzt ist es unmöglich. Selbst die Dozenten beäugen mich skeptisch und fragen sich wohl, was ich in ihrer Vorlesung mache. Das frage ich mich ja selbst, aber ich werde es mir nicht anmerken lassen. Gewollt zuversichtlich.

»Interessante Abwechslung, ich verstehe.« Isa nimmt spöttisch grinsend ihren Tee entgegen und macht keinen Hehl draus, dass sie mir meine Begeisterung nicht abnimmt.

»Hast du Lust auf echte Abwechslung?« Ihre Augen

funkeln. »Heute ist Semesterstartparty im Audimax. Die solltest du nicht verpassen.«

Ich muss lachen. »Sehr freundlich, Isa, aber da habe ich nun wirklich nichts verloren.«

Sie schaut mich entgeistert an. »Wieso denn nicht?« Es ist süß von ihr, dass sie anscheinend wirklich keine Idee hat, was der Grund sein könnte.

Ich lege die Hände an mein Brustbein und schaue sie fragend an. »Weil ich zu alt dafür bin, vielleicht?«

Sie runzelt die Stirn. »Das ist doch totaler Quatsch. Du bist nicht alt, du bist offiziell Studentin und du bist megahot ... also ... wenn ich das so sagen darf.« Tatsächlich kriegt sie rote Wangen, wahrscheinlich weil ihr gerade eingefallen ist, dass sie mit der Mutter ihrer Freundin spricht. Dabei ist es einfach nur lieb, wie sie mich überreden will.

Ich lächle. »Alles gut, aber ich bin wirklich nicht in Partystimmung.«

Isa seufzt und wirft theatralisch ihren Kopf in den Nacken. »Also ich werde mit dreißig noch genauso feiern wie jetzt, das steht fest!«

Erstens habe ich die dreißig schon ein paar Jahre hinter mir gelassen und zweitens habe ich auch mit zwanzig nicht gefeiert, weil es da ein kleines Mädchen gab, das nur einschlafen konnte, wenn ich neben ihm lag. Das tagsüber schon so wenig von mir hatte, dass wenigstens die Nächte ganz ihm gehören sollten.

»Isa, nimm es mir nicht übel, aber ich möchte lieber mit

Milli essen gehen und reden. Wir haben uns noch überhaupt nicht gesehen, seit die Uni angefangen hat.«

Isa trifft Milli in den Vorlesungen und in der Mensa, aber es käme mir falsch vor, die beste Freundin meiner Tochter auszuhorchen und damit auszunutzen, dass Milli mir ihr Zimmer überlassen hat. Außerdem will ich viel lieber von Milli selbst hören, wie es ihr geht. Anders als ich es mir vorgestellt hatte, haben wir uns seit meiner Ankunft nicht wieder getroffen. Ich habe zweimal vorsichtig angefragt, aber ich möchte mich nicht aufdrängen, und Milli scheint ziemlich beschäftigt zu sein. Ganz bestimmt will sie nicht, dass ich mich einfach plump in der Mensa dazusetze, wenn sie mit Isa verabredet ist. Das kann ich verstehen. Immerhin hat sie angedeutet, dass sie dieses Wochenende frei hat. Ich hoffe, ich kann sie für einen Mutter-Tochter-Plausch bei einem netten Essen begeistern.

Isa lächelt. »Das kann ich verstehen. Dann macht euch einen schönen Abend. Und wenn ihr Lust habt, dann kommt ihr einfach zusammen mit. Vor zwölf brauchen wir am Audimax gar nicht anzutanzen und die Nacht wird definitiv der Wahnsinn.«

*

Ich erreiche nur Millis Mailbox und spreche gewollt zuversichtlich darauf, dass ich sie gern zum Abendessen einladen möchte und gespannt bin auf einen weiteren

Restauranttipp von ihr. Wenig später ploppt auf dem Handydisplay eine Nachricht auf.

Sitze schon im Zug nach Neuberg. Brauche ein bisschen Landluft. Können uns nächste Woche mal treffen. Im KROKODIL am Bahnhof gibt es freitags Pizzabüfett.

Enttäuscht lasse ich das Handy sinken. Denkt Milli wirklich, dass ich mich allein in eine Bahnhofskneipe hocke, während sie bei Kaya am Familientisch sitzt, als wäre sie dort zu Hause? Was mache ich mir vor? Sie ist dort zu Hause. Mehr als sie es bei mir je war, obwohl ich alles getan habe, ihr eins zu geben. Einen Moment sitze ich regungslos da, während alles in mir tobt.

Dann stehe ich entschlossen auf und öffne den Kleiderschrank. Da die Kongressoutfits in meinem Koffer keine große Hilfe waren, habe ich mir ein paar legere Klamotten gekauft, sogar eine Jeans ist dabei. Aber auch ein schwarzer Jerseyrock, an dem ich nicht vorbeigehen konnte. Er ist nicht zu kurz, aber doch so, dass er meine immer noch ansehnlichen Beine schön zur Geltung bringt. Ich lege ihn aufs Bett und suche das passende Oberteil heraus. Ein Seidentop in Pink, ein wenig elegant, aber nicht zu sehr. Man muss ein Experiment mit vollem Engagement zu Ende führen. Ich wollte noch mal studieren, ich werde noch mal studieren. Und diesmal habe ich kein Kind, das mich braucht.

Isa klatscht begeistert in die Hände, als ich ihr sage, dass ich doch mitkomme auf die Party. Und als ihre Freundinnen gegen elf an der Tür klingeln und ich ausgehbereit in den Flur trete, mustert sie mich anerkennend. »Ich sag doch: megahot!« Dann nimmt sie wie selbstverständlich lachend meine Hand und zieht mich hinter sich her. Ich folge ihr, zu allem bereit.

*

Es ist dunkel, laut und voll. Die Musik besteht aus wummernden Beats und in der Luft hängt eine Geruchsmischung aus Schweiß, Rauch und Alkohol. Ich fühle mich so unwohl, dass ich am liebsten auf dem hohen Absatz meiner Lackpumps umdrehen würde. Außerdem bin ich schlagartig unfassbar müde und meine Beine werden schwer wie Blei. Um mich herum wirbelt Isas Clique, eine Handvoll junger Frauen, deren Namen ich mir nicht gemerkt habe, weil ich sie kaum auseinanderhalten kann. Sie alle haben zarte Gesichter und schmale Hüften. Sie wirken so unbedarft und lebendig, wie sie lachen, sich gegenseitig etwas ins Ohr rufen oder Grimassen schneiden. Ich glaube, so jung war ich nie.

Wir sind mit dem Bus hergefahren, damit alle trinken können. Ich wäre durchaus auch mit meinem Auto gefahren, aber das kam für Isa nicht in Frage und es hätten auch gar nicht alle hineingepasst. Eine der jungen Frauen sagt etwas zu mir, ich muss zweimal nachfragen, bis ich sie im Lärm der Boxen verstehe. Sie bietet mir an, mir Wertmarken mitzubringen. Ich nicke und drücke ihr einen Zwanzigeuroschein in die Hand. Das sollte reichen, ich habe nicht vor, mich zu betrinken. »Bier?«, fragt sie, und obwohl ich eigentlich keins mag, nicke ich wieder, weil ich nicht weiß, was ich sonst trinken könnte. Wenig später drückt sie mir einen Plastikbecher mit schaumigem Bier und einen langen Streifen mit abtrennbaren Wertmarken in die Hand. Ich schaue mich nach Isa um, die sich angeregt mit ein paar Leuten unterhält, die sie angesprochen haben. Wie ihnen das bei der Umgebungslautstärke gelingt, ist mir ein Rätsel. Ich nippe am Bier und versuche, so zu tun, als gehöre ich dazu. Aber das habe ich noch nie gut gekonnt. Da steht Isa plötzlich wieder neben mir. »Wir wollen tanzen und stürzen uns mal in die Menge. Kommst du mit?«

Ich sollte es einfach tun. Alle hier tun es. Was ist schon dabei? Aber alles in mir sträubt sich.

Isa versucht noch einen Moment, mich zu überreden, aber ihre Clique wird ungeduldig und auch sie zieht es magnetisch zum Mittelpunkt des Geschehens. Ich zeige auf ein paar Stehtische und Barhocker, die abseits an der Wand stehen. »Ich setz mich da hin und komm vielleicht nach.« Damit gibt sie sich zufrieden und lässt sich von den anderen ins Gedränge ziehen.

Ich weiß nicht, wie lange ich dort sitze und das Partyleben betrachte, mit dem ich noch nie etwas anfangen konnte. Und es war schon immer egal, ob es sich um ein Dorffest, einen angesagten Club in der Stadt oder eben eine angeblich unvergleichliche Studentenparty handelt. Eigentlich wusste ich doch vorher schon, dass es nichts für mich sein würde. Dann fasse ich den Entschluss, dass man manche Experimente vielleicht doch irgendwann abbrechen sollte. Indem man sich ein Taxi ruft und verschwindet zum Beispiel.

Als ich das Handy aus meiner Handtasche ziehe, fallen die gefalteten Wertmarken zu Boden. Ich schaue ihnen nach und bin versucht, sie einfach liegen zu lassen. Ich brauche sie nicht, und es wird nahezu unmöglich sein, Isa in der Menschenmenge auf der Tanzfläche zu finden, selbst wenn ich mich durchdrängen würde.

Schon bückt sich jemand nach dem verlorenen Schatz, aber anstatt ihn einfach einzustecken, dreht er sich zu mir um und hält mir die Wertmarken hin. »Du hast da was verloren.«

Der junge Mann schaut mich an. Er hat kurze, dunkle Haare, ein schmales, leicht kantiges Gesicht und ein verschmitztes Lächeln.

»Die kannst du behalten, ich wollte sowieso gerade ein Taxi rufen.«

Er schaut auf die Marken in seiner Hand und dann wieder zu mir. Dabei legt er seine Stirn in Falten. Sofern man bei seiner glatten Haut von Falten sprechen kann.

»Ich hätte ein Angebot, dass du nicht ablehnen kannst«, sagt er ruhig. »Ich behalte die hier, aber dafür hole ich dir jetzt einen Drink und dann fahre ich dich nach Hause.«

Ich schaue ihn skeptisch an. Das kann doch wohl nicht sein Ernst sein.

»Ich trinke nur Wasser, wenn ich fahre. Ehrensache!«

Wie zum Beweis hält er den halbvollen Becher in seiner Hand hoch.

Ich muss lachen. »Das ist sehr nett, aber nein danke …«

»Keine Widerrede«, unterbricht er mich, »ich bin gleich zurück. Nicht weglaufen!« Damit dreht er sich um und ich schaue ihm perplex hinterher, wie er in der Menschenmenge verschwindet. Er trägt ein Sakko, das augenscheinlich nicht zum klassischen Partyoutfit seiner Generation gehört, aber es steht ihm gut. Keine Widerrede. Normalerweise würde ich so nicht mit mir reden lassen, aber bei ihm war es irgendwie süß, wie er versucht hat, einen auf Gentleman zu machen. Wahrscheinlich fühlt er sich verpflichtet, mir einen auszugeben, weil ich ihm die Wertmarken überlassen habe. Falls er überhaupt wieder auftaucht, was nicht sehr wahrscheinlich ist. Gerade als ich vom Barhocker gleite, um mir draußen endlich ein Taxi zu rufen, steht er plötzlich wieder neben mir.

»Hey, nicht weglaufen, hab ich gesagt.« Er lacht freundlich und hält mir ein Glas hin. In einer trüben Flüssigkeit schwimmt eine Limette. »Das soll ein Caipirinha sein. Es tut mir leid, was Edleres gab es nicht.«

Er sieht ernsthaft betrübt auf den verunglückten Möchtegerncocktail, und ich kann ihn nicht einfach stehen lassen. Also nehme ich das Getränk und bedanke mich. Sofort strahlt er wieder.

»Ich danke dir!« Er prostet mir mit seinem Wasser zu. »Ich bin Marlon.«

Ich nicke ihm zu.

Er zieht fragend die Augenbrauen hoch. »Und wie heißt du?«

»Cordula«, sage ich, nicht laut genug, um die Musik zu übertönen.

»Wie?« Er rückt näher an mich heran, dabei streift sein Unterarm meinen und seine Wange kommt dicht an mein Gesicht. Flirtet er etwa mit mir? Für eine Sekunde frage ich mich, wie sich die feinen Bartstoppeln an meinen Lippen anfühlen würden.

»Cordula.« Meine Stimme klingt kratzig, aber diesmal hat er mich verstanden.

»Schöner Name«, raunt er dicht an meinem Ohr. »Möchtest du tanzen, Cordula?«

Ganz bestimmt nicht. Ich will nur raus hier. Anscheinend habe ich das laut gesagt, denn er tritt einen Schritt zurück und grinst spitzbübisch. »Alles klar. Dann lass uns gehen.«

Ich rücke seufzend von ihm ab und stelle mein Glas zur Seite. Er will nur spielen, aber das Spiel ist aus. »Marlon, das wird nichts. Du bist ein netter Kerl und siehst gut aus. Schau dich um, es gibt hier genug Frauen in deinem Alter, die bestimmt nicht abgeneigt wären. Was willst du …«

»Die anderen interessieren mich nicht.« Sein Blick wird ernst und eindringlich. »Du bist für mich die einzige Frau im ganzen Raum. Ich habe schon die ganze Zeit immer wieder zu dir hinschauen müssen, aber ich hab mich nicht getraut, dich anzusprechen, weil du so anders bist. Gut anders!«

Ich schlucke. Wenn das seine Masche ist, ist sie wirklich nicht schlecht.

»Als dann die Wertmarken runtergefallen sind, habe ich gedacht: Das ist meine Chance.«

Er tritt an mich heran, noch näher als eben. Sein Arm liegt sanft an meinem. Er wirkt plötzlich ein wenig schlaksig und unbeholfen, aber gerade das lässt meine Abwehr dahinschmelzen.

»Cordula.« Er wartet. Er gibt mir genug Zeit, nein zu sagen, sie würde sogar reichen, um mich umzudrehen und zu gehen. Beides würde er sofort akzeptieren, da bin ich mir sicher. Aber plötzlich frage ich mich, warum eigentlich nicht. Ich bin doch hergekommen, um Neues auszuprobieren. Ich riskiere dabei nichts, und es interessiert keinen, ob ich es tue oder lasse. Ohne dass ich so richtig weiß, woher ich den Übermut nehme, lege ich eine Hand in seinen Nacken und ziehe ihn näher, bis unsere Lippen sich berühren. Der Kuss ist warm und schmeckt nach gezuckertem Limettensaft.

*

Draußen ist es kühl und neblig, aber meine Wangen glühen. Ich habe genickt, als Marlon gefragt hat, ob er mich nach Hause bringen soll. Ich weiß nicht, wie lange wir da schon an der gleichen Stelle gestanden hatten und nicht aufhören konnten, uns zu küssen. Mit seiner verspielten Zunge zwischen meinen Lippen und seinen Händen auf meinem Rücken, die zärtlich über den dünnen Stoff meines Oberteils glitten, hatte ich jegliches Zeitgefühl verloren. Doch als er die Frage stellte, nah an meinem Ohr und ohne mich loszulassen, öffnete ich die Augen und erwartete fast, dass unzählige Leute uns anstarren würden voller Faszination und Unverständnis. Aber niemand beachtete uns und als Marlon sich ein Stück zurücklehnte, um mich anzuschauen, nickte ich. Er sah mir einen Moment in die Augen, als wolle er sichergehen. Dieser Blick und die Tatsache, dass sich durch seine Gewichtsverlagerung unsere Unterkörper leicht berührten, schossen mir heiß zwischen die Beine. Plötzlich war mir alles egal.

Schon klar, dass der junge Kerl nicht auf die große Liebe aus ist. Aber das bin ich ja noch viel weniger. Und schließlich bin ich fest entschlossen, endlich mal zu tun, was ich will, egal, was andere denken. Jetzt gerade will ich nur ihn. Daran kann auch die kalte Nachtluft nichts ändern. Marlon hat sich eine Zigarette angezündet und läuft schweigend neben mir her. Ab und zu wirft er mir einen Blick zu, als könne er nicht ganz glauben, dass ich neben ihm gehe. Trotz meiner hohen Schuhe ist er einen Kopf größer als ich, das gefällt mir. Vor einem BMW mit getönten Scheiben bleibt er stehen und steckt die Hand in die Sakkotasche. Mit Lichtsignal und einem Klacken öffnet sich das Fahrzeugschloss. Ich ziehe überrascht die Augenbrauen hoch und Marlon grinst mit verhaltenem Stolz. »Hat mir mein Papa zum Achtzehnten geschenkt. Ist aber ein gebrauchter.«

Das bringt mich auf den Boden der Tatsachen. Papa. Achtzehnter. Oh mein Gott. Schlagartig ist mir kalt.

Er öffnet mir die Beifahrertür und ich achte darauf, ihn nicht zu berühren, als ich einsteige. Was tust du hier, Cordula?

Als er auf der Fahrerseite Platz nimmt und sich zu mir herüberbeugen möchte, weiche ich ein Stück zurück und nenne ihm meine Adresse. Ganz sachlich, als wäre er ein Taxifahrer. Er gibt sie auf einem großen Display in der Armatur ein. Dann versucht er noch einmal, mich zu küssen. Ich schüttle stumm den Kopf und er akzeptiert. Er startet den Motor und wir lassen den Campusparkplatz hinter uns. Das Schweigen wird unerträglich.

»Wie alt bist du, Marlon?«

Er lässt sich Zeit mit seiner Antwort. »Zweiundzwanzig. Im Dezember werde ich dreiundzwanzig.« Als würde das etwas ändern.

»Ich bin achtunddreißig.« Meine Stimme ist ganz klar.

»Ja«, sagt er.

Vorm Haus ist ein Parkplatz frei, er lässt den Wagen rückwärts hineingleiten und steigt aus, um mir die Tür zu öffnen. Ob sein Papa ihm das beigebracht hat? Ich bin schneller als er und schon halb ausgestiegen, als er auf meiner Seite ankommt. Wie gut, dass ich mich wieder unter Kontrolle habe. Mit beiden Händen halte ich die Handtasche an meine Brust gepresst.

»Vielen Dank fürs Heimfahren. War schön, dich kennenzulernen.«

Er hält mich nicht auf, erst als ich an ihm vorbeigetreten bin und schon ein paar Schritte Richtung Haustür gemacht habe, sagt er meinen Namen. Er sagt ihn nicht sehr laut und ich könnte so tun, als hätte ich ihn nicht gehört. Das wäre nicht schwer, und ich weiß, dass es besser wäre. Aber ich bleibe stehen und drehe mich um. Er steht da, ganz ruhig, mit den Händen in den Hosentaschen. Die nächste Straßenlaterne ist zu weit entfernt, als dass ich sein Gesicht auf die Entfernung genau sehen könnte.

»Cordula, hör mir bitte noch kurz zu.«

Das sollte ich nicht tun.

»Es vibriert zwischen uns, das kannst du nicht leugnen. Das habe ich gespürt und ich spüre es immer noch.«

Wie zum Beweis reicht der Klang seiner Stimme, dass meine Innenschenkel kribbeln und ich merke, wie ich rot werde.

»Solltest du das ignorieren wollen, aus welchen Gründen auch immer, kann ich nichts dagegen tun.« Er macht eine Pause und einen kleinen Schritt auf mich zu. »Ich hoffe einfach nur, dass nicht der einzige Grund, warum du plötzlich so abweisend bist, mein Alter ist. Oder deins. Denn das wäre schade.«

Ich lasse die Handtasche sinken, rühre mich aber nicht von der Stelle. »Dir ist es also egal, dass ich sechzehn Jahre älter bin als du?«

»Ja, absolut.« Er macht noch einen Schritt auf mich zu.

»Es macht dir nichts aus, dass meine Tochter nur ein Jahr jünger ist als du?«

Falls es ihn überrascht, lässt er es sich nicht anmerken. »Überhaupt nichts.« Noch einen Schritt.

»Aber ich könnte auch ...«

Er macht zwei große Schritte und ist bei mir. »Du könntest jetzt einfach mal das Thema sein lassen. Wenn du hier abbrechen möchtest, dann respektiere ich das. Keine Frage. Aber wenn du auch irgendwie neugierig bist, was das ist zwischen uns, dann können wir doch vielleicht mal einen Kaffee zusammen trinken. Morgen oder so.« Er steht jetzt nah genug, dass ich die Unsicherheit in seinem Gesicht sehen kann. Und dass er gar nicht versucht, sie zu verbergen.

So jung wie heute werde ich nie wieder sein, denke ich. Und küsse ihn. Er hat so wenig damit gerechnet wie ich selbst und gerade sein kurzes Zögern sorgt dafür, dass mein Kuss fordernder wird und ich mich enger an ihn schmiege. Er seufzt leise und drängt sich gegen mich, während sein Atem schneller wird und die Hitze zwischen meinen Beinen zurückkehrt. Seine Hand wandert meinen Rücken herab bis kurz übers Steißbein und drückt mich gegen den rauen Stoff seiner Jeans, den ich durch den dünnen Jerseyrock deutlich fühlen kann. Ein leises Stöhnen kommt aus meinem Mund und landet in seinem. Entschlossen schiebt er mich zurück zu seinem Auto und öffnet die hintere Tür.

Es ist eng auf der Rückbank, als er die Autotür hinter uns zuzieht. Schön eng. Einen Moment verharren wir halb sitzend, halb liegend aneinander. Ich spüre seinen

Herzschlag und seine Erregung. Als er mit dem Knie meinen Rock hochschiebt, dränge ich mich ihm hemmungslos entgegen. Sonst brauche ich ein ewiges Vorspiel und jetzt kann es mir gar nicht schnell genug gehen. Ungeduldig zerre ich an seinem Gürtel, während er mein Top hochschiebt und mich auf Bauch, Brust und Dekolleté küsst. Endlich schiebt er seine Jeans ein Stück runter und zieht ein Kondom über. Dann küsst er mich zärtlich und schaut mich an. »O mein Gott, du bist unglaublich.«

Unglaublich heiß auf dich, denke ich, und hebe mein Becken ihm entgegen. Er stößt schnell und heftig zu, der Rhythmus ein wenig zu hektisch, als hätte er Sorge, mit sich selbst nicht mithalten zu können. Mit beiden Händen greife ich seinen Po und bremse das Tempo etwas, drücke ihn dafür tiefer in mich. Er lässt es geschehen und ich merke, wie er umso heftiger dem Höhepunkt entgegengleitet und mich mitnimmt. Wenig später kommt er mit einem ungläubigen Stöhnen und mit dem Pulsieren lasse auch ich los. In mir explodiert eine Welle, die sich jahrelang aufgestaut hat. Ich beiße mir auf die Unterlippe und höre mich leise seufzen.

Alles um uns ist eng und nass vor Schweiß, mein Dutt drückt im Nacken und die halb ausgezogenen Klamotten scheinen uns zu fesseln. Trotzdem fühle ich mich so befreit wie lange nicht mehr.

8
MILLI

»**DAS KLINGT JA RICHTIG STRESSIG.** So hart hab ich mir dein Studentenleben nicht vorgestellt.« Kaya nimmt mir die Teller ab und schiebt sie in die Spülmaschine.

»Ach, es ist nur alles etwas viel gerade.« Ich lache und merke selbst, dass es ein wenig verzweifelt klingt.

Kaya richtet sich auf und wirft mir einen besorgten Blick zu. »Hast du dich mit dieser Rinderkliniksache vielleicht übernommen? Eigentlich hast du mit dem ganzen Vorlesungskram und Prüfungsstress doch echt schon genug zu tun.«

»Nein, ich will das unbedingt. Es macht auch Spaß!« Das tut es ehrlich. Ich mag die Klinikdienste und habe in der einen Woche schon so viel gelernt. Aber es ist auch anstrengend, vor und nach der Uni im Einsatz zu sein, vor allem, weil mir die Abläufe neu sind, und ich nichts falsch machen will. Diese Daueranspannung führt dazu, dass ich mich so erschöpft fühle. »Ich muss einfach noch ein bisschen ankommen. Dann kann ich Professor Kolventhal auch zeigen, was ich draufhabe.«

Kaya schnaubt. »Der Typ ist ja wohl blind, wenn er das

nicht längst bemerkt hat. Ich glaube, es sollte dir herzlich egal sein, was der über dich denkt.«

Ich ziehe die Augenbrauen hoch. »Er ist der Klinikchef!«

»Na und? Seine Sozialkompetenz lässt dafür ziemlich zu wünschen übrig. Du solltest nicht so viel Respekt vor ihm haben. Willst du ein Eis?«

Kayas Geschimpfe über Kolventhal tut gut, und Eis geht natürlich immer. Sie drückt mir ein Kindereis am Stiel in die Hand und nimmt sich selbst auch eins aus dem Kühlfach. Auf der Packung sind kleine Kühe abgebildet – wie passend.

»Hoffentlich kommt keiner der Jungs angestapft, das sind nämlich die beiden letzten.« Ob sie da auch Lasse mit einbezieht, der sich nach dem Abendessen ins Arbeitszimmer verzogen hat, um Klausuren zu korrigieren? Es würde ihr ähnlich sehen. »Henry und Philipp würden nie wieder freiwillig ins Bett gehen, wenn sie wüssten, dass dann hier ohne sie Eis gefuttert wird.«

Die Zwillinge waren auch heute nicht begeistert, als die Schlafenszeit verkündet wurde. Und natürlich wollten sie von mir ins Bett gebracht werden, weil sie wissen, dass es dann immer noch einen Kitzelkampf gibt und wir zusammen das Cowboybuch mit den vielen Klappen lesen. Nur für das Gutenachtlied musste unbedingt ihre Mama kommen. Ich lehnte am Türrahmen des dunklen Zimmers und hörte zu, wie Kaya mit ruhiger Stimme das Lied vom Wolf sang.

Das gleiche Lied hat meine Mutter mir jeden Abend vorgesungen, bestimmt bis ich zehn war. Gibt es wohl den einen Abend, an dem man damit aufhört? Oder habe ich selbst es eines Tages nicht mehr gewollt? Ich weiß es nicht.

Wir lümmeln uns auf die Couch und ich merke, wie die ganze Anspannung endlich von mir abfällt. Der Neuberg-Effekt. Es ist, als wäre hier alles ein wenig leichter.

»Erzähl mir mehr von dem kleinen Franzosen.« Kaya leckt sich einen Klecks Vanilleeis vom Handgelenk. Ich lehne meinen Kopf seitlich an die Sofalehne.

»Von Noé?«

»Ja. Wie sieht er aus?«

Ich zucke mit den Schultern. »Ganz normal. Er ist einen Kopf größer als ich. Seine Haare sind dunkelbraun und immer ein bisschen verwuschelt. Er hat ganz dunkle Augen und wenn er lacht, dann kriegt er so kleine Grübchen.«

Kaya schmunzelt und ich werde schlagartig rot. »Was?«

»Nichts. Ich hatte nur nicht mit so einer detaillierten Beschreibung gerechnet.«

Ich sehe, dass sie sich ein Grinsen verkneifen muss und werfe ihr einen eingeschnappten Blick zu. »Außerdem hat er anscheinend ziemlich viel Geld und ist der absolute Liebling von Kolventhal.«

Kaya legt den Kopf schief. »Da kann er ja nichts für.«

»Und ziemlich arrogant ist er auch.« Das nehme ich zumindest an. Wer so aussieht, reich ist und einen bei Kolventhal schwer beliebten Erfolgspapi hat, der wird sich wahrscheinlich auch so benehmen. Für mich interessiert er sich jedenfalls herzlich wenig, obwohl wir zusammenwohnen und arbeiten. Es scharen sich genug Mädels aus meinem Semester um ihn, ich gehe ihm lieber aus dem Weg.

»Er hat es bestimmt nicht leicht. Den gleichen Stress wie du und dann auch noch in einem fremden Land mit fremder Sprache. Da helfen ihm die paar Bonuspunkte beim Professor Wie-auch-immer bestimmt nicht weiter.« Kaya schafft es, dass ich dann doch Gewissensbisse bekomme. Vielleicht sollte ich Noé zumindest mal fragen, wie er so klarkommt. Wo sie schon dabei ist, schmeißt Kaya meinem schlechten Gewissen gleich noch mehr Futter hin. »Hast du jetzt eigentlich rausgefunden, was Cordulas Problem ist?«

Ich schüttle stumm den Kopf. Irgendwie möchte ich nicht zugeben, dass ich kaum an sie gedacht habe, bis vorhin auf der Fahrt nach Neuberg ihre Nachricht kam. Ich kann mich ja damit abfinden, dass sie anscheinend auf einem Selbstfindungstrip ist. Aber mich soll sie da mal schön außen vor lassen. Ich habe genug mit meinem eigenen Leben zu tun, damit behellige ich sie ja auch nicht. Sie hat immer Wert auf meine Selbständigkeit gelegt und mich machen lassen, aber irgendwie kennt sie mich deshalb glaube ich gar nicht so richtig, richtig gut. Ich sie ja auch nicht. Wahrscheinlich kann ich mich in sie genau so wenig hineinversetzen wie sie sich in mich. Wir sind einfach zu verschieden. Ich habe keine Ahnung, was sie davon hält, dass ich meine Tierliebe zum Beruf machen will und ob sie überhaupt versteht, worum es mir geht. Da fühle ich mich bei Kaya besser aufgehoben.

Kaya zieht ihre Knie an den Körper und legt die Arme drum. »Ich wüsste ja schon gern, was los ist. Sie schmeißt doch nicht einfach so ihren geliebten Wissenschaftskram hin, um irgendwelchen Schnickschnack zu studieren. Seltsam, oder?«

Ich nicke wieder, aber ich will unbedingt das Thema wechseln. »Was ist jetzt eigentlich mit euerm Kurzurlaub?«

Sie seufzt glücklich. »Gebucht. Drei Tage nur Lasse und ich. Ein kleines Landhotel im Nirgendwo. Ich freu mich so. Ausschlafen, lesen, ewig frühstücken, ungestört miteinander ...«

»Bitte keine Details«, ich hebe abwehrend die Hände. Ich gönne es den beiden so sehr. Seit die Zwillinge da sind, hatten sie keine ruhige Minute mehr. Schließlich arbeiten beide, während die Zwerge im Kindergarten sind, und meist bleibt so viel unerledigt, dass sie abends Buchbestellungen abarbeiten und Unterricht vorbereiten, anstatt es sich zusammen gemütlich zu machen.

»Ich liebe die Zwillinge und sie sind das größte Geschenk, aber ein klitzekleines Wochenende ohne sie ist auch eins.«

Das kann ich mir sehr gut vorstellen. »Wer passt so lange auf die Kleinen auf?« Ich hätte es zu gern selbst gemacht, aber weil ich nicht wusste, wie das mit den Wochenenddiensten in der Klinik ist, wollte ich nicht voreilig zusagen.

»Anabel und Rob.« Kayas Augen funkeln. »Die beiden haben ja nicht mehr viel Zeit zum Üben. Sie freuen sich so sehr auf das Baby, es ist einfach süß.«

Sie erzählt mir von Plänen für das Buch-Café, vom spannenden Roman, den sie gerade liest und davon, dass Lasses Cousin Mark und ihre beste Freundin Amelie immer noch denken, keiner von uns hätte mitgekriegt, dass etwas zwischen ihnen läuft. Dabei geht das mit den beiden schon über ein Jahr und wir alle warten nur darauf, dass sie es endlich offiziell machen.

Irgendwann merke ich, dass mir die Augen zufallen. »Ich muss ins Bett«, nuschle ich und Kaya lächelt. »Ich auch. Spätestens um halb sieben hüpft der persönliche Weckdienst auf unserem Bett Trampolin. Schließ bloß die Zwischentür ab, sonst machen sie bei dir weiter.«

Mein Zimmer befindet sich im Erdgeschoss, dort wo früher Kayas Buchladen war, bevor sie das Buch-Café gemeinsam mit Anabel ins ehemalige Kino verlagert hat. Es ist toll geworden und läuft super, aber manchmal vermisse ich den kleinen, gemütlichen Laden, den Kaya aus dem Nichts im Haus meiner Großeltern eröffnet hat. Wenn ich in dem großen, offenen Raum stehe, der jetzt einfach wieder ein Wohnzimmer ist, dann rieche ich noch ganz leicht diesen typischen Duft nach alten und neuen Büchern, ich weiß noch genau, wo die Krimis standen und an welcher Stelle die Lesetipps des Monats trotz ständigem Platzmangel mit dem Cover voran gezeigt wurden. Aus dem kleineren Nebenraum, der früher als Lager und Büro diente, ist inzwischen mein Zimmer geworden und eigentlich war es das schon immer. Schließlich habe ich hier so oft Hausaufgaben gemacht, gemalt oder gelesen, wenn Kaya arbeiten musste, während ich bei ihr war, weil Mama keine Zeit hatte und mich natürlich nicht mit in die Uni oder zu Kongressen nehmen konnte. Das war schöner, als nach dem Unterricht mit dem Zug in die Stadt zu fahren, um dann doch allein in der Wohnung zu sitzen. Meine Mutter hat nie verstanden, warum ich unbedingt weiter in Neuberg zur Schule gehen wollte, als wir in die Stadt gezogen sind. Aber ich war zehn und hier waren alle meine Freunde, die Pferde und irgendwie mein ganzes Leben. Ich konnte ja verstehen, dass ihr diese Stelle an der Universität wichtig war, aber so weit weg war die Stadt nicht, wir hätten einfach bleiben können. Meine Mutter wollte das nicht. Und was ich wollte, hatte nicht genug Bedeutung. In der Oberstufe war ich dann fast nur noch hier in Neuberg und kaum noch in der Stadt. Ich glaube, meine Mutter hat mir das übelgenommen, aber für mich war es einfach besser so.

An den Wochenenden und in den Ferien habe ich schon als Kind häufig hier übernachtet, oben in der Wohnung in Kayas Gästezimmer, das jetzt Henrys Zimmer ist und ganz früher mal meins war. Da war Kaya ja noch Single und die Buchhandlung hier unten.

Ich putze am Waschbecken in der Küche die Zähne, wo zuvor der kleine Cafébereich war, nicht zu vergleichen mit dem neuen schicken Buch-Café, in dem es Anabels phantastische Cupcakes gibt und frische Blumen auf den Tischen. Eigentlich war hier nur eine Kaffeemaschine zur Selbstbedienung und ein paar wackelige Bistrotische, aber irgendwie hatte das auch gereicht.

Ich hätte oben noch ins Bad gehen können, und es war ein verführerischer Gedanke, nach der sehr schlichten Dusche in der Rinderklinik, bei der Temperatur und Wasserdruck nach dem Zufallsprinzip schwanken, unter der heißen Regendusche zu entspannen, aber ich bin einfach zu müde und habe das auf morgen vertagt. Als ich mich unter der Decke zusammenrolle, muss ich daran denken, wie Noé sich jedes Mal mit französischen Schimpfwörtern beschwert, wenn er aus dem Etagenbad kommt. Zu Hause hat er wahrscheinlich einen vergoldeten Duschkopf. Allerdings hat er sich wohl noch nicht getraut, sich bei Kolventhal über die wechselwarme Rinnsaldusche zu beschweren. Na, ich werde es bestimmt nicht tun. Da dusche ich lieber jeden Tag kalt und lächle noch dabei. Im Halbschlaf sehe ich meinen Mitbewohner vor mir, wie er mit nassen Haaren, Shorts und T-Shirt aus dem Bad in unsere Wohnung kommt und flucht.

Er hat es bestimmt nicht leicht, höre ich Kayas Stimme. Dann schlafe ich ein.

*

Natürlich habe ich vergessen, die Zwischentür abzuschließen und werde am frühen Morgen von den Zwillingen geweckt, die sich mit Indianergeheul auf mich stürzen. Sie sehen zu goldig aus mit ihren gepunkteten Pyjamas, den verstrubbelten Haaren und den vom Schlafen geröteten Wangen, so dass ich ihnen einfach nicht böse sein kann. Außerdem wollte ich ja gar nicht ausschlafen, weil es mich viel zu sehr zu Mitternacht zieht. Schließlich habe ich meinen Ochsen ewig nicht gesehen. Deshalb schüttle ich die beiden nach einer kurzen Kuschelrunde von mir ab, was zu lautem Protest führt, den ich aber mit zwei Bananen und einem Schälchen Rosinen aus der Küche beruhigen kann. Und mit dem Versprechen, dass ich später auch ganz bestimmt mit ihnen Piratenschiff spiele. Ich springe nur kurz ins Bad, greife mir dann zwei Äpfel und rufe einen Abschiedsgruß, ohne auf eine Antwort zu warten. Kaya muss in einer halben Stunde im Buch-Café sein, aber weil das nur eine Straßenecke entfernt ist, kostet sie jede wertvolle Bettminute aus. Lasse wird später mit den Jungs frühstücken und sie wahrscheinlich zum Austoben nach draußen befördern. Zum Stall geht es mit dem Fahrrad ein paar Kilometer durch die Felder. Ich kann nicht zählen, wie oft ich diesen Weg schon geradelt bin. Meine Mutter wollte es mir früher verbieten, sie hat sich Sorgen gemacht, dass mir etwas passiert. Inzwischen kann ich das verstehen, aber damals habe ich gedacht, sie hätte vor allem was dagegen, dass ich jeden Tag bei Kaya im Stall bin. Weil sie selbst mit Pferden nichts anfangen konnte, weil sie befürchtete, ich könnte die Schule vernachlässigen und weil sie irgendwie dachte, Mutter sein bedeutet, alles unter Kontrolle zu haben. Ich bin dann trotzdem mit dem Rad durch die Felder gefahren, was sollte sie auch dagegen tun. Wir haben zu dieser Zeit zwar noch in Neuberg gewohnt, aber sie war für die Doktorarbeit viel in der Stadt und kam oft erst abends nach Hause. Da konnte sie ja eigentlich froh sein, dass ich im Stall gut aufgehoben war. Irgendwann hat sie einfach nichts mehr dazu gesagt.

Es hat über Nacht geregnet und die Luft legt sich kühl auf meine Hände und mein Gesicht. Ich atme tief ein, den Geruch nach feuchter Erde und abgeernteten Maisfeldern. Mein Herz wird leicht und klopft voller Vorfreude, als am Horizont die Weide auftaucht. Mitternacht lebt in einer Herde rotbrauner Limousin-Rinder, deshalb erkenne ich den großen schwarz-weißen Fleck unter ihnen sofort. Er steht direkt am Tor, als wüsste er, dass ich komme. Ich lasse mein Fahrrad am Wegrand fallen und stürze zu ihm. Er schaut mich mit seinen freundlichen Augen an und streckt mir den riesigen, schwarzen Kopf entgegen. Ich lehne mich an ihn und streiche über den schiefen Stern auf seiner Stirn.

Rob hat diesen Stern als Tätowierung auf dem Handgelenk. Das hat er für Anabel machen lassen, weil sie Mitternacht gemeinsam als Kalb vorm Schlachter gerettet haben. Ich habe mich dann um ihn gekümmert und ich kann es immer noch nicht glauben, dass die beiden ihn mir wirklich geschenkt haben.

Als ich das Tor öffne und Mitternacht rauslasse, läuft er zielstrebig zu meinem Fahrrad, um zu schauen, was ich ihm mitgebracht habe. Zufrieden fischt er den Apfel aus dem Gepäckträgerkorb und stapft zurück zu mir. Schon lange brauche ich keinen Strick mehr, wenn ich ihn von der Weide zum Stall bringe, denn er läuft gemütlich neben mir her, während ich mein Fahrrad den Teerweg entlangschiebe. Ich bin sehr stolz, dass ich ihm so vertrauen kann. Und er vertraut mir, das ist noch viel schöner. In der Rinderklinik habe ich niemandem von ihm erzählt. Ich will nicht, dass sie denken, ich würde Rinder als niedliche Haustiere betrachten, weil ich meine Freizeit mit einem Ochsen verbringe, der mir folgt und den ich sogar reiten kann. Ich kenne durchaus die Bedeutung von Rindern in der Landwirtschaft, nämlich die Produktion von Milch und Fleisch, und ich weiß, dass der Tierarzt Teil davon ist. Gerade deshalb möchte ich mich für die Gesundheit und artgerechte Tierhaltung von Rindern einsetzen. Mir ist schon klar, dass nicht alle ein Leben wie Mitternacht führen können und ich kann das differenzieren, aber das glauben viele nicht. Wenn Professor Kolventhal mich so sehen könnte, würde er mich wahrscheinlich für völlig verrückt erklären. Und da ist er nicht der Einzige.

Ich klopfe meinem übergroßen Gefährten den Hals, als er brav am Anbindebalken stehen bleibt, um zu warten, bis ich seine Striegelkiste aus der Sattelkammer geholt habe. Die Pferde kommen neugierig an den Paddockzaun, um ihren ungewöhnlichen Stallkameraden zu begrüßen.

Als Kalb hat er bei ihnen in der Herde gelebt und auch heute noch kann ich ihn problemlos dazustellen, obwohl er selbst die große Vollblutstute Lulu weit überragt. Unser altes Shetlandpony geht ihm gerade mal bis zum Bauch. Achterbahn ist schon über dreißig, was ihn nicht davon abhält, seinen Rang als Herdenchef zu verteidigen und uns mit immer neuen und oft erfolgreichen Ausbruchversuchen auf Trab zu halten. Er war Kayas Kinderpony, dann habe ich auf ihm Reiten gelernt und er ist noch so fit, dass sogar die Zwillinge ab und zu mit strahlenden Gesichtern eine Runde auf seinem Rücken um den Hof drehen dürfen.

Mitternacht stupst mich mit dem Flotzmaul an und findet, dass ich ihn jetzt genug gebürstet habe. Er will los. Also lege ich den baumlosen Westernsattel auf seinen Rücken und streife das maßangefertigte Knotenhalfter mit den bunten Zügeln über seinen Kopf. Für die Ausrüstung eines Reitochsen braucht man viel Kreativität, Geduld und ein großes Sparschwein.

Als ich in den Sattel gleite und mit der Zunge schnalze, lasse ich alles hinter mir: Lernstress und Prüfungssorgen, den ungerechten Kolventhal, den arroganten Noé und die Selbstverwirklichung meiner Mutter in meinem WG-Zimmer. Solange Mitternacht mich trägt, ist mir das alles ganz egal.

*

Als ich am Sonntagabend in die kleine Famulantenwohnung komme, ist alles dunkel und still. Unschlüssig bleibe ich im Flur stehen, nachdem ich auf den Lichtschalter gedrückt habe. Es ist so kühl, dass ich meine Jacke am liebsten anbehalten würde. Neben der Garderobe hängt der Werbekalender einer Arzneimittelfirma. Vom letzten Jahr, aber wenigstens Kuhmotive. Ich nehme ihn von der Wand, um zumindest den richtigen Monat aufzuschlagen. In diesem Moment klackt der Schlüssel in der Haustür. Noé bleibt im Türrahmen stehen und schaut mich überrascht an, als hätte er vergessen, dass ich auch hier wohne.

»Hi«, sage ich und betrachte seinen dunklen Rollkragenpullover aus feiner Wolle. Ich dachte immer, das sei ein Klischee aus französischen Spielfilmen. Wohl eher nicht.

Er lächelt und ich versuche, die Grübchen nicht zu sehen.

»*Salut*, Milli. Wie war es in deinem Zuhause?«

»Sehr schön. Und hier?«

»Viele Kühe machen Mühe«, sagt er so ernst, als würde er Goethe zitieren, und ich muss lachen.

Die Grübchen tauchen wieder auf. »Das hat Monsieur Paul mir beigebracht.«

Ganz kurz bin ich fast ein bisschen eifersüchtig, dass Noé mir durch den Wochenenddienst in der Klinik jetzt einiges voraushat. So ein blöder Gedanke. Ich kann ja froh sein, dass ich frei hatte, und außerdem habe ich nächstes Wochenende Dienst und überhaupt noch ein ganzes Semester als Famulantin vor mir. »Kommst du gerade aus der Klinik?«

»*Non*, ich habe gegessen. In dem Hotelrestaurant am Fluss. Es ist sehr gut da, vielleicht können wir dort mal zusammen hingehen.«

Ich bin mir sicher, dass ich mir von dieser Speisekarte nicht mal einen kleinen Salat und ein Wasser leisten könnte. Für ihn scheint das ja echt kein Thema zu sein. Trotzdem tut er mir leid, wenn ich mir vorstelle, wie er allein am Restauranttisch sitzt und seinen Hummer auseinanderpflückt. Der schwarze Rollkragen passt zu dem Bild voller Tristesse. Er hat es bestimmt nicht leicht.

»Wir können doch einfach mal was zusammen kochen. Morgen Abend vielleicht?«

»*Ici?*« Er zeigt skeptisch zu unserer Miniküche mit Mikrowelle und Wasserkocher. Ich schlage ihm vor, dass wir den Herd im Gemeinschaftsraum der Klinik nutzen und so was Unkompliziertes wie Spaghetti mit Tomatensoße machen. Er schaut mich an, als hätte ich ihm gerade ein sehr experimentelles Lokal vorgeschlagen, aber dann grinst er. »*Bien*. Was hast du da eigentlich?« Er kommt zu mir und schaut auf den Kalender, den ich immer noch in der Hand halte. Ich schlage den Oktober auf. Ein Kälbchen im Stroh. Schwarz mit weißen Beinen. »So sah mein Mitternacht auch mal aus.«

Noé runzelt die Stirn. »Du hast eine Kuh?«

»Einen Ochsen.« Ich hänge den Kalender zurück an die Wand.

»Ochse? Ist das nicht ein Schimpfwort?«

Na ja, eins aus den Achtzigern oder so. Ich drehe mich zu ihm um. »Woher kannst du eigentlich so gut Deutsch?«

»Es hat mit einem Märchen angefangen.« Er hebt die Schultern. »Wenn du nicht zu müde bist, kann ich es dir erzählen.«

Plötzlich sitzen wir in der winzigen Küche und trinken verstaubten Tee. Es ist überhaupt nicht mehr kühl und Noé gar nicht so arrogant, wie ich dachte. Er erzählt mir, dass er als kleiner Junge ein altes deutsches Märchenbuch im Regal entdeckt hat und fasziniert davon war, weil es ihm mit dem alten Einband und den geheimnisvollen Illustrationen wie ein Zauberbuch in fremder Sprache vorkam. »Ich habe mir daraus vorlesen lassen und nach und nach versucht, die Worte zu lernen.«

Irgendwie rührt mich die Vorstellung von ihm als kleiner Junge, der versucht, den Froschkönig zu übersetzen, aber ich kann nicht ganz glauben, dass es wirklich so gewesen ist.

»Müsstest du dann nicht viel altmodischer sprechen? So: *Es ist ein Band von meinem Herzen, das da lag in großen Schmerzen*«, zitiere ich mit getragener Stimme.

Er lacht, und es ist schön, wie seine Augen dabei funkeln. »Das wäre lustig. Ich habe dann in der Schule Deutschunterricht bekommen, und weil ich es so mochte, war ich da ein sehr fleißiger Schüler. Deshalb bin ich froh, jetzt hier in Deutschland zu sein und so viel zu sprechen.«

»Ich bin auch froh, dass du hier bist.« Das ist mir so rausgerutscht und ich weiß gar nicht, wo es hergekommen ist. Schnell hebe ich die Teetasse vor mein Gesicht und nehme einen großen Schluck, um Noés Blick auszuweichen.

Doch er scheint es nicht bemerkt zu haben. »Erzähl mir von diesem Ochsen.«

Wie ein Wasserfall fange ich an, von Mitternacht zu erzählen und Noé hört mir zu, schüttelt zwischendurch ungläubig den Kopf oder schmunzelt. Als wir irgendwann auf seine Uhr schauen, ist es spät geworden. In wenigen Stunden müssen wir zur Stalluntersuchung und zur Visite.

Ich liege schon im Bett, als mir einfällt, dass ich mich endlich mal um meine Mutter kümmern sollte. Kaya hat ganz recht, irgendwas stimmt da nicht. Und sie hat ja niemanden außer mir.

9
CORDULA

ALS MEIN HANDY mit einem kurzen Vibrieren eine Nachricht ankündigt, bin ich sofort hellwach. Milli hat in ihrem bonbonfarbenen Zimmer keinen Nachttisch, deshalb liegt es auf dem Schreibtisch und ich müsste aufstehen, um draufzuschauen. Das will ich nicht. Die Nachricht wird von Marlon sein, wer sonst sollte mir mitten in der Nacht eine Nachricht schreiben?

Als er nach meiner Telefonnummer gefragt hat, habe ich gedacht, er tut das aus reiner Höflichkeit. Um es zu einem guten Ende zu bringen und mir nicht das Gefühl zu geben, es wäre ihm nur um das Eine gegangen. Das fand ich irgendwie charmant und deshalb habe ich ihm die Nummer gegeben. Die richtige. In diesem Moment wäre ich gar nicht darauf gekommen, einen Zahlendreher einzubauen oder eine Ziffer zu vergessen. Weil ich anders als meine Schwester Kaya in ihrer wilden Zeit vor Lasse keinerlei Erfahrung mit One-Night-Stands habe. Mit ernsthaften Beziehungen allerdings auch nicht wirklich, jedenfalls nichts mit Bedeutung, aber darum geht es diesem Marlon sowieso nicht. Deshalb hatte ich überhaupt nicht damit gerechnet, dass er sich wirklich melden würde. Das wäre in Ordnung gewesen. Ich hatte von unserer Episode auf der Rückbank mindestens so profitiert wie er, ich fühlte mich danach seltsam beschwingt und überraschend gut dabei. Aber er hat sich sehr wohl gemeldet. Gleich am Vormittag mit einer Nachricht, in der er mich fragte, ob ich gut geschlafen hätte. Ich habe das immer noch für ein freundliches Nachbeben gehalten, aber auf meine knappe Antwort schickte er eine weitere Nachricht, dann noch eine, und schließlich fragte er nach meinen Plänen für den Nachmittag.

Wir gingen Kaffeetrinken und schlenderten danach durch den botanischen Garten. Er war nicht aufdringlich, erzählte von seinem BWL-Studium, seiner Heimatstadt, einem Nebenjob bei einer Versicherungsfirma und dem Traum von einem eigenen Oldtimer-Motorrad. Ich hörte nur halbherzig zu, weil ich ihn verstohlen beobachtete und herauszufinden versuchte, was das hier war mit uns.

»Ist das eigentlich ein Date?« Ich hatte nicht vorgehabt, die Frage zu stellen, sie war mir einfach aus dem Mund geflattert und zwischen uns gelandet.

Er blieb stehen und grinste. »Ich hoffe doch.«

Ich merkte, wie ich rot wurde und ärgerte mich. Ich konnte nicht zulassen, dass mich jemand so verunsicherte. Schon gar nicht so ein junger Typ, der locker einer meiner Studenten sein könnte. »Daraus wird nichts, Marlon«, sagte ich schroff. »Ich hätte dich gar nicht treffen dürfen.«

Er sah mich erschrocken an und irgendwie brachte ich es nicht über mich, mich einfach umzudrehen und zu gehen, wie ich es gern gewollt hätte.

»Das hat doch keinen Sinn mit uns.« Meine Stimme klang leise und deutlich sanfter.

Er hob ganz leicht die Hände in einer hilflosen Geste. »Muss denn immer alles Sinn machen?«

Ich lächelte, aber es fühlte sich falsch an. »Für dich vielleicht nicht und das ist okay. Für mich schon.« Ich ging.

Die erste Nachricht kam, noch bevor ich zu Hause war. Nur ein Smiley, der betrübt auf den Boden schaut. Die zweite schickte er eine halbe Stunde später, als ich reglos in Millis WG-Zimmer auf Millis Bett saß und mich fragte, wie oft ich wohl in der letzten Woche falsch abgebogen war. Nichts war mehr so, wie es sein sollte.

Wenn ich verspreche, dass es KEIN Date ist, und dass es sehr, sehr viel Sinn ergeben wird, würdest du dann morgen mit mir ins Mathematikmuseum gehen?

Gegen meinen Willen musste ich lächeln. Ich tippte fünfmal Nein und zweimal Ja, löschte es wieder und lauschte in die Stille der Wohnung. Vielleicht war es seine rührende Hartnäckigkeit oder die Tatsache, dass er bewusst oder intuitiv einen Ort gewählt hatte, der sofort mein Interesse weckte. Vielleicht war es gerade einfach so, dass das mit Marlon weniger kompliziert war als alles andere in meinem Leben. Jedenfalls tippte ich ein drittes Ja und schickte es ab.

Tatsächlich hatte er das Mathematikmuseum wohl gar

nicht für mich ausgewählt, denn er war mit einer Begeisterung bei der Sache, die kaum gespielt sein konnte. Gemeinsam lösten wir knifflige Zahlenrätsel, puzzelten Steine in den Pentomino-Kalender oder versuchten, irgendwo in den Nachkommastellen von Pi unsere Geburtsdaten zu finden. Marlon überraschte mich mit sehr intelligenten Fragen und Ideen, deshalb musste ich mir eingestehen, dass ich ihn aufgrund seines Alters unterschätzt hatte. Womit ich gar nicht gerechnet hatte, war allerdings seine körperliche Wirkung auf mich. Obwohl er wie versprochen den ganzen Nachmittag auf unverbindlichem Abstand blieb, gefiel es mir immer weniger. Es war verrückt. Das verschmitzte Lächeln, der frische Geruch nach Rasierwasser und die sportliche Figur – dagegen war ich sonst völlig resistent. Aber jetzt brachten sie in Wellen die Erinnerung an die vorletzte Nacht zurück, was es mir schwermachte, mich auf die Binäruhr oder das Möbiusband zu konzentrieren. Falls es ihm auffiel, ließ er es sich nicht anmerken, und auch als er mich zu Hause absetzte, machte er keine Anstalten, mir beim Abschied näherzukommen. »Das war schön. Vielen Dank, dass du mitgekommen bist.«

Ich stieg aus und sagte nichts. In mir vibrierte es. Plötzlich fühlte ich mich verloren und das ärgerte mich. Jahrelang hatte ich gedacht, ich hätte meine Lektion gelernt. Ich hatte alles getan, um die Kontrolle zu behalten und alles richtig zu machen. Denn Fehler haben Folgen. »Ich glaube, ich will dich nicht wiedersehen, Marlon.«

Erschrocken sah er mich an. »Habe ich etwas falsch gemacht?« Nein, das hatte er nicht. Ganz im Gegenteil.

»Marlon, ich habe alles falsch gemacht. Ich hätte nie ... Ich hätte einen klaren Kopf behalten müssen.«

Er lächelte traurig. »Ich finde, die letzten Tage haben sich verdammt richtig angefühlt. Für mich jedenfalls.«

Für mich doch auch, schoss mir durch den Kopf, aber diese Antwort wäre nicht gerade zielführend gewesen.

Seine grauen Augen fixierten mich. »Bist du dir sicher?«

Ich zögerte und er nickte, als hätte ich etwas gesagt. »Gib uns eine Chance, Cordula! Ich will mit dir zusammen sein. Ich finde dich klug und nett und heiß und sexy und ...«

Ich musste lachen. »Hör auf, ich weiß, was du vorhast.«

Er grinste. »Genau das. Dich zum Lachen zu bringen. Dafür zu sorgen, dass du deinen klaren Kopf vergisst.« Er machte einen Schritt auf mich zu. »Und dass du dich auf den Mann einlässt, der an nichts anderes mehr denken kann als an dich.«

Hatte ich etwas zu verlieren? Vor langer Zeit hatte ich beschlossen, Zuneigung nur so weit zuzulassen, wie ich sie auch noch kontrollieren konnte. Das war mir bisher gut gelungen, ohne dass mir wirklich etwas fehlte. Aber schon der erste Kuss, der mich selbst völlig überraschte, hatte mir gezeigt, dass der junge Mann mit seinem irgendwie harmlosen, aber hinreißenden Charme dafür sorgte, dass ich mich nicht mehr im Griff hatte. Dass ich es genoss, mit ihm zusammen zu sein, ohne mich verletzbar zu fühlen. Vielleicht konnte er mir sogar helfen herauszufinden, was ich wollte.

Ich schloss die Augen und nahm Marlon in den Arm. Legte meine Wange an seine und hielt ihn fest. Er sprach so leise, dass ich es nur hörte, weil seine Lippen direkt an meinem Ohr waren. »Bitte entscheide dich. Ich kann dich nicht jeden Tag aufs Neue erobern, das schaffe ich nicht.« Dann küsste ich ihn.

*

Ich habe unruhig geschlafen, nur deshalb hat mich das Vibrieren der Nachricht geweckt und ich weiß, dass ich nicht wieder einschlafen kann, bevor ich sie gelesen habe. Das stört mich genau wie das kindische Kribbeln, das der Gedanke an Marlon auslöst und mich irgendwie hilflos macht. Eine ganze Weile versuche ich, das Gefühlschaos zu ignorieren und bleibe stoisch liegen. Dann halte ich es nicht mehr aus und stehe energisch auf. Natürlich nur, um das Telefon ganz stummzuschalten, damit es mich nicht mehr weckt. Doch die Nachricht ist gar nicht von Marlon. Sie ist von Milli.

Hallo Mama, wie geht es dir? Magst du um 14 h vorbeikommen? Ich möchte dir gern die Rinderklinik zeigen.

Es ist eine ganz normale Nachricht, aber sie bringt mein Herz fast zum Zerspringen. Sie ist der Grund, warum ich hergekommen bin. Ich werde Milli sehen, ich werde hören, wie es ihr geht und ich werde ihr sagen, wie sehr sie mir fehlt. Alles andere ist Nebensache.

*

Klinik für Wiederkäuer steht auf einem schlichten Metallschild. Milli hat mir einen Standort geschickt und geschrieben, dass sie mich am Haupteingang der Klinik abholen wird. Als sie aus der Tür tritt, halte ich für einen Moment den Atem an. Immer wieder überrascht es mich, dass mir kein kleines Mädchen mehr gegenübersteht, sondern eine junge Frau. Als wollte mein Kopf einfach nicht verarbeiten, dass meine Tochter erwachsen ist und was das für mich bedeutet.

Sie trägt einen weißen Kittel, Gummistiefel und um den Nacken ein Stethoskop, das deutlich größer ist als die üblichen Modelle aus einer Arztpraxis. Ihr Lächeln ist so vertraut, dass es mich Mühe kostet, ihr nicht überschwänglich um den Hals zu fallen, als sie mich mit ruhiger Zurückhaltung begrüßt. »Es tut mir leid, dass ich vorher keine Zeit hatte, dich zu treffen. Wie geht es dir?«

»Gut«, sage ich und denke, dass diese Antwort einfach nicht reicht für alles, was ich ihr erzählen will. Aber wo sollte ich anfangen? »Und dir?«

»Mir auch.« Sie zieht leicht die Schultern hoch. Ich frage nicht nach.

»Magst du die Klinik sehen?«

Ich nicke und folge ihr in das Gebäude. Sofort schlägt

mir intensiver Stallgeruch entgegen. Ich hatte mir die Klinik irgendwie wie ein Krankenhaus vorgestellt, aber sie ähnelt eher einem großen Stallgebäude und riecht auch so. Milli hat Mistgeruch noch nie etwas ausgemacht. Als Kind hat sie kaum eingesehen, warum sie in die Badewanne sollte, wenn sie bei den Pferden gewesen war. Mir geht es da anders, ich konnte der »würzigen Landluft« nie viel abgewinnen. Trotzdem lasse ich mir nichts anmerken, als Milli sich zu mir umdreht.

»Das ist der Haupttrakt. Hier sind die meisten Krankenboxen für Rinder, die stationär aufgenommen wurden. Im Nebentrakt sind die Tagesboxen für Tiere, die nach einer OP am gleichen Tag wieder abgeholt werden. Und dann gibt es noch einen Extrabereich für die kleinen Wiederkäuer, also Schafe und Ziegen.« Sie spricht wie eine Fremdenführerin, und ich spüre den Stolz in ihrer Stimme für diese Welt, die sie sich ausgesucht hat. Das Funkeln in ihren Augen zeigt mir, dass sie sich ehrlich begeistert für das, was sie hier tut. Und ich bin mir sicher, dass sie gut darin ist. Ich muss daran denken, wie ich angefangen habe, in der naturwissenschaftlichen Forschung zu arbeiten und das Gefühl hatte, ich hätte endlich ein Zuhause gefunden. Bestimmt hatte ich da ein ähnliches Funkeln in den Augen. Wann habe ich es verloren? *Wo ist die Frau hin, die über ein Thema stolpert und es zu ihrem eigenen macht?*, fragt Susannes Stimme in meinem Kopf. In mir macht sich etwas wie Heimweh breit, aber ich verdränge es. Es geht um Milli. Eigentlich bin ich hergekommen, um sie zu treffen, diese Rinderklinik hat mich wenig interessiert, ich wäre sogar lieber mit ihr essen oder spazieren gegangen. Aber hier gibt sie mehr von sich preis, als ich in den letzten Monaten zu sehen bekommen habe. Als sie vorschlägt, mir zuerst den OP zu zeigen, folge ich ihr mit ehrlicher Neugier.

Sie erklärt mir gerade die Funktion des Operationstischs mit senkrechter Tischplatte, die gemeinsam mit dem tierischen Patienten in die Horizontale gekippt werden kann, als plötzlich ein großer Kerl mit breiten Schultern in der Tür steht und lospoltert. »Was machen Sie denn hier?«

Milli wirkt weder erschrocken noch verärgert über den Tonfall des ungehobelten Typen, sondern dreht sich lächelnd zu ihm um. »Hey, Paul. Das ist meine Mutter. Ich wollte ihr mal alles hier zeigen.«

Er schaut grimmig zwischen uns hin und her, als wolle er die Aussage per Blickdiagnostik überprüfen. »Weiß der Chef davon?«

Milli schüttelt den Kopf. »Nee. Aber der ist ja nicht hier, sondern in seiner heiligen Mittagspause.«

»Nicht mehr lange. Wir kriegen ein Rind mit blutender Bauchdeckenverletzung rein. Er wird schlechte Laune haben, dass er dafür aus der Pause kommen muss.«

Milli schluckt und wird etwas blass um die Nase. »Mist!«

Der Kerl namens Paul nickt ungerührt. »Professor Kolventhal mag keine unangemeldeten Klinikbesucher.« Das sagt er zu mir und mustert mich dabei, als ob es ihm ähnlich ginge. Auf einmal fühle ich mich mit meinem Rock und den Ballerinas an den Füßen tatsächlich ziemlich fehl am Platz. Ich habe weder Bedarf, eine blutende Verletzung zu erleben, noch einen schlecht gelaunten Chefarzt. Zum Glück sieht Milli das wohl ähnlich. »Okay, Mama, ich bring dich besser raus. Wir können …«

Sie wird von einer durchdringenden Männerstimme unterbrochen, die auf dem Gang vor der Tür näher kommt. »Ist der Operationssaal vorbereitet? Welcher Student hat Mittagsdienst? Fühlt sich hier denn keiner zuständig?«

»Kolventhal«, wispert Milli und sieht aus, als hätte sie an einen Elektrozaun gefasst.

Paul macht einen Schritt vorwärts und greift nach einem weißen Arztkittel, der an der Wand hängt. Er hält ihn mir hin. »Ziehen Sie den an. Schnell.« Seine Stimme duldet keinen Widerspruch und so mache ich, was er sagt. Er dreht mir den Rücken zu und drängt mich sanft, aber bestimmt ein Stück zurück Richtung Wand. Bevor ich protestieren kann, öffnet sich die Tür.

»Ach, Frau Mahler, Sie sind hier.«

Für einen Augenblick denke ich, dass er mich meint, obwohl ich von Pauls breitem Rücken fast vollständig verdeckt werde. Genau dafür hat er mich wohl so hinter sich gedrängt. Doch die wenig begeisterte Stimme des Professors gilt Milli. »Das verletzte Tier wird gerade abgeladen. Sie werden mir und Doktor Schröder bei der Operation assistieren. Paul, Sie sollten vielleicht draußen zur Hand gehen. Und wer ist da noch?«

Anscheinend hat er mich bemerkt, denn der breite Rücken macht einen Schritt zur Seite und gibt den Blick auf mich frei. Es ist nicht zu ändern, also will ich mich vorstellen, aber ein leichtes Zucken von Pauls Hand lässt mich zögern. Mit brummiger Stimme antwortet er selbst. »Das ist Frau Doktor Meier aus der Kleintierchirurgie. Dort drüben wird ein Kanister Paraffinöl benötigt, den würde sie gern ausborgen.«

Der Professor betrachtet mich skeptisch. »Nun gut, dann geben Sie der Kollegin, was sie braucht. Aber dann lassen Sie uns hier arbeiten.«

Er macht eine Handbewegung in meine Richtung, als wolle er ein störendes Insekt vertreiben. Ich werfe einen hilflosen Blick zu Milli, die mir kurz zunickt und dann von dem Professor mit einem Schwall hektischer Anweisungen überschüttet wird. Ich kann nur schwer meinen Mutterinstinkt, dazwischenzutreten und den arroganten Alten darauf hinzuweisen, dass er gefälligst freundlich mit meiner Tochter sprechen soll, unterdrücken. Paul schiebt mich vor sich her und um die nächste Ecke. »Noch mal gut gegangen. Der Chef macht gern aus einer Mücke einen Elefanten, es ist besser, wenn man ihm dafür keinen Anlass gibt.«

»Okay. Dann muss ich Ihnen wohl danken«, sage ich, obwohl ich nicht ganz verstanden habe, was gerade das Problem war. Wenn Milli nicht ernsthaft beunruhigt gewirkt hätte, wäre ich auf das Spielchen gar nicht eingegangen. Paul mustert mich erneut, aber obwohl er keine Miene verzieht, wirkt es nicht unfreundlich. »Sie sind wirklich Millis Mutter?«

Ich nicke. Ich kenne diese Nachfrage. Sie hat natürlich nichts damit zu tun, dass wir uns nicht ähnlich sehen würden. Die gleichen Augen, der gleiche Mund, auch die Haarfarbe hat sie von mir. Stirn und Kinn sind nur eine Erinnerung. Es ist der geringe Altersunterschied, der die Leute nachhaken lässt. Vielleicht sollte es mich nicht stören oder mir sogar gefallen, wenn ich zu hören kriege, dass wir Schwestern sein könnten. Aber es macht mich eher traurig.

»Milli wird eine gute Tierärztin. Sie hat viel Gefühl für die Tiere und scheut sich nicht anzupacken.«

Gerade weil der Typ nicht wirkt, als würde er ständig mit Komplimenten um sich schmeißen, wird mir bei seinen Worten warm im Bauch. Ich bin so stolz auf Milli.

»Sind Sie auch Tierarzt an dieser Klinik, Herr Paul?«

»Kein Herr und kein Tierarzt. Einfach Paul. Ich bin Tierpfleger hier.«

»Okay.« Ich erwische mich bei dem Gedanken, wie er Millis Fachkompetenz beurteilen will, wenn er selbst nur für das Fegen und Strohverteilen zuständig ist. Der graue Kittel, die schwieligen großen Hände, die Bauarbeitermuskulatur unter dem verwaschenen T-Shirt – eigentlich hätte ich mir denken können, dass so kein Arzt aussieht. Nicht mal einer für Kühe.

Ich befürchte, dass Paul mir ansieht, was ich denke, denn seine sowieso schon düstere Miene verfinstert sich.

»Dann ausziehen jetzt.«

Ich schlucke. »Wie bitte?«

Er streckt die Hand nach mir aus, ohne mich zu berühren. »Ich brauche den Kittel zurück.«

»Ach so.« Erleichtert schlüpfe ich aus den Ärmeln und reiche ihm die Leihgabe. »Vielen Dank noch mal für ... die Fluchthilfe. Ich heiße übrigens nicht Doktor Meier, sondern Doktor Mahler. Oder einfach Cordula.«

Jetzt bin ich per du mit einem Tierpfleger, dem ich sowieso nicht wieder begegnen werde.

Er schüttelt den Kittel kurz aus und hängt ihn über den Unterarm. »Tierärztin?«

Der Gedanke ist für mich so abwegig, dass ich auflache. »Um Himmels willen, nein.«

Überrascht sehe ich, dass er kaum sichtbar schmunzelt.

»Ich bin Biochemikerin. Ich habe es nicht so mit Tieren. Also ich mag Tiere schon ... nur lieber auf Abstand.« Ich stolpere über meine eigenen Worte und weiß nicht, wofür ich mich eigentlich rechtfertigen will.

Er nickt. »So geht es mir mit Menschen.« Falls das ein Scherz sein sollte, lässt er sich das nicht anmerken. Zum Glück piept mein Handy, so dass ich nicht darauf eingehen muss, sondern es geschäftig aus meiner Handtasche holen kann. Eine Nachricht von Marlon. *Bist du noch bei deiner Tochter in der Tierklinik? Würde dich gern sehen.*

Ich tippe eine Antwort. *Bin gleich hier fertig. Melde mich.*

Dann schaue ich auf. »Ich denke, ich geh dann mal besser.«

Paul nickt erneut. Einen Augenblick sieht es so aus, als wolle er etwas sagen, aber dann dreht er sich ohne ein

Wort um und geht davon. Also spare ich mir ebenfalls einen Abschiedsgruß. Ein komischer Typ. Aber es war schon nett, dass er mich an dem unmöglichen Professor vorbeigeschleust hat. Bei der Vorstellung, dass die Operation inzwischen vielleicht beendet sein könnte und mir Kolventhal mit blutigen Handschuhen entgegenkommen könnte, beschleunige ich meine Schritte Richtung Ausgang und bin froh, als ich an die frische Luft trete.

Ich atme tief durch und denke an Milli. Meine kleine große Milli. Warum kommt bei uns immer was dazwischen?

Jemand ruft meinen Namen, und ohne Grund denke ich, dass es Paul ist, der doch noch etwas sagen möchte. Aber als ich mich umdrehe, kommt mir Marlon über das Klinikgelände entgegen und winkt. Was macht er hier?

»Ich war in der Gegend und dachte, ich hole dich einfach ab. Freust du dich?«

Etwas überfordert bleibe ich vor ihm stehen. »Ja, schon, aber ...«

Er küsst mich auf den Mund, und ich unterdrücke den Impuls zurückzuweichen. Irgendwie passt er gerade nicht in meine Stimmung, aber wie soll ich ihm das sagen? Es ist doch nur nett von ihm, dass er mich hier abholt. Trotzdem wünschte ich, ich hätte ihm gar nicht gesagt, dass ich nach meinen Vorlesungen meine Tochter in der Rinderklinik besuche.

Als sein Kuss zudringlicher wird, schiebe ich ihn etwas zu nachdrücklich von mir.

Irritiert schaut er mich an. »Alles in Ordnung, Schatz?«

Schatz. Als wären wir seit einer Ewigkeit zusammen. Aber ich bin ja selbst schuld. Ich habe auf seinem *Willst-du-mit-mir-gehen?*-Zettelchen *Ja* angekreuzt. Der Gedanke ist ungerecht, das weiß ich. Er wollte zu Recht eine Entscheidung und ich war dafür, es zu versuchen. Im Augenblick kommt mir allerdings schon ein *Vielleicht* zu viel vor.

»Alles okay«, höre ich mich sagen.

Er nickt zufrieden, lächelt und küsst mich erneut. Dann legt er den Arm um mich und schwenkt mich in die Richtung, aus der er gekommen ist. »Komm, wir machen eine kleine Spritztour. Nach den langweiligen Vorlesungen brauche ich ein bisschen Adrenalin.«

Jemand kommt uns mit einer großen Mistkarre entgegen und mir wird mulmig. Es ist Paul. Am liebsten würde ich im Erdboden versinken, obwohl es mir doch egal sein kann. Als der Tierpfleger die Karre an uns vorbeischiebt, nickt er mir mit versteinerter Miene zu. Ich will zurücknicken, kurz lächeln oder etwas Belangloses sagen, aber bevor ich mich entscheiden kann, ist es schon zu spät. Bestimmt hat er gesehen, wie Marlon mich geküsst hat.

»Kennst du den?« Marlon schaut ihm hinterher und dann zu mir.

Ich schlucke und schüttle den Kopf. »Nein.« Irgendwie stimmt das ja auch. Es war nicht mehr als eine kurze Begegnung ohne jegliche Verbindung. Trotzdem fühle ich mich schlecht und auch wenn ich mir sicher bin, dass Paul uns nicht nachschaut, brennt sein Blick in meinem Nacken.

10
MILLI

ICH BIN ZU MÜDE, um hungrig zu sein. Dabei habe ich seit dem halben Brötchen zum Frühstück nichts gegessen und sollte eigentlich einen ganzen Topf Nudeln allein verdrücken können. Aber den müssen Noé und ich erst noch kochen, wenn wir die abendliche Stalluntersuchung hinter uns haben, und selbst dafür scheine ich keine Kraftreserven zu haben. Am liebsten würde ich einfach ins Bett fallen. Doch die Verabredung mit Noé jetzt auf die letzte Minute abzusagen wäre nicht nett, und irgendwas muss ich ja sowieso essen, deshalb lächle ich und nicke, als er fragt, ob wir uns gleich im Personalraum treffen.

»Ja, klar. Setz schon mal die Spaghetti auf, ich komme gleich.«

In einer Vorahnung habe ich neben frischen Tomaten und Zwiebeln auch ein Glas Fertigsoße gekauft, auf das wir jetzt zurückgreifen werden. Die Operation der verletzten Kuh hat über eine Stunde gedauert, denn die Verletzung war sehr tief und eins der großen Eutergefäße war mitbetroffen. Das Tier war von einer Stallgenossin mit den Hörnern angegriffen worden. Das ist der Grund, warum Rinder in Stallhaltung meistens schon als Kälber enthornt oder gleich hornlos gezüchtet werden. An Mitternacht kann man sehen, dass bei ausreichend Platz und artgerechter Haltung die Hörner kaum ein Problem sind. Er hat noch nie ein anderes Tier oder gar einen Menschen damit verletzt.

Es war sehr spannend, den Ärzten bei der Wundversorgung zuzuschauen und das Besteck anzureichen. Die letzte Hautnaht durfte ich setzen und obwohl ich das bei Rob in der Praxis schon häufiger gemacht hatte, zitterten mir unter dem strengen Blick von Professor Kolventhal die Hände. Aber ich war mit dem Ergebnis zufrieden und er anscheinend auch, jedenfalls trug er mir die regelmäßige Kontrolle der Wundnaht und der Drainage auf, was ich einfach mal als Anerkennung wertete. Durch die Notoperation war der gesamte Untersuchungs- und Therapieplan durcheinandergeraten und wir mussten uns beeilen, um alles abzuarbeiten. Noé wurde mal wieder von Kolventhal in Beschlag genommen, wodurch es eher länger dauerte, weil der Professor seinem Lieblingsstudenten bei jedem Patienten einen langen Vortrag hielt, während Doktor Schröder und ich versuchten, möglichst zügig alle Handgriffe zu erledigen und die nötigen Behandlungen durchzuführen. Kein Wunder, dass ich von diesem Arbeitstempo völlig erschöpft bin, während mein Mitbewohner so frisch aussieht, als hätte er einen netten Spaziergang gemacht. Ich schaue ihm nach und finde es nur gerecht, dass er jetzt wenigstens das Kochen übernimmt.

Aus der Ecke hole ich eine Schubkarre, um Paul beim Verteilen des Futters zu helfen wie jeden Abend. Es gehört nicht zu meinen offiziellen Aufgaben, aber ich mache es gern. Ich mag die gleichförmigen Kaugeräusche und das Rascheln von Stroh, die Ruhe, die auf der Station einkehrt und sich auf die Tiere überträgt. Und ich mag Paul. Obwohl wir kaum reden, während wir die Boxentüren öffnen und das Futter hineinschieben, sind wir uns irgendwie einig. Jetzt aber kommt er kopfschüttelnd auf mich zu und nimmt mir die Karre aus der Hand. »Es reicht für heute, Milli. Dir fallen doch die Augen zu.«

Ich unterdrücke gerade noch ein Gähnen und schüttle den Kopf. »Das werde ich wohl gerade noch schaffen. Außerdem werde ich bekocht und die Nudeln brauchen zehn Minuten. So lange kann ich ja wenigstens noch mit anpacken.«

Paul schiebt die Mistkarre ein Stück von mir weg. »Oder du machst dich noch frisch für dein Rendezvous.«

Ich muss lachen. »Das ist absolut kein Rendezvous. Außerdem riecht Noé genauso nach Kuhstall wie ich.« Wenn ich jetzt noch duschen ginge, würde ich schlagartig ins Koma fallen.

»Trotzdem. Ich erledige das heute allein und will dich in einer Minute hier nicht mehr sehen, sonst ...« Er macht eine bedeutungsvolle Pause und hebt mit grimmigem Gesicht die Heugabel.

»Okay, jetzt habe ich Angst.« Ich zwinkere ihm zu. »Danke, Paul.«

Ich schlüpfe aus den Stiefeln und hänge Gummischürze und Kittel an meinen Haken. Als ich schon an der Tür bin, ruft Paul nach mir, und ich drehe mich um.

»Deine Mutter ist nett«, sagt er, ohne mich anzusehen. Worauf will er hinaus?

»Ja«, antworte ich irgendwo zwischen Zustimmung und Frage. Paul sticht mit einer ruhigen Bewegung die Gabel in einen Heuballen. Dann schaut er mich an. »Sie ist sehr stolz auf dich.«

Ich lächle und zucke mit den Schultern. Paul meint es freundlich, aber ich bin mir da nicht so sicher. Ich weiß gerade überhaupt nicht, was sie denkt. Hoffentlich ist sie nicht sauer, dass ihr Besuch hier so plötzlich beendet wurde, bevor er überhaupt angefangen hatte. »Vielen Dank, dass du ihr vor Kolventhal Deckung gegeben hast.«

»Schon gut.« Er nickt und wendet sich seiner Arbeit zu. Ich bleibe noch einen Augenblick unentschlossen in der Tür stehen, bevor ich ihn schließlich im Stall allein lasse.

Als ich die Tür zum Personalraum öffne, ist Noé gerade dabei, den Tisch zu decken. Er dreht sich zu mir um und lächelt. »Ah, da bist du ja schon. Ich habe die Nudeln gerade erst ins Wasser getan.«

Ich muss gar nicht fragen, was er denn die ganze Zeit gemacht hat, denn seine Haare sind feucht und er riecht frisch geduscht und unglaublich gut. Zögerlich mache ich ein paar Schritte auf ihn zu, denn mir ist klar, dass mich eine Wolke aus Stallgeruch umgibt, die da gerade auf sein edles Shampoo prallt. Es wäre kein Wunder, wenn Schmeißfliegen um meinen Kopf kreisen würden. Ich räuspere mich. »Dann würde ich mich wohl auch noch kurz frisch machen gehen.«

Er zuckt mit den Schultern. »Nicht wegen mir. Wie du magst. Das Essen ist gleich fertig.« Er dreht sich zum Herd um und ich folge seinem Blick. Ich sterbe vor Hunger. Die Spaghetti stehen im ruhigen Wasser. Ich schiebe mich an Noé vorbei und lege die Hand an die Topfseite. Sie ist gerade mal lauwarm. Fassungslos drehe ich mich zu ihm um. »Hast du die Nudeln etwa ins kalte Wasser getan?«

»*Oui*. Ist das nicht richtig?«

Ich wäre überzeugt, dass er einen Scherz macht, wenn er mich dabei nicht ehrlich verunsichert anschauen würde.

»Hast du noch nie Nudeln gekocht?«

Er weicht meinem Blick aus und schüttelt zerknirscht den Kopf. »Es tut mir leid. Ich hätte vielleicht doch im Internet nachschauen sollen.«

Ich muss lachen. Wahrscheinlich gibt es tatsächlich YouTube-Videos darüber, wie man Spaghetti kocht. Ich wäre gar nicht auf die Idee gekommen, dass man dabei was falsch machen kann. Aber Noé hat es gerade bewiesen. Jedenfalls weiß ich jetzt, warum er jeden Abend im Restaurant isst. Er scheint es nicht besonders lustig zu finden, deshalb werde ich ernst und nicke ihm aufmunternd zu. »Keine Sorge, das ist alles noch zu retten und verschafft mir Zeit, unter die Dusche zu hüpfen.«

Ich fische ein Nudelsieb aus dem Schrank, gieße die harten Spaghetti ab und setze neues Wasser auf. Dann erkläre ich kurz die Einzelschritte des Nudelkochens und Noé hört mir zu und nickt eifrig. Er sieht dabei kein bisschen arrogant aus. Sondern ziemlich süß. Was vielleicht auch daran liegt, dass ich inzwischen völlig unterzuckert bin.

»Wenn du jetzt klarkommst, würde ich dich hier kurz allein lassen. In Ordnung?«

Er öffnet das Schraubglas mit der Tomatensoße. »*D'accord*. Ich werde jetzt für dich ein Festessen zaubern.«

Ich schüttle grinsend den Kopf und mache mich auf den Weg ins Bad in der Hoffnung, dass der frischgebackene *chef de cuisine* in der Zwischenzeit nicht die Küche in Brand steckt.

Als ich zwanzig Minuten später mit nassem Pferdeschwanz und ungeschminkt, aber wenigstens frei von Stallduft zurückkomme, hat Noé die Spaghetti tatsächlich zum richtigen Zeitpunkt abgeschüttet und die Fertigsoße nicht anbrennen lassen. Auf dem Tisch flackert ein Teelicht und irgendwo hat er eine Flasche Weißwein gefunden. Der kommt wahrscheinlich nicht an den Champagner ran, den er gewohnt ist, denke ich und ärgere mich gleichzeitig über meine Bissigkeit.

»*Voilà Madame, bon appetit*«, sagt er mit einer leichten Verneigung. Mein Magen ist so leer, dass mir der Teller mit dampfenden Nudeln tatsächlich vorkommt wie das größte Festessen aller Zeiten. Noé nimmt mir gegenüber Platz und schenkt Wein ein. Dann hebt er sein Glas. »Auf dich, Milli. Die Retterin der Kühe und der Spaghetti.«

Ich stoße mit ihm an und kann seinem Blick nicht ausweichen. Wir sitzen auf stapelbaren Plastikstühlen an einem zerkratzten Möbelhaustisch zwischen Dienstplänen und alten Fachzeitschriften, aber es fühlt sich anders an. *Rendezvous* schießt mir durch den Kopf, doch ich schüttle das Wort ab und nehme einen Schluck Wein. Er steigt mir pfeilschnell in den Kopf und um endlich irgendwas zu sagen, lobe ich den Geschmack.

Noé strahlt. »Den habe ich von zu Hause mitgebracht. Der Muscadet kommt ganz aus der Nähe meiner Stadt. Nantes. Warst du schon mal da?«

Ich schüttle den Kopf und bin froh, dass ich nicht antworten kann, weil ich den Mund voller Spaghetti habe. Nantes. Seit meiner Kindheit ist das ein geheimnisvolles Zauberwort, denn es ist der ungelöste Code für meinen Ursprung, der mir fehlt. Ich war sechs, als meine Tante Kaya mir erzählte, dass meine Mutter mich im Bauch aus Nantes mitgebracht hat. Mit sechzehn und ohne jemandem zu sagen, wie es dazu gekommen war. Sie selbst brauche ich nach Nantes nicht zu fragen. Die Antwort ist immer die gleiche. »Es ist nicht wichtig, Milli. Es spielt einfach keine Rolle.« Lange habe ich das geglaubt. Dann habe ich eine Zeitlang mit mehr Nachdruck gefragt und trotzdem nichts erreicht, weder mit guten Argumenten noch mit bösem Streit. Als ich siebzehn war, wollte ich nach Nantes aufbrechen und auf Spurensuche gehen. Aber dann kam es mir plötzlich kindisch und sinnlos vor. Es ist nicht wichtig und spielt keine Rolle.

Ich schlucke. »Erzähl mir von Nantes, Noé.«

Während ich bereits den zweiten Teller Nudeln verputze, beschreibt er mir strahlend die Stadt mit dem Schloss, dem alten Hafen und dem quirligen Großstadtleben voller Bars, Clubs und Theater.

Das Essen, der Wein und seine Stimme sorgen dafür, dass alle Anspannung von mir abfällt. »Das klingt sehr schön. Warum bist du überhaupt hier? Diese kleine graue Stadt kann mit deiner Heimatstadt ja wohl kaum mithalten?« Für einen richtigen Großstadtmenschen ist hier bestimmt alles zu klein und zu langweilig.

Er zuckt mit den Schultern. »Ich mag es hier. Sehr nette Menschen und sehr gutes Essen.« Er deutet auf seinen Teller, der noch halbvoll ist, obwohl die Nudeln inzwischen kalt sein müssen.

Ich lache. »Na klar. Du bist doch ein ganz anderes Leben gewohnt.«

»Ja, wir haben ein sehr großes, schönes Haus und wie du gemerkt hast, muss ich nicht selbst kochen. Aber ich lebe mit meinem Vater, der sehr viel arbeitet und wenig zu Hause ist. Weil ich keine Geschwister habe, ist es manchmal auch langweilig.« Er lehnt sich zurück. »Deshalb finde ich es gut, dass mein Leben hier anders ist. Und ich lerne sehr viel. Besonders von dir.«

Okay, den französischen Charme hat er wirklich drauf. Ich verschränke die Arme. »Spaghetti kochen, oder was?«

Mir gefällt sein Blick, mit dem er mich mustert, und gleichzeitig verunsichert er mich. Er lacht leise und rau.

»Das auch. Aber ich beobachte dich bei der Arbeit in der Klinik. Du hast viel medizinisches Wissen und einen schönen Umgang mit den Tieren. Ich versuche, so gut zu werden wie du.«

Noch nie hat mir jemand so ein Kompliment gemacht. Mein Herz klopft und mehr als ein hilfloses »Danke« kommt nicht über meine Lippen.

»*De rien.* Gehen wir nun ins Bett?«

Ich starre ihn entgeistert an. War ja klar. Hat er es so nötig? Er denkt, er schmeißt ein paar nette Worte um sich und ich hüpfe direkt mit ihm unter die Decke.

Unschuldig lächelt er mich an. »Wir müssen früh aufstehen morgen, und du warst eben schon so müde. Ich übernehme das Geschirr.«

Ich schlucke und bin sehr froh, dass ich nichts erwidert habe. Anscheinend bin vielmehr ich die, die es nötig hat. »Wir können es auch zusammen machen«, schlage ich vor und beiße mir sofort auf die Lippen. Was ist los mit mir? »Den Abwasch meine ich.«

Falls er die Zweideutigkeit bemerkt hat, ignoriert er sie. Wahrscheinlicher ist, dass ich hier die Einzige bin, die glaubt, dass es da für einen Moment ein Knistern zwischen uns gab.

»Nein, ich mache das gern allein. *Bonne nuit*, Milli.«

Obwohl ich so müde bin, dass ich hundert Jahre schlafen könnte, liege ich noch wach, als ich seine Schritte im Flur höre. Vielleicht wäre ich besser ohne Abendessen ins Bett gegangen.

11
CORDULA

ICH SITZE in der Vorlesung *Einführung in das rechtswissenschaftliche Schreiben*, die sehr wahrscheinlich so langweilig ist, wie der Titel befürchten lässt. Aber ehrlich gesagt kann ich das nicht beurteilen, weil ich mit meinen Gedanken ganz woanders bin. Wenn ich mich im Hörsaal umschaue, scheint es den meisten Anwesenden ähnlich zu gehen. Ich bin hier ja mehr oder weniger nur zu Besuch, während sie sich dieses Studienfach ausgesucht haben, und wenn schon keine Faszination, vielleicht doch ein gesteigertes Interesse empfinden sollten. Ich weiß noch genau, wie ich als Schülerin an die Uni in Nantes kam und überwältigt war von der großen Welt, die sich auftat. Die knappen Schulbücher und der eingeschränkte Lehrplan hatten mich nicht ahnen lassen, wie viele Antworten die Naturwissenschaften zu geben vermochten. Und wie viele spannende Rätsel es noch zu lösen gibt. Schon damals liebte ich es, unterschiedliche Theorien zu vergleichen und zu verstehen, was sie für unser Leben bedeuteten. Unsere Antworten ändern sich, manchmal auch unsere Fragen, aber die Natur folgt stur ihren eigenen Gesetzen.

Nicht stehen bleiben, aber einen Schritt nach dem anderen gehen. Probleme sind da, um gelöst zu werden. Strukturiert und effizient, mit dem Ziel im Blick. Davon habe ich mich nie abbringen lassen.

Bis jetzt. Nach Susannes bitterem »Nimm-dir-eine-Auszeit«-Vortrag wollte ich weg, aber weg ist kein Ziel, und deshalb hat es mich ins Chaos geführt. Dieses Gasthörerdasein bringt mich einfach nicht weiter, mir war eigentlich vorher schon klar, dass mich weder Jura noch Geschichte oder Sozialwissenschaft ausreichend interessieren, und wenn ich eine Sprache lernen will, dann bereise ich lieber das Land als ihre Grammatik zu studieren. Auch wenn ich noch nicht weiß, was ich stattdessen mit mir anfangen sollte, habe ich für heute genug.

Ich packe meine Sachen zusammen und versuche, mich möglichst unauffällig durch die Stuhlreihen Richtung Ausgang zu schieben. Das scheitert kläglich, weil plötzlich mein Handy klingelt. Dass ich es im Hörsaal nicht stummgeschaltet habe, passt zu meinem Blick auf die Gesamtsituation. Strukturiert und effizient geht anders. Ich ernte einige mäßig interessierte Blicke von den Studenten und ein resigniertes Kopfschütteln des Dozenten. Hektisch ziehe ich das Telefon aus der Blazertasche, um den Ton auszuschalten. Kaya. Ich starre auf das Display. Warum ruft meine Schwester morgens um halb zehn an? Unsere seltenen Telefonate führen wir in der Regel abends und auch nur, wenn wir es vorher abgesprochen haben. Ist es ein Notfall?

Der Dozent hat seinen Vortrag inzwischen unterbrochen und unruhig drehen sich immer mehr Leute zu mir um.

»Möchten Sie jetzt bleiben oder gehen?«, brummelt er ungehalten.

»Gehen«, sage ich ernst und nicke ihm zu. Dann schließe ich die Hörsaaltür hinter mir.

Wie auf der Flucht eile ich die breiten Stufen hinunter und atme tief ein, als ich vor das Gebäude trete. Dann bleibe ich stehen, betrachte die Meldung über den unerwarteten verpassten Anruf auf meinem Handydisplay und lasse schließlich den Daumen auf den Rückruf-Button fallen.

Kaya hebt sofort ab. »Schwesterherz, super, dass du zurückrufst.«

Schwesterherz??? Das ist kein Notfall, das muss eine absolute Katastrophe sein.

»Was ist passiert?«, frage ich und versuche, ruhig zu bleiben, auch wenn mein Mund sich plötzlich taub anfühlt.

»Kannst du bitte, bitte die Zwillinge übers Wochenende nehmen?«

Ich schlucke. »Die Zwillinge? Warum?«

»Lasse und ich haben ein romantisches Wochenende gebucht, das wir dringend nötig haben, frag lieber nicht. Eigentlich wollte Anabel so lange die Zwerge bespaßen, aber die Schwangerschaft nimmt sie gerade ein bisschen mit und der Frauenarzt hat gesagt, sie soll sich mal ein paar Tage richtig ausruhen.«

»Oh nein. Ist etwas nicht in Ordnung?« Ich sehe sie mit dem Bäuchlein und dem stolzen Lächeln vor mir. Mein erschrockener Tonfall bremst Kaya in ihrem Redefluss und sie atmet durch.

»Nein, nein. Es ist alles in Ordnung. Es geht ihr gut und das Baby im Bauch ist putzmunter. Aber sie soll sich dieses Wochenende nicht anstrengen und viel liegen. Das kann man mit den beiden Rabauken vergessen.«

Ich bin erleichtert, dass Kaya keine schlimmen Nachrichten hat. Doch begeistert von ihrem Anliegen bin ich nicht. Ich habe noch nie auf die Zwillinge aufgepasst und jetzt soll ich sie gleich ein ganzes Wochenende beaufsichtigen? Hilfe!

»Verstehe. Kann nicht jemand anders vielleicht ...«

»Cordula. Du bist ihre Tante und sie mögen dich. Verbring ein nettes Wochenende mit den beiden und Sonntag holen wir sie wieder ab. Das wird toll.«

Ich weiß nicht, was ich sagen soll. Die Wahrheit ist, dass ich mich bereits mit einem Kleinkind überfordert fühlen würde, der Gedanke an ein Doppelpack ist beängstigend. Aber das würde Kaya nicht gelten lassen. Schließlich hat sie das Vergnügen mit den beiden täglich, arbeitet dazu in ihrer Buchhandlung und versorgt noch diverse Stalltiere. Ich glaube ihr sofort, dass sie eine Auszeit brauchen kann. Außerdem hat sie mir damals mit Milli ständig geholfen und weiß, dass es das Mindeste ist, was ich ihr schuldig bin. Aber sie spielt diese Karte nicht, das ist nicht Kayas Art.

»Ich weiß nicht so recht«, sage ich zögerlich.

»Ich würde dich nicht bitten, wenn es nicht wichtig wäre, ehrlich! Wenn wir dieses Wochenende absagen müssen, drehe ich durch. Ich muss ausschlafen, ich will einfach mal ein Buch lesen und ich brauche endlich Sex, ohne auf mögliche kleine Tapsfüße zu lauschen, ich ...«

»Schon gut, ich mach's«, unterbreche ich ihren verzweifelten Redefluss.

Kaya gibt einen kleinen Juchzer von sich. »Echt? Danke, Cordula, ich danke dir so sehr! Wir bringen dir Henry und Philipp gegen elf zu Millis Wohnung, okay?«

Ich zögere und überlege, ob ich irgendwie mehr Vorbereitungszeit rausholen kann. »Äh ... Ich glaube, da bin ich noch in der Uni.«

Kaya lacht. »Ich hab auch mal studiert. Freitags kann man Uni sausen lassen. Das steht im Hochschulgesetz. Wir sehen uns um zwei. Und danke noch mal.« Sie schmatzt einen Kuss in die Leitung und legt auf.

Es sollte mir zu denken geben, dass es mir kein bisschen schwerfällt, die restlichen Vorlesungen tatsächlich sausen zu lassen, um wenigstens noch einzukaufen. Wenn ich ehrlich bin, langweilt mich eine Vorlesung mehr als die andere. Vielleicht ist es gar nicht verkehrt, für das Wochenende eine richtige Aufgabe zu haben.

Die beginnt damit, dass ich im Drogeriemarkt vor den Regalen stehe und überlege, was Dreijährige so brauchen. Tragen sie noch Windeln? Sie sind vor kurzem in den Kindergarten gekommen. Milli hat damals keine mehr getragen, aber sie war auch immer früh dran mit allem. Krabbeln, laufen, sprechen, lesen ... Ich habe sie zu nichts gedrängt, sondern immer nur staunend dabei zugesehen, wie sie groß wurde. Kaya wird mir wohl Windeln einpacken, wenn die notwendig sind. Ich entscheide mich schließlich für Vollkornnudeln in Tierform, Reiswaffeln, eine Handvoll bunte Fruchtriegel und feingemahlenes Kindermüsli.

Die Kassiererin schaut auf meinen Einkauf und strahlt mich an. »Sind Sie schon Mitglied bei Babyglück?«

Unwillkürlich schaue ich an mir runter. »Wie bitte?«

»Das ist ein tolles Angebot für junge Mütter wie Sie. Rabatt auf Baby- und Kleinkindprodukte, Überraschungsgeschenke, Infomaterial ... Ich gebe Ihnen das mal mit.«

Sie drückt mir eine Broschüre in die Hand, auf der ein strahlendes Baby im blütenweißen Strampler abgebildet ist. Ich halte das Heftchen, als hätte sie mir ein Reagenzglas mit explosiver Flüssigkeit in die Hand gedrückt. Verschwörerisch zwinkert die Frau mir zu. »Hier, nehmen Sie das Gratisprodukt für Mitglieder einfach schon mal mit. Obstquatsch. Das ist bei den kleinen Rackern der Renner.« Sie greift unter das Kassenpult und legt zwei kleine, rosarote Plastikpäckchen mit Schraubverschluss zu meinen Einkäufen. Ich nicke nur, sammle hektisch meine Sachen zusammen und verlasse den Laden dann so betont gleichgültig, dass ich befürchte, gleich auch noch vom Ladendetektiv aufgehalten zu werden. Erst beim Auto bemerke ich, dass ich immer noch die Broschüre in der Hand halte.

Ich betrachte das Titelbild wie einen blauen Fleck, an dessen Ursache ich mich nicht erinnern kann.

*

Isa schaut überrascht von ihrer Cornflakesschüssel auf, als ich in der Küche auftauche.

»Hey, du bist heute aber früh zurück! Kommst du endlich zur Vernunft?« Sie hat sich noch nie die Mühe gemacht zu verbergen, dass sie meinen vollgepackten Vorlesungsplan für völlig übertrieben hält und mir lieber eine Kneipen- und Partyübersicht zum Abarbeiten erstellen würde. Seit der ersten Ausgehnacht, die mit Marlon endete, wehre ich allerdings jeden ihrer Vorschläge vehement ab, was sie mit einem frechen Grinsen kommentiert. »Du könntest deinen jungen Adonis ruhig mitbringen. Keine Sorge, der hat echt nur Augen für dich.«

Es ist mir peinlich, dass sie von Marlon weiß, und ich hoffe, sie hat Milli nicht von ihm erzählt. Aber sie darum zu bitten, es nicht zu tun, wäre noch peinlicher und würde dem Ganzen zu viel Bedeutung geben. Deshalb versuche ich zu vermeiden, dass sie zu Hause ist und uns zusammen sieht, wenn er mich abholt. Marlon kann keine fünf Minuten die Finger von mir lassen, nennt mich Schatz oder Liebling und hält jede erdenkliche Tür auf, die sich mir in den Weg stellen könnte. Ich weiß nicht, wie ich das abstellen soll, ohne ihn vor den Kopf zu stoßen, und je spröder und abweisender ich mich verhalte, desto liebevoller bemüht er sich, so dass ich mir undankbar und schäbig vorkomme. Genau deshalb habe ich solche romantischen Arrangements bisher erfolgreich vermieden.

Einmal habe ich es humorvoll versucht. Ich habe ihn sanft, aber bestimmt von mir geschoben. »Das ist dein Tanzbereich, und das ist mein Tanzbereich.«

Er hat mich nur verständnislos angesehen, dann gelacht und mich geküsst. Klar, als ich *Dirty Dancing* mit zwölf auf VHS geguckt habe, war er noch nicht mal geboren.

»Alles in Ordnung?« Isa mustert mich, wie ich unentschlossen im Türrahmen stehe.

Ich schüttle meine Gedanken zurecht. »Meine Neffen kommen übers Wochenende, ich hoffe, das ist okay für dich.«

Sie steht auf und wäscht die Schale in der Spüle aus. »Selbstverständlich. Sehen sie denn gut aus?« Der Blick, den sie mir über die Schulter zuwirft, lässt mich schmunzeln.

»Sehr gut sogar. Sie sind unwiderstehlich süß.«

Isa pfeift durch die Zähne und ich muss lachen. »Keine falschen Vorstellungen. Meine Schwester hat sich mit dem Kinderkriegen ein bisschen mehr Zeit gelassen als ich. Die beiden sind drei.«

Sie zwinkert mir zu. »Schade irgendwie. Aber trotzdem kein Problem. Ich wollte sowieso bei Julia pennen.«

»Du kannst doch auch bleiben, und wir können vielleicht ...«

Sie schüttelt den Kopf. »Nee, lass mal. Ich hab's nicht so mit Kindern, ich bin dann immer irgendwie ...« Sie fuchtelt mit einer unbestimmten Geste durch die Luft, und ich weiß genau, was sie meint.

Unfassbar schnell ist sie angezogen und auf dem Weg nach draußen, als sei sie auf der Flucht. Sie ruft mir ein ironisches »Viel Spaß« zu, das klingt, als hätte ich eine Wurzelbehandlung vor mir. So schlimm sind zwei Kleinkinder ja nun auch wieder nicht. Ich räume die Drogerieeinkäufe auf die Anrichte und lege die beiden Pappbilderbücher dazu, die ich auf dem Heimweg noch schnell besorgt habe. So fühle ich mich gut vorbereitet, als es wenig später klingelt.

Kaya strahlt mich an und sieht aus, als würde sie mir gern um den Hals fallen. Allerdings hält sie einen Zwilling auf jeder Hüfte. Die beiden betrachten mich mit großen Augen und sehen wenig begeistert aus.

»Habe ich dir schon gesagt, dass du die beste Schwester aller Zeiten bist?«

»Schon gut. Ich mache das gern«, sage ich, und es sieht aus, als würde ich Isas Handgefuchtel von eben imitieren, als ich überlege, ob ich Kaya wohl eins der Kinder abnehmen soll und wenn ja, welches. Zum Glück taucht Lasse hinter ihr auf und ist so beladen mit Gepäck, dass ich ihm stattdessen Tragetüten abnehmen kann, während er zwei große, eckige Taschen mit Gurtbändern zu Boden gleiten lässt.

»Danke, Cordula. Verdammt, diese Reisekinderbetten sind echt schwer. Wo soll ich sie aufstellen?«

Ich deute in Millis Zimmer. Abgesehen von Isas Zimmer bietet die Wohnung keine Alternative. Und die würde mir mit ihrer Kinderphobie was erzählen. Außerdem würde ich bestimmt kein Auge zukriegen, wenn ich die Kleinen nachts nicht im Blick habe. Erst jetzt wird mir so richtig klar, dass ich die nächsten achtundvierzig Stunden die volle Verantwortung für die beiden haben werde, und mir wird ein bisschen schlecht.

»Hast du eine Liste für mich?«, wende ich mich an Kaya.

Sie schaut mich stirnrunzelnd an, während sie die Kinder geschickt am Boden absetzt. Beide schmiegen sich an ihre Beine und sehen nicht aus, als wären sie bereit, ihre Mutter gehen zu lassen. »Was für eine Liste?«

Ich blinzle nervös. »Na, alles, was ich wissen muss. Was dürfen sie essen, wann sollen sie ins Bett, was muss ich beachten...«

Meine Schwester schüttelt lachend den Kopf. »Du hast alle Freiheiten und wirst das sowieso viel besser machen als ich. Mach dir keine Gedanken.«

Oh doch, die mache ich mir. »Mensch, Kaya, wenn du früher auf Milli aufgepasst hast, habe ich dir immer alles genau aufgeschrieben.«

Kaya versucht, ernst zu nicken, aber sie kann sich ein Grinsen kaum verkneifen. »Ja, ich weiß noch. Nur eine erbsengroße Menge Zahnpasta und so was. Hab ich mich eh nicht dran gehalten.«

Das ist mir schon klar, aber lustig finde ich es nicht. Eine Anleitung und wichtige Hinweise wären einfach hilfreich.

»Cordula, mach das mit Henry und Phillip einfach so, wie du es für richtig hältst. Du hast für alles mein Einverständnis, weil ich weiß, dass du es bestens hinkriegen wirst. Außerdem können die beiden ja auch reden. Stimmt's, ihr Mäuse?«

Die Zwillinge schauen stumm zu ihr hoch, als wollten sie das Gegenteil beweisen. Kaya strubbelt ihnen durch die Haare und lächelt sie an. »Du wirst sehen, wenn sie erst aufgetaut sind, quatschen sie dir ein Kotelett ans Ohr.«

Lasse hat inzwischen die Faltbetten mit den hohen Netzrahmen aufgebaut. Anders als meine Schwester scheint er zumindest ein wenig Vorbereitung für sinnvoll zu halten, denn er drückt mir die Krankenkassenkarten der beiden in die Hand und einen Zettel mit der Hoteltelefonnummer. »Nachts zieh ihnen besser noch Windelhöschen an, tagsüber geht es ohne, wenn du sie ab und zu an die Toilette erinnerst. Die Kindersitze stelle ich dir gleich in den Hausflur, falls ihr Auto fahren wollt. Bei Fragen kannst du dich jederzeit melden.«

Dankbar nicke ich ihm zu und versuche, mir nicht anmerken zu lassen, wie mulmig mir ist. Ich habe schließlich schon ein eigenes Kind aufgezogen, deshalb kommen Kaya und Lasse wahrscheinlich gar nicht auf die Idee, dass ich mit ihrem Auftrag überfordert sein könnte. Doch es kommt mir ewig her vor, dass Milli so ein Dreikäsehoch war. Außerdem habe ich zu dieser Zeit noch bei meinen Eltern gewohnt, so dass immer jemand da war, der mir geholfen hat. Warum müssen die eigentlich ausgerechnet jetzt ihre große Brasilienreise machen?

Ich beobachte, wie Kaya und Lasse sich liebevoll von ihren Kindern verabschieden und sehe in den Augen der Kleinen meine eigene Panik.

»Wollt ihr nicht noch eben einen Kaffee trinken oder so?«, frage ich hektisch.

Meine Schwester und ihr Mann wechseln einen kurzen Blick, dann lächelt Kaya mich bedauernd an. »Nein, lieber einen kurzen Abschied für die Jungs. Außerdem haben wir angegeben, dass wir bis dreizehn Uhr einchecken.« Sie nimmt mich in den Arm und drückt mir einen Kuss auf die Wange. »Danke. Es ist wirklich toll, dass du das für uns machst. Ich weiß, du ...«

Sie beendet den Satz nicht. Auch Lasse drückt mich kurz und dann fällt hinter den beiden die Wohnungstür ins Schloss. Meine kleinen Neffen und ich schauen ihnen stumm hinterher, und ich weiß nicht, wer von uns sich gerade am meisten allein gelassen fühlt. Dann reiße ich mich zusammen und greife wahllos eins der neuen Pappbilderbücher.

»Sollen wir das Tier-ABC lernen?«

Ich bekomme keine Antwort, nur wieder einen skeptischen Blick hoch zwei. Ich rechne mit wenig Begeisterung, wenn ich die beiden einfach auf meinen Schoß hebe. Und einfach ist da sowieso das falsche Wort, es sind schließlich zwei und so winzig klein und leicht sind sie dann doch nicht. Also lasse ich mich auf dem Küchenboden nieder, ohne die Zwillinge zu beachten, und schlage das Buch auf.

»A wie Affe«, sage ich laut in den Raum und starre betont interessiert auf die Buchseite, bevor ich weiterblättere. Es funktioniert. Bereits bei E wie Esel hat sich einer der beiden hinter mich geschlichen, um über meine Schulter ins Buch zu schauen. Bei H wie Hund gesellt sich sein Bruder dazu und ich fühle mich wie die Supernanny und fange an zu glauben, dass es leichter wird als gedacht. Doch dann kommt P wie Papagei.

»Papa?«, sagt einer der Kleinen in verzweifelter Tonlage. »Mama?«, fällt dem anderen dazu ein. Ehe ich es verhindern kann, tapsen die beiden in den Flur Richtung Wohnungstür, durch die die beiden Vermissten verschwunden sind. Während ich mich aufrapple, verfluche ich den Bilderbuchverlag, der doch genauso gut einen Pinguin oder ein Pony hätte abbilden können.

»Hört mal zu, ihr zwei, Papa und Mama sind nicht da, aber sie kommen bald wieder und ...« Mein Satz geht in herzzerreißendem Geheul unter, das in seiner Zweistimmigkeit bestimmt bis zum Ende der Straße zu hören ist. Und durch nichts zu beruhigen. Ich gehe in die Hocke und rede auf die beiden ein, ich schneide dämliche Grimassen, klatsche ein albernes Kinderlied und versuche es mit Kitzeln, aber je mehr ich mich bemühe, desto verzweifelter wird das Weinen. Es war ja klar, dass das nicht funktionieren wird. Die Zwillinge kennen mich kaum und ich habe seit Milli nichts mehr mit Kinderbetreuung zu tun gehabt. Noch dazu kann ich mich nicht erinnern, dass meine Tochter jemals so geschrien hat. Inzwischen sind die Wangen der beiden feuerrot und nass vor Tränen. Um sie wenigstens von der Tür wegzukriegen, hebe ich den einen auf meine Hüfte und nehme den anderen an die Hand. Unerwartet leisten sie keinen Widerstand, sondern lassen sich von mir zurück in die Küche bugsieren. Das Weinen geht in ruhigeres Schluchzen über.

»Wir kriegen das schon hin, oder?« Ich setze die beiden nebeneinander auf die Arbeitsplatte, um mit einem frischen Geschirrtuch die Tränchen zu trocknen und die Schnoddernasen zu putzen. Von wegen. Ich habe keinen Plan, wie ich die nächste Heulattacke verhindern kann, und was ich endlose achtundvierzig Stunden mit den beiden anfangen soll.

Mein Handy klingelt und die Zwillinge hören endlich auf zu weinen und beobachten interessiert, wie ich es aus der Tasche ziehe. Wahrscheinlich hoffen sie so sehr wie ich, dass ihre Eltern anrufen, die sich spontan gegen den Kurzurlaub entschieden haben und auf dem Rückweg zu uns sind. Aber es ist Marlon. Als Anruferbild hat er auf meinem Telefon ein Foto von sich mit Sonnenbrille eingespeichert, auf dem er sich gar nicht ähnlich sieht.

»Soll ich rangehen?«

Die Zwillinge mustern mich schweigend. Sie haben

ja recht, das muss ich wohl selbst entscheiden. Seufzend hebe ich das Handy ans Ohr. »Hallo, Marlon.«

»Liebling, mach dich bereit für eine Überraschung. Du. Ich. Und ein romantisches Herbstpicknick auf dem Land. Ich hole dich in einer Viertelstunde ab.«

»Ich kann nicht«, sage ich, und bin leider froh darüber. Ich stehe weder auf Überraschungen noch auf Picknicks. Jegliche Romantikklischees können mir gestohlen bleiben, das ist einfach so.

»Warum denn nicht?« Er klingt verunsichert und das nervt mich mehr, als es sollte. Den Kleinen wird langweilig, deshalb fangen sie an, auf der Küchenanrichte herumzuklettern. Ich brauche beide Hände, um sie dabei zu sichern, und klemme das Telefon unters Ohr. »Marlon, ich habe spontan meine kleinen Neffen hier übers Wochenende. Wir können Montag telefonieren.«

»Oh«, sagt er. »Und das ist nicht nur eine Ausrede, weil du mich nicht sehen willst?«

Ich kann gerade noch verhindern, dass einer der beiden abrutscht und unsanft landet, in dem ich beherzt zugreife und ihn absetze. Schnell hebe ich auch den anderen auf den sicheren Boden. Dabei fällt die Packung mit den Tiernudeln herunter, platzt aber zum Glück nicht auf. Sofort wird sie von den Zwillingen interessiert begutachtet. Das gibt mir Gelegenheit, das Smartphone mit Marlon am anderen Ende wieder ans Ohr zu heben. Anscheinend hat er ohne eine Antwort abzuwarten weitergeredet.

»... und deshalb verstehe ich dich nicht. Es könnte von

mir aus so unkompliziert sein wie am Anfang. Aber du lässt mich gar nicht an dich ran. Also körperlich schon, aber irgendwie ist da eine Mauer und ...«

»Marlon, darüber können wir gern irgendwann reden«, unterbreche ich ihn, »aber nicht jetzt. Ich habe zwei Dreijährige hier und das ist pures Chaos.« Ich behalte die beiden im Auge, die inzwischen um die Nudelpackung streiten und sie sich gegenseitig aus den Händen reißen.

»Dann komme ich halt zu dir. Ich will darüber sprechen. Jetzt.«

Der Nudelkampf eskaliert, als der eine nach einem herzhaften Ruck seines Bruders eine Bauchlandung hinlegt und anfängt zu weinen. Der Sieger will die Beute davontragen, aber ich halte ihn mit einem Arm auf und will sie ihm abnehmen, worauf auch er zu heulen beginnt.

»Verdammt, hörst du, was hier los ist? Ich kann echt nicht noch ein Kind hier brauchen.« Das ist mir einfach rausgerutscht und die atemlose Stille am anderen Ende hallt lauter als das Geheul der Zwillinge.

»Marlon, es tut mir leid, ich ...« Es gibt kein Ende für diesen Satz. Mir fehlen die Worte und die Kraft.

Es können nur Sekunden sein, aber es kommt mir ewig vor, bis Marlon etwas sagt. Seine Stimme klingt kühl. »Ich habe dir gesagt, dass ich dich nicht ständig aufs Neue erobern will. Also sag mir einfach, ob es das jetzt endgültig war.«

Mit einer Hand versuche ich immer noch, die Nudelpackung aus den überraschend hartnäckigen Kleinkindfingern zu befreien. In diesem Augenblick gibt sie nach, und es regnet Elefanten und Löwen aus Hartweizengrieß auf den Küchenboden. Überrascht halten beide Kinder im Schluchzen inne, so dass meine Worte laut durch den Raum klingen. »Es tut mir leid, Marlon. Ich will nicht mehr.«

Ich drücke den Anruf weg und lege das Handy auf die Arbeitsplatte. Wie in Zeitlupe lasse ich mich zu Boden sinken und ziehe erst den einen, dann den anderen Zwilling auf meinen Schoß. Sie lassen es zu, schmiegen sich sogar ein wenig an mich, so dass ich den warmen Kinderduft ihrer Haare einatme. Für ein paar Sekunden ist alles gut, und trotzdem könnte ich heulen. In diesem Augenblick fällt mir auf, dass ich Kaya die wichtigste Frage nicht gestellt habe.

»Wer von euch beiden ist eigentlich wer?«, frage ich und verleihe mir dabei selbst den ersten Preis als Rabentante. Mit einer Antwort rechne ich nicht.

»Philipp«, sagt der Nudeleroberer mit zartem Stimmchen. Überrascht hake ich nach. »Du bist Philipp?«

Er erwidert meinen Blick und lächelt. Unfassbar süß.

Ich wende mich seinem Bruder zu. »Dann bist du Henry?«

Der Kleine nickt schüchtern. Ich schaue zwischen beiden hin und her und entscheide, dass die Shirtfarbe reichen muss. Philipp blau, Henry rot.

»Ich bin Cordula. Tante Cordula.«

Die beiden betrachten mich nachdenklich.

»Die Mama von Milli«, füge ich hinzu und frage mich, wann ich mich das letzte Mal so vorgestellt habe. Elternabend in der Grundschule? Nein, da bin ich nie gewesen. Meine knappe Zeit wollte ich bestimmt nicht unter Müttern verbringen, die mich aufgrund meines Alters sowieso nicht ernst nahmen. Und Milli brauchte mich in der Schule auch gar nicht, sie schaffte das hervorragend allein.

Philipp strahlt. »Milli.« Henry stimmt ihm zu. »Milli!«

Es scheint ein Zauberwort zu sein. Und das bringt mich auf eine Idee. »Sollen wir Milli besuchen?«

Das ist es! Sie liebt die Zwillinge und passt in Neuberg doch ständig auf sie auf. Bestimmt wird sie sich freuen, sie zu sehen, und wir können den Rest des Tages gemeinsam verbringen. Ich sehe uns schon gemeinsam auf dem Spielplatz sitzen und den Jungs beim Buddeln im Sandkasten zuschauen. Die sind von der Idee ebenso begeistert wie ich, jedenfalls brabbeln sie plötzlich munter vor sich hin. Die Wörter »Milli« und »besuchen« kommen gleich mehrfach darin vor. Voller Elan wühle ich mich durch die mitgebrachten Taschen, die meine Schwester natürlich ohne jegliches System zusammengepackt hat. Aber irgendwann finde ich zwei spielplatztaugliche Softshell-Overalls und Gummistiefelchen. Plötzlich fühle ich mich der Sache gewachsen und frage mich, warum ich das Ganze nicht gleich mit System angegangen bin.

Ich fege die Nudeln zusammen und werfe sie in den Müll. Mittagessen können wir irgendwo unterwegs. Für zwischendurch packe ich die Fruchtmusbeutel aus der

Drogerie und eine Wasserflasche ein. Als ich nach meinem Handy greife, muss ich an Marlon denken. Es tut mir wirklich leid, dass es so gelaufen ist und ich fühle mich schlecht, weil ich eher erleichtert als traurig bin, dass es vorbei ist. Zu viele Gedanken kann ich mir darüber aber gar nicht machen, weil ich zwei wuselige Zwillingsjungen, Kindersitze und Ausflugsgepäck ohne Verluste zum Auto befördern muss. Gut gelaunt starten wir unserem gemeinsamen Lieblingswort entgegen. »Milli!«

12
MILLI

IN EINEM PULK aus weißen Kitteln und grünen Schürzen folgen wir Professor Kolventhal von Box zu Box. Inzwischen ist die Visite in der Rinderklinik zur Routine geworden und ich bin schon längst nicht mehr so angespannt wie zu Beginn des Semesters. Was nichts daran ändert, dass mir neben dem Klinikalltag und dem Studium kaum eine Minute zum Luftholen bleibt, obwohl ich mit schlechtem Gewissen die ein oder andere Vorlesung sausen lasse. Am Montag schreiben wir ein Pharmakologietestat, für das ich noch nicht gelernt habe, und ich weiß nicht, wann ich dazu kommen werde, denn ausgerechnet für dieses Wochenende habe ich mich zum Klinikdienst eingetragen. Vielleicht würde Noé mit mir tauschen, aber er muss ja für die gleiche Klausur lernen, und ich müsste dann nächstes Wochenende für ihn einspringen. Da will ich aber unbedingt mal wieder nach Neuberg fahren, den ganzen Tag am Stall verbringen, mit Mitternacht ausreiten oder ein bisschen im Buch-Café aushelfen.

Ich seufze. Das Heimweh mischt sich mit dem Gefühl, mir gerade unnötig selbst leidzutun.

»*Ça va*, Milli?« Noé fragt es leise und ohne mich anzusehen, weil Kolventhal sehr unangenehm werden kann, wenn er sich bei seiner Ansprache gestört fühlt. Deshalb schaue auch ich weiter geradeaus, nicke aber und deute ein Lächeln an in der Hoffnung, dass er es aus den Augenwinkeln sieht. Wir haben unser Spaghetti-Essen nicht wiederholt, was ich ein bisschen schade finde. Aber ich will nicht aufdringlich sein und habe das Gefühl, dass er eigentlich lieber allein ist. Außerdem können verkochte Nudeln mit Fertigsauce wahrscheinlich nicht mit *Coq au vin à la haute cuisine* mithalten. Manchmal laufen wir zusammen zum Hörsaal rüber und unterhalten uns nett dabei, aber dort setzt er sich dann woanders hin als ich. Einmal sind wir am Eingang Isa begegnet, und sie hatte natürlich nichts Besseres zu tun, als uns eine heimliche Romanze zu unterstellen, sobald Noé außer Hörweite war. »So vertraut, wie ihr hier ankommt, und euch dann betont in verschiedene Ecken setzt, ist das doch offensichtlich.«

Als ob ich für so was auch noch Zeit hätte und nicht eh schon völlig überfordert wäre mit meinem Leben. Ich komme ja nicht mal dazu, meiner Mutter in ihrer Midlife-Crisis beizustehen, deren genauen Grund ich immer noch nicht kenne. Allerdings habe ich sie auch nie ernsthaft danach gefragt, vielleicht sollte ich das einfach mal tun. Wenn ich ehrlich bin, dann habe ich ein wenig Angst vor der Antwort und davor, dass mich das noch viel mehr überfordern könnte.

Und selbst wenn ich an Noé etwas mehr Interesse hätte,

darf ich nicht vergessen, dass er sich am Semesterende verabschiedet und zurück nach Nantes fährt, wo bei seinem Aussehen wahrscheinlich sowieso eine *petite amie* auf ihn wartet. Ich habe ihn nie gefragt, ob er eine Freundin hat, weil ich Sorge habe, er könnte die Frage falsch verstehen. Aber den zahlreichen offensiv flirtenden Kommilitoninnen gegenüber verhält er sich so, als habe er eine. Freundlich, aber nicht interessiert. Mich hat er auch nie nach einem Freund gefragt. Oder nach Exfreunden. Warum auch? Besonders viel zu erzählen gebe es da bei mir sowieso nicht.

Mein Schulfreund Justus und ich haben mit sechzehn mal kurz versucht, aus unserer Freundschaft eine Beziehung zu machen, und sehr schnell gemerkt, dass das keine gute Idee war. So richtig erholt haben wir uns davon leider nicht. Und dann gab es noch Max, dem ich geholfen hatte, im Stadtpark seinen entlaufenen Beagle einzufangen. Wir waren ein paar Monate zusammen, aber wirklich gezündet hat es nie. Ich befürchte, dass mein Herz vor allem an seinem Vierbeiner hing. Ich denke häufiger an Snoopy zurück als an Max.

»Willst du lernen mit mir heute Abend? Für Pharmakologie?« Noés Frage kommt unerwartet.

»Ich?«

Er schaut mich an. »Ja, du. *Bien sûr*. Wenn du magst.«

Mein Herz stolpert über sein Lächeln und bleibt dann schlagartig stehen, als Kolventhal seine Stimme erhebt. »Wenn das Fräulein Mahler mal aufhören würde, mit

Monsieur Dubrasquet zu flirten, könnten wir uns dem Patienten zuwenden, der gleich hier eintreffen wird.«

Ich spüre, wie mir das Blut in die Wangen schießt. Der Professor verzieht keine Miene, aber es ist ihm anzumerken, wie er die Situation genießt. Ich versuche, den Kloß im Hals zu schlucken, und schaue ihm mit erhobenem Kinn ins Gesicht.

Noé macht einen Schritt nach vorn. »*Excusez-moi*, Professor Kolventhal. Es ist meine Schuld. Ich habe mit ihr geflirtet.«

Das wird ja immer peinlicher. Es ist ein netter Versuch von Noé, aber nicht sonderlich hilfreich, und außerdem muss er mich bestimmt nicht verteidigen. Das kann ich sehr gut selbst. »Entschuldigen Sie bitte, wir haben nur über die Klausur nächste Woche gesprochen.«

Kolventhal nickt gnädig. »So etwas besprechen Sie ab sofort bitte außerhalb meiner Visite. Und es sollte bei Besprechungen bleiben. Ich möchte in dieser Klinik keine amourösen Verwicklungen, sonst muss einer von Ihnen die Famulatur beenden. Ist das klar?«

Ich nicke heftig und vermeide es, Noé anzusehen. Die Tierärzte und Studenten um uns herum finden sichtlich Gefallen an dem unterhaltsamen Zwischenspiel mit uns in der Hauptrolle. Doch ein bestimmtes Räuspern von Kolventhal reicht, dass alle verstummen und sich wieder ihm zuwenden.

»In der nächsten halben Stunde wird uns ein Alpakahengst mit Inappetenz und massiven Kreislaufproblemen erreichen. Dieser Patient hat oberste Priorität, denn der Besitzer ist nicht nur einer unserer wichtigsten Kunden, sondern auch ein guter Freund von mir.«

Erstaunlich, dass der Typ überhaupt Freunde hat.

»Deshalb werden wir dem Alpaka eine persönliche Krankenschwester stellen, die nicht von seiner Seite weicht. Ich schlage vor, dass Frau Mahler den Posten übernimmt, damit sie auf andere Gedanken kommt. Sind sie einverstanden?«

Es ist keine Frage. Nicken, lächeln, Arschloch denken. Zum Lernen für Pharmakologie werde ich damit wohl nicht mehr kommen. Zur Not muss ich die Klausur am Ende des Semesters wiederholen. Aber Kolventhal ahnt nicht, dass ich mich über die Strafarbeit freue. Von Rob weiß ich, wie anspruchsvoll Neuweltkameliden wie Alpakas in der Tiermedizin sind und mit keiner der üblichen Tierarten vergleichbar. Ich werde also eine Menge lernen können.

Als die schreckliche Visite endlich vorbei ist, kommt Noé auf mich zu und will etwas sagen, aber ich schüttle entschieden den Kopf und gehe in die andere Richtung davon. Ich werde verhindern, dass Kolventhal uns heute noch mal zusammen sieht. Am besten sollten wir uns für den Rest des Semesters in der Klinik aus dem Weg gehen.

Durch das große Stalltor sehe ich, wie ein schicker SUV mit einem glänzenden Pferdehänger vorfährt. Paul steht neben mir und brummelt: »Der Ehrengast ist da.«

Ich schiebe die Ärmel meines Kittels nach oben und folge ihm, um beim Abladen zu helfen. Schließlich bin ich ziemlich neugierig auf den ungewöhnlichen Patienten.

Der Fahrer steigt gerade aus, als wir beim Wagen ankommen. Er hat ein rundes Gesicht mit einem großen Schnauzbart und auf dem Kopf eine verblichene Baseballkappe. Freundlich nickt er mir zu und begrüßt Paul mit Handschlag. Die beiden kennen sich wohl schon, denn er beginnt sofort mit rauer Stimme und polnischem Akzent auf Paul einzureden.

»Paulek, ich habe dem Chef gleich gesagt, dass seine Alpakas zu mager sind. Da stimmt etwas nicht. Ich habe gefüttert und gefüttert, aber nichts kommt dran an die Biester.« Das letzte Wort spricht er so herzlich aus, dass ich darin hören kann, wie viel ihm an den Tieren liegt, obwohl es nicht seine eigenen sind. Irgendwie war mir gleich klar, dass es sich bei ihm unmöglich um Kolventhals besagten Freund handeln kann.

Wie ein eingespieltes Team entriegeln die beiden Männer die Hängerklappe und senken sie.

»Dieser hier ist heute nicht aufgestanden und fressen will er auch nicht. Er soll im Frühling zur Körung und als Zuchthengst zugelassen werden. Wenn er dann noch lebt.« Er schaut besorgt ins Innere des Anhängers.

Ich trete näher. Was für ein Anblick! Ich kann nicht verhindern, dass mir ein kindliches »Awww« rausrutscht. Das Alpaka liegt mit angewinkelten Beinen in Brustlage auf dem Stroh und sieht einfach zu niedlich aus. Sein Fell ist ganz weiß und puschelig. Mit dem langen Hals und der dunklen, herzförmigen Nase sieht es aus wie ein zu groß geratenes Plüschtier. Es schaut uns unter dichten, hellen Wimpern ängstlich entgegen, macht aber keine Anstalten aufzustehen, als Paul den Hänger betritt und sich ihm nähert.

»Du wirst ihn tragen müssen«, sagt der Fahrer und kratzt sich am Hinterkopf. »Er ist zu schwach auf den Beinen. Soll ich dir helfen?«

Aber Paul hat seine Arme schon behutsam um den Vierbeiner gelegt und ihn angehoben, als wäre er federleicht. Das Fell um den Kopf des Tieres wirkt rundlich aufgeplustert und oben schauen lange Ohren raus, die man sofort berühren will, weil sie so zart und weich aussehen. Um nicht in Versuchung zu geraten, verschränke ich die Arme hinter dem Rücken. Schließlich stehe ich als Klinikmitarbeiterin hier.

»Ich muss weiter.« Der Mann schließt hinter Paul die Hängerklappe und wirft einen letzten Blick auf das Alpaka. »Ist unser bester Nachwuchshengst. Es wäre schade.« Er sieht nicht aus, als ob er damit rechnet, dass er ihn noch mal abholen wird.

Paul nickt ihm zu und bedeutet mir dann, ihm zu folgen. Er hat im Stalltrakt der kleinen Wiederkäuer die größte Box eingestreut, wo er den Hengst sanft ablegt. Sofort eilt Kolventhal herbei.

»Das sieht nicht gut aus. Frau Doktor Müller, sie übernehmen die Untersuchung und leiten direkt eine Infusionstherapie ein. Geben Sie Blut und Kot unverzüglich ins Labor. Dieser Patient bekommt jegliche weiterführende Diagnostik, die nötig erscheint.« Er wirft einen Seitenblick auf mich und macht eine fahrige Handbewegung in meine Richtung. »Die Studentin wird Ihnen zur Hand gehen und die ständige Überwachung des Patienten übernehmen. Ich möchte über den Verlauf engmaschig informiert werden.«

Doktor Müller nickt mir freundlich zu und ich freue mich, dass sie den Patienten übernommen hat. Sie kann sehr gut erklären und nimmt sich häufig Zeit, uns etwas zu zeigen oder wichtige Handgriffe mit uns zu üben. Nachdem der Professor davongerauscht ist, überlässt sie tatsächlich mir die Erstuntersuchung, beobachtet mich dabei und fragt nach meinen Befunden. Als ich mich schließlich aufrichte, schaut sie mich erwartungsvoll an. »Welche auffälligen Symptome haben wir?«

Ich zähle auf: »Inappetenz, Apathie, Festliegen und blasse Schleimhäute.«

Sie nickt. »Akut oder chronisch?«

»Akut«, antworte ich wie aus der Pistole geschossen. Schließlich sind die Symptome alle erst heute aufgetreten. Sie legt den Kopf schief. »Gibt es Anzeichen, die darauf hindeuten könnten, dass schon länger ein Gesundheitsproblem besteht? Schau noch mal genau hin.«

Ich betrachte das Alpaka, bis mir auffällt, was sie meint. »Es ist zu dünn, oder?«

»Ja, Abmagerung ist auch ein wichtiges Symptom. Was könnte die Ursache sein?«

Futtermangel fällt weg. Der Fahrer hat selbst gesagt, dass er die Tiere gut gefüttert hat. Ich schlage ein Zahnproblem vor, weil ich das aus Robs Praxis kenne. Bei mageren Pferden kontrolliert er immer zuerst die Zähne.

Doktor Müller nickt. »Aber das würde eher zu einer Einzeltiererkrankung passen, oder?«

Aber es hieß, dass die anderen Alpakas aus der Herde auch zu dünn sind. Woran kann das liegen? Ich habe eine Idee. »Parasiten? Bandwürmer oder so?«

Die Tierärztin lächelt zufrieden. »Sehr gut, Milli. Dafür untersuchen wir den Kot im Labor. Ich habe den Verdacht, dass es etwas anderes ist als ein Bandwurm, aber warten wir es ab. Bis dahin müssen wir trotzdem dafür sorgen, dass es dem kleinen Hengst hier besser geht.«

Gemeinsam legen wir einen venösen Zugang am Hals, was komplizierter ist als bei Rind oder Schaf, weil das Blutgefäß anders verläuft. Dann hängen wir die Infusionsflasche an. Das Alpaka lässt mit trübem Blick alles über sich ergehen. Ich setze mich zu ihm in die Box, während Doktor Müller die Proben zum Labor bringt. Ich weiß, dass ich als Tierärztin nicht zu sehr mitfühlen darf, wenn es Tieren schlecht geht. Dann bin ich ihnen keine Hilfe. Aber auf keinen Fall will ich so abstumpfen, dass ich sie als zu behandelnde Fälle emotionslos abarbeite. Dann doch lieber ein bisschen zu viel Gefühl riskieren. Behutsam streiche ich über den wolligen Rücken.

Als Doktor Müller wiederkommt, hat sie ein Buch über Neuweltkameliden dabei, zu denen auch die Alpakas gehören. »Das habe ich in unserer Bibliothek gefunden und gedacht, damit kannst du dir während der Intensivüberwachung die Zeit vertreiben.«

Wie nett ist das denn? Es macht mir überhaupt nichts aus, den Tag bei dem Patienten zu verbringen, aber natürlich ist es toll, wenn ich dabei noch etwas über ihn lernen kann. Schließlich ist mir schon klar, dass ich die meiste Zeit tatenlos rumsitzen werde, denn auch wenn der Zustand des kleinen Alpakahengstes natürlich regelmäßig kontrolliert werden muss, ist meine Bettkantenbetreuung etwas übertrieben. Aber ich kenne niemanden, der Kolventhal das sagen möchte. Also mache ich es mir neben meinem Patienten bequem und schlage das Buch auf.

Es ist spannend, über diese ganz andere Tierart zu lesen. Obwohl Alpakas wiederkäuen, gehören sie nicht zu den Wiederkäuern wie Rind und Schaf, sondern zu den sogenannten Schwielensohlern. Wenn ich mir die ledrigen Fußballen hinter den Hornzehen des Hengstes anschaue, passt die Bezeichnung einfach.

Am Anfang beobachtet er mich misstrauisch und wird unruhig, wenn ich aufstehe, um die langsam tropfende Infusion zu überprüfen und sein Herz abzuhören. Dann aber gewöhnt er sich daran und wirkt entspannter. Außerdem scheint die Behandlung ihm gutzutun. Sein Blick wird wacher und er streckt zwischendurch den langen Hals, um mit der Nase ins Heu zu stupsen.

Ich bin gerade wieder ins Buch vertieft, als Doktor Müllers Stimme mich aufschrecken lässt.

»Das sieht ja richtig gemütlich hier aus.«

Ertappt schaue ich auf, aber sie lächelt. »Ich löse dich nachher ab, damit du mittagessen kannst. Du musst dich schließlich stärken für deinen Wochenenddienst mit Professor Kolventhal.«

Weil ich wohl ziemlich gequält gucke, lacht sie mitfühlend. »Keine Sorge, er meint das alles nicht so. Er hört sich nur selbst gern reden. Aber man kann bei ihm trotzdem viel lernen.«

Das weiß ich. Wenn ich mich nur nicht immer so von ihm verunsichern lassen würde. Das ärgert mich selbst.

»Er kommt am Wochenende sowieso nur für Notfälle und zum täglichen Rundgang. Den Rest überlässt er den Doktoranden.«

Ich versuche, mir meine Erleichterung nicht anmerken zu lassen. Vielleicht wird mein Dienst ja angenehmer als befürchtet, und ich kann doch noch ein bisschen für Pharma büffeln.

»Hauptsache, wir kriegen seinen Spezialpatienten hier wieder fit. Aber er sieht ja schon etwas besser aus. Und ich habe eine erste Diagnose.«

Neugierig schaue ich Doktor Müller an. »Was hat er denn?«

Mit einem leichten Schmunzeln erwidert sie meinen Blick. »Hast du eine Idee?«

Ich habe mir schon gedacht, dass sie mir das Alpakabuch nicht ohne Grund gegeben hat. Deshalb habe ich mir auch als Erstes das Kapitel über Parasitenerkrankungen vorgenommen. »Leberegel?«, schlage ich vor.

Sie nickt anerkennend. »Richtig. Das war auch mein Verdacht und die Kotuntersuchung hat es bestätigt. Wir warten jetzt noch ab, was die Leberwerte im Blut ergeben und dann machen wir eine Ultraschalluntersuchung von seiner Leber. Das mache ich beim Alpaka zum ersten Mal.«

Ich merke ein Kribbeln im Bauch. Bei der ganzen Lernerei vergesse ich manchmal, wofür ich das alles mache, aber in solchen Momenten weiß ich es wieder. »Dann bekommt er jetzt Praziquantel?«

Doktor Müller zieht eine Tube aus der Kitteltasche. »So ist es. Um deine Pharmakologieprüfung musst du dir anscheinend keine Sorgen machen.«

Schön wär's. Die Therapie von Leberegelbefall konnte ich eben nachlesen, das war keine große Leistung.

Sie scheint meine Gedanken zu erraten. »Milli, man muss nicht alles wissen. Man muss nur wissen, wo es steht.«

Na ja, für die Klausur wird das wohl kaum reichen. Aber es ist ein guter Tipp fürs Tierarztleben.

Gemeinsam geben wir dem Alpakahengst das Medikament ins Mäulchen ein, was er ziemlich widerlich findet.

»Schlucken, nicht spucken«, sagt Doktor Müller zu ihm und wir lachen gleichzeitig los wie Freundinnen.

*

Gegen Mittag wird es deutlich ruhiger im Klinikgebäude. Nachdem ich mir oben in der Küche ein Brot geschmiert habe und zurück beim Alpaka bin, verabschiedet sich auch Doktor Müller in die Mittagspause. Allerdings nicht ohne mit mir noch mal alle Befunde durchzugehen, falls Kolventhal auftaucht und einen Bericht verlangt. Blut- und Ultraschalluntersuchung haben die Diagnose Hepatitis parasitaria durch Infektion mit kleinen Leberegeln bestätigt.

Zum Glück geht es dem strubbeligen Patienten mit Awww-Faktor schon sichtlich besser. Er scheint zu Kräften zu kommen und fängt sogar an, Heu zu knabbern. Bei ihm in der Box zu sitzen ist fast zu gemütlich, und ich muss aufpassen, dass mir mit dem Buch auf dem Schoß nicht die Augen zufallen. Deshalb schrecke ich auf, als jemand mit tiefer Stimme meinen Namen ruft. Paul schaut über die hölzerne Boxenwand hinweg durch die Metallstreben.

Ich blinzle ihn an und unterdrücke ein Gähnen. »Paul, hast du nicht Feierabend?« Dass er ausgerechnet jetzt sein freies Wochenende hat, wenn ich Dienst habe, gefällt mir gar nicht. Irgendwie ist der ruhige Tierpfleger für mich zum Fels in der Brandung geworden. Ich weiß inzwischen, dass unter der rauen Schale ein wirklich netter, hilfsbereiter Kerl steckt, auf den ich zählen kann.

»Ja, ich hau gleich ab. Aber vorher hab ich 'ne Karre voll Besuch für dich.« Er sagt das so knurrig wie immer, trotzdem habe ich das Gefühl, dass er sich ein Schmunzeln verkneifen muss. Und was soll das überhaupt heißen? Stirnrunzelnd schaue ich ihn an, da taucht neben Paul ein heller Haarschopf über der Boxenwand auf und ein freches Augenpaar, das ich ziemlich gut kenne. Gleich daneben erscheint noch eins, das dem ersten ziemlich ähnlich sieht. Sofort bin ich auf den Beinen. »Henry? Philipp? Was macht ihr denn hier?«

Paul schiebt die Boxentür auf. Die Zwillinge klettern aus der Schubkarre, mit der er sie wohl hergefahren hat, und stürmen auf mich zu. Der Alpakahengst wird unruhig und versucht aufzustehen, kommt aber nicht hoch. Schnell gehe ich in die Hocke, schließe die beiden in die Arme und schiebe sie dabei ein Stück zurück und weg von dem Tier. »Schscht, ihr zwei. Sonst erschreckt ihr meinen Patienten.«

Philipp schaut neugierig über meine Schulter, während Henry sich einfach nur an mich kuschelt. Die Wärme, die von den beiden ausgeht, breitet sich in mir aus und fühlt sich an wie Heimkommen. »Ist eure Mama auch hier?«

»Die nicht, aber deine«, sagt meine Mutter, die in diesem Moment neben Paul an die Boxentür tritt. Unruhig rückt sie ihre Brille zurecht und schiebt eine Haarsträhne hinters Ohr, die sich aus ihrem Dutt gelöst hat.

»Ist etwas passiert?« Ohne die Zwillinge loszulassen, richte ich mich ein Stück auf.

Sie nickt und schüttelt dann den Kopf. »Nichts Schlimmes. Kaya ist übers Wochenende weg und hat mir die Kinder gebracht. Ich hatte gehofft, du kannst mir helfen. Du kommst mit ihnen besser zurecht als ich.«

Überrascht sehe ich, dass sie rot wird und einen Seitenblick auf Paul wirft. Es ist ihr sichtlich unangenehm, mich um Hilfe zu bitten, und gerade deshalb würde ich sie wirklich gern unterstützen. Aber wie stellt sie sich das vor?

»Das geht nicht! Ich habe Wochenenddienst und kann hier nicht weg. Du schaffst das schon.«

Kleinkinder sind meiner Mutter suspekt. Zu unberechenbar und mit Rhetorik kaum zu erreichen. Ich frage mich, wie sie das wohl mit mir hingekriegt hat. Aber in der Großfamilie, die wir damals waren, war es wohl etwas anderes. Jetzt gerade sieht sie aus, als sollte sie in einem Ruderboot den Atlantik überqueren. »Kannst du deinen Dienst nicht vielleicht tauschen?«

Entgeistert schaue ich sie an. »Am Freitagmittag? Wer sollte denn bitte jetzt noch mit mir tauschen?«

Paul räuspert sich. »Der Franzose vielleicht?«

Meine Mutter wirft ihm einen dankbaren Blick zu, bevor sie mich hoffnungsvoll anschaut. Den Zwillingen wird langweilig und sie fangen an, sich mit Stroh zu bewerfen. Eigentlich möchte ich Noé nicht darum bitten, und sehr wahrscheinlich wird er sowieso nein sagen. Aber zumindest fragen sollte ich ihn. Meiner Mutter und den Zwillingen zuliebe.

Ich nicke. »Ich frage Noé nachher. Vielleicht kann er ab heute Abend übernehmen. Aber ich kann nichts versprechen. Und bis dahin müsst ihr ohne mich miteinander auskommen. Kriegt ihr das hin?«

Ich sehe die Zwillinge an, die mir natürlich nicht zugehört haben, aber eifrig nicken. Dann schaue ich zu meiner Mutter. Sie lächelt unsicher. »Danke, Milli.«

Paul nickt stumm und greift nach der Schubkarre. Sie dreht sich zu ihm. »Dir danke ich auch. Du hast mich schon wieder gerettet.«

Ich erwarte, dass er im Weggehen etwas brummelt, wie er es immer tut. Oder gar nicht reagiert, auch das kommt vor. Aber stattdessen richtet er sich auf und schaut meine Mutter an. »Gern geschehen. Jederzeit wieder.« Überrascht sehe ich ihm nach, wie er die Karre davonschiebt, als würde er dabei tonlos ein Lied pfeifen. Wahrscheinlich freut er sich einfach auf sein Wochenende ohne Kolventhal. Der Gedanke an den Professor schnürt mir den Magen zusammen. Wenn er meine Mutter und vor allem die Kinder hier sieht, wird er ausrasten und ich bin meine Famulaturstelle los.

»Ihr müsst jetzt wirklich raus hier«, sage ich und schiebe die Zwillinge durch die Boxentür.

»Ich will aber das Hasi streicheln«, quengelt Philipp.

Ich muss lachen. »Das ist kein Hase, das ist ein Alpaka. Gestreichelt wird beim nächsten Mal. Und jetzt spielen wir: Wer zuerst beim Ausgang ist. Los!« Sofort flitzen die Kleinen in ihren Gummistiefeln die Stallgasse entlang. Aufmunternd nicke ich Mama zu. »Ich melde mich später, ja?«

Dann schließe ich die Boxentür und lasse mich neben dem Alpaka im Stroh nieder. Sanft streiche ich über seinen langen Hals. »Erzähl mal, ist deine Herde auch so eine Chaosfamilie?«

Irgendwie freue ich mich, dass ich mit der Frage nach dem möglichen Diensttausch einen Vorwand habe, nach Noé zu suchen und mit ihm zu sprechen. Ich finde es schade, dass er noch gar nicht bei mir und dem Alpaka vorbeigeschaut hat, obwohl es natürlich richtig ist, damit uns nach heute Morgen keiner zusammen sieht und vermutet, dass wir hier unsere Arbeit vernachlässigen. Verdammt, ein bisschen kribbelig wird mir beim Gedanken an Noé schon.

»Vergiss es, Milli«, sage ich leise. Der wuschelige Patient dreht mir den Kopf zu und schaut mich an, als wüsste er Bescheid.

13
CORDULA

HINTER DER RINDERKLINIK gehen wir ein Stück die Straße hinunter. Ich halte die Zwillinge an der Hand und sie stapfen munter neben mir her. Anscheinend hat ihnen der kleine Abstecher und vor allem die Begegnung mit Milli gutgetan. Und mir erst. Es ist mir zwar wirklich unangenehm, dass ich sie bei der Arbeit so überfallen habe, aber sie scheint sich schon irgendwie gefreut zu haben, die Zwillinge zu sehen. Und der Gedanke, dass sie mich ab heute Abend bei der Kinderbetreuung unterstützen wird, erfüllt mich mit einer kribbeligen Vorfreude. Ich könnte uns doch etwas Schönes kochen, während sie mit den beiden spielt, und dann planen wir gemeinsam das Wochenende. Die wenigen Stunden bis dahin schaffe ich es auch allein mit den zwei Kleinen. Für einen Novembertag ist es ungewöhnlich mild und zwischen den grauen Wolken blitzt ab und zu die Herbstsonne hervor. Ich denke, wir sollten uns auf Spielplatzsuche begeben.

Plötzlich bleibt einer der Zwillinge ruckartig stehen, so dass mir seine Hand entgleitet. Ich drehe mich zu ihm um. Blauer Softshell-Anzug – das ist Philipp.

»Ich kann nicht mehr laufen.« Er macht ein bekümmertes Gesicht.

»Es ist nicht mehr weit«, sage ich munter, obwohl ich noch gar kein Ziel habe. Außer, den Nachmittag zu überstehen.

»Ich bin müde. Darf ich auf deinen Arm? Bitte?« Hoffnungsvoll schaut er mich an.

»Ich auch«, kräht Henry an meiner Hand.

»Keiner wird getragen. Ihr habt beide zwei gesunde Füße, und die können ganz großartig selbst laufen.«

Philipp schaut runter auf seine Gummistiefel. »Die Füße sind krank. Aua.«

Ich zögere. Wahrscheinlich sind die Stiefel wirklich nicht das ideale Schuhwerk für einen Spaziergang. Und meine Hacken ebenso wenig. »Kommt, wir gehen nur noch bis zum Parkplatz. Dann trägt das Auto uns alle drei.«

Philipp schüttelt wild den Kopf. »Ich kann nicht mehr.« Um der Aussage Nachdruck zu verleihen, setzt er sich mitten auf den Gehsteig und schaut mich erwartungsvoll an. Henry zieht rasch seine Hand aus meiner, läuft zu seinem Bruder und lässt sich neben ihm auf den Hintern fallen.

»Na gut, ihr beiden. Ich geh dann mal. Tschüs!« Probeweise laufe ich ein paar Meter voran. Weiter traue ich mich nicht, schließlich fahren hier Autos und noch dazu macht Gelegenheit Kinderdiebe. Also drehe ich mich wieder um. Henry und Philipp beobachten mich interessiert, machen aber keine Anstalten aufzustehen.

»Bitte! Nur noch bis zum Auto.«

Sie bleiben von meinem flehenden Tonfall ungerührt. Hilflos schaue ich bei ihrem Sitzstreik zu. Ich werde auf keinen Fall beide gleichzeitig zum Auto tragen können, aber wenn ich nur einen auf den Arm nehme, wird der zweite sich wahrscheinlich weigern mitzukommen.

Ein Passant kommt die Straße herunter, spricht die beiden an und geht dann auch noch neben ihnen in die Hocke. Habe ich es nicht gesagt, da ist also schon der erste Kinderdieb. Mit schnellen Schritten bin ich bei ihnen, als der Mann sich gerade wieder aufrichtet. Überrascht schaue ich ihn an. Es ist Paul. Ich habe ihn nicht erkannt, weil er statt des grauen, schmutzigen Kittels jetzt einen braunen Rollkragenpullover und saubere Jeans trägt. Er riecht frisch geduscht und wirkt plötzlich so gepflegt und irgendwie ganz anders. Aber er ist es.

»Die beiden Lausbuben hier sagen, sie machen gerade Pause.«

Ich schaue runter auf die Zwillinge, die ihren Schubkarrenkumpel aus der Klinik anscheinend sofort erkannt haben, und seufze. »Tja, das machen sie wohl. Wissen Sie vielleicht, wie lange so ein Kleinkind-Akku laden muss?«

Er schmunzelt. »Waren wir nicht schon beim Du? Cordula, richtig?«

Irgendwie macht der Mann mich nervös. Das ist nicht gut. Energisch wende ich mich an die kleinen Dickköpfe zu meinen Füßen. »So, Jungs, es reicht jetzt. Wir gehen.«

Sie zeigen sich selbstverständlich unbeeindruckt. Paul

hebt grüßend die Hand. »Ich will dann auch mal weiter. Macht's gut, ihr drei.« Er nickt mir zu.

Eigentlich mag ich keine Bärte, aber sein kurzer, gepflegter Vollbart steht ihm gut. Warum denke ich so was, als ob ich keine anderen Sorgen hätte? Wie zum Beispiel Zwillinge, deren Hintern am Boden festzukleben scheinen. Aber wie von Zauberhand rappelt Philipp sich auf und kommt auf die Beine. Er schaut Paul an, der gerade weitergehen wollte. »Wo gehst du hin?«

Der Tierpfleger blickt zu ihm runter. »Ich gehe jetzt zu meinen Bienen.«

Mein Neffe reißt die Augen auf. »Echte Stechbienen?«

Paul nickt.

»Ich will mit!«, ruft Philipp.

»Ich auch!« Henry steht schlagartig ebenfalls auf seinen Füßen.

Ich schaue Paul an und er mich. Er zuckt mit den Schultern, ohne eine Miene zu verziehen. Das hat ihm wahrscheinlich gerade noch gefehlt. »Nein, Jungs, Paul möchte bestimmt ganz in Ruhe zu diesen Bienen. Ohne uns. Wir machen uns jetzt auf den Heimweg.«

»Ihr könnt gern mitkommen. Es ist nicht weit.« Paul murmelt das nur, aber die Zwillinge haben es gehört und laufen zu ihm. »Mitkommen«, sagt Henry entschieden.

Ich suche Pauls Blick. »Wäre das wirklich okay?«

Er nickt.

»Und ist das nicht irgendwie ... gefährlich?«

Er schüttelt den Kopf und geht weiter. »Meine Bienen sind gut erzogen.«

Mit zögerlichen Schritten folge ich ihm. Anders als die Zwillinge, deren Füße plötzlich funktionsfähig sind.

Ich laufe neben Paul her, während die Kinder mit ungelenken Hopsern über Rillen im Gehsteigpflaster springen und kichern. Wahrscheinlich sehen wir aus wie eine Familie beim Nachmittagsspaziergang. Vielleicht aber auch wie eine auf einer seltsam kombinierten Katalogseite. Die Mutter Typ Karrierefrau im *Casual-Friday*-Look mit Rock, Cardigan und leichter Jacke, der Vater eher kernig und robust gekleidet als durchaus attraktiver Holzfäller und die Kinder niedlich und gut gelaunt in ihren bunten Allwetteranzügen. Ich will darüber spöttisch grinsen, aber es wird mehr ein Lächeln. Paul sieht es und denkt, es gilt den hüpfenden Zwillingen. »Der Akku scheint inzwischen vollständig aufgeladen zu sein.«

Ich wende ihm den Kopf zu. »Oh, ich denke, dass du daran nicht ganz unbeteiligt bist. Dir folgen sie einfach. Hast du selbst Kinder?«

Er schüttelt den Kopf. »Nein, aber ich denke, dass sich Menschenkinder von Tierkindern gar nicht so sehr unterscheiden. Und damit kenne ich mich aus.«

Mit der Theorie könnte er einen ganzen Elternstammtisch eskalieren lassen. Und da wäre ich ausnahmsweise gern dabei. Ich ziehe die Augenbrauen hoch. »Du meinst also, Henry und Philipp sind so was wie kleine Kälbchen?«

Er betrachtet die beiden, als müsste er ernsthaft darüber nachdenken. »Nein, natürlich nicht. Aber sie sind ähnlich unmittelbar in ihren Bedürfnissen und Gefühlen. Nicht so verkopft. Deshalb funktioniert Diskutieren meistens nicht so gut. Bei Kälbern übrigens gar nicht.«

Ich überlege, ob ich eingeschnappt sein soll, weil er damit auf meine gescheiterten Argumentationsversuche bei den Zwillingen anspielt, von denen es für ihn schon einige zu sehen gab.

»Ich bin wirklich ein totaler Kopfmensch«, gebe ich zu, »wahrscheinlich kann ich deshalb nicht so gut mit Tieren. Und mit Kindern.«

Dass er dazu nichts sagt, ist für mich Antwort genug. Er sieht das wohl auch so. Na toll.

Wir biegen um eine Ecke und laufen neben einem Bahndamm entlang. Dafür, dass die Zwillinge mit mir nicht mal bis zum Auto laufen wollten, sind sie jetzt nicht zu bremsen. Als sie einen Strauß aus halbvertrocknetem Unkraut pflücken wollen, gehe ich dazwischen. Sie protestieren natürlich. »Da haben schon viele Hunde Pipi drauf gemacht«, sage ich mit süßem Lächeln. Entsetzt lassen sie die Stängel fallen und ich drehe mich triumphierend zu Paul um. »Siehst du, Argumente funktionieren doch.«

Er lacht und seine Augen strahlen. Fasziniert schaue ich ihn an. Das steht ihm so viel besser, als die schlecht gelaunte Maske, die er in der Klinik trägt. Als hätte er meinen Gedanken erraten, wird er sofort wieder ernst und weicht meinem Blick aus. Das berührt etwas in mir. Ich würde in diesem Moment alles geben für einen Satz, der ihn noch mal zum Lachen bringt. Doch nichts kommt über meine Lippen.

»Wir sind gleich da«, brummt er und geht ein paar Schritte voran, ohne sich nach uns umzublicken. Ihm gefällt es nicht, dass ich eine andere Seite von ihm gesehen habe. Mir dafür umso besser. Und was mir ebenfalls gefällt, ist sein Hintern, der in der Jeans ziemlich gut zur Geltung kommt. Vielleicht sollte ich statt Pilates zu machen auch lieber Schubkarren schieben. Das muss Gold sein für den Gluteusmuskel.

Paul dreht sich zu mir um und ich hebe hoffentlich schnell genug den Kopf. Aber direkt in seine Augen zu schauen, ist auch nicht gerade hilfreich, weil ich das Gefühl habe, er kann in mich hineinsehen. Nicht stechend, sondern weich, wie das Licht eines Refraktometers ins Probemedium. Na hoffentlich kann er wenigstens meine nerdigen Gedanken nicht lesen.

»Hier müssen wir rein.« Er zieht einen Schlüssel aus der Tasche und öffnet damit ein hölzernes Tor in einem maroden Bretterzaun, der so hoch ist, dass man nicht drüber gucken kann. Künstler und Unkünstler haben sich mit Sprühfarbe darauf verewigt und wahrscheinlich schon mehrere Generationen der Hundepopulation. Die Zwillinge drängen sich um Pauls Beine, weil sie es nicht erwarten können, einen Blick hinter das geheimnisvolle Tor zu werfen. Sie scheinen überhaupt keine Bedenken zu haben. Sollte ich nicht welche haben? Immerhin könnte das hier gut der Anfang einer ziemlich schlechten Tatortfolge sein. Oder eine Fallbeschreibung von Aktenzeichen *XY*, bei der man auf der Couch sitzt und denkt: Wer bitte ist so doof und geht mit einem fremden Mann hinter einen Bretterzaun? Und dann auch noch mit zwei kleinen Kindern? Stand die Frau unter Drogen?

Das Tor schwingt auf, Henry und Philipp stürmen hindurch und ich schaue ihnen etwas hilflos hinterher. Paul kann wohl doch Gedanken lesen, denn er bleibt abwartend stehen und wirkt unschlüssig. »Es sind viele Häuser drum herum und ein großer Parkplatz dahinter mit freier Sicht. Ich lasse das Tor offen. Es ist also ... Ich habe nicht dran gedacht, dass es irgendwie ... Du musst dir keine Sorgen machen ...« Er bricht ab, wahrscheinlich weil er selbst merkt, dass man nicht erklären kann, kein Serienkiller zu sein, ohne wie einer zu klingen.

Ich nicke ihm zu. »Uns wurden wohlerzogene Stechbienen versprochen. Die wollen wir jetzt auch sehen.« Betont locker trete ich an ihm vorbei durch das Holztor.

Es ist unglaublich. Zwischen den grauen Häusern, dem Bahndamm und dem trostlosen Stadtasphalt liegt ein Garten. Aber keiner dieser Schrebergärten mit akkurat angelegten Beeten, Gartenzwergen und Baumarktsitzmöbeln. Es ist eine kleine Wildnis mit hohem, borstigem Gras, wuchernden Sträuchern und ein paar knorrigen Bäumen, an denen nur noch wenige Blätter dem Herbstwind standgehalten haben. Ein Trampelpfad durch die Wiese führt zu einem alten Holzschuppen im Zentrum dieses seltsamen

Grundstücks. Davor steht eine einfache Holzbank. Die Zwillinge sind bereits ein Stück auf dem Pfad gelaufen, aber dann stehen geblieben. Henry dreht sich zu mir um. »Komm«, fordert er mich auf.

Ich mache einen Schritt auf die Wiese und sofort drückt sich mein schmaler Absatz tief in den weichen Boden. Mir ist klar, dass Paul mich von hinten beobachtet und ich will nicht, dass er mich für eine aufgetakelte City-Lady hält. Keine Sorge, ich komme vom Land, mein Freund. Beherzt streife ich meine Schuhe von den Füßen und schiebe die Strumpfhose hinterher. Mit dem Kram in der Hand folge ich den Zwillingen barfuß. Verdammt, es ist kälter als gedacht und die rauen Halme piksen in die Fußsohle. Ich versuche, mir das nicht anmerken zu lassen, und drehe mich zu Paul um, der immer noch am Tor steht. »Das ist ja richtig schön hier!«

Und das ist es wirklich. Man kann die Stadt sehen und hören, aber sie ist irgendwie weit weg. »Gehört der Garten dir?«

Er schließt zu mir auf, bevor er antwortet. »Es ist nur ein Stück Brachland, das ich für die Bienen nutzen darf, bis die Stadt es verkauft.«

Philipp deutet auf die Hütte. »Sind da die Stechbienen drin?«

Paul schüttelt den Kopf. »Nein, die sind in den großen Kästen hinter dem Schuppen. Ihr dürft gleich mal gucken, aber nur mit mir zusammen, einverstanden?«

Die beiden nicken und trippeln aufgeregt auf der Stelle.

Anscheinend sind Bienen eine unterschätzte Attraktion für Dreijährige. Mir ist immer noch etwas mulmig bei dem Gedanken an einen Schwarm bestachelter Insekten, aber Paul wird hoffentlich wissen, was er tut. Allerdings habe ich inzwischen ziemlich kalte Füße. Wortwörtlich. Soll ich mir die Blöße geben, meine Schuhe wieder anzuziehen und mich einfach nicht mehr von der Stelle zu bewegen? Paul öffnet das Vorhängeschloss vom Schuppen und zieht die Tür auf. Dann greift er um die Ecke und holt ein Paar grüne Gummistiefel heraus. Er streckt sie mir entgegen. »Große Schuhe mit kleinem Absatz. Ich denke, du trägst es sonst lieber umgekehrt, aber es ist besser als ... nichts.« Sein Blick streicht über meine nackten Füße. Als ich die Stiefel annehme, streife ich seine raue Hand. Meine Wangen sind heiß und ich bin froh, dass ich auf den Boden schauen kann, während ich meine Strumpfhose wieder anziehe und in die viel zu großen Stiefel schlüpfe.

»Bienen!«, erinnert uns Henry eindringlich daran, warum wir hier sind.

»Na, dann kommt mal mit, ihr Lausbuben.« Paul geht mit ihnen um die Schuppenecke herum, und ich schlurfe mit den Riesenstiefeln hinterher. An der Rückseite stehen drei hüfthohe Holzkästen, die an besonders günstige Möbelhauskommoden erinnern.

»Lass uns die Kleinen auf den Arm nehmen, dann können sie besser sehen.« Ohne meine Antwort abzuwarten, beugt Paul sich schon herunter und nimmt Philipp auf seine Hüfte. Sofort streckt Henry seine Arme nach mir aus. Ich hebe ihn hoch, bleibe aber lieber auf Abstand zu den Kisten. Drei Bienenvölker leben darin, erklärt uns Paul. Normalerweise schlafen sie wohl im November die meiste Zeit, aber heute sei es so mild, dass sie aktiv sein könnten. Das gefällt mir nicht. Aber da hebt Paul schon den Deckel vom ersten Kasten und Henry zappelt auf meinem Arm, damit ich näher herangehe und er hineinschauen kann.

An der Innenwand befindet sich eine unförmige dunkle Masse, die sich bewegt und summt. Unzählige Bienen dicht an dicht.

»Was machen die?«, fragt Philipp und lehnt sich gefährlich weit über den Kasten.

»Nur gucken, nicht anfassen«, sagt Paul ruhig. Eigentlich würde ich die Jungs und mich gern etwas auf Abstand bringen, aber der Herr der Bienen scheint sich seiner Sache sicher zu sein. »Sie kuscheln sich zusammen, damit es in der Mitte für die Königin schön warm ist.«

Philipp schaut Paul skeptisch an. »Eine echte Königin?«

Paul nickt. »Die Bienenkönigin. Alle wollen, dass es ihr gut geht. Denn sie kümmert sich darum, dass es Bienenkinder gibt.«

Auch Henry hat aufmerksam zugehört und strahlt mich an. »Meine Königin ist Mama.«

Ich halte mich für ziemlich resistent, was das Kindchenschema und irgendwelche allgemeine Euphorie bei Kleinkindern angeht. Aber bei diesem Satz voller Ernsthaftigkeit schmelze ich dahin. Ich weiß noch, wie Milli zum allerersten Mal Mama zu mir gesagt hat. Ohne Vorwarnung. Irgendwie habe ich in diesem Moment erst richtig begriffen, dass ich das bin. Millis Mama. Für immer. Auch wenn ich schon eine ganze Weile keine Königin mehr für sie bin.

»Ach, Henry«, sage ich und küsse ihn ohne nachzudenken aufs Haar. Als ich den Kopf hebe, begegne ich Pauls Blick. Lächelt er etwa? Ich bin mir nicht sicher, denn er schaut schon wieder auf seine Kuschelbienen. »So, jetzt lassen wir sie in Ruhe, und ich koche uns einen Tee.«

Philipp protestiert. Anscheinend hätte er sich das summende Gewusel gern noch länger angesehen. Aber dann zaubert Paul aus seinem Schuppen eine Packung Kekse hervor und außerdem einen Sack mit großen, weißen Kieselsteinen, den er auf der Wiese ausschüttet. »Baut mal was, ihr beiden.«

Philipp und Henry stürzen sich darauf, als hätten sie sich nichts seliger gewünscht als einen Haufen Steine, und beginnen, eine Kieselstraße zu legen.

Ich lasse mich auf der Bank vor der Holzhütte nieder und schaue ihnen zu. Kinder sind in der Natur doch einfach am besten aufgehoben.

Paul kommt mit zwei dampfenden Tassen aus der Hütte und ich werfe ihm einen Blick zu. »Kuhflüsterer, Bienenflüsterer, Kinderflüsterer. Was kannst du noch?«

Er antwortet nicht, setzt sich zu mir und drückt mir einen der Becher in die Hand, in dem ein blasser Teebeutel schwimmt. Ich nehme vorsichtig einen Schluck. Es schmeckt wie heißes Wasser und ist das Beste, was ich seit langem getrunken habe. Ich sitze hier mit zu großen Gummistiefeln auf einem Stück Brachland in einer hässlichen Stadt, trinke Tee ohne Geschmack und habe das bescheuerte Gefühl, endlich angekommen zu sein.

Paul betrachtet mich nachdenklich. Ich zucke mit den Schultern, als hätte er etwas gefragt, schaue beiläufig auf meine Füße, die immer noch in seinen Gummistiefeln stecken, und dann wieder zu ihm. Er erwidert den Blick. Es ist das Gegenteil von unangenehm, und das macht mich nervös. Schön nervös. Irgendwas passiert zwischen uns. Ich sehe die kleinen Fältchen an den Augen, die so ernst wirken, fast ein wenig traurig. Der kurze Bart ist heller als die Haare und ich frage mich, ob er sich rau anfühlt oder weich. Für eine verrückte Sekunde wäre es ganz selbstverständlich, die Hand zu heben und mit dem Finger zwischen Wange und Kinn entlangzustreichen. Da dreht er den Kopf weg, obwohl ich mich nicht bewegt habe und meine Hand brav neben mir auf der Holzbank ruht.

»Wo ist eigentlich dein Mann gerade?« Er fragt es ganz ohne Unterton, harmloser Smalltalk, der unser vertieftes Schweigen unterbrechen soll. Von wegen. Freut es mich, dass er danach fragt?

Ich richte mich ein kleines Stück auf. »Es gibt keinen.«

Er macht eine ungeduldige Bewegung mit dem Kopf. »Dann halt dein Freund ... Lebensgefährte ... was auch immer.«

Ich schüttle leicht den Kopf. »Da ist niemand.«

Er mustert mich skeptisch. »Dich hat doch da einer abgeholt. Ich dachte ...«

»Marlon«, sage ich zu mir selbst und tatsächlich fällt er mir erst in diesem Augenblick wieder ein.

Paul nickt mit mürrischer Zufriedenheit. »Ja, so sah er aus.«

Ich lehne meinen Kopf zurück an die Hüttenwand. Das ist so peinlich! Dass er mich mit ihm gesehen hat. Und dass er mich erst erinnern musste, dass es ihn gibt. Gegeben hat. Es war ja nichts.

»Nichts Ernstes. Nur ...« Ich suche nach dem richtigen Wort. »Eine Episode?« Ich frage es mehr mich als ihn.

Paul verschränkt die Arme und schaut in den Novemberhimmel, der inzwischen so grau und verhangen ist, wie es sich gehört. »Ich halte nichts von Episoden. Ich mag, wenn was für immer taugt.«

Tja, wer nicht? Wenn das so einfach wäre. Ganz bestimmt werde ich ihm jetzt nicht erzählen, dass ich das mit Marlon vor ein paar Stunden erst beendet habe und auch ziemlich unspektakulär. Und schon gar nicht, dass ich es nicht bereue. Weder den Anfang noch das Ende.

»Das weiß man ja meistens vorher nicht, ob etwas für immer taugt.« Okay, bei Marlon war mir von Anfang an klar, dass es nicht so ist. Und es war mir egal.

Er dreht den Kopf zu mir. »Und manchmal weiß man es doch.«

Ich will etwas erwidern, aber es fällt mir nichts ein. Was weiß er schon, der brummige Tierpfleger mit seinen Bienen? Denkt er, ich würde mich ständig in irgendwelche Episoden ohne Fortsetzung begeben? Ich könnte sagen, dass es nicht so ist, aber was geht es ihn überhaupt an?

Plötzlich richtet Paul sich angespannt auf. »Wo ist der Blaue?«

Mein Blick folgt seinem zu dem Platz, an dem die beiden Jungen eben noch Steine aneinandergelegt haben. Jetzt sitzt nur noch Henry da.

Sofort stehe ich auf und suche mit den Augen das Grundstück ab. Büsche, Bäume, das geöffnete Tor.

»Henry, wo ist Philipp?« Ich kann nicht verhindern, dass meine Stimme sich in Panik überschlägt.

Der Kleine dreht sich zu mir um und schaut mich stirnrunzelnd an, als müsse er über die Frage erst nachdenken. »Pipi machen«, sagt er schließlich und will sich wieder seinen Steinen zuwenden.

Ich blicke mich hektisch um. »Wo?«

»Bei den Stechbienen«, antwortet Henry seelenruhig, und ich bekomme eine Gänsehaut.

»Philipp!« Ich stürme auf die Bienenkästen zu. Tatsächlich nehme ich dahinter eine Bewegung wahr und sehe ein Stück des blauen Softshell-Anzugs hervorschauen. Die summenden Bienen, das milde Wetter, vielleicht hat er Keksrümel im Gesicht, triggert das die wie Wespen? Jedenfalls ist er viel zu nah dran, er muss da weg.

Ich bin schon fast bei ihm, da stolpere ich mit den übergroßen Stiefeln, kann mich aber mit einem beherzten Ausfallschritt abfangen und stoße nur kurz gegen den äußeren Bienenkasten ohne hinzufallen. Entschlossen ziehe ich Philipp auf meinen Arm, der mich mit aufgerissenen Augen anschaut. »Pipi gemacht.« Der Overall hängt in seinen Kniekehlen und hat mit Sicherheit was abgekriegt.

»Großartig«, sage ich und will ihn einfach nur aus der Gefahrenzone tragen. Da schießt plötzlich ein brennender Schmerz durch meine linke Kniekehle und ich ziehe durch die Zähne Luft ein. Keine Sekunde später fängt Philipp an zu schreien und schlägt sich mit der Hand ins Gesicht.

»Bleibt ruhig. Langsam gehen. Zur Hütte.« Paul ist hinterhergekommen und schiebt sich zwischen uns und die Kästen. Ich will rennen, einfach nur weg, aber er fasst mir mit einer Hand um die Taille und hält mich zurück. »Nicht rennen. Dann folgen sie uns.« Er schiebt uns langsam vorwärts und schirmt mich dabei mit dem Körper ab gegen das wilde Summen hinter uns. Philipp weint laut und zappelt. Ich presse seinen Kopf in meine Halsbeuge und versuche, ihn ruhig zu halten. Einen zweiten Stich am Handgelenk spüre ich kaum, ich schaue nur nach vorn. Meine Knie zittern.

»Ich halte dich, lauf einfach so weiter.« Pauls Stimme ist ganz nah an meinem Ohr. »Gleich ist es geschafft.«

Er lässt mich los, als wir fast beim Schuppen sind, und Henry auf uns zugerannt kommt. »Warum weint Philipp?«

Paul schnappt ihn sich und schiebt uns alle zusammen ins Innere der Hütte.

»Die Bienen beruhigen sich gleich.« Er setzt Henry auf eine große Truhe, die in der Ecke neben dem Ofen steht. Ohne Philipp loszulassen drehe ich mich zur weit geöffneten Schuppentür um und erwarte einen wütenden Bienenschwarm, der über uns herfällt. Aber es bleibt ruhig.

Paul tritt neben mich und streicht über Philipps Kopf. »Zeig mal her, Kleiner. Wo tut es weh?«

Mit einem Schluchzer wendet Philipp sich zu ihm und deutet auf seine Schläfe. Das wäre gar nicht nötig gewesen, denn der Stich ist deutlich zu sehen. Die Haut ist an der Stelle geschwollen und gerötet, mittendrin steckt winzig und fies der Stachel.

»Wir brauchen eine Pinzette«, presse ich hervor.

Paul schüttelt den Kopf. »Damit entleert man nur die Giftblase.«

Giftblase. Bienengift besteht hauptsächlich aus Melittin, einem kationischen Polypeptid. Warum verdammt merke ich mir so was, wenn es mir doch nicht mal im Falle eines Bienenstichs weiterhilft?

Paul bittet Philipp, ihn anzuschauen, hebt seine Hand und schnipst mit dem Finger gegen die geschwollene Schläfe. Entgeistert schaue ich ihn an und Philipp verstummt erschrocken.

»So, der Stachel ist raus.« Er dreht sich zu einem alten Küchenschrank um, öffnet eine Schublade und holt ein Kühlgelpad und eine Tube Salbe heraus. »Die Bienen meinten das nicht böse. Sie dachten wahrscheinlich, ein Wildschwein bollert gegen ihr Zuhause.«

Er reibt etwas durchsichtige Salbe auf den Stich und Philipp schaut ihn fasziniert an. »Aber das war doch Tante Cordula.«

»Das kann man ja mal verwechseln.« Er nimmt mir Philipp aus dem Arm und setzt ihn neben Henry auf die Kiste. Obwohl er mir den Rücken zudreht, bin ich mir sicher, dass er sich ein Grinsen verkneifen muss. Auch wenn ich die Situation nicht gerade lustig finde, bin ich froh, dass Philipp nicht mehr weint. Er sieht zwar inzwischen aus wie ein kleiner Preisboxer, doch das geschwollene Auge scheint nicht mehr sonderlich weh zu tun.

Paul drückt Henry das Kühlpad in die Hand. »Halt das mal deinem Bruder aufs Auge. Ich kümmer mich um eure Tante.«

Er erhebt sich und dreht sich zu mir um. Weil in dem Schuppen nicht viel Platz ist, steht er direkt vor mir, keine halbe Armlänge zwischen uns. Er schaut mich an. »Wo?«

Ich weiß nicht, was er meint, aber die Frage bebt durch meinen Körper, der vor Schreck noch ganz starr ist.

»Wo haben sie dich erwischt?«

Erst als er das sagt, kehrt der Schmerz zurück. Ich hebe mein Bein ein wenig an und deute vorsichtig auf die Stelle über dem Gummistiefel ohne hinzusehen. Die dünne Strumpfhose konnte mich nicht schützen, und es brennt höllisch.

Paul geht in die Hocke. »Dreh dich bitte ein wenig ins Licht.«

Auf wackligen Beinen gehorche ich.

»Ich seh den Stachel. Du musst stillhalten.«

Ich versuche es, aber meine Knie zittern. Jetzt erst zeigt das Adrenalin seine volle Wirkung.

»Nicht erschrecken, ich fasse dich kurz an. In Ordnung?«

Ich nicke, aber weil er das dort unten unmöglich sehen kann, füge ich ein leises »Okay« hinzu.

Er legt seine Hand mit sanftem Druck von innen an mein Knie. Nichts ist unpassender in diesem Moment, aber ein heißes Prickeln zieht von dort meinen Schenkel hinauf unter den Rock, und für eine Sekunde wünsche ich mir, seine Hand würde folgen. Oder sein Mund.

Das muss das Melittin sein, zusammen mit dem Adrenalin wahrscheinlich ein Cocktail, der die Neuronen überlädt. Ich kann nicht verhindern, dass ich unwillkürlich heftig einatme, doch genau in diesem Augenblick schnippt Paul gegen den Bienenstich an der Außenseite und lässt los. Er richtet sich auf, ohne den Blick zu heben und greift nach meiner Hand. Ich mache einen Schritt zurück und lehne mich an den Schrank in meinem Rücken. Es wundert mich, dass ich überhaupt noch stehe, meine Beine fühlen sich an wie Pudding. Ich schließe die Augen. Ein kurzes Kratzen am Stich an meinem Handgelenk, der sowieso schon kaum noch weh tut. Doch Paul lässt meine Hand nicht los. Ich öffne die Augen und lande direkt in seinem Blick. »Es tut mir leid, Cordula.«

Ich will sauer sein auf ihn und seine blöden Bienen, aber ich kann es nicht. »Du hast gesagt, sie sind gut erzogen«, sage ich vorwurfsvoll und merke selbst, wie albern das klingt. Aber er nickt.

»Ich hätte besser aufpassen müssen.«

Damit trifft er mich. Ich hätte besser aufpassen müssen. Es sind meine Neffen, die meine Schwester mir anvertraut hat. Und ich habe nichts Besseres zu tun, als sie in einen Garten voller stechender Insekten zu schleppen und sie aus den Augen zu verlieren. Und dann stoße ich auch noch im schlechtesten Moment wie ein Trampeltier gegen den Bienenkasten. Ich kann froh sein, dass nicht noch mehr passiert ist. Philipps fieser Stich im Gesicht ist schlimm genug und es wäre nicht geschehen, wenn ich mich auf die Zwillinge konzentriert hätte statt auf einen Mann, den ich gerade erst kennengelernt habe. Oder gar nicht erst hergekommen wäre. Entschlossen ziehe ich meine Hand zurück. »Dich trifft keine Schuld. Aber ich denke, ich sollte jetzt gehen. Die Kleinen müssen nach Hause und es ist ja noch ein Stück zu laufen.«

Er nickt. »Ich bringe euch.«

»Nein, ich finde den Weg.«

Er mustert mich. Ich sehe wahrscheinlich nicht mal so aus, als würde ich es mit den Jungs bis zum Zaun schaffen. Aber das werde ich, und dann rufe ich uns an der nächsten Straßenecke ein Taxi. »Paul, ich möchte jetzt gehen. Allein.«

Er nickt, als wüsste er Bescheid. Dabei weiß er gar nichts.

»Aua, aua, das juckt so!« Philipp springt plötzlich auf

und zappelt, als hätte er in einem Ameisenhaufen gesessen. Eigentlich war er schon wieder ganz entspannt und hatte angefangen, sich mit Henry um das Kühlpad zu streiten. Erschrocken schaue ich ihn an. Das ganze Auge ist inzwischen zugeschwollen, es sieht schrecklich aus. Aber er kratzt sich gar nicht an der Stichstelle, sondern wahllos am ganzen Körper. Ich gehe vor ihm auf die Knie, öffne seinen Overall und schiebe das Shirt hoch. Der kleine Bauch ist mit roten Quaddeln übersät. Was ist das?

»Ich will zu Mama«, presst Philipp hervor und dann übergibt er sich auf meine Gummistiefel. Melittin ist auch das Hauptallergen im Bienengift, schießt mir blitzartig durch den Kopf. Mein Mund wird taub. »Ich glaube, er reagiert allergisch.«

Obwohl Philipp bestimmt nicht versteht, was ich gesagt habe, fängt er verzweifelt an zu weinen. Er ist ganz blass und zittert. Ich hebe ihn auf meinen Arm und drücke ihn an mich.

Paul hat schon das Handy herausgezogen. »Wir brauchen einen Notarzt. Dreijähriger mit Verdacht auf Bienenstichallergie.« Den Rest höre ich nicht mehr, mir wird schwindlig und alles rauscht. Ich bin schuld, ich habe nicht aufgepasst, ich bin schuld …

Philipp hat seinen Kopf an meinen Hals gelegt und wimmert. Er fühlt sich schlapp und schwer an auf meinem Arm.

»Alles wird gut«, sage ich, »wir müssen zur Straße.«

Ich schüttle die elenden Gummistiefel von den Füßen, greife nach Henry, der inzwischen auch weint, und ziehe ihn an der Hand mit. Als wüsste er, worum es geht, zögert er nicht eine Sekunde, sondern läuft so schnell er kann auf seinen kleinen Beinen mit. Ich spüre den Boden nicht unter den Füßen. Auf halber Strecke holt Paul uns ein und hebt Henry auf seinen Arm. Als wir am Tor ankommen, höre ich das Martinshorn und mein wild pochendes Herz. Paul legt seine Hand auf meinen Rücken. »Da sind sie schon. Alles wird gut!«

Ich reagiere nicht. Wie durch einen Nebel nehme ich wahr, wie die Sanitäter mir Philipp aus dem Arm nehmen. Er zuckt nicht mal, als sie ihm eine Nadel in die Hand stechen. Mechanisch beantworte ich die Fragen. Dann wird Philipp auf eine Liege in den Krankenwagen gelegt. Ich nehme Paul den weinenden Henry ab, der sich sofort an mich klammert, als hätte er Angst, ich könnte ihn zurücklassen. Wie schrecklich es für ihn sein muss und wie wenig er versteht, was gerade geschieht. Das hätte einfach nicht passieren dürfen. Paul streicht ihm kurz mit der Hand übers Haar und schaut mich an. »Soll ich gleich nachkommen?«

Ich weiche seinem Blick aus und schüttle den Kopf. »Bleib du bei deinen Scheißbienen!« In meiner Stimme liegen Wut und unterdrückte Tränen. Ohne mich noch mal umzusehen, steige ich mit Henry in den Krankenwagen. Jemand will mir den Kleinen abnehmen, um ihn in die Fahrerkabine zu setzen, aber er hält sich so vehement an mir fest, dass der Sanitäter einen Blick mit der Notärztin wechselt und dann hinter uns die Tür schließt. »Es tut mir so leid«, flüstere ich. Ich habe nicht aufgepasst. Ich bin schuld. Eiskalt laufen mir die Worte den Rücken herunter.

14
MILLI

DER NACHMITTAG in der Rinderklink verläuft entspannt, und ich schöpfe Hoffnung, dass ich vielleicht doch noch etwas für die Pharmakologieklausur tun kann. Von Noé habe ich nichts mehr gehört oder gesehen, wahrscheinlich hat er es gar nicht ernst gemeint, dass er zusammen mit mir lernen will. Aber dann hätte er sich das vorhin echt sparen können, auf die Ermahnung von Kolventhal in der Visite hätte ich gern verzichtet. Trotzdem hoffe ich, dass ich ihn irgendwo antreffe, schon allein, damit ich ihn wegen des Nachtdiensts fragen kann. Schließlich habe ich es meiner Mutter versprochen.

Kolventhals Chefarztbesuch beim Alpaka war weniger schlimm als befürchtet und gleichzeitig enttäuschend. Ich hatte mich wirklich auf alle möglichen und unmöglichen Fragen vorbereitet, aber als ich ihm vom Verlauf und den Befunden berichten wollte, unterbrach er mich nach wenigen Sätzen, nahm mir das Klemmbrett aus der Hand und blätterte stumm durch die Protokolle und Blutergebnisse, ohne mich zu beachten.

»Nun gut. Sie überwachen den Patienten wie gehabt.

Blutbild und Elektrolyte untersuchen Sie alle zwei Stunden. Sie können das?« Sein Tonfall machte klar, dass ein Nein nicht zu den Antwortmöglichkeiten gehörte. Ich nickte stumm und war froh, dass Doktor Müller mir mittags die Bedienung der Laborgeräte erklärt hatte.

»Nun gut«, sagte er noch einmal und wandte sich zum Gehen, »und denken Sie bitte daran: Es ist ein Patient, kein Kuscheltier. Wir sind hier nicht auf dem Ponyhof.«

Ohne eine Antwort abzuwarten, rauschte er davon, und ich stand da und ärgerte mich.

Wie kommt er dazu, so abfällig mit mir zu sprechen? Und warum lasse ich mir so was gefallen? Ich habe ihm keinen Anlass gegeben zu denken, dass ich meine Arbeit hier nicht ernst nehmen würde. Allerdings bringt es nichts, ihm zu widersprechen, da reagiert er empfindlich und nachtragend. Bei allem und jedem, nicht nur bei mir. Ich tue also gut daran, es einfach an mir abprallen zu lassen und mir nicht zu viele Gedanken zu machen. Aber das gelingt mir nicht so richtig. Ich muss ihm einfach zeigen, dass er unrecht hat mit seinem Ponyhofeindruck von mir. Doch das bedeutet, dass ich auf keinen Fall heute die Klinik verlassen kann, um meiner Mutter mit den Zwillingen zu helfen. So leid es mir tut, die drei werden ohne mich klarkommen müssen. Ich ziehe mein Handy aus der Kitteltasche, um meiner Mutter zu schreiben, dass ich hierbleiben muss und sie auf keinen Fall noch mal herkommen darf.

»*Oh, là, là*, ist Mobilphone im Dienst nicht verboten?«

Vor Schreck lege ich das Telefon ruckartig aus der Hand in eine leere Halterung für einen Salzleckstein.

Noé lacht. »Es war nur Spaß, Milli. Ich wollte mal sehen, wie es dir geht.«

Ich schnaube. »Es ging mir gut, bis mir wegen dir mein Herz ...« ... in die Hose gerutscht ist, wollte ich sagen, aber wahrscheinlich gibt es diese Redewendung im Französischen nicht und dann könnte er sie ziemlich falsch verstehen.

»Was ist mit mir und deinem Herz?« Er schaut mich unschuldig an und weiß wahrscheinlich genau, wie gut ihm dieser Blick steht. Kein Wunder, dass das halbe Semester ihn heiß findet. Aber bei mir kann er das mal schön sein lassen.

»Gar nichts ist damit. Du sollst dich nur nicht anschleichen und mich erschrecken.«

Er grinst. »Du meinst, dich erwischen, wie du verbotene Dinge tust.«

»Ich wollte nur ... ach, egal.« Es wäre der perfekte Moment, ihn nach dem Diensttausch zu fragen, aber wenn ich ehrlich bin, möchte ich gar nicht weg. Meine Mutter kriegt das schon hin mit Henry und Philipp, und meine Aufgabe für dieses Wochenende ist eben nun mal der kleine Alpakahengst.

»Wie geht es ihm?« Noé schiebt die Boxentür auf und wirft einen Blick auf den Patienten, der deutlich aufmerksamer und wacher aussieht, aber noch keine Anstalten macht aufzustehen.

»Besser. Ich hoffe, er ist bald wieder gesund.« Ich erzähle ihm von den Leberegeln und zeige ihm das Bild dazu im Alpakabuch und die Befundbögen. Er hört mir aufmerksam zu und fragt nach. Dank meiner überflüssigen Vorbereitung auf Kolventhals Visite kann ich alles beantworten.

Noé nickt anerkennend. »Milli, du sprichst schon wie eine richtige Tierärztin. Ich glaube, du wirst eine große Karriere machen.«

Ich spüre, wie ich rot werde. Damit er es nicht merkt, drehe ich mich um und tue so, als würde ich die Infusion überprüfen. »Ich möchte gar keine Karriere machen. Also nicht in der Wissenschaft oder an der Uni oder so. Am liebsten möchte ich einfach in einer ganz normalen Dorftierarztpraxis arbeiten, mit großen und kleinen Tieren und Menschen von nebenan.« So wie bei Rob und seiner Kollegin Caro. Die beiden finden zwar, dass ich mir erst noch viele andere Praxen und Kliniken anschauen sollte, aber ich würde nach dem Studium am liebsten direkt nach Neuberg zurückkehren und bei ihnen anfangen. Davon träume ich seit meinem ersten Praktikum in Robs Tierarztpraxis.

»Ich weiß noch gar nicht, was ich nach dem Studium machen will«, sagt Noé hinter mir. »Vielleicht in die Chirurgie. In Nantes helfe ich häufig im Tierheim, da habe ich schon bei vielen Operationen assistiert. Das interessiert mich sehr.«

Überrascht drehe ich mich zu ihm um. An den Kühen wirkt er oft etwas unbeholfen, aber ich habe bisher gar nicht darüber nachgedacht, dass er aus der Stadt kommt und wahrscheinlich eher mit Hunden und Katzen zu tun hat als mit Großtieren. »Das klingt toll. Und ich finde es großartig, dass du im Tierheim mitarbeitest. Das wusste ich noch gar nicht.«

»Meine Mutter hat ehrenamtlich dort gearbeitet und mich häufig mitgenommen. Als sie krank geworden ist, konnte sie das nicht mehr, aber ich bin weiter hin und habe mich um die Tiere gekümmert. Ich glaube, das hat sie gefreut.«

Noé hat mir erst vor kurzem erzählt, dass seine Mutter an Krebs gestorben ist, als er zwölf war. Ich glaube, er umgeht das Thema lieber, was ich verstehen kann. Ich will mir das gar nicht vorstellen. Aber ich hätte auch Lust, mal im Tierheim auszuhelfen. Ich hätte nur ein Problem dabei. »Ist es nicht sehr traurig mit den ganzen heimatlosen Tieren? Ich würde wahrscheinlich alle adoptieren wollen.«

Noé nickt. »Manchmal geht es mir auch so. Vor allem bei den alten oder schwierigen Tieren, die keiner haben will. Aber es ist sehr schön, wenn sie doch ein Zuhause finden. Das macht mich glücklich.« Er lächelt unsicher, als hätte er das gar nicht sagen wollen.

»Das klingt toll«, wiederhole ich einfallslos, obwohl seine Worte wahrscheinlich das Schönste sind, was ich von einem Jungen in meinem Alter je gehört habe. Ich wühle in meinem Kopf nach einer weniger oberflächlichen Antwort, aber keine schafft es bis auf meine Zunge. Wie von selbst schiebt sich meine Hand vor und berührt ihn am Unterarm, nur ganz kurz, aber es reicht, dass von den Fingerspitzen aus ein Kribbeln über meine Haut zieht. Noé schaut erst runter auf die Stelle, an der ich ihn angefasst habe und hebt dann den Kopf. Als sich unsere Blicke begegnen, vibriert die Luft zwischen uns. Wenn Kolventhal uns so sehen könnte, wären wir die längste Zeit Famulanten gewesen, trotz des halben Meters zwischen uns. Zur Sicherheit mache ich einen Schritt rückwärts.

Noé räuspert sich, dreht sich weg von mir und deutet auf das Alpaka. »*Il s'appelle comment?*«

Ich schlucke und streiche mir eine Haarsträhne aus dem Gesicht. »Was?«, frage ich, obwohl ich ihn verstanden habe. Dafür reicht mein Urlaubsfranzösisch gerade noch.

Er dreht sich über die Schulter zu mir. »Wie heißt er? Hat er einen Namen?«

Auf der Patientenkarte steht nur der Name des Besitzers und auch der Fahrer hat keinen Namen erwähnt. Wenn er wirklich so wertvoll ist, hat der kleine Hengst bestimmt irgendwo Zuchtpapiere mit einem schicken Namen, aber er selbst wird ihn uns wohl kaum verraten. Rob hat mir mal erzählt, dass Tierpatienten immer einen Namen bekommen sollen, weil sie dann besser gesund werden. Das hätte er von seinem Vater gelernt, der auch Tierarzt war. »Das ist natürlich Aberglaube, Milli«, hat Rob gesagt und mir zugezwinkert. Trotzdem hat er sich selbst immer daran gehalten.

Ich trete neben Noé mit ausreichend Abstand zwischen

uns. »Ich denke, wir sollten ihm einfach einen Namen geben.«

Der Alpakahengst hebt den Kopf und schaut uns aus den großen Knopfaugen erwartungsvoll an.

Noé geht um ihn herum, als würde er ihn begutachten. »Ich finde, er soll einen französischen Namen bekommen. Das ist edel und vornehm.«

Das war ja klar. Ich grinse spöttisch. »Dann können wir ihn ja Champagner nennen.«

Noé schaut mich an und dann wieder zum Alpaka. »*Pourquoi pas?* Das ist eine gute Idee.«

Ich habe den Vorschlag eigentlich nicht ernst gemeint, aber ich muss ihm recht geben. Warum nicht? Ich nicke. »Sehr schön. Da aber in seinen Adern nachweislich kein Champagner fließt, muss ich jetzt eine Blutprobe ins Labor bringen.«

Wenn ich das erledigt habe, könnte ich ja mal ganz vorsichtig nachfragen, ob Noé den Nachtdienst mit mir tauschen würde. Irgendwie ist mir das unangenehm, er soll sich nicht ausgenutzt vorkommen, nur weil wir uns gerade so gut verstehen. Als ich die Infusionsflasche abgehängt und zwei Plastikröhrchen Blut abgenommen habe, drehe ich mich zu Noé um, der an der Boxenwand lehnt und mir zusieht. »Erwähne den Namen aber bitte nicht Professor Kolventhal gegenüber. Er scheint sowieso schon zu denken, dass ich Patienten für Kuscheltiere halte.« Ich ärgere mich immer noch über den abfälligen Kommentar.

Noé schiebt die Hände in seine Kitteltasche. »Ich weiß nicht. Als ich ihm erzählt habe, dass du eine eigene Kuh hast, die du reitest wie ein Pferd ...«

Meine Wangen werden heiß. »Das hast du ihm erzählt?« Fassungslos starre ich ihn an.

Er nickt arglos. »*Oui*. Er war ganz fasziniert und wollte alles davon wissen. Ich habe ihn zum ersten Mal lachen gesehen. Hat er dich nie danach gefragt?«

Stumm schüttle ich den Kopf. Kein Wunder, dass mich Kolventhal nicht ernst nimmt und mit diesen Ponyhofsprüchen ankommt. Ich wusste doch, dass er sich darüber nur lustig machen würde. In meinem Hals entsteht ein riesiger Kloß.

»Noé, warum hast du das gemacht? Damit du bei ihm besser dastehst?« Ich fauche ihn heftiger an, als ich wollte, und er hebt erschrocken die Hände. »*Non*. Ich hatte keine Ahnung, dass es ein Geheimnis ist. Was ist so schlimm daran?«

Tja, woher soll er das wissen? Er stand mit seinem spendablen Vater ja von Anfang an in der Gunst von Professor Kolventhal.

»Das verstehst du nicht.« Ich schiebe mit Schwung die Boxentür auf und mache mich auf den Weg zum Labor, ohne mich umzudrehen. Ich kann nicht glauben, dass Noé einfach etwas weitersagt, was ich ihm anvertraut habe, obwohl er weiß, wie schwierig es für mich mit Kolventhal ist, und überlege nervös, was er ihm noch alles über mich erzählt haben kann.

Auf halbem Weg holt er mich ein. Weil ich keine Anstalten mache, langsamer zu werden, geht er im Laufschritt neben mir her. »*Je suis desolé*, Milli. Es tut mir leid.«

»Ich weiß«, sage ich, ohne ihn anzusehen. Es ist nur leider zu spät.

»Kann ich ...«

Ich schüttle den Kopf. »Lass mich bitte in Ruhe, Noé.«

Er gibt auf und bleibt stehen. Ich schließe die Labortür hinter mir.

Während ich den klobigen Geräten dabei zuschaue, wie sie brummend und knarzend das Alpakablut analysieren, überlege ich, was ich Noé noch alles von mir erzählt habe, und er geradewegs an Professor Kolventhal weitergegeben haben könnte. Als Mitbewohner bekommt man ja doch einiges voneinander mit und redet über das, was einen gerade beschäftigt. Deshalb weiß ich über ihn auch eine ganze Menge, aber niemals würde ich es einfach weitererzählen. Ich muss unbedingt mit ihm darüber reden, dass ich von ihm das Gleiche erwarte. Als hätte er diesen Gedanken gehört, öffnet er die Labortür und bleibt im Türrahmen stehen. Ich hole Luft, um etwas zu sagen, da lässt mich sein Gesichtsausdruck innehalten. Er sieht aus, als wäre ihm ein Gespenst begegnet.

»Milli, Champagner ist verschwunden.«

Ich schüttle ungläubig den Kopf. »Das kann nicht sein. Der ist doch in seiner Box.«

»Ich bin schuld. Ich habe die Tür aufgelassen, als ich dir

nachgelaufen bin. Jetzt ist er nicht mehr da, und ich finde ihn nicht.«

Obwohl Noé sich ganz bestimmt keinen Scherz erlaubt hat, muss ich mich selbst davon überzeugen, dass Champagner nicht mehr auf dem Fleck liegt, von dem er sich seit seiner Ankunft nicht wegbewegt hat. Man sieht noch die plattgelegene Stelle und das zerwühlte Heu drum herum. Wo kann er nur sein? Mein Herz klopft bis zum Hals.

»Wie konntest du nur die Tür auflassen«, fauche ich und weiß, dass das kaum hilfreich ist. Aber Kolventhal hat ausdrücklich mir die Verantwortung übertragen und beim Gedanken, was alles passieren kann, wenn mein Patient jetzt irgendwo durch die Klinik stromert, wird mir einfach nur schlecht. Und was ist, wenn er einen Weg nach draußen findet?

»Er kann nicht weg. Ich habe sofort alle Ausgänge überprüft, sie sind geschlossen«, sagt Noé kleinlaut.

Das ist gut. Ruhig bleiben. Schließlich muss er hier irgendwo sein. »Wir müssen ihn unbedingt finden, bevor er sich vielleicht verletzt oder es ihm wieder schlechter geht.« Und bevor Kolventhal aus irgendeinem Grund hier auftaucht. Schließlich ist der Professor für Überraschungen gut in dieser Hinsicht.

Noé nickt. »*Alors*, lass uns Champagner suchen.«

Die Aussage klingt, als hätten wir einen Grund zum Feiern, dabei haben wir ein echtes Problem. Während Noé sich das Nebengebäude vornimmt, übernehme ich den Hauptstall. Obwohl ich jeden Winkel absuche, hinter

Türen und Schränke schaue und in jede Box, fehlt von dem Alpaka jegliche Spur.

Plötzlich öffnet sich die Tür am Seiteneingang und für eine eiskalte Sekunde bin ich mir sicher, dass Professor Kolventhal hereinspazieren wird, um sich nach dem Befinden seines wichtigsten Patienten zu erkundigen. Stattdessen ist es aber ein Mädchen in meinem Alter mit dunkelbraunem Zopf und einer großen Brille. Ich atme auf und sie lächelt. »Hallo, ich wollte fragen, ob es hier eine Pinnwand gibt.« Sie hält ein paar ausgedruckte Zettel in seiner Hand hoch. »Ich suche einen Praktikumsplatz für den Sommer und wollte dafür gern was aushängen.«

Obwohl ich gerade wirklich andere Sorgen habe, will ich sie nicht einfach stehen lassen. Außerdem weiß ich sowieso gerade nicht, wo ich noch nachsehen soll. »Hier nicht, aber am Prüfungsamt gibt es ein Schwarzes Brett. Studierst du hier?«

Sie nickt. »Ja, im dritten Semester. Und so langsam muss ich mal wieder wissen, wofür ich das hier mache. Biochemie, Statistik ... Ich will mich endlich mit Tieren beschäftigen.«

Das kann ich gut verstehen. Bei den ganzen naturwissenschaftlichen Grundlagen und der wenig praxisbezogenen Paukerei kann man schon mal ins Zweifeln kommen, was man eigentlich studiert. Mir hat da ein Tag in Robs Praxis immer am besten geholfen. »Nach dem Physikum wird es ein bisschen besser. Zumindest tierischer«, sage ich aufmunternd. »Aber es bleibt stressig.« Und wie. Sofort bin ich mit meinen Gedanken wieder ganz beim verschwundenen Champagner. Wo steckt er nur?

»Suchst du etwas?«, fragt die Studentin, weil ich mich unwillkürlich umgeschaut habe.

Ich seufze. »Ja. Ein verschwundenes Alpaka.«

Sie lacht. »Ehrlich? Ich liebe Alpakas.« Dann merkt sie, dass ich keinen Scherz gemacht habe und wird sofort ernst. »Ich kann gern beim Suchen helfen.«

Das ist nett, aber ich weiß ja gar nicht, wo. Schließlich bin ich schon überall gewesen. Und Noé scheint auch nicht erfolgreich gewesen zu sein, sonst wäre er ja längst wieder hier aufgetaucht.

Das Mädchen rückt die Brille zurecht. »Komm, vier Augen sehen mehr als zwei. Allerdings kenne ich mich hier in der Rinderklinik nicht aus, ich war bisher nur einmal im Vorlesungssaal, aber wenn du mir sagst ...«

»Warte«, unterbreche ich es, denn es hat mich auf eine Idee gebracht. Vom hinteren Stall führt ein Gang direkt in den Vorlesungsraum. Durch den werden die Patienten für klinische Demonstrationen und Fallbesprechungen in den Raum geführt und uns Studenten vorgestellt. Die Tür ist meistens verschlossen, aber irgendwie bin ich mir ziemlich sicher, dass Noé so wenig wie ich an diesen Durchgang gedacht hat. »Komm mal bitte schnell mit!«

Es folgt mir ohne Zögern.

»Wie heißt du eigentlich?«, frage ich im Laufschritt.

»Vanja.«

Ungewöhnlicher Name und sehr schön. Ich stelle mich als Milli vor und bleibe dann schlagartig stehen. Tatsächlich. Die Tür zum Gang steht offen. Und davor auf dem Boden liegt ein ziemlich eindeutiger Hinweis.

Ich schaue Vanja an, und sie zieht die Augenbrauen hoch. »Das sieht doch mal nach Alpakakacke aus«, grinst sie fachmännisch.

Nebeneinander stürzen wir durch den Gang in den Vorlesungsraum. In aller Seelenruhe steht der kleine Hengst vorn vor der großen Tafel neben dem Untersuchungsstand, als wollte er gleich einen Vortrag halten. Überrascht, aber kein bisschen schuldbewusst schaut er uns an. Und scheint zum Glück völlig unversehrt zu sein. Erleichterung macht sich in mir breit. »Oh Mann, Champagner. Du hast uns einen Schrecken eingejagt, verdammt.«

Vanja gluckst. »Der ist ja wirklich zu niedlich.«

Gemeinsam führen und schieben wir den flüchtigen Patienten zurück in seinen Stall, was er ohne größeren Widerstand über sich ergehen lässt. Zufrieden lege ich den Riegel vor. »Vielen, vielen Dank, Vanja. Dass du den Vorlesungsraum erwähnt hast, war großartig.«

Sie lacht. »Gern geschehen. Und irgendwann lerne ich hoffentlich noch ein bisschen mehr von der Klinik kennen.«

Auf jeden Fall. Ich verspreche ihr eine persönliche Führung durch die Stallungen in der nächsten Woche. »Aber jetzt muss ich erst mal Noé Bescheid sagen, dass Champagner wieder da ist.« Irgendwie ist mit der ganzen Aufregung mein Groll auf ihn verflogen und es tut mir leid, dass ich ihn so angepampt habe.

Vanja wendet sich schon zum Gehen, da zupfe ich ihr noch schnell einen der Handzettel aus den Fingern. »Ich glaube, ich wüsste einen Tierarzt, der im Sommer deine Hilfe brauchen könnte. Ich geb ihm deine Nummer, ja?« Wenn ich wieder die ganzen Semesterferien für meine Prüfungen büffeln muss, wird Rob sich über eine Praktikantin wie Vanja ganz bestimmt freuen.

Mit dem Gefühl, dass alles irgendwie richtig gut ist, mache ich mich auf die Suche nach Noé. Ich kann es kaum erwarten, ihm von Champagners Geheimversteck zu erzählen.

Wir lehnen nebeneinander an der Stallwand und betrachten den kleinen Ausreißer, wie er zufrieden durchs Stroh tappt und sich das Heu schmecken lässt.

Noé seufzt. »Ich denke, es geht ihm gut, *non*?«

Ich verschränke die Arme und grinse. »Fast schon zu gut.« Den Schrecken hätte uns Champagner wirklich ersparen können. Aber stattdessen hat er genau den richtigen Moment abgepasst, auf die Beine zu kommen, um auf Erkundungstour zu gehen. Ich bin heilfroh, dass wir ihn so schnell gefunden haben und er eindeutig auf dem Weg der Besserung ist.

»Milli, ich will mich entschuldigen, bitte.« Noé wirft mir einen Seitenblick zu.

Ich winke ab. »Schon gut. Du konntest ja nicht wissen,

dass der Anblick der offenen Stalltür Champagner auf Trab bringt.«

Noé schüttelt sanft den Kopf. »*Non*, ich meine, dass ich dem *Professeur* von Mitternacht erzählt habe. Das war nicht in Ordnung.«

Er kennt seinen Namen. Natürlich kennt er ihn, ich rede ja zehnmal pro Tag von Mitternacht. Aber er spricht ihn so selbstverständlich aus mit seinem weichen Akzent, dass mir davon ganz warm wird. »Möchtest du Mitternacht mal kennenlernen?«

Er dreht mir den Kopf zu und ich erwidere den Blick. Plötzlich wünsche ich mir so sehr, dass er ja sagt. Er betrachtet mich nachdenklich. »Du meinst, ihn besuchen? In Neuberg? Mit dir?«

Ich lächle unsicher. »*Pourquoi pas?*«, frage ich betont ruhig, obwohl alles in mir bebt. Er schweigt und es kommt mir vor wie eine Ewigkeit. Dann neigt er sich zu mir und küsst mich, legt seine Lippen auf meine, fest und sanft zugleich. Nur für eine Sekunde oder zwei, schon lehnt er einfach wieder neben mir an der Wand, als wäre nichts geschehen. »Ich will das sehr gern, Milli. Wenn du willst.«

Mein Herz klopft und ich fühle, wie mein Brustkorb sich hebt und senkt. Ich schaue Noé nicht an, aber ich spüre seinen Blick auf mir. Und den unsichtbaren Abdruck auf meinen Lippen, ein wenig nach links verschoben, so dass er über den Mundwinkel hinausreicht. Ich kann kaum dem Drang widerstehen, mit den Fingerspitzen darüber zu streichen und hebe unschlüssig die Hand an meinen Hals. »Wir sollten das nicht tun. Kolventhal hat gesagt ...«, ... er wolle keine amourösen Verwicklungen. Aber das kann ich doch nicht ernsthaft zitieren. Außerdem war es nur ein flüchtiger Kuss, völlig harmlos, das ist keine Verwicklung.

»Ich weiß, was er gesagt hat. Verlieben verboten.«

Ich drehe ihm den Kopf zu. Er lächelt leicht und zuckt mit den Schultern. »*Trop tard.*«

Ich wühle in meinem Kopf nach alten Vokabeln und werde nicht fündig. »Was heißt das?«

Er schaut mich abwartend an, dann verschränkt er die Arme und blickt nach vorn zu Champagner, der neugierig die Nase aus dem Stroh hebt.

»Zu spät«, sagt er ruhig, »viel zu spät.«

Ich brauche einen Augenblick, um zu verstehen. Dann sausen die Worte wie irre durch meinen Körper. Verlieben verboten. Zu spät. Alles spricht dagegen. Ich brauche meine Zeit und Kraft für das Studium, es ist irgendwie schon kompliziert genug, und noch dazu geht er im Frühling zurück nach Frankreich. Es wäre absolut keine gute Idee, mich in Noé zu verlieben. Ich mache einen Schritt von der Wand weg und stelle mich vor ihn. Er schaut mich unsicher an, aber weicht meinem Blick nicht aus. Ich brauche drei bebende Atemzüge, bis ich es ihm sage. »Bei mir ist es auch *trop tard.*«

Keine Ahnung, ob das richtig ist. *Trop tard.* Mit einem halben Schritt bin ich ganz bei ihm, keine Handbreit zwischen unseren Kitteln. Ich hebe das Kinn und küsse ihn.

Mit geschlossenen Augen kann ich fühlen, dass er nicht weniger überrascht ist als ich zuvor, aber ich lasse meine Lippen an seinen und nach wenigen Sekunden erwidert er den Kuss, weich und tastend. Er löst seine verschränkten Arme und legt sie um meinen Rücken. In meinem Kopf verwirbelt ein Konfettisturm jeden klaren Gedanken. Ich atme seinen Geruch ein, spüre, wie sich meine Brüste durch mehrere Lagen rauen Stoffs an seinen Oberkörper pressen und fühle ein heißes Prickeln zwischen den Beinen, als ich mich noch näher an ihn schiebe. Für einen atemlosen Moment drückt er seine Stirn an meine und wir öffnen die Augen und schauen uns ungläubig an.

»Milli«, stößt er leise hervor.

Ich lasse meine Wange an seiner entlanggleiten. Sie ist überraschend rau durch winzige Bartstoppeln, und das fühlt sich unfassbar gut an. Wie von selbst schmiegt sich mein Gesicht an seinen Hals und ich atme ihn ein, meine Lippen berühren die warme Haut. Darunter spüre ich seinen Puls, während seine Hand über mein Haar streicht und sich sanft unter dem Pferdeschwanz in meinen Nacken schiebt. Ich dränge mich an ihn, möchte ihn mit jeder Stelle meines Körpers berühren, mit meinem Bauch, meinen Brüsten, meiner Zungenspitze und vor allem mit der heißen Stelle zwischen meinen Beinen. Noé hat die ungestüme Bewegung nicht erwartet und macht einen Ausfallschritt zur Seite. Dabei stößt er an den Lecksteinhalter und etwas fällt herunter. Ich schaue auf den Boden, nur ein nachlässiger Seitenblick, nichts erscheint mir gerade unwichtiger. Aber im Stroh liegt mein Handy mit dem Display nach oben, deshalb sehe ich die Meldung über fünf Anrufe in Abwesenheit, was wie eine kalte Welle in mein Bewusstsein dringt. Beunruhigt sehe ich Professor Kolventhal vor mir, der wütend immer wieder die Nummer der diensthabenden Famulantin wählt und sie nicht erreicht. Ich gehe in die Hocke und greife nach dem Telefon. Nicht Kolventhal hat angerufen, sondern es war jedes Mal meine Mutter. Mir wird noch kälter. Sie hat auch eine Nachricht geschrieben. Ich lese Philipp, Notfall, Krankenhaus, und vor meinen Augen verschwimmt alles. Schwankend richte ich mich auf.

Noé schaut mich erschrocken an. »Ist alles okay, Milli?«

Ich schüttle den Kopf. »Es ist etwas passiert. Ich muss weg. Kannst du meinen Dienst übernehmen?«

Er zögert nicht. Er fragt nicht nach. Er nickt einfach. »Natürlich.«

Dafür könnte ich ihn schon wieder küssen. Stattdessen sage ich: »Danke, Noé. *Merci. Merci beaucoup.*« Dann drehe ich mich um und laufe los.

15
CORDULA

»**NA, KLEINER MANN**, da hast du uns aber allen einen ordentlichen Schrecken eingejagt, hm?« Die junge Krankenpflegerin verstellt das Rädchen am Infusionsschlauch und streicht Philipp über den Kopf. Er sieht ganz verloren aus in dem kleinen Kittelhemd mit Bärchenmotiv auf dem großen Krankenhausbett. Die Schwellung im Gesicht ist zwar schon etwas weniger geworden, aber immer noch beachtlich. Wenigstens kann er das Auge wieder öffnen und sieht auch nicht mehr ganz so blass aus. Zufrieden grinst er die Schwester an. »Das war eine Stechbiene.«

Sie lacht. »Ja, davon hab ich gehört. Soll ich mal Abendbrot holen? Vielleicht teilst du mit deinem Bruder und deiner Mama?«

Ich bin zu erschöpft, um schon wieder zu erklären, dass ich die Tante bin. Henry ist auf meinem Schoß eingeschlafen, was den Besucherstuhl des Klinikzimmers nicht gerade bequemer macht. Aber ich bringe es nicht übers Herz, ihn auf einen eigenen Stuhl umzusetzen. Außerdem befürchte ich, dass er dann aufwachen könnte, und gerade kann ich etwas Ruhe wirklich brauchen.

»Das ist Tante Cordula. Meine Mama kommt gleich«, klärt Philipp souverän die Familienverhältnisse.

»Na, dein Essen teilst du trotzdem, oder? Wie wäre es mit einem Honigbrot?« Sie schmunzelt.

Witzig. Wie wäre es, wenn ich mich als Antwort darauf übergebe? Noch immer habe ich das bedrohliche Surren im Ohr und sehe Philipp vor mir mit den roten Quaddeln am ganzen Körper, wie er plötzlich ganz schlapp wird in meinem Arm. Unwillkürlich streiche ich über den Stich in meiner Kniekehle und fühle die kleine Schwellung. Und Pauls Hand, wie sie gegen mein Bein drückt. Ich weiß die Stelle noch genau, ich spüre sie mehr als den Stich selbst.

»Wann kommen Mama und Papa?« Philipps Stimme ist leise und er sieht plötzlich ganz müde aus. Ich strecke meine Hand aus und streiche über seinen Arm mit dem großen Pflaster, das den Infusionsschlauch hält. »Ganz bald. Ruh dich noch ein bisschen aus, dann sind sie da.«

Er dreht sich auf die Seite und schiebt den Daumen in den Mund. Das sollte er natürlich besser nicht tun wegen seiner Zähne, aber da ich als Nanny sowieso versagt habe, lasse ich ihn einfach nuckeln. Nie wieder wird meine Schwester mir ihre Kinder anvertrauen, und ich kann es ihr nicht verdenken. Es ist seltsam, dass ich das irgendwie schade finde, obwohl ich mich nie darum gerissen habe, auf die Zwillinge aufzupassen. Ich ziehe meine Jacke von der Stuhllehne und decke Henry damit zu. Sein Kopf liegt schwer in meiner Armbeuge, deshalb schiebe ich ihn vorsichtig ein wenig höher. Er gibt nur ein leises Schmatzen von sich, ohne die Augen zu öffnen.

Kaya war sehr gefasst, als ich sie vom Krankenwagen aus angerufen habe. Ich glaube kaum, dass ich in einer ähnlichen Situation so reagiert hätte. Zum Glück war Philipp da schon wieder bei Bewusstsein und laut Notarzt stabil, so dass sie das Martinshorn ausgeschaltet hatten. Ich glaube, kein Elternteil will jemals den Namen seines Kindes unterlegt von Sirenengeheul hören. Ich schilderte die Situation mit zitternder Stimme, verhaspelte mich, entschuldigte mich und verlor die Worte.

»Wir machen uns sofort auf den Weg. In zwei Stunden sind wir da. Schafft ihr das?« Kaya klang atemlos, wahrscheinlich hatte sie schon begonnen, ihre Sachen in den Koffer zu werfen.

»Ja«, sagte ich kehlig, denn es gab keine andere Antwort.

»Gib den beiden einen Kuss von uns. Und halte durch.«

Ich konnte nur nicken, weil ich auf keinen Fall in Tränen ausbrechen wollte. Sie verstand mich trotzdem.

»Danke, Cordula.« Dann legte sie auf. Sie war nicht in Panik geraten, sie hatte mich nicht angeschrien und sie hatte sich bei mir bedankt, das Letzte, was ich verdiene. Meine kleine Schwester hatte sich erwachsener verhalten, als ich es jemals gekonnt hätte. Obwohl ich ihr so oft das Gegenteil vorwarf. Ich drückte einen Kuss auf die verschwitzte Stirn von Philipp auf der Krankenwagenliege und einen auf die Wange von Henry auf meinem Schoß, und das gab mir wieder Kraft, die Tränen zu unterdrücken und zu lächeln. »Von Mama und Papa«, sagte ich leise. »Sie kommen bald.«

Jetzt sitze ich ganz ähnlich da wie vorhin im Krankenwagen und fürchte den Moment, wenn ich meiner Schwester in die Augen sehen muss. Wenn ihr erster Schreck sich gelegt hat und ihr klarwird, dass Philipp nicht hier liegen würde, wenn ich besser aufgepasst hätte. Denn genau so ist es. Es war ungerecht von mir, Paul und seinen Bienen die Schuld geben zu wollen. Schließlich hatte ich mich ihm aufgedrängt und letzten Endes hatte ich auch selbst die Insekten aufgeschreckt. Wie ein Wildschwein. Der Gedanke an seinen frechen Kommentar flattert in meinem Bauch auf. Weil er überhaupt nicht unverschämt wirkte, sondern eigentlich freundlich. So wie Paul die ganze Zeit war. Es steht fest, dass wir ohne ihn weit mehr Stiche abgekriegt hätten. Auch Philipp, und dann wäre es für ihn noch gefährlicher geworden. Daran darf ich gar nicht denken. Aber Paul hat das verhindert, in dem er uns mit Rückendeckung in Sicherheit gebracht hat. Die Erinnerung daran legt sich fest um meinen Brustkorb.

Es ist ein leises Klopfen, das mich weckt, und ich habe kaum den Kopf gehoben, da steht Kaya schon neben mir am Bett, geht in die Hocke und gibt dem schlafenden Philipp einen Kuss. Der Finger ist ihm aus dem Mund gerutscht und so liegt die kleine Faust mit nach oben gerecktem Daumen auf dem Kissen wie ein Handzeichen. Kaya dreht sich zu mir und ich sehe, dass sie geweint hat.

Der Anblick sticht mir ins Herz. Man will seine kleine Schwester nicht weinen sehen, und vor allem will man nicht daran schuld sein.

Aber Kaya lächelt und sieht überhaupt nicht vorwurfsvoll aus. »Geht es ihm gut?«

Ich nicke und bin froh, dass ich einfach wiedergeben kann, was der Arzt gesagt hat. Der allergische Schock ist überstanden, die Schwellung wird bald zurückgehen und Philipp bleibt nur zur Überwachung im Krankenhaus und darf morgen nach Hause. Vor der Entlassung werden Lasse und Kaya noch erklärt bekommen, worauf sie achten müssen und welche Notfallmedikamente in die Handtasche müssen.

»Na toll, dann werde ich mir jetzt wohl doch mal eine Handtasche anschaffen müssen.« Kaya grinst. Wahrscheinlich besitzt sie wirklich keine, ich kann mich nicht daran erinnern, sie schon mal mit einer gesehen zu haben. Sie stopft immer alles in die Hosen- und Jackentaschen.

»Du kannst dir eine von meinen aussuchen.« Ich meine es völlig ernst. »Oder ich kauf dir eine. Ganz wie du willst, ehrlich.« Ich würde so gern gutmachen, was nicht gutzumachen ist. Inzwischen ist Lasse zu uns getreten, wie immer strahlt er eine selbstverständliche Ruhe aus, die so wenig zum ständigen Sprudeln meiner Schwester passt. Oder perfekt. Fels und Brandung. Er streichelt beiden Jungs zärtlich über den Kopf, dann rückt er den Stuhl neben meinem zurecht und setzt sich. »Wie geht es dir, Cordula?« Er schaut mich ernst und ein wenig besorgt an, als wäre ich hier die Kranke. Wahrscheinlich sehe ich ziemlich mitgenommen aus mit verschmiertem Make-up und Haarsträhnen im Gesicht, zerknitterten, schmutzigen Klamotten und an den Füßen hässliche Badelatschen aus dem Krankenhausshop. Mit eingeschlafenen Armen und schlechtem Gewissen.

»Es ... Es tut mir so unendlich leid.« Meine Stimme klingt erstickt. Ich möchte mich so gern entschuldigen, erklären, dass ich nicht aufgepasst habe, aber dann würde ich anfangen zu heulen, und ich will auf keinen Fall von den beiden getröstet werden, das würde es nur schlimmer machen. Kaya richtet sich auf und berührt meine Schulter. »Du kannst doch nichts dafür. Das hätte überall und bei jedem passieren können.«

Es macht mich auf eine seltsame Art gereizt, dass sie so verständnisvoll wirkt und mir keine Vorwürfe macht. Das sollte sie. Ich will etwas erwidern, aber Lasse lässt mich nicht zu Wort kommen. »Außerdem sind wir total froh, dass du dabei warst und so souverän reagiert hast. Wenn du nicht sofort den Notarzt gerufen hättest ...«

»Das war doch Paul.« Ich höre den Gedanken erst, als ich ihn schon laut ausspreche.

Kaya horcht auf und hebt die Augenbrauen. Sie funkelt mich verschmitzt an. »Paul ... Wer ist eigentlich Paul?«

Verdammt, ich werde rot, was für meine kleine Schwester ein gefundenes Fressen ist. Ich sehe die Sommersprossen auf ihrer Nase tanzen und mache mich auf ein Kreuzverhör gefasst. Aber der Fels fängt die Brandung ab. Lasse erhebt sich. »Soll ich dir vielleicht mal den kleinen Henry-Brocken abnehmen?«

Ohne eine Antwort abzuwarten, beugt er sich über mich und nimmt seinen schlafenden Sohn auf den Arm. Ich merke erst jetzt, dass mir jeder Knochen weh tut und ich mich kaum bewegen kann. Steif versuche ich, die Wirbelsäule zu strecken und die Schultern zurechtzurücken.

»Also ...«, setzt Kaya an. Die Brandung kommt nun mal in Wellen. Aber zum Glück klopft es erneut an der Zimmertür und Milli streckt den Kopf rein. Als ich meine Tochter sehe, habe ich das Gefühl, seit Stunden zum ersten Mal wieder atmen zu können. Im Trubel aus Begrüßen und Umarmen kann ich mir über die Augenwinkel wischen, ohne dass es jemand bemerkt.

*

»So, ich löse jetzt mal die Party auf.« Die Krankenpflegerin grinst, aber es ist völlig klar, dass sie keinen Widerspruch duldet. »Ein Elternteil kann bleiben und bekommt ein Zustellbett, der Rest sucht sich bitte ein Zuhause.«

Seit Millis Ankunft ist es tatsächlich eine Art Familientreffen, wie wir es lang nicht hatten. Weil dafür wohl kleine Katastrophen nötig sind. Henry ist inzwischen aufgewacht und macht Hüpfspiele, aber sein Bruder lässt sich davon und von unseren Gesprächen nicht stören und schläft. Kaya wird bei ihm bleiben, Lasse übernachtet mit Henry in meinem Milli-Zimmer in der WG und ich kann in Isas Zimmer auf der Gästematratze schlafen, weil die sowieso über Nacht bei einer Freundin bleibt. Normalerweise würde ich ein Hotelzimmer bevorzugen, aber für meine Knochen kommt es darauf jetzt auch nicht mehr an, und irgendwie ist es so für heute genau richtig. Wer weiß, vielleicht gewöhne ich mich ja doch noch ans Studentenleben.

Als wir uns voneinander verabschieden, fragt Kaya plötzlich: »Wollt ihr nicht Weihnachten beide nach Neuberg kommen? Dann machen wir uns eine schöne Zeit, aber ohne Krankenhaus und so was.«

Ich wechsle einen Blick mit Milli, weil ich weiß, dass sie Heiligabend und die Weihnachtsferien sowieso bei Kaya verbringen wird wie die letzten Jahre. Jedes Mal hat sie mich gefragt, ob ich nicht auch kommen will, aber ich habe abgelehnt. Mir hat Weihnachten nie viel bedeutet, ähnlich wie meinen Eltern, die um diese Zeit meistens auf Reisen sind. Bei Kaya ist das anders, sie liebt es und zelebriert das ausgeprägt, nicht nur im Buch-Café. Neuberg, Milli in ihrer Wahlfamilie, eine Überdosis Weihnachtskitsch und ich mittendrin fehl am Patz? Alles spricht dagegen.

»Warum nicht?«, sage ich. Milli strahlt. Kaya strahlt. Und ich halte das plötzlich für eine richtig gute Idee. Verdammt, wahrscheinlich ist es eine neurobiologische Spätreaktion auf das Bienengift.

Milli und ich treten durch die Glastür nach draußen in den dunklen Herbstabend. Dann stehen wir unschlüssig nebeneinander, als wüssten wir beide nicht, wohin mit uns.

»Wo steht eigentlich dein Auto?« Milli wirft mir einen Seitenblick zu. Es ist das Erste, was sie sagt, seit wir das Krankenzimmer verlassen haben. Das Schweigen im Aufzug war greifbar und mir fehlte die Kraft, es zu durchbrechen, obwohl da so viele Worte gewesen wären. Eine Haarsträhne hat sich aus ihrem Zopf gelöst. Ich würde sie ihr gern hinters Ohr streichen.

»Immer noch an der Straße hinter der Veterinärklinik.« Wenn es nicht inzwischen abgeschleppt wurde. Irgendwie sind für mich Jahre vergangen, seit ich es dort abgestellt habe. Mit den quäkenden Zwillingen auf der Rückbank, die ihre Füße an die Lehnen drückten und mit den Händen an die Scheiben patschten. Sie haben Spuren hinterlassen. »Ich habe die Kindersitze noch im Auto.« Meine Stimme klingt gepresst und als wären die vergessenen Sitze die eigentliche Katastrophe, fange ich plötzlich an zu heulen. So richtig.

Milli schaut mich erschrocken an. »Das ist doch kein Problem, Mama. Lasse holt die morgen.« Aber dann ist sie plötzlich bei mir und nimmt mich in den Arm. Sie hält mich ganz fest und ich lege meinen Kopf auf ihre Schulter, die nach Stall riecht und nach Wärme. Vielleicht kommt sie mir gerade besonders groß vor, aber vor allem komme ich mir klein vor, fast winzig, im Arm meiner Tochter.

»Es tut mir leid, dass ich nicht da war«, flüstert sie an meinem Ohr, und deshalb weine ich noch mehr. Weil es der Satz ist, den ich zu ihr sagen sollte, tausendmal.

»Du kannst doch nichts dafür. Es ist meine Schuld, ich habe nicht aufgepasst.« Ich schiebe sie ein Stück von mir weg und schaue sie an. Sie sieht müde aus, und ihre Augen sind gerötet. Jetzt streiche ich doch die Strähne aus ihrem Gesicht.

Sie lässt es geschehen und lächelt ein wenig. »Aber jetzt ist alles gut ...?« Es könnte eine Feststellung sein oder eine Frage.

Zögernd nicke ich. »Alles ist gut.«

Es ist nicht weit vom Krankenhaus bis zum Veterinärkliniksgelände, nur ein paar hundert Meter die Straße hoch auf der anderen Seite. Ich frage mich, ob schon mal jemand falsch abgebogen ist und mit einem kranken Pferd in der normalen Notaufnahme stand. Oder mit einer Platzwunde am Kopf in der Tierklinik.

Milli bringt mich zu meinem Auto, obwohl es ein Umweg für sie ist. Vielleicht möchte sie einfach sichergehen, dass ich gut ankomme mit meinem verheulten Gesicht und den Badelatschen. Aber ich habe auch das Gefühl, dass sie ihre Rückkehr in die Rinderklinik hinauszögert. Es tut mir leid, dass sie das ganze Wochenende arbeiten muss, während die halbe Familie ihre WG belagert.

»Musst du nicht zu deinem Nachtdienst?«, frage ich vorsichtig.

»Es eilt nicht. Noé ist ja da.«

Es ist das leichte Vibrieren in ihrer Stimme, als sie so beiläufig seinen Namen sagt und das Funkeln in ihren Augen, das ich selbst im Dunkeln bemerke. Noé also. In mir mischen sich Freude und Angst. Ich wünschte, ich wüsste nicht, dass es irgendwann weh tun wird.

»Pass auf dich auf«, sage ich zum Abschied, als hätten diese Worte jemals jemanden beschützt.

Milli lächelt. »Und du auf dich.«

Ich schaue ihr durch die Windschutzscheibe hinterher, wie sie im Licht der Straßenlaterne durchs Tor geht. Sie dreht sich nicht noch mal um.

16
MILLI

JE NÄHER ICH der Klinik komme, desto langsamer werden meine Schritte und desto schneller klopft mein Herz. Noé. Die ganze Zeit war er ein warmes Gefühl in meinem Bauch, das nie ganz verschwunden ist.

Nicht auf dem Weg zum Krankenhaus, den ich atemlos gerannt bin, als könnte ich damit gutmachen, dass ich meine Mutter und die Zwillinge versetzt habe und nicht mal erreichbar war, als sie mich brauchten.

Nicht an Philipps Bett, wo plötzlich alles ganz hell war, weil es ihm gut ging und nichts anderes noch eine Rolle spielte.

Nicht mal, als Mama anfing zu weinen und mir klarwurde, dass ich sie noch nie so gesehen hatte. Seit ich denken kann, war sie stark und tough und entschieden, vielleicht mal enttäuscht oder wütend, aber nie so verzweifelt und zerbrechlich wie eben. Während ich sie in den Arm nahm, erfasste mich die Erkenntnis, dass dieser Teil von ihr schon immer da war, sie ihn mir aber nie gezeigt hatte. Und vielleicht auch niemandem sonst. Deshalb hielt ich sie fest und die Tränen zurück, damit sie ein wenig von dem Trost bekam, den sie sonst nie angenommen hätte.

Selbst da war das Noé-Gefühl nicht verschwunden, es wippte im Bauch sanft auf und ab. Aber jetzt fühlt es sich plötzlich an wie etwas, das zu schwer ist, um es zu tragen. Es nimmt mir die Luft und kribbelt bis in die Fingerspitzen. Was mache ich, wenn Noé so tut, als sei nichts gewesen? Oder wenn er es nicht ernst gemeint hat und der Kuss ein Scherz war oder ein Versuch, ob ich mich über Kolventhals strenge Ansage hinwegsetze? Es ist albern und kindisch, so zu denken, und ich versuche, es sein zu lassen. Trotzdem bin ich irgendwie erleichtert, dass die Wohnung dunkel und still ist, als ich eintrete. Doch Noés Zimmertür steht weit offen und es braucht nicht mehr als einen verstohlenen Blick, um zu sehen, dass er nicht da ist. Es hilft nichts. Ich muss in den Stallungen nach ihm suchen und ihm sagen, dass ich wieder da bin. Aus der Klinik habe ich ihm nur kurz eine Nachricht geschickt, dass alles in Ordnung ist und ich spät zurückkomme. Wenn ich ihn gefunden habe, werde ich gar nichts tun und einfach abwarten, wie er reagiert. Guter Plan.

Entschlossen drehe ich mich um, da öffnet sich die Wohnungstür und er steht vor mir. Noé, Noé, Noé, hüpft mein Herz. Wie war der Plan?

»Ich bin wieder da.« Meine Stimme ist zu hoch und irgendwie hektisch.

Er lächelt dieses verdammte Lächeln und das Gefühl im Bauch schlägt einen Salto. »Das sehe ich.« Dann wird er ernst. »Danke für deine Nachricht. Wie geht es dem Kleinen?«

»Schon viel besser. Er darf morgen nach Hause. Vielen Dank noch mal, dass du für mich eingesprungen bist.«

Er winkt ab. »Kein Problem. Es war nicht viel zu tun.«

Der Flur ist klein und eng, aber wir halten Abstand voneinander, als könnte etwas explodieren, wenn wir uns berühren. Auch unsere Blicke weichen einander aus.

»*Alors.*« Noé macht einen Schritt an mir vorbei zu seiner Zimmertür. »Gute Nacht, Milli.« Er schließt sie hinter sich, bevor ich antworten kann. Sein Geruch hängt noch im Flur und mein Herz klopft ihm ungläubig hinterher.

Weil ich nicht bis in alle Ewigkeit erstarrt im Flur stehen kann, setze ich mich in Bewegung, hole Handtuch und Schlafshirt aus meinem Zimmer und stolpere aus der Wohnungstür ins Etagenbad. Ich will mich einfach unter die heiße Dusche stellen, bis alle Gedanken davongespült sind. Aber das Wasser wird nur lauwarm und je länger es meinen Körper herabrinnt, desto eindringlicher werden die Sätze in meinem Kopf. So darf er mich nicht stehen lassen. Er kann nicht einfach so tun, als hätten wir uns nicht geküsst. Als hätte er nie *trop tard* gesagt. Dafür ist es nämlich zu spät. Zeit für Klartext. Entschieden drehe ich das Wasser ab und steige aus der Dusche. Ich trockne mich nur flüchtig ab, schlüpfe in die kurze Pyjamahose und das verwaschene Shirt und bin bereit.

Noch während ich fest an seine Tür klopfe, ist mein Mund voller Worte, aber als er öffnet, sind sie verschwunden. Noé trägt nur eine Schlafanzughose, sein Oberkörper ist nackt. Als wäre das nicht genug, schaut er mich an mit einem Blick, der alles an mir ganz weich werden lässt. Auch meine Stimme. »Wenn es vorhin zu spät war, dann ist es jetzt doch immer noch zu spät, oder?«

So viel zum Thema Klartext. Ich sehe, wie er meine Worte dreht und wendet. Wie soll er sie auch verstehen?

Doch dann nickt er ganz ruhig. Er macht einen Schritt auf mich zu, ohne seinen Blick von meinem zu lösen. Ich komme ihm entgegen und als wir uns küssen, ist es, als hätten wir gar nicht erst damit aufgehört. Mit dem Rücken am Türrahmen legt er die Arme um meinen Nacken und das nasse Haar und zieht mich an sich. Meine Zunge schiebt sich in seinen Mund, ich kann nicht fassen, wie gut er schmeckt und was seine Nähe in mir auslöst. Noch nie habe ich jemanden so sehr gewollt. Mein Atem geht schneller, meine Hände reiben über seine nackte Haut, zwischen seinen Beinen, und ich dränge mich an ihn. Er löst seinen Mund von meinem und flüstert meinen Namen. Seine Finger wandern den dünnen, feuchten Stoff meines Shirts hinab. Mit einer zarten Bewegung gleite ich an der Wölbung in seiner Pyjamahose entlang und der Stoff zwischen uns scheint die Wirkung fast zu verstärken. Ich atme vibrierend aus und habe das Gefühl, bei der nächsten winzigen Berührung zum Höhepunkt zu kommen.

Entschlossen drücke ich mich von Noé weg und mache einen Schritt zurück, so dass unsere Körper sich voneinander lösen. Verwirrt und ein wenig erschrocken schaut er mich an, ohne etwas zu sagen. Er sieht so verdammt gut aus. Ohne Zögern ziehe ich mein Shirt über den Kopf und lasse es zu Boden fallen. Die kurze Hose schiebe ich hinterher. Ich genieße seinen überraschten Blick, der über meinen Körper streift und das Prickeln in der Luft zwischen uns.

»Komm.« Ich nehme Noés Hand und ziehe ihn hinter mir her über den Flur in mein Zimmer. Die kühle Luft bringt mich weit genug runter, dass ich ihn nicht hektisch aufs Bett zerre, sondern mich abwartend zu ihm umdrehe. Da ist er schon bei mir, endlich Haut an Haut, seine Lippen auf meinen, dann an meinem Hals, auf meiner Schulter, an meiner Brust.

Ich lasse mich rückwärts sinken und ziehe ihn mit. Er landet halb auf, halb neben mir und seine Hand schiebt sich zwischen meine Beine. Heiß und feucht dränge ich mich ihr entgegen und höre, wie er keucht, als seine Finger in mich gleiten. Mehr davon!

Mit der einen Hand schiebe ich seine Schlafanzughose herunter, während ich mit der anderen nach der Nachttischschublade taste. Kaya sei Dank liegen dort Kondome. Sie nimmt nie ein Blatt vor den Mund. *Du weißt nie, wann du es so sehr willst, dass es dich nicht abhalten würde, keine zu haben. Deshalb hab einfach immer welche da.*

Sie hatte so recht.

Ich angle eins heraus und halte es Noé hin. So ganz kann ich nicht glauben, was ich tue und dass ich wirklich mit ihm hier liege. Seine Haut fühlt sich warm an, als hätte er eben noch in der Sommersonne gelegen. Und neben meiner ganzjährig stur winterblassen Haut sieht sie auch so aus.

Sanft zieht er seine Hand zurück, was sofort brennende Sehnsucht weckt. Aber er greift nicht nach dem Kondom in meiner Hand, sondern legt sie zögernd auf meine Taille. Ein Beben geht durch meinen Körper, ich hebe das Kinn und begegne seinen braunen Augen, die mich unsicher anschauen.

»Milli ... ich habe noch nie ...« Er macht eine unentschlossene Handbewegung zwischen uns und findet kein Wort. Ich kann es kaum glauben. Sein erstes Mal? In meinem Kopf dreht sich alles. Ich war mir nicht mal sicher, ob er in Frankreich nicht doch eine Freundin hat. Oder mehrere. Wie doof, nur weil er so gut aussieht und selbstbewusst ist, muss das ja nicht heißen ...

Noé versteht mein überraschtes Schweigen falsch.

»Ist das ein Problem?«, fragt er leise.

Als Antwort ziehe ich ihn an mich heran und küsse ihn heftig. Wenn ich ehrlich bin, macht es mich gerade nur heißer, dass ich seine Erste sein soll. Freudig bemerke ich, wie er den Kuss voller Verlangen erwidert und sein Penis sich hart gegen meinen Oberschenkel drückt. Ich suche seinen Blick. »Willst du denn?«

Vielleicht ist die Frage ein wenig rhetorisch. Aber sein raues »*Oui*« an meinem Ohr saust mir geradewegs zwischen die Beine. Wahnsinn, so ist es für mich noch nie gewesen. Ich reiße das Päckchen auf, taste nach seinem Penis und streife ihm das Kondom über.

Wir bleiben Blick in Blick. Ich schiebe mich unter ihm zurecht, öffne die Beine noch ein wenig mehr und führe ihn dorthin, wo ich ihn haben will. Er verharrt kurz, aber als ich glaube, dass ich es keine Sekunde länger aushalten kann, gleitet er in mich und ich höre mich genussvoll aufseufzen. Verdammt, er füllt mich perfekt aus und obwohl er ganz ruhig in mir liegt, dreht jede Nervenzelle um ihn herum durch.

Er stemmt sich ein Stück hoch, küsst warm meinen Mund, so dass ich seinen Atem schmecke, meinen Hals, mein Ohr, dann ist sein Blick wieder bei mir. Ich halte mich daran fest.

Ganz langsam und vorsichtig beginnt er sich zu bewegen, ein sanftes Ausprobieren, das heiße Wellen durch meinen ganzen Körper schickt. Ich will die Augen nicht schließen, ich will ihn sehen.

Vielleicht ist es der Blickkontakt, der dafür sorgt, dass wir es im gleichen Moment nicht mehr aushalten. Ich dränge ihm mein Becken entgegen und greife nach seinem straffen Po, um ihn tiefer in mich zu pressen, als er jegliche Zurückhaltung fallen lässt und stöhnend heftig in mich stößt. Seine Hand an meiner Brust, sein Körper, der über meinen reibt und sein darauffolgender Orgasmus reißen mich völlig mit. Ich kann noch für einen Moment seinen Anblick genießen, als er kommt, dann explodiert vor meinen Augen alles. Vielleicht ist es auch mein erstes Mal, so richtig, denn so habe ich es noch nie erlebt, mit keinem anderen und nicht mit mir selbst. Noé liegt schwer auf mir und ich spüre seinen Herzschlag an meinem. Alles in mir ist glücklich.

Noé rutscht vorsichtig neben mich. Er streicht mit seiner Hand von meinem Kinn zwischen meinen Brüsten entlang zu meinem Bauchnabel. »Milli.«

Ich drehe ihm das Gesicht zu.

Er lächelt. »Das war ... *je ne sais pas*.« Natürlich weiß er es nicht. Es gibt kein Wort, das großartig genug dafür ist.

Ich schmiege mich mit dem Rücken an ihn. Er legt seinen Arm um mich und küsst mich aufs Haar.

Ich seufze zufrieden. »Du bist auch *je ne sais pas*.«

Ich spüre sein Schmunzeln, dann schlafe ich ein.

*

Ein lautes Pochen weckt mich. Widerwillig öffne ich die Augen und setze mich auf. Sofort durchfährt mich ein warmes Gefühl, als ich Noé neben mir liegen sehe. In meinem Bett. Nackt und verstrubbelt. Seinen Schlaf scheint das Klopfen nicht zu stören, das erbarmungslos lauter wird.

»Milli!« Die tiefe Stimme hinter der Wohnungstür gehört eindeutig Paul. »Wo bleibst du? Der Professor ist im Anmarsch.«

Verdammt. Scheiße. Hektisch blicke ich zum Wecker,

den ich natürlich nicht gestellt habe. Seit einer halben Stunde müsste ich bereits unten bei der Stalluntersuchung sein. Verdammt.

»Komme gleich!« Ich springe aus dem Bett, schlüpfe in Höschen und Shirt und stürme zur Tür, an die Paul weiter intervallartig hämmert. Ich öffne sie einen Spalt und stecke meinen Kopf hindurch. »Paul, ich hab verschlafen. Danke für den Weckdienst. Und was macht Kolventhal überhaupt hier?«

Der Tierpfleger zuckt mit den Schultern. »Ich hab gehört, dass er gerade im Physiologiehörsaal die Eröffnungsrede für irgendeinen Kongress hält. Aber wenn die zu Ende ist, lässt er es sich bestimmt nicht nehmen, in seiner Klinik nach dem Rechten zu schauen. Seine Reden dauern zwar gern 'ne Weile, aber ich würde mich an deiner Stelle trotzdem beeilen.«

Zerknirscht beiße ich die Zähne aufeinander. »Alles klar. So ein Mist. Noch mal danke, Paul!«

Er schaut mich besorgt an. »Ist was mit dem Kleinen?«

Ich runzle verständnislos die Stirn. Meint er das Alpaka?

Er schluckt. »Philipp. Wie geht es ihm?«

Sofort macht sich in mir schlechtes Gewissen breit. Ich habe wirklich nicht mehr an ihn gedacht. Und auch nicht daran, dass Paul die Katastrophe ja mitgekriegt hat, aber nicht das Happy End. Ich hätte ihn sofort anrufen sollen, schließlich hängt seine Handynummer am Notfallplan.

»Es geht ihm gut. Er hat es überstanden und darf heute

schon nach Hause.« Ich kann spüren, wie er aufatmet. Er sieht müde und irgendwie durcheinander aus.

»Und wie geht es Cor... deiner Mutter?«

»Auch wieder besser. Zum Glück ist ja alles gut gegangen.« Ich höre hinter mir ein Geräusch und blicke über die Schulter. Noé steht in Schlafanzughose im Flur und wirft mir einen fragenden Blick zu. Ich schaue wieder zu Paul, der anscheinend noch irgendwas sagen möchte. Aber dafür ist keine Zeit.

»Ich bin gleich unten.« Ich schließe die Tür und ziehe mir hektisch mein T-Shirt über den Kopf. »Ich hab verschlafen und Kolventhal macht gleich Kontrollgang«, erkläre ich dem halbnackten Mann im Flur, der mir unverhohlen auf die nackten Brüste schaut. Er reißt sich von dem Anblick los und nickt. »Ich komme mit und helfe dir.«

Eigentlich will ich nicht, dass er noch mehr von seinem freien Wochenende für mich im Kuhstall verbringt. Andererseits kann ich seine Unterstützung wirklich brauchen. Und seine Nähe sowieso. Deshalb lächle ich dankbar. »Okay. Jeder hat zwei Minuten zum Duschen. Wenn wir in zehn Minuten unten sind, haben wir vielleicht noch eine Chance, mit der Stalluntersuchung durch zu sein, bevor der Professor auftaucht.«

Ich will mich an Noé vorbei drängen, aber er hält mich auf und schlingt den Arm um meine nackte Taille. »Wie wäre es, wenn wir zusammen duschen? Dann haben wir vier Minuten.«

Der Gedanke streicht ähnlich verführerisch über meine Haut wie seine Hand. Ich reiße mich los. »Nicht übermütig werden, Monsieur Dubrasquet!«

»Übermütig«, wiederholt er in meinem Rücken und aus seinem Mund klingt das Wort einfach sexy.

Weil das Wasser ewig braucht, um warm zu werden, dusche ich kalt. Das tut mir gut. Da unten wartet ein Stall voll Arbeit auf mich und ein Professor, der nicht begeistert sein wird, wenn wir damit nicht zumindest schon ein Stück vorangekommen sind. Und der auf keinen Fall merken darf, dass zwischen Noé und mir was läuft.

Deshalb warte ich auch nicht auf ihn, sondern ziehe mich in Windeseile an und stürme in den Stall. Gehetzt ziehe ich meinen Kittel über und greife nach dem Stethoskop.

Paul kommt mit einem Strickhalfter in der Hand um die Ecke und schüttelt den Kopf. »Immer mit der Ruhe. Ich hab den beiden neuen Praktikanten Beine gemacht. Stalluntersuchung ist erledigt.«

Erleichtert lächle ich ihn an. »Du bist toll. Danke.« Die beiden Praktikanten haben jetzt wahrscheinlich erst mal ordentlich Schiss vor ihm. Anschnauzen ist einfach seine Lieblingsbegrüßung. Ich habe ja auch eine Weile gebraucht, um zu verstehen, dass er zu den Guten gehört.

Er winkt ab und hängt das Halfter an die Wand. »Ich hab mir schon gedacht, dass du nicht viel Schlaf gekriegt hast.«

Zum Glück dreht er mir den Rücken zu und sieht nicht, dass ich rot werde. Er denkt, ich hätte aus Sorge um Philipp nicht schlafen können. Stattdessen habe ich an nichts mehr gedacht außer an Noé an mir, auf mir, in mir. Meine Wangen brennen, und ich habe das Gefühl, dass man mir die heiße Erinnerung an gestern Nacht vom Gesicht ablesen kann. Genau in diesem Augenblick taucht Kolventhal auf.

Er klatscht einmal in die Hände und schaut auf mich herab. »Aha, die Frau Mahler steht schon bereit. Frisch und ausgeruht nach einem gemütlichen Nachtdienst ohne Katastrophen.« Wenn er wüsste. »Und unserem Alpaka geht es auch hervorragend, soweit ich gesehen habe. Es wirkt durchaus munter und wohlauf.«

Ich habe echt mehr Glück als Verstand. Ich hätte mir den Wecker stellen müssen, um gleich früh morgens als Erstes nach Champagner zu sehen. Genau deshalb wollte ich mich nicht verlieben. Weil ich meinen Kopf für andere Sachen brauche.

»Der Alpakahengst ist gestern noch aufgestanden und hat mit der Futteraufnahme begonnen.« Warum höre ich mich an, als ob ich mich rechtfertige? »Sein Allgemeinbefinden besserte sich schnell, und er wurde so aktiv, dass wir die Infusionstherapie abgebrochen haben.«

Sogar aktiv genug, um lustig mit uns Verstecken zu spielen. Aber davon erzähle ich natürlich nichts.

»Aha, aha«, sagt Kolventhal, aber ich merke, dass er mir gar nicht zuhört, sondern sein Interesse hinter meinem

Rücken liegt. »Monsieur Dubrasquet? Was machen Sie denn hier? Haben Sie nicht frei?«

Noé tritt neben mich. Und macht dann einen Schritt zur Seite, um mehr Abstand zwischen uns zu bringen. Ich schaue ihn nicht an, weil es so schon schwer genug ist, mir das Knistern zwischen uns nicht anmerken zu lassen.

»*Oui*, aber ich wollte Milli ...« Er stockt und der Satz hängt wie ein Geständnis in der Luft. »Ich wollte heute lieber mitarbeiten, um mehr zu lernen.«

Okay, Kurve gekriegt und weitere Bonuspunkte gesammelt. Als ob er die brauchen würde. Der Professor nickt anerkennend. »Löblich, löblich. Dann werden Sie jetzt den Praktikanten den Fallbericht des Alpakas präsentieren. Sind Sie damit vertraut?«

Noé nickt zögernd. »Schon, aber ich denke, Frau Mahler sollte das besser ...«

Kolventhal winkt ab und schüttelt unwirsch den Kopf. »Frau Mahler ist im Dienst und wird Doktor Schröder bei den Behandlungen unterstützen. Davon wollen wir sie nicht abhalten. Lassen Sie uns den Patienten betrachten.«

Im Weggehen dreht Noé sich zu mir um. Es ist nur ein kurzer Blick, ein wenig schuldbewusst mit hochgezogenen Augenbrauen. Mir wird warm im Bauch und ich lächle ihm aufmunternd zu. Es ist noch nicht lang her, da hätte es mich total gefuchst, dass Kolventhal mich einfach stehen lässt und Noé meinen Patienten vorstellen darf. Aber seit gestern ist so viel passiert. Mit Philipp. Mit Mama. Und mit Noé natürlich. Plötzlich spielt es für mich kaum noch eine Rolle, den Professor beeindrucken zu wollen. Es gibt echt wichtigere Menschen in meinem Leben.

Ich gehe zum Medikamentenwagen und bereite die Penizillin-Injektionen und den Klauenverband vor. Leise summe ich vor mich hin.

Der mürrische Doktor Schröder runzelt die Stirn. »Na, Sie haben ja gute Laune.«

Ich strahle ihn an. »Ja, die hab ich.«

Kopfschüttelnd greift er nach dem Stapel mit den Patientenkarten und brummelt. »Soll ja gesund sein. Dann legen wir mal los.«

*

Der Vormittag hält den diensthabenden Doktor Schröder und mich ziemlich auf Trab, weil zahlreiche Patienten eingeliefert werden und versorgt werden müssen. Glücklicherweise sind nicht alles lebensbedrohliche Notfälle, sondern auch einiges, was Paul flapsig als Wochenendbetüddelung bezeichnet. Für die Landwirte aus dem Umkreis ist es teilweise einfacher, die Tiere übers Wochenende in die Uniklinik zu bringen, als auf den tierärztlichen Notdienst draußen angewiesen zu sein, der oft völlig überlastet ist.

Während sich der mürrische Tierarzt von meiner guten Laune nicht wirklich anstecken lässt, arbeite ich fröhlich vor mich hin und irgendwie gelingt einfach alles. Von

Kolventhal und Noé ist nichts mehr zu sehen. Als ich mit dem Medikamentenwagen vor Champagners Box halten will, schüttelt Doktor Schröder den Kopf. »Da müssen wir nicht ran, der hatte schon Chefarztbehandlung.«

Also werfe ich nur einen Blick übers Gitter und freue mich, dass der kleine Alpakahengst gerade genüsslich Heu aus der Raufe zieht. Ich sehe den schiefen Lecksteinhalter und denke an den Kuss, den ersten, der immer noch nachkribbelt. Champagner wendet mir die dunklen Augen zu und ich stelle mir vor, wie er mir verschwörerisch zublinzelt. Was er gesehen hat, ist auf jeden Fall bei ihm sicher, denke ich grinsend.

»Jetzt reißen Sie sich mal los, wir wollen fertig werden.« Doktor Schröder öffnet schon die nächste Boxentür und nimmt die Kuh mit Sohlengeschwür am Halfter. Ich nehme die Klauenmesser vom Wagen und trete zu ihm.

Ich bin gerade dabei, im Lager das Verbandsmaterial aufzufüllen, als Noé neben mir auftaucht. Ich wünschte, ich wäre etwas cooler in seiner Gegenwart, aber stattdessen lasse ich erst mal eine Mullbinde fallen, die den Schwung nutzt, sich meterweit auszurollen. Wir bücken uns gleichzeitig danach und stoßen schmerzhaft mit den Köpfen zusammen.

»*Aie.*«

»Aua.«

Grinsend reiben wir uns die Stirn und ich bemerke erleichtert, dass Noé nicht weniger nervös ist als ich. Mit einem prüfenden Blick zu mir hebt er den Verband auf und reicht ihn mir. »Hat es weh getan?«

»Nicht sehr. Ich hab einen Dickkopf. Halt mal.« Ich drücke ihm den abgerollten Anfang in die Hand, damit er es straff hält, während ich den Mull wieder aufwickle. Am Ende berühren sich unsere Finger einen Moment länger als nötig. Ich würde ihn so gern küssen, aber hier kann jeden Moment jemand hereinkommen. Und bei meinem Glück ist das der Herr Professor höchstpersönlich. Deshalb reiße ich mich von dem Gedanken los. »Wie war es mit Kolventhal bei Champagner?«

Noé räuspert sich. »Leider sehr gut. Der *Professeur* war sehr zufrieden.«

»Wieso leider? Das ist doch super.«

»Ich habe auf seine vielen Fragen nur antworten können, weil du mir gestern alles erklärt hast. Leberegel, Blutwerte, all diese Sachen. Es ist ungerecht, dass er nicht dich befragt hat.«

Ich lächle. »Schon gut.« Es macht mir wirklich nichts aus. Im Gegenteil, ich freue mich richtig, dass Noé Kolventhal beeindrucken konnte. Außerdem hat er das mehr als verdient, nachdem er gestern so spontan für mich eingesprungen ist. Ich stelle mich auf die Zehenspitzen und drücke ihm einen schnellen Kuss auf die Wange. Exakt in diesem Moment geht die Tür des Lagerraums auf und wir schießen auseinander wie unterschiedlich gepolte Magnete.

Paul schaut mit der Klinke in der Hand zwischen uns hin und her, ohne eine Miene zu verziehen.

»Das Alpaka wird gerade abgeholt. Ich dachte, ihr zwei wollt euch vielleicht verabschieden.« Er wartet keine Antwort ab, dreht sich wieder um und zieht die Tür hinter sich zu.

Noé und ich wechseln einen Blick. Er legt den Kopf schief und zuckt mit den Schultern. Ich nicke. Dann folgen wir Paul, ohne uns zu nah zu kommen.

Der Fahrer lehnt neben der geöffneten Hängerklappe und raucht eine Zigarette, als wir mit dem kleinen Alpakahengst am Halfter auf den Hof kommen. Diesmal läuft Champagner selbst oder lässt sich vielmehr von Paul vorn ziehen und hinten schieben, während dieser leise vor sich hin flucht. Hilfe von Noé und mir hat er unwirsch abgelehnt, so dass wir etwas unentschlossen und überflüssig nebenherlaufen. Trotzdem bin ich froh, dass mein Lieblingstierpfleger uns Bescheid gesagt hat, denn ich wäre traurig gewesen, wenn Champagner plötzlich einfach nicht mehr da gewesen wäre. Dafür haben wir einfach zu viel Zeit zusammen verbracht. Und dazu noch hatten es die letzten vierundzwanzig Stunden ganz schön in sich.

Der Fahrer schiebt seine Mütze nach hinten und klemmt die Zigarette in den Mundwinkel. Dann packt er den Hengst nicht gerade sanft am Halfter, doch Champagner scheint ihn wiederzuerkennen, denn er folgt ihm ohne Zögern auf den Anhänger. Als der Mann ihn loslässt, dreht Champagner sich zu mir um. Wahrscheinlich will er nur neugierig nach draußen schauen, aber irgendwie bekomme ich bei diesem Blick einen kleinen Kloß im Hals. Das ist total albern, ich kann ja wohl schlecht jeden netten Patienten gleich adoptieren.

»Alles Gute, Champagner«, sage ich halblaut, bevor der Riegel der Hängerklappe einrastet.

Der Fahrer nimmt die Zigarette aus dem Mund und mustert mich. »Champagner hast du ihn genannt? Das merke ich mir.« Er drückt den Stummel am Radkasten aus. »Der Name wird dem Chef gefallen. Den behält er.«

Champagner bleibt Champagner. Irgendwie fühlt sich das richtig an, und mir wird leichter ums Herz.

Noé stößt mich mit der Schulter an. »Hab ich es nicht gleich gesagt? Es geht nichts über einen edlen französischen Namen.«

Wir schauen dem Hänger nach, bis er hinter dem Tor abbiegt und verschwindet. Ich will Paul anbieten, das Misten von Champagners Box zu übernehmen, aber als ich mich umdrehe, ist er schon nicht mehr da.

Ich finde ihn im Stall, wo er mit der Box schon fast fertig ist und gerade das Stroh zusammenfegt. Sogar der Lecksteinhalter hängt wieder gerade. Ich greife nach einem Besen, um ihm zu helfen.

»Lass das«, brummt er abweisend, ohne mich anzusehen.

Überrascht halte ich inne und schaue ihn an, aber er

ignoriert mich und fegt einfach weiter. Eine Weile beobachte ich ihn, wie er anscheinend stoisch ein Loch in den Boden fegen will. Doch dann braucht er die Schaufel, die neben mir an der Wand lehnt. Ich nehme sie und halte sie ihm hin, aber als er nach dem Stiel greift, lasse ich nicht los und schaue ihn eindringlich an. »Ist irgendwas? Hab ich dir was getan?«

Natürlich könnte er mich problemlos abschütteln wie eine Stallfliege und für einen Moment sieht es so aus, als ob er genau das gern tun würde. Ich lockere den Griff etwas. Er atmet hörbar aus, nimmt mir die Schaufel aus der Hand und stellt sie zurück in die Ecke. »Komm mal mit.«

Er achtet nicht darauf, ob ich ihm folge, aber natürlich stolpere ich ihm hinterher.

Im Nebengebäude bleibt er vor den Metallspinden stehen, in denen das Klinikpersonal Kleidung und Taschen unterbringt. Von einem öffnet er die Verriegelung. *Wolff* steht auf einem Schild, und ich bemerke überrascht, dass das wohl sein Nachname ist, den ich bisher nicht kannte. Weil er hier einfach Paul ist, für jeden, selbst für Kolventhal, der eigentlich auf förmliche Anrede großen Wert legt. Paul Wolff also.

Wortlos zieht er eine blickdichte Plastiktüte aus dem Spind und hält sie mit gestrecktem Arm von sich weg, als könne sie ihm gefährlich werden. »Hier.«

Unschlüssig greife ich danach. Warum verhält er sich so komisch? Ist das ein Geschenk? Oder eine Bombe?

Ein wenig nervös ziehe ich die Trageschlaufen auseinander, um einen Blick auf den Inhalt zu werfen. Dann verstehe ich gar nichts mehr. In der Tüte liegt ein Paar saubere, aber eindeutig getragene Damenschuhe mit hohen Absätzen. Es könnte meine Größe sein, aber mit den Hacken käme ich keine drei Meter weit. Ich weiß nicht, wie Mama das immer ... Ach so. Klar. Ich grinse. »Das sind die, die meine Mutter gestern verloren hat, ja?«

Paul nickt und schließt die Spindtür. »Kannst du ihr die zurückgeben und sagen ...« Er verstummt. Ich sehe, wie er hinter seiner grimmigen Miene überlegt. »Ach, sag ihr gar nichts.« Er geht abrupt an mir vorbei und macht dabei einen Bogen um mich und die Schuhe.

»Paul!« Ich bin überrascht, dass er stehen bleibt, auch wenn er sich nicht umdreht.

»Du hast keine Schuld an dem, was passiert ist. Falls du so was denkst«, sage ich in seinen Rücken.

»Das sieht sie anders.« Keine Frage, wen er mit sie meint. Und es gelingt ihm nicht, so zu tun, als wäre es ihm egal.

»Das tut sie nicht. Sie ist dir echt dankbar.«

Er gibt einen Ton von sich, der irgendwo zwischen skeptisch und verächtlich liegt.

»Frag sie doch selbst!« Ich kann nicht verhindern, dass es irgendwie trotzig klingt.

Er dreht sich zu mir um und mustert mich, als hätte ich einen völlig wahnwitzigen Vorschlag gemacht. »Nee, lass mal.«

Mit schnellen Schritten macht er sich davon, aber ich hätte sowieso nicht gewusst, was ich erwidern sollte. Irgendwas muss zwischen ihm und meiner Mutter vorgefallen sein. Und es hat nicht allein mit Philipps Bienenunfall zu tun. Soll ich sie darauf ansprechen? Nee, lass mal, hallt es in meinem Kopf wider. Das müssen die beiden schon selbst klären. Oder halt nicht.

17
CORDULA

ICH FINDE DEN Weg zu Pauls Garten ohne Schwierigkeiten, obwohl es fast vier Wochen her ist, dass ich ihn mit den Zwillingen begleitet habe. Jetzt bin ich allein. Eine seltsame Nervosität macht sich in mir breit, irgendwie erwartungsvoll und aufgeregt, was völlig unangebracht ist, denn ich bin sicher, dass Paul jetzt am Vormittag nicht dort sein wird. Ich werde also nur die Tragetasche ans Tor hängen und wieder gehen. Fertig. Endlich.

Ich hätte das längst tun sollen, eigentlich direkt, nachdem Milli mir die Tüte überreicht hatte. Sie war in die WG gekommen, um sich ein paar Bücher aus ihrem Zimmer zu holen und hatte meine Schuhe dabei.

»Von Paul. Er denkt übrigens, du bist sauer auf ihn wegen Philipp.« Sie sah mich mit ihren großen Augen ein wenig vorwurfsvoll an, als ob ich tatsächlich überhaupt keinen Grund hätte, deshalb verstimmt zu sein. Was ich außerdem ja nicht mal war. Nicht mehr. Und dass ich mich mit einem fast bewusstlosen Kind auf dem Arm nicht besonders höflich und geduldig verhalten hatte, konnte mir ja wohl keiner vorwerfen. Schon gar nicht Paul. Um Millis Blick auszuweichen, schaute ich in die Tasche mit den Schuhen und zog erstaunt die Augenbrauen hoch. Ich sah noch vor mir, wie die Absätze tief in der Erde versunken waren, aber jetzt glänzten sie gepflegt. Nicht die kleinste Spur erinnerte an die ersten Schritte auf der morastigen Wiese, bevor ich sie ausgezogen hatte. »Hast du die sauber gemacht?«

Milli schüttelte den Kopf. »Nee. So hat sie mir Paul in die Hand gedrückt.« Sie nickte mit dem Kinn Richtung Plastiktüte.

Der Gedanke, wie Paul mit seinen rauen Fingern die Erde von meinem Schuh in seiner Hand reibt, machte etwas mit mir. Sofort fühlte ich ihn wieder an meinem Knie und auch meine Reaktion darauf. Mir war klar, dass ich diesem Mann nicht noch mal begegnen durfte. Ich musste so langsam mal wieder eine vernünftige Struktur in mein Leben bringen, diese sogenannte Auszeit hatte bisher eher für Chaos gesorgt als für Orientierung.

»Sag ihm ...« Meine Stimme klang belegt und ich räusperte mich. »Sag ihm am besten gar nichts.«

Milli verdrehte die Augen. »Alles klar. Wie ihr meint.« Sie wandte sich ihrem Bücherregal zu, und ich war dankbar, dass sie nichts fragte.

Aber irgendeinen Abschluss bin ich dem Ganzen schuldig, und das werde ich heute erledigen. Die ganze Weihnachtsbeleuchtung und das Adventsgetue haben mich auf eine gute Idee gebracht. Ich selbst mache mir absolut nichts aus diesem konsumgesteuerten Kitschfest, aber das heißt ja nicht, dass ich die allgemeine Stimmung nicht für meine Zwecke nutzen kann. Ich habe also eine Geschenktasche mit dezenten Sternen gekauft, einen sehr guten Rotwein und ein Päckchen Kekse ähnlich denen, die Henry und Philipp bei Paul verkrümelt hatten. Eine Karte beizulegen fand ich zu viel, einen Zettel zu wenig. Schließlich entschied ich mich, den kleinen Geschenkanhänger an der Tasche zu nutzen, der schon deshalb perfekt war, weil er gar nicht viel Platz ließ. Ich machte mir mehr Gedanken, als ich sollte und schrieb schließlich: »Für Paul Frohe Adventszeit wünscht Cordula«. Das war gut durchdacht, denn mit diesem Gruß musste ich nicht noch den halben Dezember abwarten, sondern konnte es direkt hinter mich bringen. Dann schrieb ich: »Danke für«, und das war überhaupt nicht durchdacht, denn wie sollte es enden? »Den schönen Nachmittag« wäre völlig unpassend, »deine Hilfe« konnte er falsch verstehen und ein unspezifisches »alles« ging auf gar keinen Fall. Ich ließ es dann einfach so, weil mir auffiel, dass ich mich sowieso schon viel zu lange mit dieser Kleinigkeit beschäftigt hatte, zudem in dem Wissen, dass wohl sowieso niemand einen Geschenkanhänger liest.

Das muss reichen. Ich habe meine Schuhe zurück und er bekommt den Beweis, dass ich nicht sauer bin. Damit ist das erledigt und wir können es vergessen. So.

Deshalb könnte mein Herz ein bisschen ruhiger klopfen und auch meine Hände haben keinen Grund, bei vier Grad Celsius so schwitzig zu sein. Er wird nicht da sein.

Er ist nicht da, denn das Tor ist zu. Aber ich habe etwas nicht bedacht. Das Geschenk wird wohl kaum bis zum Abend überleben, wenn ich es einfach an den Holzzaun hänge. Mit der Plastiktüte als Regenschutz sieht es zwar eher unscheinbar aus, aber irgendein Passant wird wahrscheinlich so viel Not oder so wenig Anstand haben, dass es Beine kriegen wird. Ich gehe in die Hocke, um es durch die Lücke neben dem Tor hinter den Zaun zu schieben, so dass man es von außen nicht mehr sieht. Mein Arm streift das raue Holz und ich kann ein kleines Stück vom Garten sehen, nur ein wenig Wiese und einen windschiefen Strauch. Plötzlich wünschte ich, ich könnte den Platz noch mal im Sommer sehen, wenn alles grün ist und die Blumen blühen. Für einen Moment sehe ich Paul und mich vor der Hütte sitzen, mit Rotwein und nackten Füßen. Und surrenden Bienen, denke ich spöttisch und schüttle mich. Was ist nur mit mir los? Nach Weihnachtskitsch jetzt auch noch Sommerromantik, so weit kommt es noch.

Ich will die zusammengerollte Tüte durch den Spalt stopfen, in der Hoffnung, dass die Kekse darin nicht völlig von der Weinflasche zerdrückt werden. Doch darüber hätte ich mir überhaupt keine Gedanken machen müssen, denn das hölzerne Gartentor gibt einfach nach und schwingt auf. Es war überhaupt nicht verschlossen. Ich starre mit nun völlig freiem Blick in den Garten und erwarte, dass jeden Moment Paul hinter dem Tor auftaucht und mich mit meiner Plastiktüte und erschrockener Miene hier hocken sieht, als wäre ich beim Drogenschmuggeln erwischt worden. Aber nichts rührt sich, die Hütte ist dunkel und verschlossen, keiner da. Seltsam. Paul muss vergessen haben, das Tor abzuschließen, als er gegangen ist. Gut für mich. So kann ich mein Geschenk einfach unter das Vordach der Hütte auf die Bank legen, dort bleibt es trocken und ist sicher. Ich mache einen zögerlichen Schritt auf die Wiese zu, obwohl ich heute flache Schuhe anhabe und der Boden so hart gefroren ist, dass ich wohl auch mit den Pumps nicht mehr versinken würde. Der Raureif lässt die Grashalme glitzern, die unter meinen Füßen leise knirschen. Während der Rest der Stadt grau und schmutzig aussieht, zeigt der Winter hier, was er kann, wenn man ihm ein kleines bisschen Natur überlässt.

Je näher ich der Holzhütte komme, desto mehr Gefühlsmomente prasseln auf mich ein. Kalte Erde unter den Füßen, ein verstecktes Lächeln aus den Augenwinkeln, ein brennender Stich, eine raue Hand, ein pochendes Kinderherz an meiner Brust. Ich beschleunige meine Schritte, stelle die Tüte ohne hinzusehen auf der Holzbank ab und mache kehrt, als wäre ich bei einem kindischen Wettlaufspiel. Oder auf der Flucht.

Ein lautes Poltern lässt mich in der Bewegung erstarren. Ich denke an die Bienenkästen und ihre aggressiven Bewohner, von denen mich nur wenige Meter und eine alte Hütte als Sichtschutz trennen. Ich mache ein paar Schritte zurück und drücke mich gegen die Holzwand in Erwartung surrender Stechbiester, die der Lärm genauso erschreckt hat wie mich.

»Ach verdammt, jetzt ist das Teil kaputt. Aber reparieren brauche ich es jetzt auch nicht mehr.« Oh mein Gott, das ist Pauls Stimme. Er ist hinten bei den Bienen und das heißt, uns trennen nur wenige Meter und eine alte Hütte als Sichtschutz. Was soll ich tun?

»Ihr müsst ohne Anflugbrett auskommen, bis es ins neue Zuhause geht. Ihr sollt jetzt ja sowieso schön im Kasten bleiben.«

Okay. Ich kann jetzt einfach locker um die Hütte gehen und freundlich hallo sagen, als wäre nichts dabei. In meinem Kopf ertönt schallendes Gelächter wie bei den alten Sitcoms, die Milli so gern guckt. Nein, das kann ich nicht. Auf gar keinen Fall.

»Ich gebe euch wirklich nicht gern weg. Na ja, ich werde euch auf jeden Fall mehr vermissen als ihr mich, das steht fest.«

Wieso weggeben? Die Bienen?

Ich könnte auch einfach leise und unauffällig den Rückzug antreten, in der Hoffnung, dass Paul mich nicht entdeckt. Unentschlossen peile ich das Gartentor am Ende der Wiese an.

»Ja, heute ist es kalt genug, jetzt seid ihr friedlich, was?«

Redet der wirklich mit seinen Bienen? Das ist schräg. Aber irgendwie auch liebenswert. Raue Schale und so weiter. Ganz bestimmt will er nicht, dass ihn jemand dabei hört. Ich muss weg.

»Mit dem kleinen Jungen habt ihr mir einen verdammten Schrecken eingejagt. Davon werde ich mich so schnell nicht erholen.«

Ich halte die Luft an. Er spricht von Philipp. Ich kann hören, wie er hin und her läuft und dabei irgendwas werkelt. Es ist nur eine Frage der Zeit, bis er um die Hütte herumgeht und hier auftaucht. Aber ich bleibe wie angewurzelt stehen.

»Ihr könnt ja nichts dafür. Ich hätte aufpassen müssen. Cordula wird mir das nie verzeihen.«

Ich beiße mir auf die Unterlippe. Mein Herz klopft bis zum Hals, und ich habe das Gefühl, den Boden unter den Füßen zu verlieren. Wie er meinen Namen sagt, ganz weich und selbstverständlich. Und ich bin doch diejenige, die hätte aufpassen müssen. Und die gegen den blöden Kasten gepoltert ist. Das ist doch am Ende alles meine Schuld gewesen.

»Wahrscheinlich geschieht es mir recht, dass es jetzt vorbei ist mit der Imkerei.«

Will er wegen Philipp die Bienen aufgeben? Das wäre doch absoluter Unsinn.

»So, das war es für heute. Ich muss weiter.«

Ich denke nicht nach. Ich renne einfach los Richtung Tor und bin wild entschlossen weiterzulaufen, auch wenn er mich sehen und nach mir rufen sollte. Doch ich bin schnell genug, schlüpfe durchs Tor und ziehe es atemlos hinter mir zu. Aufgewühlt lehne ich mich an den Bretterzaun, während mein Herz rast, meine Knie butterweich sind und in meinem Kopf tausend Gedanken durcheinanderschwirren. Ich muss trotzdem weiter, Paul kann jeden Moment am Tor auftauchen.

Ich biege in einen kleinen Seitenweg auf der anderen Straßenseite, in dem ich in Deckung gehen kann, bis Paul weg ist. Durch die lichte Hecke behalte ich das Tor im Auge. Dabei fällt mein Blick auf ein großes Banner, das ein Stück weiter am Lattenzaun hängt.

Wir bauen für Sie! Hier entsteht das neue Parkdeck für mehr Mobilität im Stadtbereich. Geplante Bauzeit: Januar bis Mai

Unsicher schaue ich mich um, als ob mir nicht sofort klar ist, wo das Parkdeck stehen soll. *Es ist nur ein Stück Brachland, das ich für die Bienen nutzen darf, bis die Stadt es verkauft.* Bei Paul klang das wie etwas, was sowieso nicht passieren würde. Warum hat er nicht gesagt, dass es längst so weit ist? In weniger als einem Monat werden die Bagger anrollen. Das können die doch nicht machen. Jetzt machen auch Pauls Worte Sinn. Wenn er den Garten verliert, hat er natürlich keinen Platz mehr für die Bienen.

Da kommt er. Er trägt eine gefütterte Weste über dem Rollkragenpullover und eine Wollmütze auf dem Kopf. Ich bin bereit, ein Stück zurückzuweichen, falls er sich umsieht, aber er schließt ab, ohne den Blick zu heben. Dann legt er die Hand für einen Moment flach an das Tor, sanft und schwer zugleich. Aus der Geste spricht so viel

Nähe und Abschied, dass es in mir brennt wie Feuer. Ich will nicht, dass er das verliert, was ihm so viel bedeutet. Es könnte mir egal sein, aber es ist es nicht. Er ist es nicht.

Erst als er schon ein Stück die Straße hinuntergegangen ist, sehe ich, dass er in der einen Hand meine Plastiktüte hält. Er hat sie entdeckt, also weiß er, dass ich da gewesen bin. Aber er schaut sich nicht um.

Ich blicke ihm nach, bis er unter der Unterführung verschwindet. Dann greife ich entschlossen nach meinem Handy. Ich will, dass Paul seinen Garten und seine Bienen behalten kann. Und dafür gibt es eine perfekte Verbündete.

*

»Das können die doch nicht machen.« Ich schaue Milli herausfordernd an, aber sie scheint von meinem Katastrophenbericht wenig beeindruckt zu sein. Seelenruhig läuft sie neben mir her und beißt in das Käsebrot, das ich ihr mitgebracht habe. Seit Philipps Klinikaufenthalt treffen wir beide uns häufiger zu einem Spaziergang in Millis Mittagspause, als hätte uns die Angst um den Kleinen einander nähergebracht. Die verheulte Umarmung vorm Krankenhaus hat eine Tür geöffnet, und wir wirken beide vorsichtig bemüht, dass sie nicht wieder zufällt.

Für mich sind diese Treffen mit ihr außerdem Lichtpunkte in einem ziemlich ereignislosen Alltag. Ich hatte mir das Studium als Gasthörerin spannend vorgestellt, aber ich merke, dass mich eigentlich nichts davon wirklich interessiert, und ich es nur pflichtbewusst durchziehe, damit mein Tag eine Struktur behält, und ich nicht tatenlos in der Wohnung sitze und nicht weiß, wohin mit mir. Immer mehr befürchte ich, dass Susanne richtiglag. Ich habe einfach kein Feuer mehr. Aber jetzt einfach umzukehren, käme mir vor wie eine Kapitulation, und noch dazu möchte ich nicht auf die Spaziergänge mit Milli verzichten, die Gespräche und das zarte vertraute Gefühl, dass sich zwischen uns eingestellt hat.

Weil Milli lieber an der frischen Luft sein will, als in der Mensa oder in der Pizzeria zu sitzen, habe ich ihr zu unserer ersten Mittagsrunde ein belegtes Brötchen mitgebracht, dass sie so begeistert verschlungen hat, dass ich uns jetzt jedes Mal Brote für den Weg schmiere.

Während sie mit vollen Backen kaut, warte ich ungeduldig darauf, dass sie endlich etwas dazu sagt. »Die dürfen Paul doch nicht einfach seinen Garten wegnehmen.«

»Ich denke schon, dass sie das können.« Milli wischt sich mit dem Daumen einen Krümel vom Mundwinkel. »Paul hat mir schon davon erzählt. Es war klar, dass er das Grundstück nicht ewig nutzen kann. Jetzt ging es halt doch schneller als erwartet mit dem Verkauf. Darf ich mir den Apfel klauen?«

Ich werfe einen zerstreuten Blick auf den Stoffbeutel in meiner Hand und halte ihn ihr hin. Zufrieden fischt sie sich den Apfel heraus und betrachtet ihn, als ob er die Lösung aller Probleme wäre.

»Und wie geht es ihm damit?« Die Frage brennt auf meiner Zunge und das entgeht meiner Tochter nicht. Sie bleibt für einen Moment stehen und reibt den Apfel am Jackenärmel sauber. »Paul?«

Wem denn sonst? Ich nicke ungeduldig und sie setzt sich wieder in Bewegung und beißt herzhaft in den Apfel. »Ich glaube schon, dass es nicht so toll für ihn ist«, sagt sie mit vollen Backen. »Aber er ist nicht gerade der Typ, der einem seine Gefühle offenbart. Das kannst du verstehen, oder?«

Herausfordernd schaut sie mich an, aber ich gehe nicht darauf ein.

»Wir müssen etwas tun«, sage ich stattdessen nachdrücklich, ohne sie anzusehen. Ich spüre Millis durchdringenden Blick auf mir. Die Zeiten, in denen ich ihr etwas vormachen konnte, sind lang vorbei. Vielleicht hat es sie nie gegeben.

»Was ist los, Mama?«, fragt sie leise. »Ist da irgendwas mit dir und Paul? Oder suchst du einfach händeringend nach einer Aufgabe, weil du deinen Job nicht mehr magst?«

Wenn ich eine Antwort hätte, würde ich sie ihr sagen. Doch etwas vibriert in mir. »Ich will einfach, dass dieser Garten bleibt.«

Milli sieht aus, als wüsste sie nicht, ob sie amüsiert oder besorgt sein soll. »Echt jetzt? Ich hab immer gedacht, wenn du die Wahl hast zwischen Asphalt und Acker, dann nimmst du ganz klar das erste.«

Sie hat ja recht. Ich war immer fehl am Platz zwischen Wiesen und Feldern. Ein Stadtkind am falschen Ort. Aber das heißt ja nicht, dass ich die Natur nicht mag. Meine ganze Wissenschaft dreht sich darum. Vielleicht fasziniert mich deshalb diese kleine Oase zwischen Straßen und Häusern. Ein urbaner Fleck Natur mit Pflanzen, Insekten und …

»Was wird eigentlich aus den Bienen?« Sie sind das Wichtigste für ihn, da bin ich mir sicher. Das konnte ich aus nächster Nähe spüren. Sein Umgang mit ihnen und wie er über sie spricht. Und mit ihnen. Der Moment, als er nicht wusste, dass ich auch im Garten bin, steht mir klar vor Augen. *Wahrscheinlich geschieht es mir recht, dass es jetzt vorbei ist mit der Imkerei.* Nein, das darf nicht sein. Wenn er schon nicht den Garten behalten kann, dann müssen ihm wenigstens die Bienen bleiben.

Milli macht eine unbestimmte Handbewegung. »Das ist noch unklar.« Paul sei wohl schon auf der Suche nach einem neuen Standplatz, aber das sei nicht so einfach. Wenn er nicht bald einen fände, würde er sie weggeben. Wahrscheinlich zu einem befreundeten Imker in Süddeutschland.

»Dann lass uns wenigstens helfen, einen Platz für die Bienen zu finden, damit Paul sie behalten kann. Wo kann man so was hinstellen?«

Milli zuckt mit den Schultern. »Keine Ahnung.«

»Wozu lasse ich dich eigentlich studieren?«, frage ich nur halb im Scherz.

Wir sind zurück an der Veterinärklinik und Milli bleibt am Zugangstor stehen.

Sie grinst. »Man muss nicht alles wissen. Es reicht, wenn man weiß, wo es steht.«

Sie hat recht. Ich weiß plötzlich genau, wo ich hinmuss. »Dann gehe ich jetzt in die Unibibliothek.«

Milli zieht die Augenbrauen hoch. »Ist wirklich alles in Ordnung mit dir? Ich wusste nicht, dass du neuerdings Bienenschützerin bist. Vor allem nach der Sache mit Philipp.«

Ich gebe ihr einen Kuss auf die Wange, dem sie nicht ausweicht. »Du hast auch mal gedacht, du kriegst Ärger von mir, weil du zwei arme Ratten aus einem Versuchslabor befreit hast.« Im Weggehen drehe ich mich noch mal zu ihr um. »Vielleicht kennst du mich nicht so gut, wie du denkst.« Jedenfalls kenne ich mich ganz sicher selbst nicht mehr.

*

Etwas kaum Greifbares verbindet alle Bibliotheken miteinander, so dass ich sofort das Gefühl habe, schon mal hier gewesen zu sein. Vielleicht ist es der typische Geruch, diese abgestandene Mischung aus Papier, Staub, Klebefolie und Kopiergeräten. Vielleicht ist es die Stimmung in der Halbstille aus Räuspern, Stuhlrücken und verhaltenem Gemurmel, die zugleich schwerfällig und aufgeladen surrt wie die Halogenlampen an der Decke. Ich war schon immer ein Büchermensch, genau wie meine Schwester. Und doch ganz anders. Während Kaya gern zwischen den Seiten abtaucht in irgendwelche erdachten Geschichten, mal belanglos, mal bemüht bedeutungsvoll, fasziniert mich das gebündelte und strukturierte Wissen, das ein Buch für alle Zeit weitergibt.

Sie liebt wilde Bücherdschungel, Flohmarktkisten, unsortierte Regale, Wühltische, bei denen immer auch irgendwie der Zufall entscheidet, welches einem in die Hände fällt. Das merkt man ihrem Laden an, auch wenn Anabel und Maike wohl ihr Bestes geben, das Chaos in Grenzen zu halten.

Ich jedoch mag solche großen Bibliotheken, in denen jedes Buch einen festen Platz hat, eine Nummer, mit der man es finden kann und einen Sinn im System.

Die erste Universitätsbibliothek, die ich je betreten habe, war damals die in Nantes, und es war eine Offenbarung. Vom ersten Moment an habe ich mich dort zu Hause gefühlt und täglich Stunden dort verbracht. Wegen der Bücher und weil man dort allein sein konnte ohne aufzufallen. Irgendwann dann wegen ihm. Vielleicht hätte ich mich auch an einem anderen Ort in ihn verliebt, aber so tief fallen konnte ich nur, weil wir uns dort begegnet sind, wo ich mich völlig sicher fühlte.

Langsam gehe ich die Regale entlang. Natürlich könnte ich nachfragen, aber es tut gut, einfach den Blick über die Buchrücken gleiten zu lassen mit dem Gefühl, dass ich ankommen werde.

Ich finde sogar deutlich mehr Bücher zum Thema, als ich erwartet hatte, und neben einigen trivialen Ratgebern sind auch komplexere Bände dabei, die man durchaus als wissenschaftlich bezeichnen kann. Mit der Ausbeute suche ich mir meinen Platz, unauffällig am Rand an einem Einzeltisch, von dem aus man den Raum überblickt mitsamt den Menschen, die vertieft lesen, nachschlagen und lernen oder vorgeben, es zu tun.

Ich schiebe den Bücherstapel zurecht, rücke meine Brille gerade und schlage das erste Register auf. Das ist alles, was ich brauche. Ein Thema, auf das es ankommt, und Bücher, in denen Antworten stehen. Das macht mich mit Ende dreißig so glücklich wie mit sechzehn.

Ein letztes Mal hebe ich den Kopf, bevor ich mit dem Lesen beginne. Mein Blick fällt auf die große Glastür und fast erwarte ich, dass er in diesem Moment hindurchtritt, sich suchend umschaut und seine Augen für ein paar Sekunden hängen bleiben an dem Mädchen mit der großen Brille und den dicken Büchern. An mir. In meinem Kopf ist er nicht gealtert und deshalb wirkt er jetzt unfassbar jung, nicht älter als Marlon. Oder Milli. Aber damals kam er mir alt vor, auf positive Weise, erwachsen eben, ein richtiger Mann. Ganz anders als die albernen Jungs in meinem Alter. Es ist so lange her, aber gerade ist er ganz nah.

Die Glastür öffnet sich und zwei junge Frauen kommen lachend herein und verstummen verstohlen, als sie auf die Stille prallen. Ich senke den Blick und vertiefe mich in das Leben und Sterben der Bienen.

Es ist bereits dunkel, als ich das letzte Buch zuschlage und zurück auf den Stapel lege. Hinter den Fensterscheiben, die matt den Innenraum spiegeln, wirkt die Welt schwarz. Zufrieden richte ich mich auf und ignoriere das Knirschen in meiner Wirbelsäule. Ich habe eine Lösung gefunden, sie lag quasi auf der Hand. Aber ich habe auch neue Fragen gefunden und die Antworten darauf werfen bereits die nächsten Fragen auf. Ich liebe das. Und es hat mir gefehlt. Zum ersten Mal lasse ich den Gedanken zu, dass Susanne recht haben könnte. Wann habe ich mich zum letzten Mal mit einem Thema beschäftigt, das mir nicht angetragen wurde, das nichts zu tun hat mit Publikationsaussichten und Fördergeldern, sondern über das ich einfach so im Alltag gestolpert bin? So wie früher als Kind, als ich eben wissen wollte, warum der Himmel blau ist oder Feuer nicht lebt, und mir diese Fragen Welten eröffnet haben.

Heute wollte ich nur wissen, wie der ideale Standort für Bienenkästen aussieht, und bin eingetaucht in eine Welt, von der ich bisher so wenig wusste. Das sind wirklich faszinierende kleine Biester.

Ich werfe einen Blick auf meine Notizen, obwohl das nicht nötig wäre. Ich weiß bereits, wo es genug Platz gibt für die Bienen und wo Raps, Weiden und Obstbäume blühen. Das klingt einfach perfekt nach der Idylle, aus der ich geflohen bin. Liebe Bienen, euer neues Zuhause heißt Neuberg.

»Warum sollen die Bienen denn ausgerechnet nach Neuberg?« Milli hat sich meinen atemlosen Bericht am Telefon angehört, aber ich hätte etwas mehr Begeisterung erwartet. Stattdessen klingt sie eher skeptisch.

»Hast du eine bessere Idee?« Ich merke, wie der Wind in meinen Segeln flauer wird. Ergibt es überhaupt einen Sinn, was ich hier tue?

Sie schweigt einen Moment und holt dann hörbar Luft. »Okay, mal ganz hypothetisch Neuberg. Wo genau willst du sie denn hinstellen? Mitten auf den Kirchplatz?«

»Ich dachte, du könntest vielleicht mal bei Mitternacht am Stall nachfragen. Da ist doch bestimmt irgendwo ein Platz.«

»Das geht auf keinen Fall. Kaya ist fast täglich mit den Zwillingen da, von denen mindestens einer eine schwere Bienenallergie hat. Es wäre viel zu gefährlich.«

Inzwischen hängen meine Segel mutlos herab. »Du hast recht«, sage ich geknickt. »Darüber habe ich überhaupt nicht nachgedacht. Mist!«

Damit fallen selbstverständlich auch Robs Praxishof und der Garten vom Buch-Café weg, denn da sind die Jungs natürlich ständig. Anscheinend war das mit Neuberg ein schlechter Einfall, was ja eigentlich auch egal ist. Dann ziehen die Bienen halt nach Süddeutschland und Paul muss sich ein neues Hobby suchen. Warum hat das überhaupt irgendeine Bedeutung für mich? Ich habe mit Neuberg nichts am Hut und mit Paul erst recht nicht. Also was soll's.

»Du könntest vielleicht Bauer Wilhelm fragen.« Der kleine Sprung, den mein Herz bei Millis Worten macht, zeigt, dass es mir wohl doch nicht so egal ist. »Sein Hof ist groß und mitten in der Natur. Er ist zwar etwas kauzig, aber eigentlich ganz nett. Immerhin hat er uns damals Mitternacht geschenkt.«

Ich weiß nicht, wann ich diesen Bauern zum letzten Mal gesehen habe, aber den Hof kenne ich. Es spricht nichts dagegen, zumindest nachzufragen. »Das mache ich«, sage ich entschlossen. »Kannst du mir die Telefonnummer besorgen? Und falls er ja sagt, könntest du dann mit Paul ...«

»Ja und nein.« Milli unterbricht mich mit einem Glucksen in der Stimme. »Ich kann Rob nach Wilhelms Nummer fragen, aber mit Paul sprichst du schön selbst. Ich bin mir nicht sicher, was er von deiner geplanten Umsiedlung der Bienen hält. Er erklärt dich bestimmt für völlig verrückt.«

»Bin ich das denn?« Ich erwarte keine Antwort und Millis Zögern sagt mehr als Worte. Doch dann lacht sie. »Ich finde dich eigentlich ganz cool.« Ich muss lächeln. Ich auch.

»Mama, ich muss Schluss machen, Noé braucht Hilfe bei ...« Es raschelt. »... bei irgendwas. Ich schick dir die Nummer.« Bevor ich etwas sagen kann, hat sie aufgelegt. Bei irgendwas. Noé also.

*

Als ich die Vorwahl von Neuberg in mein Handy eintippe, habe ich das Gefühl, eine Jahreszahl aus der Vergangenheit in eine Zeitmaschine einzugeben. Wie lange schon habe ich diese Ziffernkombination nicht mehr gewählt? Wozu auch? Meine Eltern sind längst von dort weggezogen in die Sonne Südfrankreichs und den Rest der Welt, Kaya erreicht man nur auf dem Mobiltelefon und ansonsten habe ich mit dem Ort meiner Kindheit nichts mehr zu tun.

Unruhig laufe ich mit dem Telefon am Ohr im Zimmer auf und ab, doch der Freiton tutet so ausdauernd, dass ich mich schließlich aufs Bett setze. Millis Bett besteht aus mit Paketband verklebten Getränkekisten, auf denen eine Matratze liegt. Sie hatte das in Anabels Wohnung in Berlin gesehen und unbedingt auch so eins gewollt. Man schläft besser darauf, als ich gedacht habe, und es ist definitiv bequemer als das durchgesessene Sofa aus einer Internetkleinanzeige, das unterm Fenster steht. Aber Isa und Milli lieben das schäbige Ding. Wahrscheinlich vor allem, weil sie es in einer wenig durchdachten Aktion ohne Hilfe oder Fahrzeug abgeholt, zu zweit hergetragen und schließlich zwischen Lachen und Heulen durchs Treppenhaus bugsiert haben. Die Geschichte wird jede der beiden noch in vielen Jahren erzählen, wenn sie sich längst aus den Augen verloren haben.

»Ja?« Eine knarzige Stimme reißt mich aus den Gedanken. Bauer Wilhelm hat es ans Telefon geschafft.

Ich schlage einen geschäftigen Tonfall an. »Guten Abend, spreche ich mit Wilhelm Schulthoff?«

»Wer ist da?« Das Misstrauen in seiner Stimme spricht dafür, dass er mich für eine Enkeltrickbetrügerin oder Schlimmeres hält. Ich versuche, besonders sanft und freundlich zu klingen, obwohl mir natürlich klar ist, dass Betrüger das ganz genauso machen würden. »Herr Schulthoff, hier ist Cordula Mahler. Ich wollte Sie fragen …«

»Ich kenn Sie nicht«, unterbricht er mich ruppig und ich befürchte, dass er schon dabei ist aufzulegen.

»Cordula Mahler«, wiederhole ich überdeutlich. »Ich habe früher mit meinen Eltern in Neuberg am Kirchplatz gewohnt.« In einem anderen Leben.

»Die mit dem Buchgeschäft?« Er klingt weiterhin sehr skeptisch, aber es geht in die richtige Richtung.

»Ja … nein … hier spricht nicht Kaya. Ich bin Cordula, die Schwester.«

Er schweigt, und ich kann mir lebhaft vorstellen, wie er versucht, aus dem Gedächtnis einen Stammbaum hervorzukramen. Für die Dorfleute gibt es nichts Wichtigeres, als wer mit wem wie verwandt ist.

»Die mit dem Kind?«, fragt er argwöhnisch. Volltreffer. Ich weiß nicht, ob ich mich freue, dass er jetzt kapiert hat, wen er am Telefon hat, oder ob ich kotzen könnte, dass es nach so vielen Jahren immer noch nur eine Umschreibung in Neuberg für mich gibt: die mit dem Kind. Das ist die Kurzversion von die, die skandalöserweise mit siebzehn ein Kind bekommen hat und auch noch ohne Mann, die armen Eltern, dann ist sie einfach weggezogen, ohne Grund, dabei ist es doch so schön in Neuberg, haha.

Ich bin kurz davor zu sagen, dass es sich erledigt hat, aber dann entscheide ich mich darüberzustehen. »Richtig. Ich bin die Mutter von Milena. Aber deshalb rufe ich nicht an.«

Das hält ihn nicht davon ab, mir ausführlich zu berichten, dass Milli bei seinem Tierarzt arbeitet und ein Händchen hat für Rindviecher, ja sogar selbst eins besitzt, das stammt aus seiner Zucht, als er die noch hatte, jetzt leider nicht mehr, weil der Michael nicht mehr da ist, der wohnt jetzt in München, manchmal kommt er noch, aber nur selten ...

Okay, er hält mich anscheinend nicht mehr für eine Trickbetrügerin und wird gesprächig. Sehr gesprächig. Sein Redeschwall wäre allerdings die beste Waffe gegen Betrüger, die würden sehr wahrscheinlich irgendwann genervt aufgeben. Ich jedoch nicht. Ich sage ein paarmal »hm« und »ach ja«, dann unterbreche ich ihn einfach mitten im Satz. »Herr Schulthoff, ich bräuchte einen Platz für drei Bienenkästen. Gäbe es die Möglichkeit, die auf Ihrem Hof unterzubringen?« Kurz und schmerzlos.

»Mädchen, du kannst mich doch Wilhelm nennen wie alle. Du willst jetzt also unter die Imker gehen, ja?«

»Ich nicht. Es ist für ... einen Freund.«

Das Zögern in meiner Stimme macht ihn misstrauisch. »Hach, ich hab nicht so gern fremde Leute auf dem Hof. Das können ja Flitzpiepen sein, weiß man vorher nicht.«

Ich räuspere mich. »Es ist ein sehr guter Freund. Und Sie können ihn gern kennenlernen, bevor Sie entscheiden.

Du. Wilhelm.« Sehr guter Freund. Das ist zwar mehr als eine Schaufel draufgelegt, aber da Paul bestimmt nicht das ist, was der Bauer unter einer Flitzpiepe versteht, finde ich die Notlüge in Ordnung. Das plötzliche Schweigen am Ende zeigt mir, dass ich kurz davor bin zu verlieren. Ich hole Luft. »Er würde natürlich auch eine Pacht bezahlen für den Stellplatz. Und Paul, also der Freund, der kann auch mal mit anpacken am Hof, wenn eine helfende Hand gebraucht wird. Er ist sehr stark und hilfsbereit und ...« Wenn Paul in der Nähe wäre und mithören könnte, würde ich im Erdboden versinken.

Aber es wirkt. Wilhelm seufzt ergeben. »Na, dann bring ihn mal vorbei, deinen Paul. Wenn er keine Flitzpiepe ist, dann können wir drüber reden.«

Er ist nicht mein Paul, will ich antworten, aber das wäre nicht sehr hilfreich. Deshalb bedanke ich mich nur freundlich und kündige mich fürs kommende Wochenende an. Erst mal ohne Bienen. Aber mit Paul.

Übergangslos beginnt Bauer Wilhelm zu erzählen, dass der November zu trocken war, das Kaminholz zu teuer ist und Michael noch nicht weiß, ob er Weihnachten nach Neuberg kommt. Ich nutze eine Atempause, um mich zu verabschieden und gnadenlos aufzulegen, was er mir hoffentlich nicht übelnimmt. Doch insgesamt war es leichter als gedacht, denn wie es aussieht, habe ich tatsächlich einen neuen Platz für Pauls Bienen gefunden. Von hier fährt er ungefähr eine Stunde bis Neuberg, aber das ist definitiv besser, als sie nach Süddeutschland zu schicken.

Außerdem weiß ich von meiner Bibliotheksrecherche, dass Bienen gar nicht ständig betüddelt werden müssen. Das passt also.

    Ich lasse mich rückwärts aufs Bett fallen. Jetzt muss ich nur noch Paul von seinem Glück berichten. Nur noch. Ich wünschte, ich könnte ihm einfach einen anonymen Hinweis schicken: »Bring die Bienen nach Neuberg zu Bauer Wilhelm. Ein Freund.« Aber für Wilhelm Schulthoff wäre die Sache gelaufen, wenn Paul ohne mich dort ankäme. Denn für den Bauern bin ich das Bindeglied, die aus dem Ort, das ist wie eine Bürgschaft, als ob es in Neuberg keine Flitzpiepen gäbe und als wäre das ganze Dorf eine Familie. Wenn etwas aus meinem Plan werden soll, dann müssen Paul und ich gemeinsam dort auftauchen.

*

Es ist Freitagnachmittag und ich stehe ziemlich genau an der Stelle, an der die Zwillinge ihren Sitzstreik aufgenommen haben. Gefühlt könnte das gestern gewesen sein oder vor Jahren, gemessen ist es fünf Wochen her. Exakt und auf die Minute genau. Ich blicke nervös auf die Uhr und dann Richtung Kliniktor. Vielleicht war es doch keine gute Idee, sich darauf zu verlassen, dass Paul schon hier auftauchen wird. Ich war mir irgendwie sicher, dass er nach der Arbeit bestimmt immer den gleichen Weg einschlägt, sich an einen Rhythmus hält, ohne groß darüber nachzudenken, weil er diese Ruhe und Beständigkeit ausstrahlt. Nicht spießig, stumpf und langweilig, eher wie ein Ozean aus Gezeiten und Brandungswellen. Was für ein bescheuerter Gedanke ist das eigentlich? Ich kenne den Mann so gut wie gar nicht und sein Rhythmus ist mir völlig egal. Hauptsache, er verlässt das Klinikgelände nicht durch einen anderen Ausgang.

Als er tatsächlich durchs Tor tritt, kann ich nicht verhindern, dass mein Herz eine Etage tiefer sackt. Er sieht mich nicht, schlägt seinen Weg ein und starrt dabei nachdenklich vor sich hin, ohne auf die Umgebung zu achten. Als er sich mir nähert, atme ich durch.

»Paul?«

Er hebt den Kopf und bleibt stehen. Ich kann nicht sagen, ob er überrascht ist, mich zu sehen, denn er mustert mich mit undurchdringlicher Miene. Dann macht er einen Schritt auf mich zu und sein Ausdruck verändert sich. Es ist kein Lächeln, aber sein Gesicht wird fast unmerklich weicher. Das macht mir Mut.

»Cordula.« Er sagt meinen Namen und es fühlt sich seltsam vertraut an. »Wie geht es Philipp?«

Wir stehen voreinander wie zwei flüchtige Bekannte, die sich zufällig begegnet sind. Aber zwischen uns scheint die Luft geladen zu sein. Damit hatte ich nicht gerechnet.

»Gut geht es ihm. Mit einem Schrecken davongekommen. Wie wir alle.« Ich versuche ein kleines Lächeln, aber Paul nickt knapp und ernst.

»Das freut mich.«

»Mich auch«, höre ich mich einfallslos sagen und könnte

mich ohrfeigen. Ich halte hochwissenschaftliche Vorträge vor Fachpublikum und stehe vor einem Tierpfleger auf der Straße und finde keine Worte.

»Was machst du eigentlich hier? Wartest du auf Milli?«

Ich schüttle den Kopf. »Nein, ich ... ich wollte zu dir.« Jetzt ist es raus. Und diesmal steht ihm definitiv die Überraschung ins Gesicht geschrieben. Was auch immer er jetzt denkt. Hektisch füge ich hinzu: »Ich habe einen neuen Platz für deine Bienen gefunden.«

Er schaut mich verständnislos an. »Für meine Bienen?«

Ich nicke wild. »Ja, weil du doch bald den Garten nicht mehr hast. Damit du sie behalten kannst.«

»Du weißt also davon.« Er macht unwillkürlich einen Schritt zurück und mustert mich skeptisch. Begeisterung sieht anders aus. »Was interessieren dich denn plötzlich meine Scheißbienen?«

In mir fällt ein Kartenhaus zusammen. Ich sehe ihn vor mir, blass und erschrocken. Blaulicht und Hektik. *Bleib du bei deinen Scheißbienen.* Das war das Letzte, was ich zu ihm gesagt habe. Er hat es nicht vergessen. Natürlich nicht.

»Es tut mir leid, Paul, ehrlich. Ich habe das doch nicht so gemeint, ich war nur ...«

»Schon klar«, unterbricht er mich ernst, »das weiß ich. Und dir muss überhaupt nichts leidtun. Mir tut es leid. Alles.«

Ihm muss überhaupt nichts leidtun. »Es war doch alles meine Schuld.«

Er gibt ein skeptisches Brummen von sich. »Das glaube ich kaum. Aber wir drehen uns hier im Kreis, was?«

War das etwa gerade ein Schmunzeln? Es fühlt sich jedenfalls so an, als wäre da was zwischen uns geklärt. Ich nicke ihm zu. »Na, dann teilen wir uns das Schuldhaben jetzt einfach gerecht auf und lassen die Sch... Stechbienen aus dem Spiel.«

Jetzt schmunzelt er definitiv. »Einverstanden. Und was machen wir jetzt?«

Ich schaue ihn zerstreut an und er hebt die Augenbrauen. »Na, du hast ja anscheinend auf mich gewartet. Hier bin ich. Also, was machen wir jetzt?«

Ich schlage vor, dass wir irgendwo zusammen einen Kaffee trinken, damit ich ihm von meiner Idee für die Bienen erzählen kann.

Als wir nebeneinander gehen, wirft er mir einen Blick von der Seite zu. »Was macht dich eigentlich so sicher, dass ich nicht schon einen neuen Platz für die Bienen habe?«

Ich zögere. Ich will ihm auf keinen Fall erzählen, dass ich gehört habe, wie er mit seinen Insekten gesprochen hat. Deshalb entscheide ich mich für eine Antwort, die immer akzeptiert wird, obwohl sie nie wahr ist und ausweichender als jede andere. »Weibliche Intuition.«

Paul lächelt verschmitzt, was ihm ziemlich gut steht, wie ich finde. »Na, die kenne ich von den Bienen. Da komme ich bestimmt nicht gegen an.«

*

»Ich denke, das könnte wirklich eine gute Lösung sein. Und Bauer Wilhelm wird bestimmt kein Vermögen dafür verlangen.« Erwartungsvoll schaue ich Paul an, der mir zugehört hat, ohne eine Regung zu zeigen. Ich habe nicht die leiseste Ahnung, ob er meine Idee großartig oder total bescheuert findet. Er betrachtet mich nachdenklich, als ginge es ihm ähnlich. Nervös greife ich mit beiden Händen die große Tasse und nippe an meinem Milchkaffee. Wir sitzen in einer Bäckerei an einem kleinen Tisch, der in dem engen Laden vor die große Scheibe gequetscht wurde. Alles ist unruhig, die Hauptstraße draußen, hier drin das Gedränge der Laufkundschaft, die Kuchen bestellt und sich Brötchen belegen lässt, und in mir die Ungeduld, mit der ich auf eine Reaktion von ihm warte. Doch Paul scheint das nicht zu bemerken, in aller Ruhe nimmt er den Teebeutel aus der Tasse und legt ihn ab. Dann schaut er nachdenklich auf die Straße.

»Warum?« Seine Nachfrage kommt so verzögert, dass ich schon fast vergessen habe, was ich als Letztes gesagt habe. Ging es um die Pacht?

»Ach, der Hof von Bauer Wilhelm ist sowieso viel zu groß, er hat Platz genug und es kostet ihn ja selbst nichts. Umsonst wird es nicht sein, aber er wird nicht viel dafür haben wollen.«

Paul wendet mir den Kopf zu. »Das meine ich nicht. Ich würde gern wissen, warum du so viel Energie in die Rettung meiner Bienen steckst. Dir könnte es doch egal sein, was mit ihnen passiert.«

Es geht nicht allein um die Bienen, das weiß er so gut wie ich. Denn dann könnte ich sie ja problemlos nach Süddeutschland ziehen lassen, es droht ihnen schließlich keine Gefahr. Es geht um ihn. »Ich will, dass du die Bienen behalten kannst. Weil ich glaube, dass sie sehr wichtig für dich sind, und ich nicht möchte, dass du sie verlierst.«

Ich weiß nicht, wer von uns beiden überraschter ist von dem, was ich gerade gesagt habe. Paul jedenfalls verliert seinen undurchschaubaren Gesichtsausdruck und sieht jetzt ziemlich fassungslos aus. Ich schlucke, aber die Worte sind draußen und wahr sind sie auch, obwohl mir das selbst gerade erst klargeworden ist.

Plötzlich sind wir beide mit unseren Heißgetränken beschäftigt, mit der Hauptstraße und der Laufkundschaft und vermeiden jeden Blickkontakt.

»Es wäre schon gut, wenn ich wenigstens für die Überwinterung vielleicht einen Platz für die Bienen hätte«, sagt Paul zur Scheibe. »Ich könnte ja mal hinfahren zu dem Bauern und mir das anschauen.«

»Wir«, sage ich halblaut in meinen Kaffee.

Paul dreht mir den Kopf zu und ich hebe den Blick. Ich habe da wohl vergessen, etwas zu erwähnen. »Ich habe Wilhelm gesagt, dass wir zusammen kommen. Hast du morgen Zeit?«

18
MILLI

»**AUF NÄHRBÖDEN BILDET** der Hautpilz Microsporum canis watteartige Kolonien, die zuerst cremeweiß sind, später ... äh ...« Isa zögert und starrt auf ihre Gabel mit der aufgespießten Bratkartoffel, als könnte dort die Antwort stehen. Ich nicke ihr erwartungsvoll zu.

»... grün werden?«, rät sie.

Ich mache ein etwas verunglücktes Gameover-Geräusch und schüttle den Kopf. »Sie werden gelblich.«

Sie lacht. »Ach, grün oder gelb, das ist doch alles relativ. Ich hab mich mit den dämlichen Pilzinfektionen einfach noch nicht befasst.«

»Du weißt schon, dass wir in weniger als einer Stunde das Testat haben?« Ich werfe einen symbolischen Blick auf meine nicht vorhandene Armbanduhr.

Sie zuckt ungerührt die Achseln und schiebt sich eine weitere Kartoffel in den Mund. »Mut zur Lücke. Da wir nur einen Keim bestimmen müssen, ist die Wahrscheinlichkeit viel höher, dass ich ein Bakterium erwische. Wenn es doch ein Pilz wird, habe ich halt Pech gehabt.«

Nicht zum ersten Mal wünsche ich mir Isas Gelassenheit, was den Lernstoff angeht. Ich kriege vor Nervosität kaum einen Bissen runter, obwohl ich gut gelernt habe und es sich nur um eine schnöde Klausur und nicht eine der großen mündlichen Prüfungen handelt. Meine Freundin schaut mich liebevoll und ein bisschen mitleidig an.

»Mach dich nicht verrückt, Milli, du bestehst das eh. Und du kannst auch aufhören, mich abzufragen, das bringt jetzt nix mehr. Erzähl mir lieber, wie es mit dem hübschen Franzosen läuft. *L'amour toujours*?«

Allein der Gedanke an Noé lässt mein Herz hüpfen und flattert quirlig durch meinen Bauch. »Er ist so toll, Isa. Es macht einfach alles Spaß mit ihm. Arbeiten, lernen, reden ...«

Sie grinst. »Reden, schon klar.«

Ich merke, wie ich rot werde. »Alles andere natürlich auch.« Es ist der absolute Wahnsinn zwischen uns, aber ich werde Isa bestimmt keine Details liefern.

Sie streckt mir kurz die Zunge raus. »Lass dich doch nicht ärgern von mir. Ich bin wahrscheinlich nur ein kleines bisschen eifersüchtig.«

»Wer weiß, vielleicht versteckt sich hinter der nächsten Ecke ja auch ein Traumtyp für dich?« Demonstrativ schaue ich mich in der überfüllten Mensa um, aber Isa winkt lachend ab. »Ich finde ja eher, dass der Traumtyp mir meine Milli weggenommen hat.«

Auch wenn sie es lustig sagt, hat sie leider nicht ganz unrecht. Zwischen Rinderklinik, Unistress und Noé habe ich wirklich zu wenig Zeit für sie. Schuldbewusst schaue ich sie an. »Es tut mir leid, dass ich dich so vernachlässige. Da muss sich was ändern.«

»Alles gut, Milli, ich kann das verstehen. Verliebt sein ist großartig, und ich freu mich für dich.« Sie steht auf und zieht ihre Jacke über. »Aber ich kann es trotzdem kaum erwarten, dass im nächsten Semester wieder wir zwei zusammenwohnen.«

Weil sie sich in diesem Moment umdreht, kann sie nicht sehen, wie mein Lächeln erstarrt. Natürlich freue ich mich auf die Rückkehr in unsere WG. Aber das Semesterende bedeutet auch, dass Noé zurück nach Frankreich geht und daran will ich einfach noch nicht denken. Warum kann er nicht einfach bleiben, wo ich bin?

»Sollen wir los?« Isa hat mein Zögern bemerkt und dreht sich zu mir um. Ich nicke, stehe auf und greife nach Jacke und Tablett. Jetzt steht erst einmal ein Testat für mich an und so kann ich den Gedanken an drohenden Liebeskummer schnell verdrängen. Isa ist schon am Ende des Ganges angekommen und wartet auf mich. Als ich ihr entgegenkomme, übertönt sie mit lauter Stimme den Mensalärm. »Ich mache jedenfalls drei Kreuze, wenn ich keinen Pilz hab.« Das hat sie jetzt nicht wirklich gerufen, oder?

Als ihr die ungeschickte Wortwahl auffällt, grinst sie nur breit und ignoriert die irritierten Blicke. Sobald wir draußen sind, prusten wir los. Isa hat es wirklich drauf, einen auf andere Gedanken zu bringen.

*

Obwohl ich eigentlich frei habe, zieht es mich an diesem Abend doch noch mal in die Stallungen, denn ich habe am Vormittag bei einer Klauenamputation assistiert und möchte unbedingt schauen, wie es der Kuh inzwischen geht. Deshalb stelle ich meinen überschaubaren Wochenendeinkauf auf der Treppe ab und schlüpfe in meinen Kittel. Ich schaue in die Krankenbox, in der die Patientin schon recht gut auf allen vier Füßen steht und wiederkäut. Zufrieden bleibe ich eine Weile dort stehen, atme den warmen Stallgeruch ein und lausche auf das behagliche Rascheln und Kauen in den Boxen. Das Testat ist gut gelaufen, auch für Isa, die viel Glück und keinen Pilz hatte. Nächste Woche steht endlich mal keine Klausur auf dem Plan, so dass ich eine Lernpause einlegen kann und ein völlig freies Wochenende vor mir liegt. Vor mir und Noé. Es ist mir zwar ein bisschen peinlich, aber es würde mich nicht wundern, wenn meine Pupillen inzwischen herzförmig wären. So verliebt war ich noch nie. Und das liegt gar nicht daran, dass Noé so wahnsinnig gut aussieht und mich in Restaurants einlädt, in denen ich mir kaum eine Suppe leisten könnte. Im Gegenteil, mir wäre es fast lieber, er wäre ein wenig unscheinbarer und hätte auch nicht mehr als sein Bafög, ehrlich. Aber eigentlich ist es egal. Denn Noé ist Noé. Ich mag seine nachdenkliche Art und wie unglaublich gut er zuhört, er ist auf interessante Art witzig und überhaupt nicht eingebildet. Und wenn es stimmt, dass es mit mir sein erstes Mal war, ist der Junge ein verdammtes Naturtalent.

Ich muss grinsen. Dieser Satz würde Kaya gefallen, ich glaube, sie hält mich für ein bisschen zu brav in Sachen Sex. Na, sie muss ja nicht alles wissen. Ich werfe einen letzten Blick auf die Kuh und wende mich zum Gehen. Ein Geräusch lässt mich aufhorchen. Jemand fegt im Nebentrakt mit kräftigen, regelmäßigen Strichen den Boden. Dreiertakt. Ich kenne nur einen, der so fegt, und folge dem Geräusch.

»Paul? Hast du nicht frei?«

»Ja.« Ungerührt schiebt er den Besen weiter über die Stallgasse, obwohl die schon so sauber ist, dass die Queen darauf ein Picknick machen könnte. Oder Kolventhal in seinem strahlend weißen Kittel.

»Und was machst du dann hier?«

»Fegen.«

Ach so. Ich verdrehe die Augen und verschränke die Arme.

»Geh mal da weg.« Er ist mit seinem Besen bei mir angekommen, und ich mache einen Schritt zur Seite, bevor er mir über die Füße fegt. Plötzlich hält er inne und stützt sich auf dem Stiel ab. »Ich muss nachdenken.«

»Und dafür musst du fegen, oder was?«, frage ich amüsiert.

»Richtig«, antwortet er ernst und setzt seine Besenstriche fort.

»Und worüber musst du nachdenken?« Ich frage in seinen Rücken und rechne eigentlich nicht mit einer Antwort. Der Besen zischt über den Boden, sonst ist es still, als würden die Kühe erwartungsvoll ihr Kauen unterbrechen.

»Über deine Mutter.«

Ist das sein Ernst?

»Über Cordula«, fügt er hinzu, als könnte ich vergessen haben, wie meine Mutter heißt.

»Okayyy«, sage ich gedehnt und versuche, mir nicht anmerken zu lassen, dass ich gerade fast aus den Gummistiefeln gekippt bin. Echt jetzt? Meine Mutter und Paul?

»Nicht, was du denkst.« Er ist an der Wand angekommen und stellt endlich den dämlichen Besen zu Seite. Dann dreht er sich zu mir um und sieht plötzlich irgendwie verloren aus, wie er mitten auf der Stallgasse steht und die Hände in die Taschen seines grauen Kittels schiebt.

»Sie hat sich in den Kopf gesetzt, unbedingt meine Bienen zu retten, und ich versteh einfach nicht, warum. Ich hatte eigentlich nicht den Eindruck, dass sie sich für die Tiere sonderlich begeistern kann.« Er schaut mich eindringlich an, als müsste ich eine Antwort darauf wissen. Dabei hat mich Mamas plötzliches Interesse an Bienenkunde ja selbst gewundert. Vielleicht ist die Erklärung dafür überraschend einfach. Überraschend. Aber einfach.

»Und wenn es dabei weniger um die Bienen geht als um dich?« Mein Tonfall bleibt sachlich, aber ich kann nicht verhindern, dass meine Mundwinkel zucken. Mama und Paul, wie cool wäre das denn?

Paul greift erneut nach dem Besen, hält ihn einen Moment unschlüssig in der Hand, stellt ihn dann zurück und starrt ihn einfach nur an. »Ich will kein Experiment sein, verstehst du? Erst dieser junge Bachelor-of-Master-Typ mit BMW. Und jetzt ich? Das passt doch nicht.«

Von Isa weiß ich, dass es da tatsächlich irgendeinen Studenten gab, mit dem meine Mutter ausgegangen ist. Und mehr. So ganz habe ich das aber nicht geglaubt, sondern bin davon ausgegangen, dass die schmutzige Phantasie meiner Mitbewohnerin etwas mit ihr durchgegangen ist. Da weiß Paul anscheinend mehr als ich.

Als er sich zu mir umdreht und ich seinen Blick sehe, bin ich mir sicher. Paul ist bis über beide Ohren verknallt. Mein Herz klopft für ihn mit.

»Ach, Paul, Mama ist vielleicht Wissenschaftlerin, aber solche Experimente macht sie auf keinen Fall. Da hättest du mal meine Tante Kaya erleben sollen, bevor sie sich meinen Klassenlehrer geschnappt hat. Aber meine Mutter ...« Ich verstumme, denn was weiß ich eigentlich vom Liebesleben meiner Mutter? Nichts. Sie hatte wohl mal eins, denn sonst gäbe es mich nicht. Das große Geheimnis. Und der Nächste, von dem ich gehört habe, ist der, den Paul gerade als den Bachelor bezeichnet hat. Ich weiß also gar nichts.

Paul räuspert sich. »Jedenfalls will sie jetzt morgen mit mir nach Neuberg fahren. Und ich bin mir nicht sicher, ob das wirklich eine gute Idee ist.«

Neuberg ist immer eine gute Idee. Eine großartige sogar. Ich strahle. »Weißt du was? Ich komme einfach mit!«

Er runzelt die Stirn und scheint sich nicht sicher zu sein, ob er enttäuscht oder erleichtert sein soll.

»Keine Sorge, ich häng mich nicht die ganze Zeit an euch, ihr habt genug Zeit, um …«, ich mache eine vielsagende Pause, »… um euch über Bienen zu unterhalten. Aber es ist bestimmt alles ein bisschen lockerer, wenn ich mitfahre.«

Paul nickt nachdenklich. Dann zeigt er mit einer unbestimmten Geste nach oben. »Und was wird aus deinem Franzosen? Wolltet ihr nicht das Wochenende zusammen verbringen?«

»Du hast echt die besten Ideen, Paul!« Ich wende mich schwungvoll zum Gehen. »Den nehmen wir einfach auch noch mit.« Ich habe ihm doch sowieso ein Kennenlernen mit Mitternacht versprochen. Und so muss ich mich dann auch gar nicht zwischen Neuberg und Noé entscheiden. Perfekt!

*

»Hier musst du abbiegen«, rufe ich nach vorn, obwohl meine Mutter das natürlich selbst weiß. Sie kennt den Hof so gut wie ich. Als wir den Teerweg zum Stall hochfahren, könnte ich erwartungsvoll mit dem Po auf dem Sitz herumhüpfen wie ein kleines Kind. Es gibt inzwischen einige Orte, die ich als Zuhause bezeichnen könnte. Mein Zimmer in Mamas Stadtwohnung, das Haus am Kirchplatz hier in Neuberg, in dem ich aufgewachsen bin, natürlich die WG mit Isa und irgendwie auch das kleine Zimmer über der Rinderklinik. Aber dieses überwältigende Gefühl von Rückkehr an einen Ort voller Sehnsucht und Erinnerungen, an dem einfach alles vertraut ist, und in den man sich perfekt einfügt wie ein Puzzleteil, egal, wie lange man fort gewesen ist, das fühle ich nur hier auf dem Hof.

Ich schaue zu Noé, der neben mir auf der Rückbank sitzt, und er erwidert mein Lächeln. Ich war so froh, dass er sofort einverstanden war mit diesem Wochenendausflug, und dann war ich so aufgeregt, dass ich den ganzen Abend von nichts anderem geredet habe als von Neuberg. Er hat es liebevoll ertragen und sogar ab und zu nachgefragt, wenn meine Geschichten wild durcheinandersprudelten, weil ich am liebsten alles gleichzeitig erzählen wollte.

Das Auto hat noch nicht ganz gehalten, da springe ich schon heraus und atme tief ein, als wäre hier der einzige Ort auf der Welt, an dem es Sauerstoff gibt.

Noé steigt hinter mir aus, schließt die Wagentür und schaut sich um. »Es ist sehr nett hier.«

Ich greife nach seiner Hand und küsse ihn auf den Oberarm. Ich weiß, dass der Hof im Winter ein wenig trostlos aussieht, die nassen Wände wirken grau und der Auslauf ist von den vielen Hufen zu schmutzig braunem Matsch verarbeitet worden. Über den kargen Feldern hängt trüber Nebel und die windschiefen Zäune werden erst zur nächsten Weidesaison ausgebessert. »Im Sommer sieht es schöner aus.«

Er drückt meine Hand in seiner und schaut mich an. »Es gefällt mir auch jetzt. Und ich mag am meisten, wie deine Augen hier strahlen. Schöner geht es nicht.«

Wie schafft er es, dass so ein Satz weder kitschig noch abgegriffen klingt, sondern mir davon ganz warm im Bauch wird? Ich will ihn eigentlich nur flüchtig auf den Mund küssen, aber als meine Lippen seine berühren, wollen sie einfach dortbleiben. Er zieht mich näher an sich, und ich vergesse die Welt.

»Milli, wir würden dann weiterfahren. Lasst ihr euch von Kaya abholen?« Meine Mutter hat das Fenster runtergelassen und klingt sachlich, weder amüsiert noch genervt von unserer Knutscherei. Ich habe keine Ahnung, was sie von Noé hält. Und von ihm und mir als Paar. Sie hat nicht nachgefragt, als ich ihr geschrieben habe, dass ich gern mit nach Neuberg fahren und jemanden mitbringen würde. Als dieser Jemand dann Noé war und wir gar nicht erst so taten, als wären wir nur gute Freunde, nahm sie das einfach hin und wirkte nicht mal sonderlich überrascht. Irgendwie hatte ich mir eine andere Reaktion erhofft, aber mir ist selbst nicht klar, welche. Sie war sofort freundlich zu ihm und schien nichts gegen ihn zu haben, was will ich mehr?

»Wollt ihr denn gar nicht mitkommen zu Mitternacht?«, frage ich erstaunt. Eigentlich würde ich Paul meinen Lieblingsochsen sehr gern zeigen.

»Nein, wir fahren jetzt direkt zu Bauer Wilhelm. Schließlich wollen wir heute Nachmittag wieder zurück in die Stadt.«

Armer Paul. Da bleibt ihm nicht viel Zeit, ihr sein Herz vor die Füße zu werfen. Aber ich bin mir gar nicht sicher, ob er das überhaupt vorhat. Bisher hat er die meiste Zeit geschwiegen, während Mama sich mit Noé über Frankreich unterhalten hat. Vielleicht ist es ja gar nicht schlecht, wenn die beiden jetzt auf sich allein gestellt sind. Ich nicke. »In Ordnung. Dann hoffe ich, ihr habt Erfolg. Sagt mal Bescheid, wie es gelaufen ist.«

Wir verabschieden uns, Mama fährt die Scheibe hoch und wendet den Wagen. Paul hebt die Hand zum Gruß in einer Geste, die auch Resignation bedeuten könnte. Ich schaue dem Auto hinterher und drehe mich zu Noé um, der vielsagend die Augenbrauen hebt. »Die beiden verhalten sich etwas ... *bizarre*.«

Das trifft es gut. Ich grinse. »Oh ja.«

»Meinst du, das wird etwas mit ihnen?«

»Mit den Bienen?«, frage ich nach.

»Nein, mit diesen zwei.«

Überrascht schaue ich ihn an, denn ich habe ihm nichts von dem Gespräch mit Paul erzählt und auch nicht meinen Verdacht, dass da mehr läuft als diese Bienensache. Aber anscheinend ist das auch Noé nicht entgangen. Ich zucke mit den Schultern. Wenn sie so weitermachen wie auf der Autofahrt, auf der sie sich weitgehend ignoriert haben, dann wohl nicht mehr in diesem Leben.

»Es wäre schade. Paul ist sehr nett. Und deine Mutter auch. Sie liebt Frankreich.«

Ich schmunzle. »Das liegt bei uns wohl in der Familie.

Meine Großeltern haben ein Haus in Salernes, meine Mutter hat im Bauch ein Baby aus Frankreich mitgebracht und ich angle mir einen gutaussehenden französischen Austauschstudenten. *Voilà*.«

Noé legt die Arme um mich und zieht an meinem Pferdeschwanz. »*Oh, là, là*, dann bist du ja wohl eine halbe Französin.«

»Vielleicht.« Ich habe aufgehört, mir darüber Gedanken zu machen.

Er küsst mich auf die Nasenspitze. »Könntest du das mit dem gutaussehend noch mal sagen?«

Ich strecke ihm die Zunge raus. »Bei gutaussehend fällt mir nur ein, warum wir hier sind. Weil du endlich meinen wunderschönen Mitternacht bewundern sollst. Komm.« Lachend ziehe ich ihn hinter mir her zum Stalltor.

Obwohl ich das Tor ganz vorsichtig und leise aufschiebe, hört es die tierische Bande natürlich sofort, und irgendwie wissen sie genau, dass ich es bin.

Tinka brummelt freundlich mit tiefer Stimme, Lulu tänzelt ungeduldig durch die Box und wirft den Kopf, während Achterbahn versucht, seine Nase über den Rand der Boxentür zu strecken, den er gerade so erreicht. Es ist eine Begrüßung von alten Freunden, bei der mir so warm ums Herz wird, dass es fast weh tut. Ich hab sie so sehr vermisst. In der letzten Box bleibt es ruhig. Ich weiß, dass Mitternacht da ist, Franz hat versprochen, ihn heute für mich in den Stall zu holen und auch wenn ich ihn vom Eingang aus nicht sehe, kann ich mir vorstellen, wie er mit erhobenem Kopf in der Box steht, im Kauen innehält und geduldig darauf wartet, dass ich zu ihm komme.

Noé wirft einen Blick in die erste Box und runzelt skeptisch die Stirn. »Das ist aber nicht Mitternacht, oder?«

Ich muss lachen. Die Tinkerstute sieht mit ihrem gescheckten Fell und dem großen Kopf vielleicht sehr entfernt aus wie eine Kuh, aber nein. »Das ist Tinka. Sie gehört den Stallbesitzern Franz und Hilde, aber ich darf sie reiten. Kannst du glauben, dass sie mich in mehr als zehn Jahren noch nie abgeworfen hat?«

Noé mustert mich. »Machen das Pferde denn sonst immer?«

Ich schüttle grinsend den Kopf. »Normalerweise natürlich nicht. Aber wenn Lulu hier einen aufmüpfigen Tag hat, kann man schon mal im Dreck landen.« Wie zur Bestätigung legt die Stute unwirsch die Ohren zurück und tritt polternd gegen die Stallwand. Noé lässt meine Hand los und weicht erschrocken zurück.

»Keine Sorge, das ist nur Show. Eigentlich ist sie eine ganz Liebe.« Ich öffne die Boxentür ein Stück und sofort schiebt Lulu freundlich ihren Kopf durch den Spalt und lässt sich von mir die zartbitterbraune Nase streicheln. Sie war immer Kayas Reitpferd, aber seit sie damals ihr Fohlen verloren hat, und ich mich danach um sie gekümmert habe, verbindet uns etwas Besonderes.

»Sei nicht so biestig, du machst meinem Freund Angst«,

sage ich und werfe Noé, der auf Abstand geblieben ist, einen neckenden Blick zu.

»Es ist keine Angst, es ist der angemessene Respekt, Mademoiselle.« Er lächelt unschuldig, und ich könnte mich gleich noch mal in ihn verlieben. Mir fällt erst in diesem Moment auf, dass er der erste feste Freund ist, dem ich meine Vierbeinerfamilie vorstelle. Sonst war das immer ganz meine Sache, die ich gar nicht teilen wollte, aber bei Noé konnte ich es kaum erwarten, ihm die Bande zu zeigen. Jetzt ist er hier und es fühlt sich einfach nur richtig an. Warum muss ausgerechnet dieser Kerl tausend Kilometer entfernt wohnen? Nicht zum ersten Mal blitzt dieser Gedanke in mir auf, und es gelingt mir immer schlechter, ihn zu ignorieren.

»Woran denkst du?« Noé macht einen vorsichtigen Schritt auf mich zu, woraufhin Lulu sofort wieder die Ohren zurücklegt. Ich schiebe sie in den Stall zurück, klopfe ihr den Hals und schließe die Boxentür, ohne auf Noés Frage zu reagieren. Dann drehe ich mich zu ihm um und drücke ihm einen Kuss auf die Wange. »Tut mir leid, dass sie so zickig ist. Sie muss dich erst besser kennenlernen. Der nächste Kandidat ist aufgeschlossener – versprochen!«

Ich wende mich Achterbahn zu und fühle Noés Blick in meinem Rücken. Natürlich spürt er, dass ich ihm ausgewichen bin. Aber wir können doch unmöglich nach wenigen Wochen als Paar über das langfristige Management einer Fernbeziehung diskutieren, geschweige denn über einen zukünftigen Wohnsitz für uns zwei. Wenn wir zehn Jahre älter wären vielleicht, aber mit Anfang zwanzig denkt man nicht weiter als bis zu den nächsten Semesterferien. Und da wird Noé nach Nantes zurückkehren, das steht fest. Also ist es besser, gar nicht daran zu denken.

»Das hier ist der legendäre Achterbahn. Meine erste große Liebe und trotz seines stolzen Alters immer noch Herdenchef. Zumindest hält er sich dafür.« Ich entriegle die Tür, lasse das Pony auf die Stallgasse treten und gehe in die Hocke. Er schnaubt zufrieden und legt seinen Kopf auf meine Schulter. Sanft puste ich meinen Atem in seine Nüstern.

»*Mon dieu*, er ist *adorable*.« Noé geht neben mir in die Knie und sofort drückt Achterbahn ihm die Ponyschnute ins Gesicht. Er lacht. »Er ist wie ein großer, flauschiger Hund. Ich mag ihn.«

»Er dich wohl auch.« Achterbahn durchsucht ohne Skrupel Noés Jacke nach möglichen Leckereien. »Achtung, du hast gleich überall Ponysabber.« Ich deute auf meinen Ärmel, an dem der aufdringliche kleine Kerl bereits einen heugrünen Fleck hinterlassen hat. Noé zuckt unbeeindruckt mit den Schultern, obwohl ich weiß, dass er seine Klamotten eigentlich penibel sauber hält und pflegt. Aber anscheinend lässt ihn Achterbahns Ponycharme das vergessen, denn er legt sogar seine Arme um den struppigen Hals und schmiegt sich an die Mähne, was das Shetty nutzt, um hinten nach Taschen Aussicht zu halten.

»Hey, ihr zwei, ich werde ja gleich eifersüchtig.«

Schwungvoll wendet Achterbahn mir den Kopf zu, wobei Noé das Gleichgewicht verliert und in der Hocke gegen mich taumelt, so dass mal wieder unsere Köpfe schmerzhaft aneinanderstoßen. »Aua, das hatten wir doch schon mal.«

»*Oui*.« Noé streicht zärtlich über die Stelle an meiner Schläfe, an der mich seine Stirn erwischt hat. »Und ich habe sehr schöne Erinnerungen daran.« Er küsst mich zärtlich, lässt sich nach hinten fallen und zieht mich mit. Es scheint ihn nicht zu interessieren, dass die Stallgasse kalt ist und voller Staub. Der intensive Kuss, Noés warmer Körper und sein fester Griff, das Gefühl von Geborgenheit. Eine Welle der Erregung spült über mich hinweg, die mich selbst überrascht. Noé fühlt mein Beben, richtet sich ein wenig auf und schiebt seinen Oberschenkel zwischen meine Beine an die heißeste Stelle. Ich löse meine Lippen von seinen, lege meine Stirn an seinen Hals und dränge mich ihm entgegen. Als er seine Hand von hinten in meinen Hosenbund schiebt und mich damit an sich presst, stöhne ich leise auf. Das spornt ihn an, seine Hand tiefer gleiten zu lassen bis zwischen meine Beine, und ich höre seinen Atem an meinem Ohr. Es geht ihm nur um mich, und ich lasse es zu. Er findet meinen Rhythmus, mit dem er mir entgegenkommt und seine sanften Finger in mich schiebt. Kurz vorm Höhepunkt sage ich seinen Namen und dann presse ich meinen Mund fest an seine Schulter, um nicht laut aufzuschreien, so unfassbar explosiv komme ich.

Schwer atmend bleibe ich auf ihm liegen und höre auf mein Herz, das sich nicht beruhigen will.

»Das war wow«, flüstert Noé an meinem Ohr, und das würde ich dreifach unterschreiben, schließlich bin ich es, die zitternd und völlig erledigt auf ihm liegt.

Er hebt den Kopf. »Sag mal, darf das Pony sich selbst Futter nehmen?«

Bevor ich überhaupt nachdenken kann, bin ich auf den Beinen. »Achterbahn!«

Natürlich hat er den unbeobachteten Moment genutzt, um die große Haferkiste zu entriegeln und die Nase unter den Deckel zu schieben. Statt sich schuldbewusst zu geben, versucht er nach meinem vorwurfsvollen Ausruf, schnell noch einen letzten Happen zu erwischen, bevor ich den Spaß beende.

»Du bist ein unmöglicher Pony-Opa«, schimpfe ich lachend, während ich ihn an der Mähne zurück in die Box führe. »Schäm dich!«

Noé hat sich ebenfalls aufgerappelt und klopft sich notdürftig die Halme von der Kleidung. Ich funkle ihn an. »War das etwa ein ausgemachtes Ablenkungsmanöver für deinen neuen Ponyfreund?«

Noé lächelt betont unschuldig. »Wer weiß.«

Ich grinse. »Und was hat er dir dafür versprochen?«

»Das bleibt das Geheimnis von Monsieur Achterbahn und mir. Gentleman-Codex.«

»Dann kann ich dir gleich noch einen Gentleman vorstellen. Den größten von allen.« Ich atme tief ein, bevor ich die Schiebetür zu Mitternachts Box öffne. Er steht genauso da, wie ich es erwartet habe, und schaut mich aus seinen dunklen Augen an, als wollte er sagen: »Da hast du mich aber ganz schön lang warten lassen«. Dann macht er einen Schritt auf mich zu und senkt den großen, schwarzen Kopf ein wenig. Ich streiche mit der Hand über den unförmigen, weißen Fleck zwischen seinen Augen, der aussieht, als hätte einer der Zwillinge versucht, einen Stern zu malen, und lehne mich an den warmen Hals. Wie habe ich mein Lieblingsrind vermisst. Strahlend drehe ich mich um. »Darf ich vorstellen? Das ist Mitternacht.«

Noé betrachtet ihn und sieht ziemlich beeindruckt aus. »Er ist sehr groß. In der Klinik habe ich noch nie eine so riesige Kuh gesehen.«

»Er ist ja auch keine Kuh, sondern ein Ochse. Und tatsächlich ein bisschen übers Ziel hinausgewachsen«, lenke ich ein. Obwohl sich sein Stallabteil aus zwei großen Pferdeboxen zusammensetzt, wirkt es eine Nummer zu klein für ihn. Deshalb wohnt er ja das ganze Jahr draußen im Offenstall, so dass sein dickes Winterfell ihn noch wuchtiger wirken lässt. »Kannst du dir vorstellen, dass er dem Bauern als Kalb zu klein war?«

Noé schüttelt ungläubig den Kopf. »Noch dazu sehen diese Hörner wirklich gefährlich aus.«

»Ich weiß. Aber er geht wirklich sehr vorsichtig damit um. Komm.« Ich nicke Noé auffordernd zu, näher zu kommen. Dann drehe ich mich zu Mitternacht um. »Darf ich vorstellen? Das ist Noé.«

Die beiden beäugen sich skeptisch, aber dann streckt Noé die Hand aus und Mitternacht berührt sie vorsichtig mit seinem Flotzmaul.

»Na bitte«, sage ich triumphierend, »das ist doch der Beginn einer wunderbaren Freundschaft.«

Mitternacht stupst mich sanft in die Seite und Noé nickt. »Auf jeden Fall lieben wir dieselbe Frau und vielleicht ist das gut.«

Ich will etwas Schlagfertiges erwidern, aber ich stolpere über die Worte. Hat Noé gerade gesagt, dass er mich liebt. Hilfe! »Ich ... Ich hole mal von nebenan Möhren für alle.«

Ich lasse Noé einfach stehen und schlüpfe durch die Hintertür in die Scheune.

Während ich Möhren aus dem Sack in die Eimer werfe, versuche ich, den Wirbelsturm in meinem Kopf zu bändigen. Das mit Noé und mir ist so schnell passiert, dass ich mit Herzrasen hinterherstolpere. Ich will ihn nicht verlieren. Aber auch wenn es ihm ernst ist und mir, wie soll das bitte auf Dauer funktionieren? Sollen wir das einfach auf uns zukommen lassen? Oder es besser beenden, bevor es zu sehr weh tut? Ist es dafür vielleicht schon zu spät?

»Kann ich dir helfen?« Noé steht in der Tür. Er wirkt ein wenig unsicher, kein Wunder, nachdem ich wie ein aufgescheuchtes Reh abgehauen bin. »Ja, gern. Lass uns das zusammen machen.« Ob das die Antwort auf meine Frage ist, weiß ich selbst nicht genau.

*

»Und du durftest wirklich auf dem heiligen Mitternacht reiten?« Kaya reicht Noé einen Teller mit Lasagne über den Tisch und wirft mir dabei einen vielsagenden Seitenblick zu. Sie weiß, dass ich so gut wie nie jemanden auf seinen Rücken lasse, weil ich sein Vertrauen nicht ausnutzen will. Seine imposante Größe und die riesigen Hörner lassen nicht vermuten, wie sensibel er ist. Unter der dicken Haut steckt irgendwie immer noch das zarte Kälbchen mit den staksigen Beinen, das Rob und Anabel als Ersatzfohlen für die trauernde Lulu auf den Hof gebracht haben.

Noé grinst. »Ich wurde quasi gezwungen. Es war wie Bergklettern ohne Seil. Ich war etwas besorgt.«

Ich nicke lachend. »Er hat vorher noch dreimal gefragt, ob er nicht stattdessen Achterbahn reiten darf.«

Lasse räuspert sich. »Das kann ich sehr gut verstehen. Geht mir genauso.«

»Ach, du würdest dich doch nicht mal auf das kleine Pony steigen. Da sind deine Söhne schon mutiger als du«, verspottet ihn Kaya liebevoll und legt ihren Kopf auf seine Schulter.

Er nickt gelassen. »Ich habe halt gern Boden unter den Füßen.«

»*Hé oui*«, stimmt Noé ihm zu. »Aber es war dann doch sehr schön und beeindruckend. Bisher bin ich nur einmal im Urlaub auf einem Pferd geritten, aber mit Mitternacht war es ganz anders. Seine Ruhe wirkt voller Energie.«

Damit hat er das Gefühl auf dem Ochsenrücken auf

den Punkt gebracht. Seine Bewegungen sind weich und gemächlich, aber man spürt mit jedem Schritt die geballte Kraft dahinter.

Ich hatte gar nicht geplant, Noé auf Mitternacht reiten zu lassen, aber es fühlte sich einfach richtig an. Er hatte mir beim Striegeln und Satteln geholfen, und der Ochse hatte sich ganz selbstverständlich von ihm bürsten und mit Möhren füttern lassen. Irgendwie war ich mir sicher, dass Mitternacht nichts dagegen haben würde, ihn zu tragen. Ich ging nebenher die kleine Runde bis zum Bach, und die meiste Zeit schwiegen wir. Wenn ich über die Schulter zu Noé hochsah, lächelte er mir zu, anfangs etwas unsicher, aber dann immer entspannter. Ab und zu strich ich mit der Hand über Mitternachts Hals. Ich hatte das Gefühl, dass er besonders vorsichtig lief, um seinen Gast im Sattel nicht zu verlieren. Ich hätte ewig einfach so weiterlaufen können durch die nebligen Felder.

Als Kaya uns am Stall abholte, stellte sie zum Glück keine peinlichen Fragen, sondern begrüßte Noé so unaufgeregt, als würde ich ständig gutaussehende junge Männer mit nach Neuberg bringen. Aber hinter seinem Rücken nickte sie mir strahlend zu, und ich sah ihr an, dass er ihr sofort gefiel und sie sich für mich freute. Obwohl ich rot wurde, tat das gut.

Als wir im Haus am Kirchplatz ankamen, nahmen uns sofort die Zwillinge in Beschlag und ließen nicht mehr von uns ab, bis sie ins Bett mussten. *Noné* für Noé wurde ihr neues Lieblingswort und immer wieder stürzten sie sich gemeinsam auf ihn, um auf dem Wohnzimmerteppich mit ihm zu balgen. Er machte lachend mit, und Kaya protestierte nur halbherzig, weil sie sichtlich froh war, die beiden wilden Zwerge mal von den Füßen zu haben.

»Fährst du Weihnachten denn nach Hause zu deiner Familie, Noé?«, fragte sie, während sie Teller und Besteck zum Tisch trug. Er schüttelte den Kopf und erklärte, dass es sich für die wenigen Tage kaum lohnen würde, und er die Zeit lieber mit Lernen verbringen wollte. Ich wusste, dass er sich außerdem mit der neuen Lebensgefährtin seines Vaters nicht gut vertrug und gemeinsame Treffen vermied. Kaya betrachtete ihn nachdenklich und sagte nichts dazu, aber eigentlich hätte ich schon damit rechnen müssen, dass sie sich damit nur schwer abfinden würde.

Wir sind gerade mit dem Essen fertig, als Kaya sich beherzt aufrichtet. »Willst du Weihnachten nicht vielleicht einfach hier verbringen?«

Sie strahlt Noé an, ich schnappe kurz nach Luft und Lasse verpasst ihr einen sanften Stoß mit den Ellbogen und verdreht die Augen. Sie schaut ihn irritiert an. »Was denn? Findest du etwa, der Junge soll Heiligabend allein in der Studentenbude sitzen? Milli ist doch eh hier. Und Cordula auch.«

Lasse lehnt sich im Stuhl zurück. »Ich finde, du musst den beiden schon überlassen, ob sie Weihnachten zusammen verbringen wollen. Und wie, wo, mit wem. Es ist nicht jeder so schnell wie du.«

»Ich hab ja nur gefragt«, entgegnet Kaya schnippisch, was Lasse mit hochgezogenen Augenbrauen quittiert. Ich wage es nicht, zu Noé rüberzuschauen und hoffe, dass ihn seine Deutschkenntnisse schlagartig im Stich gelassen haben. Die beiden können sich ja doch wie peinliche Eltern aufführen. Da wäre mir die kühle Distanz meiner Mutter gerade deutlich lieber.

Kaya holt Luft. »Okay, vergesst das bitte. Blitzideen verlassen meinen Mund gern ungefiltert«, wendet sie sich entschuldigend an Noé, der ihr ein charmantes Lächeln schenkt, obwohl er wahrscheinlich wirklich gerade gar nichts mehr versteht. Sie schaut mich an und zieht eine zerknirschte Grimasse. »Jedenfalls hätten wir in dieser Chaosfamilie bei Bedarf bestimmt noch einen Platz am Tisch frei. Weihnachten und auch sonst immer.«

Lasse steht schmunzelnd auf und drückt sie sanft an der Schulter. »Das weiß Milli doch. Komm, hilf mir mit den Tellern, wir holen den Nachtisch.« Als sie draußen sind, schauen Noé und ich uns an. Er grinst. »Ich mag sie sehr, deine Familie. Bei uns ist es nie so lustig. Es ist eher …« Er drückt den Rücken gerade, presst die Ellbogen an den Körper und macht ein übertrieben verbissenes Gesicht.

Ich muss lachen und schiebe unter dem Tisch meine Hand in seine. »Ich bin froh, dass du hier bist, Noé.«

19
CORDULA

OHNE MILLI und ihren *petit ami* wirkt das Auto plötzlich sehr eng und still. Ich kann verstehen, dass er ihr gefällt. Er könnte in einer dieser Serien voller junger, hübscher Collegestudenten mitspielen mit seiner sonnengebräunten Haut und den widerspenstigen Haaren. Dazu ist er höflich und charmant, auf eine angenehme Art zurückhaltend, aber nicht schüchtern. Ein Typ zum Verlieben halt, und verliebt ist meine Tochter, da gibt es keinen Zweifel. Die roten Wangen und das Strahlen in ihren Augen, wenn sie ihn anschaut. Das hat bei ihr noch keiner geschafft, nicht mal einer mit vier Beinen, und das will was heißen.

Ausgerechnet wieder ein Student aus Nantes, keine Wissenschaft könnte das plausibel erklären. Wahrscheinlich gibt es eine vage Hypothese für so was in der Epigenetik oder der Psychologie, aber statistisch ist es wohl einfach eine zufällige Häufung von Ähnlichkeiten. Nicht optisch natürlich, Antoine war ganz anders mit der blassen Haut und dem ständig grübelnden Blick. Ebenfalls verdammt gutaussehend, aber mehr wie in einem dieser langatmigen Kriminalfilme aus den Sechzigern, wie sie spätabends auf ARTE laufen. Trotzdem bringt die Begegnung mit Noé Erinnerungen hoch, auf die ich verzichten könnte. Ich sehe Milli, die auf Wolken schwebt und noch nicht weiß, wie tief man fällt. Lass sie bitte weich landen.

Seit wir die beiden am Stall abgesetzt haben, schweigen Paul und ich und starren geradeaus wie zwei Fremde in einem Aufzug. Wir haben noch fünf Kilometer vor uns, aber so wird das nichts. Entschlossen setze ich den Blinker, fahre in einen Feldweg und halte an. Ich spüre Pauls Blick auf mir, sehr wahrscheinlich irritiert, aber ich schaue ihn nicht an, sondern weiter durch die Windschutzscheibe auf den holprigen Schotterweg, der sich zwischen den Äckern im Nebel verliert. »Wir müssen uns besser kennenlernen.«

»Ja.« Seine Antwort kommt ohne Zögern, er klingt weder erstaunt noch skeptisch. Einfach ja. Weiß er, worauf ich hinauswill?

»Hier auf dem Land sind die Leute misstrauisch gegenüber Fremden. Bauer Wilhelm würde dir allein nie ein Hofstück für die Bienen überlassen. Und wenn doch, hätte sein Sohn etwas dagegen. Dem wäre es sowieso lieber, sein Vater würde den Hof verkaufen und zu ihm in die Stadt ziehen.« Ich werfe einen Blick zur Seite. Paul schaut mich abwartend an.

»Ich bin für sie keine Fremde, und deshalb werden sie mir helfen wollen. Im Dorf hilft man sich halt. Das ist total verrückt, denn niemand könnte hier fremder sein als ich.«

»Dafür kennst du dich mit den Strukturen aber ganz gut aus«, murmelt er.

Ich mustere ihn. Macht er sich über mich lustig? Ich habe das Gefühl, dass er sich unter seinem Bart ein Schmunzeln verkneift. »Es ist mein voller Ernst.« Ich rücke meine Brille zurecht. »Wenn der Bauer nicht das Gefühl hat, ich bringe ihm einen guten Freund der Familie, dann macht er dicht, und wir haben keine Chance.«

»Guter Freund. Alles klar. Und was heißt das?«

Gute Frage. Ich erinnere mich an einen Artikel über psychologische Einstiegsfragen, die zu einer schnellen Bindung zwischen den Gesprächspartnern führen, so dass sie bereits nach wenigen Minuten wirken, als würden sie sich schon lange kennen. Aber mir fällt keine dieser dämlichen Fragen ein. Ich lehne mich an die Kopfstütze und hebe das Kinn, so dass der Haarknoten nicht im Nacken drückt. »Erzähl mir irgendwas über dich, das fast niemand weiß.«

»Was?« Okay, jetzt habe ich ihn doch mal aus der Fassung gebracht.

»Es ist ein Versuch, ich weiß nicht, ob es funktioniert, aber schaden kann es nicht.« Nicht sehr wissenschaftlich. Aber mir gefällt die Idee. Unerwartete Neugier breitet sich in mir aus. Ich wende den Kopf und begegne seinem Blick, der nachdenklich auf mir ruht. »Ich erzähle es auch nicht weiter, versprochen«, sage ich leise.

Seine Augen wandern über mein Gesicht. »Erfahre ich dann auch etwas über dich?«

Ich rücke ein Stück weg, um Abstand zwischen uns zu bringen. Es ist zu spät für einen Rückzug. »Ja. Abwechselnd. Du fängst an.«

Er nickt und atmet ein.

»Meine Zahnbürste ist grün.« Er schaut mich arglos an, obwohl er sicher ahnt, dass ich ihn damit nicht durchkommen lasse.

»Wie bitte? Das soll jetzt dein großes Geheimnis sein?«

Amüsiert blitzen seine Augen auf. »Du hast nichts von einem Geheimnis gesagt. Etwas über mich, das niemand weiß. Die Farbe meiner Zahnbürste weiß wirklich keiner.«

»Das gilt nicht.« Ich kann nicht verhindern, dass ich schnippisch klinge. Aber wahrscheinlich sollte ich es ihm nicht übelnehmen, dass er nicht mitspielt. Das Ganze war eine blöde Idee.

»Dacht ich mir«, lenkt er mit seiner tiefen Stimme ein. »Es war eine Anspielung auf *Green Card*, eine Komödie über eine Scheinehe aus den Neunzigern.«

»Mit Gerard Depardieu?« Als junger Teenager hatte ich eine Schwäche für den knollennasigen Franzosen und habe mir so ungefähr jeden Film mit ihm angesehen. An *Green Card* erinnere ich mich nur sehr verschwommen und schon gar nicht an irgendeine Zahnbürste.

Paul nickt und zieht ein wenig die Augenbrauen hoch. »Ich hätte nicht gedacht, dass du ihn gesehen hast.«

Ich mustere ihn. »Mich überrascht es viel mehr, dass du anscheinend auf schnulzige Liebeskomödien stehst.«

Er lacht auf. »Siehst du, da hast du doch dein großes Geheimnis.«

Ich muss schmunzeln und merke, wie sein kurzes Lachen in meinem Brustkorb nachhallt. Unsere Blicke bleiben einen Moment zu lange ineinander hängen. Er ist es, der seinen löst und nach vorn schaut. »Also um ehrlich zu sein, hab ich mit meinem kleinen Bruder damals so ungefähr jeden Film gesehen, den die Videothek um die Ecke uns Halbwüchsigen überlassen wollte. Die meisten mehrfach. Bei uns zuhause war es besser, still und unsichtbar zu sein. Dabei haben die Filme geholfen.« Er kneift leicht die Augen zusammen, als würde er versuchen, in der Ferne etwas zu erkennen.

Ich schaue auf seine rauen Hände, die regungslos auf seinen Oberschenkeln liegen. »Wo lebt dein Bruder denn jetzt?«

»Gar nicht mehr.« Für einen Augenblick bleibt mein Herz stehen. »Er ist mit vierundzwanzig gestorben. Überdosis. Nach dem dritten Entzug.«

Ich schlucke und in der Stille des Autos im einsamen Feld hört sich das schrecklich laut an.

Er dreht mir den Kopf zu. »Jetzt hast du mehr gekriegt als eine Zahnbürste, oder?«

»Es tut mir leid.« Ich meine damit alles gleichzeitig. Die Kindheit, den Verlust und dass ich ihn einfach in dieses distanzlose Spielchen gedrängt habe.

Seine Mundwinkel heben sich leicht. »Du bist dran.«

Jetzt abzubrechen wäre mehr als ungerecht, das sehe

ich ein. Mit gesenktem Blick zupfe ich eine unsichtbare Fluse von meinem Rock. »Also, meine Zahnbürste hat die Farbe ...«, mache ich einen müden Versuch.

Er lacht leise, und das tut gut. Ich wüsste die Farbe sowieso nicht, auf so etwas achte ich nicht. Und es ist völlig klar, dass ich mehr bieten muss. Ich hatte mir etwas zurechtgelegt, einen peinlichen Ladendiebstahl mit zwölf, aber jetzt kommt mir das zu belanglos vor. Ich schaue auf. Vielleicht liegt es an Pauls abwartendem Blick, der mich ziemlich nervös macht, oder an dem Bild von zwei Kindern Seite an Seite vor einem kleinen Röhrenfernseher, das mich nicht loslässt. Es ist das Erste, was mir einfällt, und aus irgendeinem verrückten Grund spreche ich es einfach aus. »Ich trage meine Haare niemals offen. Den Dutt löse ich nur zum Schlafen und Haarewaschen, wenn ich ganz allein bin. Ich fühle mich sonst irgendwie ... nackt.« Oh mein Gott, er wird mich für völlig bescheuert halten. Und wenn ich schon so ein albernes Spiel vorschlage, sollte ich wohl mehr in petto haben als eine kindische Marotte, die jede Psychologiestudentin im ersten Semester erklären könnte. Aber tatsächlich hat mich seit Millis Geburt niemand mehr mit offenen Haaren gesehen, außer sie selbst. Und auch mit ihr habe ich nie darüber gesprochen, dass ich eher auf meine Brille verzichten würde als mit offenem Haar auf die Straße zu gehen, obwohl ich blind bin wie ein Maulwurf.

Ich warte darauf, dass Paul in Lachen ausbricht oder ungläubig den Kopf schüttelt. Er tut keins von beidem, aber natürlich wandert sein Blick in meinen Nacken zu dem Knoten, der alles zusammenhält. Für einen Augenblick glaube ich, dass er die Hand heben wird, um sanft das feste Band zu lösen, und in dieser Sekunde will ich nichts mehr als das.

»Cordula, ich …« Er zögert. Zu lang. Lang genug.

Ich setze mich zurecht, neige mich vor und lasse den Motor an. »Ich glaube, das sollte reichen. Auf zu Bauer Wilhelm.« Meine Stimme nimmt sich den eifrigen Tonfall selbst nicht ganz ab, aber Paul schaut nach vorn und scheint nichts dagegen zu haben aufzubrechen. Enttäuscht mich das?

Nach ein paar hundert Metern auf der verlassenen Landstraße wechseln wir einen kurzen Blick, in dem ein Lächeln liegt. Es ist etwas zwischen uns geblieben.

Der Hof sieht noch schäbiger aus, als ich ihn in Erinnerung hatte. Loser Splitt und Schlammbrocken klatschen gegen den Unterboden, als ich die schlecht befestigte Zufahrt entlangfahre. Ich parke das Auto neben einer unverputzten Mauer aus klobigen, kastenförmigen Steinen, und rieche schon vorm Aussteigen den Mist und das säuerliche Aroma von vergorenem Mais. Willkommen auf dem Land.

Aber einem Tierpfleger aus der Kuhklinik wird das wahrscheinlich wenig ausmachen, und tatsächlich steigt mein Beifahrer ohne zu zögern aus. Er schaut sich interessiert um, wie jemand, der an einem netten Urlaubsort angekommen ist, während er mitten auf einem heruntergekommenen Hof steht, dessen Gebäude mit den schmutzigen, dunklen Scheiben und den schiefhängenden Fensterläden im diesigen Nebel geradezu unheimlich wirken. Und verlassen. Es sieht nicht aus, als ob hier jemand wohnt. Habe ich mit einem Geist telefoniert? Suchend schaue ich mich um und dann zu Paul, der sich gerade ebenfalls nach mir umdreht und fragend auf das Wohnhaus an der Hofseite deutet. »Soll ich mal klingeln?«

Ich will gerade nicken, da öffnet sich neben mir an einem der düsteren Nebengebäude knarrend eine Tür und ein schwarzer Hund schießt bellend hervor. Ich stehe wie erstarrt, anders als Paul, der sich mit einem beherzten Schritt zwischen mich und das zottelige Untier schiebt, das auf uns zugeschossen kommt.

»Asta!«, ruft eine Stimme von der Tür und setzt ein »Die tut nix!« hinterher. Ich frage mich, ob diese Worte jemals jemanden beruhigt haben. Allerdings lässt sich das Tier tatsächlich vor Pauls Füßen in den Dreck fallen und zeigt seinen haarigen Bauch und die schmutzigen Pfoten. Paul geht in die Hocke und krault das Ungetüm, worauf es sich streckt und wild mit dem Schwanz wedelt. Er schaut zu mir hoch. »Sie tut nichts.«

Ja, danke, mein Held, das weiß ich jetzt auch. Es ärgert mich, dass er glaubt, er müsse mich beschützen. Und noch mehr, dass mir das irgendwie gefällt.

»Da seid ihr also.« Bauer Wilhelm ist aus der Tür getreten und kommt mit seinem Krückstock gemächlich auf uns zugehinkt. Der Hund springt auf, um uns noch einmal zu umkreisen und, als sei seine Arbeit damit getan, durch die angelehnte Tür wieder in das Gebäude zu verschwinden. Bauer Wilhelm ist alt geworden. Sehr alt. Er hat tiefe Furchen im Gesicht, die Augen sind trüb und der verblichene Arbeitskittel wirkt zu groß für den knochigen Körper. Sonst habe ich fast immer das Gefühl, dass in Neuberg einfach keine Zeit vergeht, aber an dem Alten zeigt sich zweifellos, dass sie auch hier nicht stillsteht. Irgendwie erfüllt mich das mit einem seltsamen Heimweh. Er mustert mich und streckt mir dann seine Hand entgegen. Sie ist kühl und fühlt sich zerbrechlich an, als ich sie drücke. Er hält sie einen Moment fest. »Groß bist du geworden«, sagt er ernst. Soll das ein Scherz sein oder ist er ein wenig senil? Schließlich ist das nicht der übliche Satz, den man mit Ende dreißig zu hören kriegt. Aber vielleicht geht es ihm mit der Zeit in Neuberg wie mir, und es kommt ihm wie gestern vor, dass er mich zum letzten Mal gesehen hat. Da war ich wahrscheinlich nicht mehr klein, aber viele, viele Jahre jünger.

»Deine Tochter kannst du nicht leugnen, wie aus dem Gesicht geschnitten. Sie ist eine Gute.« Er klopft mit dem Krückstock auf den Boden, als wolle er den Worten Nachdruck verleihen.

Ich muss lächeln. »Das ist sie.«

Paul steht dicht neben mir, so dass sich unsere Schultern fast berühren. Wie zufällig lege ich meinen Oberarm federleicht an seinen, und er weicht nicht aus. Ich habe das Gefühl, dass er der Berührung ebenso vorsichtig entgegenkommt.

Bauer Wilhelm schüttelt Pauls Hand nur kurz und wiederholt seinen Namen, dann tritt er einen Schritt zurück und mustert ihn wie ein Pferd auf dem Viehmarkt, das sich vielleicht zu kaufen lohnt. Schließlich schaut er zwischen uns hin und her. »Verheiratet?«

Er geht also davon aus, dass wir ein Paar sind, aber mir ist es zu mühselig, das zu korrigieren, und außerdem spielt es ja keine Rolle. Soll Paul doch etwas dazu sagen, falls es ihn stört. Er schweigt. Ich schaue ihn nicht an, aber der Druck seines Armes an meinem wird ein wenig fester. »Nein«, antworte ich dem Bauern knapp.

»Ach ja, heute heiratet man ja nicht mehr. Schade, schade, da ist doch nichts verkehrt dran. Der Tierarzt kriegt mit seinem bunten Mädchen ein Kind, aber sie zur Frau nehmen, das macht er nicht. Dabei ist das auch eine Gute. Ich kenn sie nämlich.« Bedauernd schüttelt er den Kopf, und ich muss mir ein Schmunzeln verkneifen. Ich bin mir ziemlich sicher, dass Rob seiner Anabel wahrscheinlich gern einen Antrag machen würde, aber befürchtet, dass das der toughen Exberlinerin zu spießig sein könnte und sie ihn nur auslachen würde.

»Wo kommst du weg, Paul?« Das übliche Dorfinterview mit der Frage für alle, die von außerhalb kommen oder noch keine hundert Jahre in Neuberg wohnen. Die Einheimischen werden mit »Wem gehörst du?« den Familien zugeordnet. Muss ja alles geklärt sein. Das fand ich schon als Kind seltsam.

»Frankfurt«, antwortet Paul, und ich schaue überrascht zu ihm hoch. Nie hätte ich gedacht, dass er aus der Großstadt kommt. Für mich wirkt er wie der typische Kerl vom Land. Einer, der harte Arbeit und raues Wetter nicht fürchtet und keine überflüssigen Worte macht. Stadt, Land, Klischee.

»Stadt.« Bauer Wilhelm spuckt das Wort aus, und es klingt skeptisch und ein wenig verächtlich.

Paul nickt ruhig. »Ja. Ich habe im Zoo die Ausbildung zum Tierpfleger gemacht und einige Jahre dort gearbeitet.« Irgendwann sei er dann an die Rinderklinik in der Unistadt gewechselt, wo er seither lebe.

Wilhelm stützt sich mit beiden Händen auf seinem Krückstock ab und betrachtet Paul aufmerksam und deutlich wohlwollender. Mich beachtet er nicht mehr. »Ich kenne die Klinik. Wir hatten hier Milchvieh auf dem Hof. In den guten Zeiten vierzig Tiere und Nachzucht. Es ist vorbei, leider. Ich habe nur noch ein paar zur Aufzucht da.« Er weist auf das Gebäude, aus dem er und der schwarze Hund aufgetaucht sind.

»Färsen oder Mastbullen?«, fragt Paul, und anscheinend hat er damit einen Code geknackt, denn jegliche Skepsis fällt von dem Bauern ab und er bedeutet Paul, ihm zu folgen, und macht sich eifrig auf den Weg Richtung Stall. Ich überlege, ob ich mich einfach ins Auto setze und warte, denn die beiden scheinen jetzt ja gut ohne mich klarzukommen. Da bleibt Paul stehen, dreht sich zu mir um und nickt mir zu. »Na komm, Cordula. Wir schauen uns das mal an, oder?«

Die armen Kühe in dem uralten Stall interessieren mich wenig, aber in meinem Bauch macht sich ein warmes Gefühl breit, weil es Paul wirklich wichtig zu sein scheint, dass ich dabei bin. Er wartet auf mich und nebeneinander folgen wir dem Bauern durch die knarrende Tür.

Es ist schon Nachmittag, als wir irgendwann ins Auto steigen. Trotz unseres höflichen Protests hat es sich Bauer Wilhelm nicht nehmen lassen, uns zum Wagen zu begleiten, und er hört nicht mal auf zu reden, als wir die Autotüren zuziehen.

Erst waren wir im Stall, um die strubbeligen Rinder anzusehen, die laut dem Bauern zu Elitemilchkühen für den Großbetrieb in Dreisdorf heranwachsen sollen. Sie standen in dem düsteren Stall etwas traurig im Stroh herum, aber immerhin erwartete sie nicht so bald die Schlachtbank. Während Milli sich schon lange und sehr konsequent vegetarisch ernährt, versuche ich meistens zu verdrängen, woraus mein Hackfleisch besteht, oder es ganz sachlich zu sehen. Aber beim direkten Blick in die dunklen Augen der Tiere, die einen immer irgendwie freundlich und auch ein wenig nachsichtig anschauen, kann einem der Appetit auf ein saftiges Steak schon vergehen. Auch Millis Mitternacht hätte auf einem Teller landen können. Stattdessen führt er jetzt ein Leben, von dem Bauer Wilhelms Kühe nur träumen können. Glück ist schon eine ziemlich ungerechte Sache.

Paul war ganz in seinem Element, stellte die richtigen Fragen und gab kurze, wohl passende Kommentare, denn der Bauer sah zunehmend zufriedener aus. Als Paul dann auch noch einen verklemmten Hebel am Fressgitter mit wenigen Handgriffen reparierte, wirkte der Alte so begeistert, dass er ihn wahrscheinlich vom Fleck weg geheiratet hätte. Eifrig zeigte er uns danach rund um den Hof so viele Stellplätze für Bienenkästen, dass es für eine ganze Honigdynastie gereicht hätte. Auf Pauls Frage nach einem kleinen Raum als Lager und für die Honigverarbeitung bekam er direkt die ehemalige Milchküche zur Verfügung gestellt. Erst war ich mir nicht sicher, ob Paul sich die alten, nicht sehr ansprechenden Räume mit gelblichen Fliesen und verrosteten Wasserhähnen nur aus Höflichkeit interessiert ansah. Aber dann merkte ich, dass sie ihm tatsächlich gefielen, was mich auf eine seltsame Weise viel mehr freute, als ich es mir selbst erklären konnte.

Als Bauer Wilhelm uns auf einen Kaffee in seine Küche einlud, ahnte ich nicht, wie schwer es sein würde, diese wieder zu verlassen. Der Alte war nicht bereit, uns gehen zu lassen, ohne uns die gesamte Hof- und Familiengeschichte gespickt mit zahlreichen Dorfanekdoten zu erzählen. Der arme Paul hörte zu und nickte, obwohl er mit all dem ja noch weniger zu tun hatte als ich. Und auch mir klingeln jetzt noch die Ohren, während ich den Motor anlasse und vom Hof fahre. Der Bauer im Rückspiegel hebt grüßend die Hand und blickt uns nach.

»Willst du das wirklich machen?« Ich schaue Paul skeptisch an. Er hat zwar zugesagt und es würde dem Bauern wahrscheinlich das Herz brechen, wenn er einen Rückzieher macht, aber ich könnte es verstehen.

Paul nickt jedoch ohne zu zögern. »Es gefällt mir. Und Wilhelm ist speziell, aber kein falscher Kerl. Wir werden schon klarkommen. Für die Bienen ist es einfach perfekt. Hast du die Obstbäume auf der Weide gesehen?«

Ich schüttle den Kopf. Darauf habe ich nicht geachtet. Alles sah einfach diesig und ziemlich trostlos aus.

»Im Frühling werden sie wunderschön blühen. Feinster Nektar für die Bienen und später dann Kirschen für uns. Wir dürfen bestimmt welche ernten.«

Für uns? Wir? Die Worte werden zu einem Bild. Wir stehen auf einer Leiter, Paul direkt hinter mir, und er greift an mir vorbei in den Kirschbaum ...

Er deutet meine ausbleibende Antwort falsch. »Entschuldigung, ich verplane dich hier einfach zur Obsternte und vergesse, dass du dem Landleben ja nicht viel abgewinnen kannst.« Er sagt das nicht abwertend, sondern als freundliche Feststellung. Überhaupt wirkt er ziemlich gut gelaunt und sehr entspannt. Ganz anders als bei unserer ersten Begegnung in der Rinderklinik. Es steht ihm.

Ich protestiere. »Es ist ja nicht so, dass ich es grundsätzlich verabscheue. Aber auch wenn ich hier aufgewachsen bin, war ich nun mal nie das typische Landmädchen.«

Er schmunzelt. »Gerade riechst du aber wie eins.«

Da hat er leider recht. Der Stallgeruch haftet penetrant an meiner Kleidung. »Selber«, sage ich empört und boxe ihn mit einer impulsiven Bewegung auf den Oberarm.

Er lacht und ich muss mitlachen. Dann wird er ernst. »Ich kann die Bienen behalten und es wird ihnen sogar besser gehen als vorher. Danke für deinen Einsatz, Cordula.«

Ich merke, dass ich rot werde, und schaue angestrengt auf die Straße. »Nicht dafür.«

»Magst du vielleicht mitkommen, wenn die Bienen umziehen?« Er räuspert sich. »Ich würde mich freuen.«

Ich nicke.

»Ja?«, fragt er nach.

»Ja«, sage ich.

Wir schauen uns nicht an und schweigen, aber die Stille zwischen uns fühlt sich gut an. Richtig gut.

20
MILLI

»**VEREHRTE KOLLEGEN,** liebe Studenten, ich begrüße Sie zur letzten Visite vor Heiligabend und den Weihnachtsfeiertagen.« Kolventhal steht noch aufrechter als sonst auf der breiten Stallgasse im Haupttrakt der Rinderklinik, und es könnte auch ein Festsaal sein, so erhaben und feierlich ist sein Tonfall. Es wundert mich, dass er nicht vorher an ein Sektglas geklopft hat. Gerade will ich Noé diesen Gedanken zuflüstern, da schweift der Blick des Professors genau zu uns. »Unsere Famulanten und studentischen Praktikanten stelle ich für diese Tage frei, denn es ist mir wichtig, dass Sie bei ihrer Familie sein können. Unser Beruf wird Ihnen das wahrscheinlich selten ermöglichen, also genießen Sie es, denn Notfälle kennen keine Feiertage. Genauso wie die Landwirte, die uns ihre Tiere anvertrauen. Auch Heiligabend wird gefüttert und gemolken. So ist das.« Streng blickt er uns an, und ich kann nicht anders, als ein wenig betreten zu nicken. Das ist typisch Kolventhal. Erst gibt er uns von sich aus und sehr nachdrücklich frei, und dann macht er uns ein schlechtes Gewissen. Natürlich freue ich mich, dass ich

Weihnachten in Neuberg verbringen kann, aber ich wäre selbstverständlich auch bereit gewesen, an den Feiertagen zu arbeiten. Schließlich kenne ich das von Rob seit Jahren nicht anders und habe selbst schon eine Menge Sonn- und Feiertage in der Praxis verbracht. Absolut freiwillig, weil ich weiß, dass das zum Tierarztberuf einfach dazugehört.

»Monsieur Dubrasquet«, wendet sich der Professor an Noé, »werden Sie wohl die Tage in Nantes verbringen?«

»Non, *Monsieur le professeur*. Ich möchte Weihnachten in Deutschland verbringen.« Ich blicke möglichst desinteressiert in eine andere Richtung und hoffe, dass es auch Noé gelingt, nicht zu mir zu schauen, als er fortfährt. »Ich werde Freunde besuchen, die so nett waren, mich einzuladen.«

»Sehr gut«, nickt Kolventhal zufrieden und fragt zum Glück nicht weiter nach. »Aber das Fräulein Mahler wird wohl bei ihrer Familie feiern, nicht wahr?« Er schaut mich erwartungsvoll an. Was ist mit ihm los? Normalerweise beginnt er sofort mit einem Vortrag zum ersten Patienten oder erwähnt vorwurfsvoll etwas, dass ihm missfallen hat, doch heute scheint er in Plauderstimmung zu sein. Vielleicht ist ihm der Geist der Weihnacht begegnet.

Etwas verhalten nicke ich. »Ja, meine Mutter und ich feiern bei meiner Tante und meinem Onkel mit ihren kleinen Zwillingsjungs.« Lasse hasst es, wenn ich ihn als Onkel bezeichne, und Kaya liebt es, ihn damit zu ärgern.

»Aha, aha«, murmelt der Professor, woran ich merke, dass er bereits das Interesse verloren hat. Auch gut. Sein

Blick schweift weiter, aber dann wandert er plötzlich zurück. Zu mir. Zu Noé. Wieder zu mir. »Und Besuch werden Sie auch empfangen, nehme ich an?« Er stellt die Frage so harmlos wie die anderen, aber seine hellen Augen fixieren mich. Ich merke, wie mir das Blut in die Wangen schießt.

»Ja«, hauche ich, und ärgere mich, dass mich Stimme und Pokerface gnadenlos im Stich lassen. Gleich wird er nachhaken, und dann muss ich entweder lügen oder …

Aber stattdessen klatscht Kolventhal zufrieden in die Hände und tritt einen Schritt zurück. »So, nun also an die Arbeit. Wie geht es der Patientin mit der Dislocatio abomasi dextra? Sind wir mit dem Operationsergebnis zufrieden?«

Ich höre nur mit halbem Ohr zu, als Doktor Müller vom OP-Verlauf der rechtsseitigen Labmagenverlagerung berichtet. Meine Handflächen sind feucht und ich schiebe sie in die Kitteltasche. Kolventhal weiß Bescheid über Noé und mich, das hat er deutlich gemacht. Wird er es dabei belassen? Schließlich hat er uns »amouröse Verwicklungen« vor ein paar Wochen unmissverständlich untersagt. Aber darf er das überhaupt? Es geht ihn doch gar nichts an!

Noé tritt näher an mich heran und raunt: »Mademoiselle Mahler, ich habe gehört, Ihr Besuch soll außergewöhnlich charmant und gutaussehend sein?«

Ich muss schmunzeln, schaue jedoch nicht zu ihm, als ich antworte. »Oh, ich habe gehört, er ist wohl ein wenig selbstverliebt.«

»Das kann nicht sein. Er ist nämlich bereits mit seinem ganzen Herzen in Sie verliebt, Mademoiselle.«

Ich nehme meine Hand aus der Kitteltasche und lege meinen Handrücken für einen Augenblick an seinen. Ich hoffe, dass er die Antwort auch ohne Worte versteht.

Ich bin gerade dabei, in einer der separierten Außenboxen ein Rind mit Verdacht auf Lungenentzündung abzuhören, als plötzlich der Professor an der Stalltür auftaucht. Er hat was von einem Gespenst, muss ich denken, obwohl mir ein Geist deutlich lieber wäre als Kolventhal, der mich mit undurchdringlicher Miene beobachtet. Ich unterbreche meine Untersuchung und will zu ihm gehen, aber er bedeutet mir mit einer Geste weiterzumachen. Also greife ich wieder nach meinem Stethoskop und versuche, die Herzfrequenz auszuzählen, obwohl mein eigenes mir dazwischenklopft. Was will der Professor? Mir einfach nur bei der klinischen Untersuchung zusehen bestimmt nicht, dafür hat er sich bisher ausgesprochen wenig interessiert. Mit zitternden Fingern trage ich die Daten ins Untersuchungsprotokoll ein.

»Dürfte ich Sie für einen Moment unterbrechen, Frau Mahler?«

Die Frage ist rhetorisch, aber immerhin hat er sich mal das unmögliche Fräulein verkniffen. Ich versuche, mir meine weichen Knie nicht anmerken zu lassen, als ich auf die Boxentür zugehe. Sie ist zweigeteilt, und die untere Hälfte ist geschlossen, so dass wir auf zwei Seiten stehen wie Nachbarn am Gartenzaun. Kolventhal stützt sich mit den Händen darauf ab und neigt sich ein wenig zu mir runter. Seine Stimme klingt gedämpft und ein wenig nervös. »Herr Dubrasquet hat mir etwas erzählt, wonach ich Sie fragen möchte.«

Mein Magen gefriert zu Eis und der Rest meines Körpers gleich mit. Oh Noé, was hast du getan?

»Worum geht es?«, frage ich und bin erstaunt, wie fest und unschuldig meine Stimme klingt.

»Stimmt es, dass Sie eine Kuh besitzen, auf der Sie reiten wie auf einem Pferd?«

Es dauert einen Moment, bis die Worte bei mir ankommen, weil ich mit dieser Frage am wenigsten gerechnet habe. Ich schlucke trocken.

»Er kann es natürlich falsch verstanden haben, sprachlich, aber ich wollte doch gern erfahren, ob es so ist.« Interessiert mustert er mich. Was soll's. Dann hält er mich halt für ein verirrtes Wendy-Mädchen im Kuhstall. Ich habe keine Lust mehr, ihm das Gegenteil beweisen zu müssen.

»Es stimmt«, sage ich und muss mich gar nicht anstrengen, dass meine Stimme selbstbewusst und fast ein wenig stolz klingt. »Aber es ist keine Kuh, sondern ein Ochse. Und es reicht nicht für eine Dressurpferdeprüfung, aber ich kann ihn auf dem Platz und im Gelände in allen Gangarten reiten.«

Ein freudiges Strahlen zieht über das Gesicht des Professors, mit dem ich ihn fast nicht wiedererkenne. »Wunderbar. Dann gleich meine nächste Frage. Würden Sie im

Sommersemester mit Ihrem Ochsen beim Tag der offenen Tür für uns reiten?«

Ich schaue ihn völlig perplex an, was er als Zögern versteht. Sofort beginnt er, übereifrig auf mich einzureden. Anscheinend fuchst es ihn, dass die anderen Kliniken seit Jahren bei der Vorführung in der Reithalle die Publikumslieblinge sind. »Dabei machen sie immer das Gleiche. Die Kleintierklinik lässt Hunde über Hürden springen und die Pferdeklinik lässt Pferde über Hürden springen. Langweilig.« Er macht eine wegwerfende Handbewegung. »Aber Sie wären die absolute Attraktion.«

Ich kann nicht fassen, dass diese Reithallenshow für ihn überhaupt eine Rolle spielt, aber ohne Frage habe ich ihn selten so aufgeregt erlebt. Also warum nicht? Es wäre außerdem cool, Mitternacht mal mit zur Uni zu nehmen. »In Ordnung. Ich bin dabei.«

Er nickt zufrieden, als hätte er nichts anderes erwartet. »Über Details sprechen wir im neuen Jahr.« Ohne eine Antwort abzuwarten, dreht er sich um, und ich schaue ihm kopfschüttelnd nach. Jetzt kann mich nichts mehr überraschen. Als ich mich gerade wieder dem Rind zuwenden will, erscheint er erneut an der Boxentür. »Da wäre noch etwas, Frau Mahler.«

*

»Was?« Isa quietscht auf und verschluckt sich fast an ihrem Rosinenbrötchen, in das sie gerade herzhaft gebissen hat. Wir haben uns in der Bäckerei an der Ecke getroffen und sind jetzt im Laufschritt unterwegs, um nicht zu spät zur Vorlesung über Tierernährung zu kommen. »Er hat dir ernsthaft eine Doktorarbeit angeboten?«

Ich schüttle den Kopf. »Nein, nicht so richtig.« Ich räuspere mich und versuche, Kolventhals Tonfall zu imitieren. »Ich will doch hoffen, dass Sie der Wiederkäuermedizin treu bleiben. Sie dürfen sich an mich wenden, wenn es um Ihre berufliche Zukunft und insbesondere eine mögliche Doktorarbeit geht.«

Isa reißt die Augen auf. »Mensch, Milli. Und so was vom strengen Professor Stock-im-Po. Ich bin stolz auf dich.«

Ich werfe ihr einen Handkuss zu. »Danke, du Süße. Aber ich weiß nicht so ganz, was ich davon halten soll. Vielleicht hat er das ja nur gesagt, weil ich für ihn mit Mitternacht bei dieser Show mitmache.«

Isa lacht. »Spinnst du? Der Typ hat einfach mitgekriegt, was du draufhast. Kann ihm ja wohl kaum entgangen sein, nachdem du jetzt schon seit Wochen in seiner Klinik schuftest.«

»Ja, wahrscheinlich hast du recht.« Ich dachte immer, er sieht gar nicht, wie viel ich bei den anderen Tierärzten schon ganz selbständig machen darf und auch gut hinkriege. Vielleicht habe ich mich da getäuscht. Und obwohl mir egal sein sollte, was Kolventhal von mir hält, erfüllt es mich mit kribbelnder Freude. Besonders weil er mit Anerkennung nicht gerade um sich schmeißt, ist das überraschende Angebot ein kleiner Triumph.

»Machst du es denn?« Isa schaut mich erwartungsvoll an.

Irritiert erwidere ich ihren Blick. »Was?«

Sie zieht die Augenbrauen hoch. »Na, die Doktorarbeit.«

»Isa! Wir haben erst noch mal ein paar Semester und einen ganzen Berg Prüfungen vor uns. Außerdem weiß ich sowieso gerade gar nicht mehr ... was ich will.«

Isa bleibt abrupt stehen. »Was meinst du damit?«

Ich bin ein paar Schritte weitergegangen und drehe mich zu ihr um, so dass wir uns gegenüberstehen. »Na, irgendwie hatte ich den perfekten Plan. Erst studieren und dann in Neuberg als Tierärztin arbeiten. Das will ich, seit ich dreizehn war.«

Isa grinst. »Und dann kam Noé.«

Ich hebe hilflos die Hand und lasse sie fallen. »Nein ... Ja ...«

Sie schaut mich abwartend an.

»Ich darf doch nicht all meine Pläne ändern für jemanden, den ich gerade erst kennengelernt habe.« Ich mache einen Schritt auf Isa zu. »Aber ich kann doch auch nicht einfach sagen: Gut, dann war's das halt im März mit uns. *Au revoir*.«

Erschrocken merke ich, dass ich den Tränen nah bin. Isa zieht mich in ihre Arme, und ich drücke meine brennenden Augen auf ihre Schulter.

»Vorlesung wird abgesagt. Wir sind sowieso schon zu spät, du brauchst also gar nicht zu protestieren. Es gibt gerade Wichtigeres.«

»Was denn?«, murmele ich in den Kragen ihrer Jeansjacke.

»Ich würde sagen: Bratapfeltee, Spekulatius und unsere gute alte Couch. Komm.« Sie nimmt mich an der Hand und zieht mich hinter sich her, bis ich den halbherzigen Widerstand aufgebe und ihr folge.

Es tut gut, einfach mal wieder mit Isa auf unserer geliebten Couch zu sitzen und zu quatschen. Plötzlich fällt es mir ganz leicht, darüber zu sprechen, welche Gedanken mich immer mehr durcheinanderwirbeln und sich einfach nicht vertreiben lassen. Vor allem nachts nicht, wenn ich eng an Noé gekuschelt daliege, seinem ruhigen Atem lausche und weiß, wie unglaublich zerbrechlich dieser Moment ist. Weil wir uns eben nicht ewig die kleine Wohnung über der Rinderklinik teilen werden. Nicht ewig bedeutet bis Ende März, und dieser Zeitpunkt rückt erschreckend schnell näher. Was wird dann aus uns?

»Hast du ihn das schon gefragt?« Isa pustet auf ihren Tee und schaut mich über den Becherrand hinweg an.

Ich beiße mir auf die Unterlippe und schüttle den Kopf. »Was sollte er auch dazu sagen?« Er geht zurück nach Frankreich, ich bleibe hier, das Studium wird uns beide vollkommen in Anspruch nehmen, da hat das mit uns doch keine Chance.

»Das weißt du doch gar nicht. Ihr könntet ja wenigstens mal über die Möglichkeiten sprechen.«

»Welche Möglichkeiten bitte? Wir sind jung und nicht

mal seit zwei Monaten zusammen. Auch wenn es sich so anfühlt, ist es verdammt unwahrscheinlich, dass das für immer ist. Da kann doch nicht einer von uns sein ganzes Leben über den Haufen werfen, bei aller Li ...« Obwohl es nur eine harmlose Redewendung ist, schlucke ich das Wort herunter.

Isa grinst. »Also wenn ich euch zwei zusammen sehe, sieht das für mich durchaus nach Zukunft aus. Ihr seid so süß miteinander, versteht euch gut, habt Spaß. Und es ist ja nicht so, dass du eine bist, die sich mal eben schnell im Vorbeigehen verliebt, Milli.«

Das bin ich wirklich nicht. Und so heftig wie mit Noé war es sowieso noch nie. Trotzdem. Traurig schaue ich Isa an. »Ich kann hier nicht weg. Nicht mal für ihn.« Es gibt zu viel, das mich hält. Die kleine, inzwischen so vertraute Unistadt und mein Zimmer bei Isa, das auf mich wartet. Meine Familie. Die Tierarztpraxis und mein Zuhause in Neuberg. Und noch vor allem anderen Mitternacht. Ohne ihn geht gar nichts.

Isa lächelt. »Wer weiß? Vielleicht kann er sich ja vorstellen, hier weiterzustudieren. Das kannst du nicht wissen, wenn du ihn nicht fragst.«

Ich kann nicht von ihm verlangen zu bleiben, wenn ich nicht bereit bin zu gehen. Das wäre nicht fair.

Isa streicht mir mit einer tröstlichen Geste über den Oberarm. »Sprich über die Weihnachtstage mit ihm, ja? Ihr findet bestimmt einen Weg.«

»Und wenn nicht?« Eigentlich ist genau das meine

größte Angst. Dass Noé und ich darüber reden, und es einfach keine Lösung gibt. Ist das dann das Ende?

Isa schüttelt den Kopf und lacht freundlich. »Stop, Milli! Du machst dich echt verrückt. Da könnte ich mich genauso gut fragen, was passiert, wenn ich im Examen dreimal durch die Pharmakologieprüfung rassle. Was um einiges wahrscheinlicher ist, als dass eure Lovestory nicht ihren Weg findet. Man kann nie wissen ...«

Ich muss ebenfalls lachen. »Du wirst in Pharmakologie glänzen, meine Liebe!«

Sie zwinkert. »Und du wirst deinen Franzosen heiraten, ihr bekommt zuckersüße Kinder und lebt in einem wunderschönen Schloss. Mit Tierarztpraxis und Kuhstall natürlich.«

Ich strecke ihr die Zunge raus, aber sie hat es geschafft. Ich fühle mich besser. Und irgendwie freut sich ein Teil von mir auch auf die Rückkehr in mein WG-Zimmer.

»Apropos Lovestory, wie läuft es eigentlich mit deiner Mutter und dem Tierpfleger? Gibt es was Neues?« Sie steht auf und sammelt die Teekanne und die Becher ein.

»Keine Ahnung.« Heute bringen sie zusammen die Bienen nach Neuberg, aber die Chancen auf mehr stehen wahrscheinlich eher schlecht. Mama hält sich ganz bedeckt, was das angeht. Auf dem letzten Mittagsspaziergang habe ich vorsichtig versucht, das Thema Paul anzuschneiden, aber sie ist sofort ausgewichen. Und irgendwie geht auch er mir aus dem Weg.

»Frag mich nicht. Und sag ihr bitte bloß nichts von meiner Vermutung, dass Paul auf sie steht.«

Isa schmunzelt. »Kann ich gar nicht. Sie hat schon ihre Sachen gepackt und sich verabschiedet. Ihr Studentenleben ist wohl vorbei.«

Das hat sie zu mir auch gesagt. Nach Weihnachten wird sie zurück in ihre Stadtwohnung fahren und die neuen Uniprojekte vorbereiten. Ich finde das fast ein wenig schade. Sie hier zu haben war gar nicht so schlimm wie befürchtet. Und sie hat mich mehr als einmal ziemlich überrascht.

21
CORDULA

PAUL HAT MICH wohl im Rückspiegel gesehen, denn während er aus dem Wagen steigt, hebt er schon grüßend die Hand und wartet dann vor dem Gartentor auf mich. Sein Auto ist ein alter, gepflegter Kombi, an den ein mittelgroßer Anhänger mit Planenverdeck gekoppelt ist, wie er für Gartenabfälle oder Kaminholz verwendet wird. Heute im Einsatz als Bienentransporter.

Am Telefon hat Paul mir angeboten, mich abzuholen und zum Garten mitzunehmen, aber ich habe abgelehnt, was er ohne Einwand akzeptierte. Irgendwie hatte ich Angst, wir würden dann nur wieder stumm im Auto sitzen und nicht wissen, wo wir anknüpfen sollen. Es ist besser, etwas zu tun zu haben, das macht es leichter. Deshalb bin ich von der Wohnung durch die klare Winterluft hergelaufen und fühle mich frisch und voller Tatendrang. Ich trage zum ersten Mal die Jeans, die ich mir in den ersten Tagen hier gekauft habe, und vor ein paar Tagen habe ich mir endlich auch ein Paar robuste Outdoorstiefel zugelegt. Ich habe mir eingeredet, dass ich das schon längst mal tun wollte, weil man so was eben ab und zu brauchen kann. Aber eigentlich habe ich dabei nur an heute gedacht. Es ist ungewohnt, an den Füßen und im Kopf, doch es gefällt mir.

Er schaut mir entgegen und plötzlich scheinen die breiten Sohlen viel weniger Halt zu bieten als die hohen Hacken.

»Schön«, sagt er, als ich bei ihm ankomme. »Schön, dass du da bist.« Hektisch macht er sich daran, das Schloss zu öffnen. »Dann wollen wir mal.«

Kurz bin ich verwundert, dass er so nervös wirkt, aber dann fällt mir ein, was der Umzug der Bienen für ihn bedeutet. Er verliert den Garten. Wahrscheinlich sieht er ihn heute zum letzten Mal. Daran habe ich überhaupt nicht mehr gedacht.

»Es tut mir leid, dass sie dir das alles hier wegnehmen.« Nebeneinander laufen wir über die struppige Winterwiese, die bald nur noch eine Asphaltfläche sein wird.

»Schon in Ordnung. Ich wusste ja, dass es irgendwann so kommen würde und hab mich drauf eingelassen.« Er spürt meinen Blick und erwidert ihn. »Hauptsache, ich kann die Bienen behalten. Dank einer engagierten Helferin, die eigentlich gar nicht so viel für die kleinen Scheißviecher übrighat.«

Ich verdrehe die Augen. »Jetzt fang nicht wieder damit an.«

Er lacht und alles wird ein bisschen heller.

»Inzwischen finde ich die kleinen Biester sogar ziemlich faszinierend.« Dank eines sympathischen Tierpflegers, der heimlich mit ihnen spricht. Das sage ich natürlich nicht laut.

Als wir uns den Bienenkästen nähern, werde ich trotzdem etwas nervös. Zu sehr summt die Erinnerung an die letzte Begegnung in meinem Kopf. Paul ahnt es oder spürt das Zögern in meinen Schritten und dreht sich zu mir um.

»Keine Sorge, ich hab die Fluglöcher bereits verschlossen. Sie können nicht raus.«

Er zeigt mir, wie man die einzelnen Etagen mit Gurtband aufeinander fixiert, damit sie beim Transport nicht verrutschen. Wie selbstverständlich lässt er mich helfen und mit anpacken. Gemeinsam versuchen wir, den ersten Kastenstapel auf eine Sackkarre zu wuchten. Er ist schwerer, als ich erwartet habe, und das borstige Gras scheint ihn nicht hergeben zu wollen, so dass es etwas dauert, bis er vollständig und sicher auf dem breiten Karrenbrett steht. Es ist ein gutes Gefühl, als es geschafft ist, und wir einen zufriedenen Blick wechseln.

»Auf dem Weg wird es etwas holprig, kannst du von der Seite stützen, damit nichts ins Rutschen kommt?«

Die Bienen werden sich wahrscheinlich wundern, dass ihr Stall plötzlich kippt und durch die Gegend fährt. »Wird denen nicht schlecht da drin?«

Paul schmunzelt. »Ich denke nicht. Mit ein bisschen Achterbahn kommen sie klar. Außerdem ist es ja gleich geschafft.«

Das Abladen auf dem Anhänger geht deutlich einfacher.

»So, ihr wartet hier, und wir holen noch den Rest der

Bande.« Er klopft freundlich auf den Kasten und irgendwie kommt es mir gar nicht mehr so seltsam vor, dass er mit den Bienen spricht. Kaya und Milli machen das mit ihren Pferden genauso. Und mit dem Ochsen. Verstehen tun die Tiere davon wahrscheinlich gleich viel. Nichts.

»Sag mal, sind das eigentlich richtige Haustiere für dich? Also, so wie Hunde, Katzen oder ... Millis Ratten. Als die an Altersschwäche gestorben sind, hat sie jedes Mal schrecklich geweint.« Ich lasse ihn mit der Sackkarre am Tor vor, dann schließe ich wieder zu ihm auf.

»Du willst wissen, ob ich um sie trauere, wenn sie sterben?« Er schaut mich forschend an, und plötzlich kommt mir der Vergleich albern vor. Obwohl ich auch bei Ratten mal dachte, eine ist wie die andere, und dann hat es mir doch ziemlich leidgetan um Millis alte Schätzchen. Vor allem um den dicken Louis, dem ich ab und zu eine Rosine zugesteckt habe, wenn Milli nicht hingeschaut hat. »Ich glaube, ich meinte mehr, ob sie ersetzbar für dich sind. Also ist es dir wichtig, dass es genau diese Bienen in dem Kasten da sind oder dürften es auch einfach irgendwelche anderen sein von der gleichen Art? Verstehst du, was ich meine?«

Er nickt stumm und scheint selbst einen Moment darüber nachdenken zu müssen. Dann bleibt er plötzlich stehen. »Es ist nicht so, dass mich der Tod jeder einzelnen Biene trifft, das Sterben gehört im Bienenstock einfach dazu. Und Namen haben sie auch nicht.« Sein Mund verzieht sich zu einem kleinen Lächeln, doch seine Augen bleiben ernst. »Aber die Völker, die ich übernommen habe, empfinde ich schon als meine Tiere, für die ich mich verantwortlich fühle. Ich will nicht einfach nur ihren Honig, sondern ich möchte, dass es ihnen gut geht, dass sie gesund bleiben und als Volk überleben. Also wären sie für mich nicht einfach durch ein anderes Volk ersetzbar. Beantwortet das deine Frage?«

»Ja, das tut es.« Mehr als das. Es geht mir mit Paul wie mit den Bienen. Je mehr ich über ihn erfahre, desto mehr fasziniert er mich. Er weicht meinem Blick aus und setzt sich wieder in Bewegung. Ich schaue ihm hinterher und erwische mich dabei, dass mein Blick schon wieder an seinem Hintern hängen bleibt. Lass es einfach, sage ich mir stumm, und folge ihm.

Schließlich hieven wir den dritten und letzten Kastenstapel von der Sackkarre auf den Anhänger und schließen gemeinsam die Ladeklappe. Ich schwitze unter meiner Winterjacke, die neue Jeans hat Schlammflecken und meine Hände sind rot vor Kälte und dem Kampf mit den störrischen Kisten. Aber ich fühle mich so glücklich und lebendig wie lange nicht.

Paul holt zwei Wasserflaschen von der Rückbank und drückt mir eine in die Hand. Das Wasser ist eisig und tut gut.

»Wir sind gleich startklar.« Paul schraubt den Deckel auf seine Flasche und legt sie zurück. Ich reiche ihm meine dazu.

»Ich habe noch einen Umzugskarton in der Hütte stehen. Und ich will auch noch einmal ...« Er beendet den Satz nicht.

Abschied nehmen. Mitgefühl brandet wie eine Woge an mein Herz. Ich schaue zu ihm hoch. »Soll ich mitkommen?«

Zu meiner Überraschung nickt er. »Ja, das wäre ... ja.«

Schweigend laufen wir den Trampelpfad entlang, vorbei an den knorrigen Bäumen und den windschiefen Büschen. Es ist so schade. Die kleine Holzbank, die sonst vor der Hütte stand, ist nicht mehr da. Irgendwie hoffe ich, dass Paul sie nicht einfach entsorgt hat, denn ich mochte das Ding. In meinem Kopf blitzt das Bild auf, wie ich die dämliche Geschenktüte schon halb auf der Flucht darauf abgestellt habe. Verrückterweise scheint Paul das Gleiche einzufallen, denn er nickt in die Richtung der verschwundenen Bank.

»Ich habe mich noch gar nicht bedankt für das Geschenk.«

Ich winke ab. »Ach, das war doch nur eine Kleinigkeit.«

»Für mich nicht«, sagt er und bevor die Worte richtig bei mir ankommen, verschwindet er durch die geöffnete Tür ins Innere der Hütte.

Mein Herz pocht. Vielleicht sollte ich einfach hier stehen bleiben, oder noch besser umkehren und am Auto auf ihn warten. Ich kann das: den Moment erkennen für den Schritt zurück, abschalten, vernünftig sein. Ich kann das schon immer verdammt gut. Aber alles an mir drängt ihm hinterher, und bevor ich es richtig bemerke, gebe ich nach.

Zögernd bleibe ich im Türrahmen stehen. Die Hütte ist leergeräumt bis auf den kleinen, alten Ofen in der Ecke, der einsam auf das Ende wartet. Es riecht nach Holz und Winter.

Paul steht mit dem Rücken zu mir im einfallenden Tageslicht, regungslos, als hätte er vergessen, was er wollte. Neben ihm ein wuchtiger Umzugskarton, doch manche Dinge lassen sich nicht einfach einpacken und mitnehmen. Ich kann den Abschied fühlen, ganz nah und schwer.

»Das war's dann wohl.« Er dreht sich zu mir um und ich nicke stumm, ohne zu wissen, ob er das im Gegenlicht sehen kann. Aber ich sehe ihn und weiß in diesem Moment, dass ich in ihn verliebt bin. Verliebt. So ein albernes, abgenutztes Wort für all die verschwenderischen biochemischen Reaktionen, die vom ganzen Körper Besitz ergreifen und sich nicht aufhalten lassen. Adrenalin wie bei Panik, aber die Überdosis Dopamin zähmt es, macht aus Angst Euphorie und aus Übelkeit Bauchkribbeln. Ich weiß das, und kann es trotzdem nicht verhindern. Doch da ist mehr als der Rausch durch Botenstoffe. Ich verstehe ihn und fühle mich verstanden, mit und ohne Worte, einfach so. Ich möchte ihn auffangen, den großen Kerl mit allem, was er trägt, und in dieser Sekunde habe ich nicht den geringsten Zweifel, dass ich es könnte.

»Sollen wir dann?« Er hebt die Pappkiste auf und macht einen Schritt auf mich zu. Ich müsste zur Seite gehen, um ihn durch die Tür zu lassen, aber ich tue es nicht. Vielleicht haben mich die letzten Wochen verändert, vielleicht will ich einfach nicht mehr vernünftig sein, wahrscheinlich ist es einfach nur das verdammte Dopamin. »Ich würde gern noch ein bisschen bleiben.« Ich sehe ihm an, dass ihn mein Satz mindestens so sehr überrascht wie mich. »Mit dir«, füge ich leise hinzu, und dann verlässt mich der Mut. Ich kann das nicht, das ist bescheuert, ich bin bescheuert. Ich stehe direkt an der Tür, ich müsste mich nur umdrehen, loslaufen und so tun, als hätte ich nichts gesagt. Aber meine Füße scheinen am Boden festgeschraubt zu sein.

Mit einer ruhigen Bewegung stellt Paul den Karton zur Seite und ist bei mir. Ganz nah. Ich atme seinen angenehm herben Geruch ein, und mein Herz klopft bis zum Hals. Adrenalin. Dopamin. Er nimmt mein Gesicht in beide Hände, so dass mein Blick seinen trifft. So rau, so sanft. Dann küsst er mich, nicht zaghaft, sondern als würde er damit mein Leben retten. Oder seins. Oh verdammt, kann er das gut. Ich lege meine Arme in seinen Nacken und ziehe ihn noch dichter an mich ran, alles an mir will zu ihm. Sein Daumen streift meinen Mundwinkel, als er seine Hände meinen Hals herunterwandern lässt bis zu den Schultern. Vorsichtig löst er sich von mir und schaut mich an. Seine Stimme ist noch ruhiger, noch dunkler als sonst.

»Wir könnten das letzte Holz aus der Kiste verheizen. Ich weiß sowieso nicht, wofür ich es eingepackt habe. Willst du ... das?«

»Ja«, sage ich mit allen Molekülen in meiner Blutbahn. Genau das will ich.

Es ist erstaunlich, wie schnell es in der kargen Hütte behaglich warm wird. Durch die geschlossene Tür fällt nur noch wenig Licht herein, das mit dem Feuer hinter der kleinen Scheibe am Ofen ein unwirkliches Zwielicht bildet. Keiner von uns sagt ein Wort, aber die Stille knistert.

Paul streift seinen Parka ab und breitet ihn vor dem Ofen aus, dann zieht er den Pullover über den Kopf und wirft ihn dazu.

»Der Boden ist kühl.« Er schaut mich an und sein Blick flackert ein wenig, als wäre er sich nicht sicher, ob er mich richtig verstanden hat.

»Das macht nichts.« Ich trete einen Schritt näher, ziehe den Reißverschluss meiner Winterjacke auf und lasse sie ebenfalls zu Boden gleiten. Er zieht mich an sich heran, da ist nur noch dünner Stoff zwischen uns, meine Bluse, sein T-Shirt, beides fällt wenig später auch, plötzlich ist es ganz leicht. Haut an Haut, Mund an Mund sinken wir auf den Flickenteppich aus Kleidungsstücken.

Er hält mich sicher im Arm, sein Blick bleibt bei mir, als er seine Hand erst über meine Brüste gleiten lässt und dann tiefer. Langsam und ohne hinzuschauen öffnet er meinen Jeansknopf und den Reißverschluss, dann schiebt er sanft seine Hand darunter. Die drängende Feuchtigkeit zwischen meinen Beinen überwältigt ihn, für einen Moment schließt er die Augen und seufzt erregt auf. Seine Finger gleiten bebend in mich. Ich lege den Kopf in den Nacken, bewege meinen Unterkörper drängend unter seiner Hand und merke staunend, wie sehr wir beide uns genießen, die eigene Erregung und die des anderen. Er zieht seine Hand zurück und küsst mich aufs Dekolleté, sein bärtiges Kinn berührt prickelnd meine Brust und ich drücke mich ihm entgegen. Hektisch taste ich nach seiner Gürtelschnalle, während ich gleichzeitig versuche, mich selbst aus meiner engen Jeans zu befreien. Warum bitte ist dieses unpraktische Kleidungsstück dermaßen beliebt? Paul hilft mir mit ruhigen Bewegungen, obwohl sein Atem nicht weniger schnell geht als meiner. Gerade diese Kontrolle und Ruhe in seiner Erregung macht mich verdammt heiß, und lässt mich gleichzeitig eine unglaubliche Zärtlichkeit für ihn empfinden.

Doch als wir beide endlich nackt sind, lässt er sich keine Zeit mehr. Ich muss ihn nicht aufhalten wegen der Verhütung, wie selbstverständlich denkt er von selbst daran, es geht ganz schnell. So und nicht anders soll es sein. Mit zartem Druck schiebt er meine feuchten Schenkel auseinander, dreht sich auf mich und dringt mit einer geschmeidigen Bewegung in mich ein. Wowwowwow, das ist wow. Ich fühle seinen festen Körper auf meinem, die sanften, kraftvollen Stöße und ein unfassbares Gefühl von Vertrauen und Sehnsucht. Gleichzeitig suchen unsere Blicke einander, während wir vor Erregung vibrieren. Schon bevor der Höhepunkt da ist, weiß ich, dass ich explodieren werde in tausend flirrende Funken. Ich bäume mich auf, schiebe ihn mit aller Kraft tiefer in mich, packe dabei mit beiden Händen seinen Hintern. Er kommt mit mir, pulsierend und heiß, sein Mund an meinem Hals, während sein Arm mich sicher hält. Atmung, Herzschlag, Schweiß. Ineinander angekommen.

Wir liegen eine Weile schweigend zusammen, aber als unser Atem ruhiger wird, spüre ich den kühlen Boden unter der dünnen Schicht aus Jacken, der mich trotz Pauls warmer Haut frösteln lässt. Er küsst mich sanft auf die Schulter und streicht mit der Hand meinen Oberarm entlang.
»Wir sollten uns anziehen.«

Der Ofen ist fast heruntergebrannt und im Halbdunkeln suchen wir unsere Kleidung zusammen. Als wir angezogen sind, macht Paul die Tür auf und lässt die helle Winterluft herein. Ich fühle mich, als wäre ich gerade aufgestanden, noch halb gefangen in einem Traum.

Paul bleibt im Türrahmen stehen und dreht sich um, er steht so da, wie ich eben noch. Davor. Er schaut mich an.
»Ich muss dir etwas sagen.«

Hat eigentlich jemand schon mal Daten zur biochemischen Reaktion auf diese Worte erhoben? Adrenalin ist definitiv ganz vorn dabei, ich bin sofort hellwach.

Er hat meine volle Aufmerksamkeit, aber er zögert.
»Was?«, frage ich, und es klingt kühler als beabsichtigt.
Er schluckt. »Das hier bedeutet mir was. Du bedeutest mir was. Ich will mehr.«

»Mehr davon?« Ich grinse vorsichtig und tippe mit dem Fuß zart auf die Stelle, an der wir gelegen haben.

Er schaut dorthin und dann wieder zu mir, völlig ernst. Fast unmerklich schüttelt er den Kopf. »Mehr als das.«

Was? Unwillkürlich halte ich die Luft an.

»Keine Episode, keine Affäre. Ich kann das nicht. Schon gar nicht mit dir. Dafür bist du mir längst viel zu nah.«

Unwillkürlich mache ich einen Schritt zurück. Seine Worte wirbeln in meinem Kopf, und eine Brandungswelle in meinem Rücken drückt mich in seine Richtung, aber ich halte dagegen. Zu nah.

Er beobachtet mich ruhig und abwartend.

»Ich weiß nicht, was du von mir erwartest«, sage ich leise.

»Eine ehrliche Chance oder eine ehrliche Abfuhr. Ich will mit dir zusammen sein.«

Es klingt nicht fordernd, einfach nur wie eine simple Feststellung der Tatsachen, aber indem er seine Karten so offen auf den Tisch legt, macht er nicht nur sich selbst verwundbar, sondern auch mich. Hat er denn keine Angst vor meiner Antwort? Ich schon.

»Paul, ich weiß nicht ... Ich kann nicht ... Ich brauche noch Zeit ...« Ich klinge gehetzt und durcheinander, während bei ihm alles so klar wirkt. Die Angst, verletzt zu werden, begleitet mich seit damals wie ein eisiger Nebel in jedem Moment von Nähe oder Zuneigung. Zum ersten Mal ist da aber eine Furcht, die noch größer ist und brennt. Ich will nicht, dass Paul verletzt wird. An mir zerbricht, weil ich nicht gut bin in dem, was ihm so leichtfällt. Sich kümmern, warm sein und beständig, sich einlassen. Ich bedenke stets – kühler Kopf, klare Grenzen, immer ein Schutzschild zur Hand.

»Du bekommst alle Zeit, die du brauchst.« Er greift mit beiden Händen nach dem Umzugskarton. »Es war mir nur wichtig, dass du es weißt. Für uns beide.«

Ich lächle zaghaft. »Danke.«

»Na komm, dann lass uns fahren.«

Wir laufen den Trampelpfad zum Tor und wissen beide, es ist das letzte Mal. Aber keiner von uns schaut zurück.

Als Paul neben mir einsteigt und den Motor anlässt, beobachte ich ihn verstohlen. Ich wüsste ja schon gern, was gerade in seinem Kopf vorgeht, aber seine Miene verrät nichts. Er spürt meinen Blick und schaut zu mir rüber.

Ich lächle zaghaft. »Ist alles okay?«

Er guckt in den Rückspiegel und dann auf die Straße. »Es ist alles gut.«

Bei ihm klingt das nicht wie eine Floskel oder eine völlig beliebige Antwort, sondern ruhig und klar und echt. Genauso, wie er ist, muss ich unwillkürlich denken, und merke, wie ich mich entspanne. Das wohlige Gefühl haftet wie die Ofenwärme und Pauls Geruch in meiner Kleidung und umgibt mich wie eine weiche Decke.

»Glaubst du, die Bienen haben sich gefragt, wo wir so lange bleiben?« An die Kopfstütze gelehnt wende ich mich ihm zu. Seine Schulter ist ganz nah, ich müsste nur den Kopf ein kleines bisschen neigen, um ihn dagegenzulehnen, aber ich traue mich nicht. Ich muss mir erst klarwerden, was ich will, da hat er völlig recht. Unauffällig gehe ich ein wenig auf Abstand.

»Solange man Bienen nicht reizt, sind sie sehr geduldige Tiere. Ich denke nicht, dass sie verärgert waren über die unerwartete Verzögerung.«

Unerwartete Verzögerung. Das Bild von uns beiden auf dem Hüttenboden blitzt unvermittelt in meinem Kopf auf und erfasst mich wie ein Nachbeben. Seine Haut auf meiner, die starken Arme, die mich halten, er in mir, Erregung und Geborgenheit. Merkt er das?

Er schaltet weich in den nächsten Gang, die Hand knapp neben meinem Knie, ohne es zu streifen. Hilfe, wie soll ich mir so vernünftig über meine Gefühle klarwerden? Ich muss jetzt mal die Kurve kriegen und irgendwie wieder ein normales Gespräch führen können. Los. »Wie bist du eigentlich darauf gekommen, dir Bienen anzuschaffen? Die gehören ja nicht gerade zu den üblichen Haustieren.«

»Aber sie sind weiter verbreitet, als man denkt. Du kannst mal mitkommen auf eine Imkerversammlung, wenn du magst. Es ist erstaunlich, wie unterschiedlich die Menschen sind, die sich Bienen halten. Auch viele Frauen übrigens.«

Okay, er erwähnt irgendwelche Frauen, und sofort habe ich ein kleines, eifersüchtiges Fragezeichen im Bauch. Ich bin echt nicht mehr zu retten. Und genau so was wollte ich doch immer vermeiden. Kopf an, und alles andere wird ab sofort ignoriert. »Und warum hältst du welche? Stand eines Tages ein Körbchen mit heimatlosen Bienen vor deiner Tür?«

Er grinst. »Damit liegst du fast richtig.« Dann wird sein Blick ernst. »Die Bienen haben meinem Bruder gehört. Imkerei war ein Projekt in der Entzugsklinik. Verantwortung, Struktur, Achtsamkeit und so weiter. Eine Zeitlang hat das wirklich funktioniert.« Er reibt sich über die Schläfe. »Ben hat sich nach dem Klinikaufenthalt ein eigenes Volk angeschafft. Er hatte richtig Spaß daran und hat sogar einen Preis für seinen Honig gewonnen. Ich glaube, die Bienen haben ihm ein ziemlich gutes Jahr geschenkt. Ohne sie wäre er viel früher wieder abgestürzt.«

Ich beobachte ihn von der Seite, und obwohl sein Gesicht ganz ruhig wirkt, merke ich, wie dahinter Erinnerungen wirbeln.

»Du hast sie also übernommen, als er …« Ich spreche den Satz nicht zu Ende.

Er nickt. »Die Polizei rief mich an. Die wussten nicht, wohin damit, und wollten sich auch nicht groß kümmern. Die Wohnung war eine Katastrophe, wie man es von einem Junkie erwartet, der ganz unten angekommen ist. Aber die Bienen auf dem Balkon hat er bis zum Schluss versorgt. Er schien sie wohl selbst völlig zugedröhnt nicht vergessen zu haben.«

Ich werfe einen Blick durch die Heckscheibe auf den Anhänger, unter dessen Plane das Erbe seines Bruders vor sich hin summt. »Ich bin froh, dass du sie nicht weggegeben hast.«

»Als du mit deiner hartnäckigen Idee ankamst, war ich wirklich kurz davor. Gutes Timing, Frau Mahler.«

»Fast so gut wie das der Zwillinge, die vor deinen Füßen in Sitzstreik gegangen sind.«

Er lacht. »Da muss ich ihnen wohl noch mal eine Packung Kekse besorgen.«

»Oh ja, sie sind sehr bestechlich. Jetzt hoffe ich nur, dass es den Bienen in Neuberg auch gefällt.«

Er klopft mit den Fingerspitzen aufs Lenkrad. »Da habe ich keine Bedenken. Wem sollte es denn dort bitte nicht gefallen?«

Ich beiße mir auf die Unterlippe. Na toll, ein weiteres Mitglied im Neuberg-Fanclub. Aber ich bin selbst schuld, schließlich war ich es ja, die ihn dorthin gebracht hat. Vielleicht ist es ja an der Zeit, dem verfluchten Kaff eine zweite Chance zu geben?

*

Wir sind noch nicht ausgestiegen, da stehen Bauer Wilhelm und sein schwarzer Zottelhund schon erwartungsvoll auf dem Hof, als hätten sie bereits am Fenster nach uns Ausschau gehalten.

»Ich glaube, wir sind bereits adoptiert.« Paul wirft mir einen amüsierten Blick zu, bevor er die Autotür öffnet und auf die beiden zugeht. Der Hund ist sofort bei ihm und begrüßt ihn wie einen vermissten Freund. Er wuschelt ihm lachend durch das dunkle Fell und wendet sich dann dem Bauern zu, die beiden wirken wie alte Bekannte. Wie macht Paul das? Ich wirke in meinem Heimatort wie eine Fremde, und er schon beim zweiten Besuch, als sei er hier zu Hause. Ich steige aus, und das überdrehte Hundetier lässt von Paul ab und stürmt auf mich zu. Bevor der Alte ein wirkungsloses »Asta, lass das!« ruft, hat es schon einen Pfotenabdruck auf meiner Hose hinterlassen. Was soll's? Die ist bereits versaut und wird sowieso nicht zum Lieblingskleidungsstück. Jeans sind völlig überbewertet. Ich beuge mich herunter und tätschle unbeholfen den großen Kopf. Begeistert leckt der Hund mir mit seiner nassen Zunge über die Hand.

»Das ist ziemlich widerlich«, sage ich leise zu ihm, und er verharrt und schaut mich aus kaffeebraunen Augen nachdenklich an. Dann hebt er die Nase und leckt mit einer schnellen Bewegung über mein Gesicht, bevor er zurück zu den Männern saust. Obwohl ich das angemessen eklig finde, lasse ich mir nichts anmerken und wische nur beiläufig mit dem Jackenärmel über die Spuckespur auf meiner Wange. Ich hoffe inständig, dass Rob dem Tier regelmäßig was gegen Würmer spritzt.

Bauer Wilhelm und Paul haben bereits einen freigeräumten Bereich an der Stallwand aufgesucht und diskutieren den besten Standplatz für die Bienen.

»Ich glaube, das ist hier nicht genug windgeschützt, Wilhelm.«

»Doch, doch, das geht. Hier weht es nicht sehr.«

Ich trete mit einem beiläufigen Gruß dazu.

»Ah, da ist ja deine Frau.« Bauer Wilhelm wendet sich mir zu. »Hier ist doch nicht viel Wind, oder?« Zustimmungsheischend schaut er mich an, als wäre ich eine extra geladene Wetterexpertin. Soll ich jetzt den Finger anfeuchten und in die Luft halten?

»Das kommt wahrscheinlich auf die Windrichtung an«, sage ich diplomatisch, und er nickt zufrieden, als habe er genau das hören wollen.

Paul wirft mir einen Blick zu, zärtlich und vertraut. Ich muss lächeln und in meinem Bauch flattert es. Verdammtes Dopamin, so geht das nicht. Schnell schaue ich woanders hin.

»Wir stellen die Bienen jetzt erst mal hierhin und beobachten es«, lenkt Paul ein. »Wenn es zu windig ist, können wir immer noch anders entscheiden.«

Während er Auto und Anhänger holen geht, stützt der alte Wilhelm sich auf seinen Krückstock und betrachtet mich unverhohlen. »Hätte keiner gedacht, dass du noch mal zurückkommst ins Dorf. Bist lang fort gewesen.«

»Na ja, ich ...« Ich komme ja gar nicht zurück, will ich sagen. Aber was geht ihn das überhaupt an?

»Hättest auch bleiben können. Ein junges Ding mit 'nem Kind lässt hier keiner hängen.«

Und genau das wollte ich nicht sein: das junge Ding mit dem Kind. Sonst nichts. Ich schweige mit eisigem Blick, was ihn nicht davon abhält weiterzureden.

»Außerdem ist sie doch trotzdem gut geraten, die Kleine.« Trotzdem. Neben uns rangiert Paul den Anhänger neben die Stallwand. Der Alte wedelt mit dem Krückstock, vielleicht als Parkeinweiser, vielleicht als Redenschwinger. »Und einen sehr guten Mann hast du jetzt auch.« Klar. Ohne geht ja gar nicht. Aber mit einem Kerl an der Seite bin ich plötzlich willkommen.

»Er ist nicht mein Mann«, fauche ich, und es ist mir egal, dass Paul genau in diesem Moment neben mir auftaucht.

»Ist alles okay?«, fragt er ruhig.

Bauer Wilhelm hebt unschuldig die Schultern und mustert mich.

Ich nicke kühl. »Können wir jetzt abladen, oder was?«

Mit wütender Energie helfe ich Paul, die schweren Kästen vom Anhänger zu hieven und aufzustellen. Wahrscheinlich könnte ich sie gerade locker allein tragen. Oder werfen. Alles an mir steht unter Hochspannung. Als wir den letzten Kistenstapel an der Wand zurechtgerückt haben, durchbricht Paul das Schweigen. »Was ist mit dir?« Er fragt es leise und behutsam, dass ich für einen Augenblick ganz weich werde. Dann reiße ich mich zusammen.

»Ich hasse Neuberg«, zische ich und kann nicht verhindern, dass man die unterdrückten Tränen in meiner Stimme hört. Das macht mich noch wütender.

Statt mich verständnislos anzuschauen, nickt Paul einfach und will nach meiner Hand greifen, die angespannt auf dem Bienenkasten liegt. Wenn er mich jetzt berührt, werde ich losheulen, und das Letzte, was ich will, ist, dass der Bauer mich so sieht. Oder Pauls Hand auf meiner. Ich weiche hektisch zurück und klopfe die Hände ab. »Das war's dann wohl. Sieht doch gut aus.« Meine Stimme klingt künstlich und überhaupt nicht nach mir. Ich spüre Pauls Blick von der Seite, aber ich schaue ihn nicht an. Er zögert, dann lässt er mich.

»Wilhelm, ich würde die restlichen Sachen einfach in die Milchküche stellen und in den nächsten Tagen ausräumen, wenn das in Ordnung ist.«

Der Alte klopft zustimmend mit der Krücke an die Holztür. »Mach nur. Und sag Bescheid, wenn du was brauchst.«

Paul lacht freundlich. »Danke. Das Einzige, was noch fehlt, ist ein Stall für mich selbst, damit ich nicht immer hin- und herfahren muss, wenn ich nach der Arbeit abends herkomme. Aber im Ort soll es eine Pension geben, die haben bestimmt ein Zimmer frei.«

Moment. Er will im Dorfkrug übernachten? Ich dachte, er fährt zurück in die Stadt. So weit ist es ja nun auch wieder nicht und außerdem war nie die Rede davon, dass er gleich Weihnachten hier verbringt.

»Ah, da habe ich eine bessere Idee. Kommt mal mit.« Der Alte öffnet die Tür und hinkt eifrig in die Milchküche. Jetzt werfe ich doch einen Blick zu Paul, der ihn ratlos erwidert. Was hat der Bauer vor? Zögernd folgt Paul ihm, und ich gehe hinterher.

Er nimmt einen einzelnen Schlüssel von einem Haken an der Wand. Triumphierend streckt er ihn Paul entgegen. »Zwei Zimmer, kleines Bad, Möbel sind drin. Kein Schickimicki, aber als Wochenendunterbringung sollte es wohl reichen.«

Ich hätte gedacht, dass die schwere Metalltür an der hinteren Wand in einen weiteren Kuhstall führt oder in einen Abstellraum voller Gerätschaften und vielleicht Strohballen. Stattdessen führt uns Bauer Wilhelm tatsächlich in den Flur einer kleinen Wohnung, von dem drei Zimmertüren aus verblichenem Holz abgehen. Er öffnet jede einzelne und zeigt uns den Raum dahinter. Ein schmales Bad mit altmodischen Fliesen. Eine Wohnküche, die einem Studentenzimmer ähnelt in ihrer Funktionalität und mit dem zusammengewürfelten Mobiliar. Und ein kleines Schlafzimmer, das fast vollständig von einem wuchtigen Ehebett aus dunklem Holz eingenommen wird, bei dem jeder Antiquitätenhändler in Verzückung geraten würde. Für eine Sekunde sehe ich Paul und mich und dieses Bett und der Gedanke fährt wie ein heißer Blitz durch meinen Körper. Ich kann nicht verhindern, dass meine Augen zu ihm wandern, und als sich unsere Blicke treffen, schauen wir beide schnell woanders hin, nichts könnte entlarvender sein. Das mit uns ist außer Kontrolle geraten.

Der Bauer scheint nichts zu bemerken, er huscht bereits in den nächsten Raum und präsentiert uns das Apartment, als wären wir gerade angereiste Urlaubsgäste. So funktioniert die Heizung, so der Herd, so das Warmwasser. Als wäre es längst beschlossene Sache, als könnte man gar nicht nein sagen zu so einer »Wohnung« hinterm Kuhstall. Und Paul verhält sich ähnlich. Er stellt Fragen, die einem bestimmt nicht einfallen, wenn man nur höflich sein will, ohne es ernsthaft in Erwägung zu ziehen. Das kann er nicht machen, das macht er nicht. Wenn er das macht, was macht das mit uns? Ein Platz auf Zeit für die Bienen ist das eine. Eine Wohnung in Neuberg etwas ganz anderes – etwas viel zu Großes, obwohl sie so klein ist. Alle Zeit, die du brauchst, hat er gesagt. Ja klar, aber eine Wohnung mieten kann man schon mal. In Neuberg, was sonst? Erschrocken bemerke ich, dass ein störrischer Teil von mir sich neugierig umschaut und es sich herzklopfend vorstellen kann. Es ist kalt hier drin und die Luft riecht unbewohnt, aber die Räume wirken nicht tot, sondern als würden sie geduldig warten. Vielleicht auf den Frühling, wenn man das große Fenster in der Wohnküche weit öffnen kann mit einem freien Blick bis hoch zum Waldrand.

»Wie gefällt es dir, Cordula?« Zum ersten Mal, seit wir die Wohnung betreten haben, wendet sich der Bauer an mich. Ich drehe mich zu ihm um und weiß nicht, was ich sagen soll. Auch Paul schaut mich erwartungsvoll an, meine Antwort scheint viel zu große Bedeutung zu haben, die weiterwächst, je länger ich schweige.

»Ganz nett«, presse ich hervor, unverbindlich und kühl, ohne Paul anzusehen. Bauer Wilhelm nickt stumm, er lässt den Blick durch den Raum schweifen und dann zum Fenster. »Das sollte für den Michael sein. Damit er was Eigenes hat auf dem Hof. Aber er braucht es nicht. Er kommt so selten, und er bleibt nie über Nacht.« In seinen Worten liegt die enttäuschte Hoffnung wie in jedem Winkel hier. Die Wände, die auf Bilder warten. Die handbestickten Kissen auf der Ledercouch, die die Leere nur greifbarer machen. Ich sehe den alten Mann, der sich über seinen Krückstock beugt, und spüre seine Einsamkeit und das Gefühl, versagt zu haben. Er hat alles dafür getan und konnte doch seinen Sohn nicht halten, weil Kinder eben irgendwann aufbrechen, früher oder später, sie bleiben nicht.

Ich sehe mich in unserer Stadtwohnung stehen und in Millis Zimmer starren, das voller Dinge ist, aber leer. Ihre Lieblingsbücher sind weg, die erste Turnierschleife, der alte Kuschelteddy und das Stethoskop, das Rob ihr überlassen hat. Sorgfältig ausgewählte Kleidung und die meisten Schulsachen. »Ich nehme ein paar Sachen mit nach Neuberg, dann muss ich nicht immer hin- und herfahren.« Es war kein Umzug, es war nur eine Reisetasche voll, aber es war der Abschied. Was sie zurückgelassen hatte, brauchte sie nicht mehr. Sie war siebzehn, vielleicht fast erwachsen, aber ich war noch nicht so weit. Und bin es immer noch nicht. Milli. Neuberg. Paul. Hilfe, ich weiß gerade gar nicht mehr, worum es hier geht. Mir wird ganz flau von dem wattigen Chaos in meinem Kopf.

»Entschuldigung, ich muss an die frische Luft«, sage ich knapp und flüchte auf den Hof. Draußen lehne ich mich gegen die eisige Stallwand und atme tief ein. Mist. Was für ein Mist. Es war sortiert. Und kontrolliert. Alles war in Ordnung. Und jetzt ist überhaupt nichts mehr in Ordnung. Ich kneife meine brennenden Augen zu. Ich hätte nicht herkommen sollen. In Neuberg ist meine Haut zu dünn und Erinnerungen sind stechend scharf. Das war schon immer so.

»Cordula.«

Ich öffne die Augen. Paul steht direkt vor mir und schaut mich besorgt an. »Möchtest du etwas trinken?«

Ich drücke mich noch fester an die kalte Wand und schüttle stumm den Kopf.

»Ich geh doch mal ein Schnäpschen besorgen«, sagt der Bauer, der hinter Paul aufgetaucht ist, und hinkt Richtung Wohnhaus davon.

»Kann ich etwas für dich tun?« Paul mustert mich mitfühlend und legt seine Hand an meinen Oberarm. Sie ist warm. Ich weiche ein Stück zur Seite und er lässt sie sinken, ohne mich aus den Augen zu lassen. Er weiß nicht, was los ist, aber es ist okay für ihn. Wenn ich ihn bitten würde, die Wohnung zu vergessen, dann würde er es tun, ohne nach dem Grund zu fragen.

»Willst du sie? Die Wohnung?« Meine Stimme klingt belegt.

Er lächelt und zieht die Schultern hoch. »Sie gefällt mir, man kann noch einiges dran machen. Ich dachte, wir könnten vielleicht …«

»Nicht wir«, unterbreche ich ihn schärfer als beabsichtigt. »Du kannst nicht erst sagen, du gibst mir Zeit, und dann ein paar Stunden später eine Wohnung mieten. Für uns.«

Er zieht die Augenbrauen zusammen und sieht für einen Moment so grimmig aus wie bei unserer ersten Begegnung. »Es geht dabei doch gar nicht um dich. Aber ich würde meine freien Wochenenden tatsächlich lieber hier draußen verbringen als in der Stadt. Ohne Garten.«

Er hat recht. Es geht nicht um mich. Um uns. Oder? »Aber ich kann nicht nach Neuberg zurück. Es geht nicht. Überall, nur nicht hier.«

Etwas blitzt in seinen Augen auf. »Du hast also Angst, mich an ein Dorf zu verlieren?«

Ja. Nein. »Ach, vergiss es einfach.«

Er schaut mich abwartend an. »Ich muss die Wohnung nicht nehmen. Ehrlich, es ist okay.«

Ich hätte nichts sagen sollen. »Nimm sie ruhig. Du hast ja recht, es hat nichts mit mir zu tun. Es wäre deine Wohnung bei deinen Bienen ...«

»... in deinem Neuberg«, ergänzt er trocken.

»Es ist nicht mein Neuberg.«

»Irgendwie schon. Und das scheint ja genau das Problem zu sein, wenn ich es richtig verstehe.«

»Es gibt kein Problem. Deine Entscheidung. Mach, was du willst.«

»Du weißt, was ich will. Dich. Die Chance auf mehr. Aber vielleicht ist das auch gerade zu viel verlangt.« Er sagt das kein bisschen sarkastisch, sondern ernst und freundlich. Umso schmerzhafter trifft es mich. »Aber mit weniger komme ich nicht klar. Ich bin keine zwanzig mehr.« Als wolle er seinen Worten Nachdruck verleihen, macht er einen Schritt rückwärts. Eine brennende Sehnsucht überfällt mich, als würde ich ihn durch ein Fernglas sehen, ganz nah, ganz weit weg.

»Ich kann nicht. Es tut mir leid, dass ich so bin.«

Er lächelt traurig. »Mir nicht.«

Ich schlucke. »Ich denke, du solltest mich zu meiner Schwester bringen. Jetzt. Machst du das?«

Er nickt stumm. Wir sind schon beim Auto, als Wilhelm mit einem kleinen Tablett über den Hof auf uns zukommt. Paul hebt die Hand in seine Richtung. »Ich bin gleich zurück, Wilhelm!«

Ich nicht, wird mir klar und mein Herz seltsam schwer.

Die gesamte Fahrt zum Kirchplatz schweigen wir, während tausend Worte um unsere Köpfe flattern.

Ich drehe mich nicht um, bis der dröhnende Motor startet und sich entfernt. Dazwischen vergeht eine Ewigkeit, in der ich *Fahr einfach weg, fahr einfach weg* wie eine pulsierende Beschwörungsformel im Kopf kreisen lasse. In der ich auf einem Fleck stehe und mich nicht traue, mich zu bewegen. Weil ich dann vielleicht schwach werde, doch die Beifahrertür wieder öffne und mich der hilflosen Hoffnung hingebe, dass daraus etwas werden könnte, was nicht mit einer schmerzhaften Lücke endet, die sich nie wieder füllt. Es ist ein Aufatmen oder ein trockenes Schluchzen, als das Motorengeräusch schließlich hinter der Straßenecke verklingt. Der knappe, unbeholfene Abschied hat sich endgültig angefühlt.

Wie soll ich ihm entgegenkommen, ohne etwas von mir aufzugeben? Und dann auch noch Neuberg, wo ich doch gar nicht sein will, aber plötzlich scheint er hierher zu gehören und ich werde irgendwie zum Anhang. Es ist besser, dass es so endet.

Ich verharre zögernd vor dem Haus, in dem ich aufgewachsen bin. Es ist so vertraut und so fremd zugleich, wie es nur ein Ort sein kann, der mal ein Zuhause war. Als ich mit meinem Kind an der Hand das Dorf verlassen habe, die Enge, die Blicke und die Gerüchte, da war er das schon lange nicht mehr.

Im kleinen Schaufenster der ehemaligen Buchhandlung verdeckt ein heller Vorhang den Blick nach innen. Seit meinem letzten Besuch haben die Zwillinge die Scheibe mit einem wilden Kunstwerk aus Fingerfarbe verziert. Darüber ist mit Klebefilm ein buntes Schild aufgehängt. *Willkommen in unserem begehbaren Wimmelbuch.* Aus Chaos Lebensstil machen, das ist so sehr meine Schwester, dass mir zum Heulen zumute ist. So war sie schon als Kind und ich habe sie dafür bewundert und verabscheut. Ach, Kaya. Dir fällt alles so leicht.

In diesem Moment reißt sie die Haustür auf und schaut mich verblüfft an. »Cordula, stehst du schon lange hier? Bist du allein? Wie bist du überhaupt hergekommen?«

Ich weiß nicht, was ich antworten soll, und hebe müde

die Schultern. Es fühlt sich an, als wäre ich auf einer langen Reise gewesen, von der ich nichts erzählen kann.

Kaya nimmt mich lachend in den Arm. »Wir dachten, du kommst morgen mit Milli. Aber wie schön, dass du schon da bist.« Ihre Wärme streift mich. Und ihr Blick. Sie sieht etwas. »Geht es dir gut?«

»Mama, wer ist da?« Philipp taucht in der Tür auf und befreit mich von einer Antwort.

Kaya dreht sich zu ihm. »Eure Tante Cordula ist gerade vom Himmel gefallen. Super, oder?«

Philipp nickt und grinst verschmitzt. Hinter ihm entdecke ich auch Henry und zu meiner Verblüffung hüpfen die beiden völlig unbefangen auf mich zu. Ich gehe in die Hocke und nehme beide gleichzeitig in den Arm.

»Hast du Kekse mitgebracht?«, fragt Philipp, während er sich aus meinem Griff windet.

Ich zeige meine leeren Hände. »Leider nein. Aber vielleicht können wir welche backen?«

»Jaaaa«, jubeln die Jungs im Duett.

Kaya zieht erstaunt die Augenbrauen hoch. »Du willst backen? Mit den beiden?«

Eigentlich hatte ich das »wir« eher allgemein verwenden wollen, aber Kayas Ungläubigkeit fordert mich heraus. »Warum nicht?« Mir ist gerade jede Ablenkung recht.

Sie hebt ergeben die Hände. »Von mir aus gern. Lasst euch von Lasse in der Küche alles zeigen. Ich muss noch mal zum Endspurt ins Buch-Café. Aber morgen ist Familienzeit.« Sie schaut an mir herunter. »Sag mal, hast du gar kein Gepäck?«

Ich hebe meine Handtasche. »Nur das. Milli kommt morgen mit meinem Auto und bringt den Rest.« Weil ich ja mit Paul herkommen konnte, habe ich ihr mein Auto überlassen, damit sie ihr Weihnachtsgepäck nicht mit im Zug transportieren muss. Aber es wäre mir komisch vorgekommen, bei Paul mit einem großen Koffer einzusteigen, deshalb habe ich ihn kurzerhand in meinem Kofferraum gelassen. Nach Weihnachten werden Milli und ihr Freund mit der Bahn zurück zur Uni fahren. Und ich zurück in mein altes Leben. Es wird sich schon irgendein neues Forschungsprojekt finden und sowohl die großzügige Dreizimmerwohnung in der Stadt als auch die angemessen distanzierten Sozialkontakte wusste ich auch ohne die chaotische Auszeit schon zu schätzen. Ich sollte einfach da weitermachen, wo ich aufgehört habe.

Beim Reingehen nimmt Philipp meine Hand und schaut mit ernstem Blick zu mir hoch. »Tante Cordula, ich darf nicht mehr zu den Stechbienen gehen.«

Meine Kehle schnürt sich zu. »Ich will da auch nicht mehr hin«, sage ich mit belegter Stimme.

Er blickt mich nachdenklich an. »Schade.«

Will mich heute eigentlich ausnahmslos jeder zum Heulen bringen? Ich schlucke schwer. Kinn hoch, Blick nach vorn. »Sag mal, Philipp, weißt du denn, wo ihr Mehl und Zucker habt?«

Wie auf einen Startschuss stürmen die Zwillinge los in Richtung Küche.

Ich gehe am Abend früh ins Bett, nicht nur, weil ich mich tatsächlich völlig erschöpft und kraftlos fühle, sondern vor allem, um den Blicken von Kaya und Lasse zu entgehen. Und möglichen Fragen. Im ständigen Trubel mit den Zwillingen konnte ich mich schön auf die beiden konzentrieren und dabei alles andere verdrängen. Aber mit einem Gläschen Wein auf dem Sofa hätte ich es nicht mehr geschafft auszuweichen, und meine Schwester ist in solchen Dingen nicht gerade diskret und würde bestimmt mit einem süßen Lächeln ein Kreuzverhör anfangen. Davor bin ich hinter der geschlossenen Tür meines Zimmers sicher, allerdings nicht vor meinen eigenen Gedanken, die mir eine unruhige Nacht mit wirren Träumen bescheren.

*

Schon früh am Morgen fallen Milli und Noé ein, bringen Brötchen mit und meinen Koffer und sorgen für Ablenkung, vor allem für die aufgeregten Zwillinge, denen Weihnachten noch nicht vertraut ist, aber umso verheißungsvoller erscheint. Ich freue mich, dass Milli mich zur Begrüßung fest umarmt und über das warme Gefühl zwischen uns. Sie fragt nicht nach Paul oder den Bienen, und ich bin ihr dankbar dafür.

Weil der ganze Vormittag mit fröhlichen, aber fieberhaften Vorbereitungen gefüllt ist, fällt es nicht auf, dass ich noch stiller bin als sonst. Und ich bin froh, dass ich heute nicht allein bin.

»Darf ich das Internet benutzen?« Noé zieht nach dem Mittagessen ein iPad aus seinem Rucksack. »Ich möchte gern mit einem Videoanruf in Nantes fröhliche Weihnachten wünschen.«

Lasse nickt. »Ich hoffe, das Netz hier reicht dafür. Das ist nämlich ähnlich widerspenstig wie die Dorfbewohner. Macht, was es will.«

Kaya grinst. »Halt dich zurück, Zugezogener. Immer die Städter mit ihrer großen Klappe.«

Milli verdreht die Augen, aber sie schmunzelt dabei. »Ich geb dir das WLAN-Passwort, Noé. Aber Lasse hat recht, ganz stabil ist die Verbindung meistens nicht.«

Lasse wirft meiner Schwester einen triumphierenden Blick zu, dann wendet er sich wieder an Noé. »Wenn wir nicht stören, dann bleibt in der Küche. Warum auch immer funktioniert es hier meistens am besten.«

»*D'accord.*« Er lässt sich auf den freien Stuhl neben mich fallen und stellt das Tablet mit der Hülle auf. »*Alors*, Milli komm bitte her. Ich möchte dich gleich vorstellen.« Er winkt sie zu sich, und wie selbstverständlich setzt sie sich auf seinen Oberschenkel. Er zieht sie an sich und küsst sie auf die Schulter, während er auf dem Touchscreen herumtippt. Sie wirken so ungezwungen und liebevoll miteinander, dass ich meinen Blick kaum losreißen kann. Meine kleine große Milli. Schwer verliebt mit roten Wangen und glänzenden Augen.

»*Connexion en cours*«, murmelt Noé und lehnt sich ein Stück zurück. Französisch war immer meine Lieblingssprache, schon bevor ich Antoine begegnet bin. Sie ist weich und kraftvoll gleichzeitig, wie ein Fluss, selbstbewusst und irgendwie stur mit ihren vielen Eigenheiten, dabei aber zärtlich und zuvorkommend. Milli konnte sich dafür nie begeistern, sie hat Latein als zweite Fremdsprache gewählt und spricht gerade mal ein wenig Urlaubsfranzösisch von den Sommern bei meinen Eltern in Salernes. Wenn Noé nicht so ausgesprochen gut Deutsch sprechen würde, wäre es schwierig geworden mit der Verständigung zwischen den beiden. Ob sie sich auch ohne Worte ineinander verliebt hätten?

Auf dem Bildschirm dreht sich immer noch der Ladekreis. Milli streicht sich eine Haarsträhne hinters Ohr. Sie ist nervös. Ich kann es verstehen, schließlich ist es die erste Begegnung mit Noés Eltern. An einem kleinen Bildschirm mit ungewisser Internetverbindung und ohne deren Sprache zu verstehen.

»Wie hast du eigentlich so gut Deutsch gelernt?«, frage ich Noé. Ich finde es außergewöhnlich, dass ein junger Franzose so fließend diese Sprache spricht.

Er schaut mich an und lächelt. Ich kann mir vorstellen, dass Milli diesem sonnigen, verschmitzten Strahlen nicht widerstehen kann.

»*Oh merci.* Ich habe zu Hause einen sehr guten Lehrer. Aber ich kann dir zeigen, womit es angefangen hat.«

Er legt seinen Arm locker um Millis Taille, damit sie nicht von seinem Schoß rutscht, während er sich zu seinem Rucksack herunterbeugt und ein Buch herauszieht und es mir über den Tisch zuschiebt. Dann wird er abgelenkt, denn endlich tut sich etwas auf dem Videobild.

Ich starre auf das Buch vor mir und alles drum herum wird weißes Rauschen. Ich erkenne es sofort wieder, all die Jahre haben mich kein Detail vergessen lassen. Der abgegriffene Buchdeckel aus rötlichem Leder mit dem geprägten Titel. *Grimms Märchen.* Der kleine, leicht gebogene Kratzer unter dem zweiten *m*, als hätte es jemand mit dem Fingernagel unterstreichen wollen. Der war schon da, als ich es auf dem Kindertrödel meiner Grundschule gekauft habe. Zwischen Ponyhof- und Internatsgeschichten hatte es in einer Kiste gelegen und auf mich gewartet. Die angeknabberte Kerbe oben am Buchrücken war erst später dazugekommen. Eins von Kayas Zwergkaninchen war aus ihrem Zimmer entlaufen und hatte es in die zerstörerische Schnute bekommen. Ich war so sauer, dass ich mit Hasenbraten drohte, bis Kaya heulte.

Zögernd strecke ich die Hand aus und berühre die ausgefranste Ecke, die die spitzen Zähnchen im festen Einband hinterlassen haben. Es ist mein Buch. Sein Buch. Das Einzige, was von mir bei ihm geblieben ist. Als gäbe es noch irgendeinen Zweifel, hebe ich mit zitternden Fingern den Buchdeckel an und sehe mit einem Blick die Botschaft auf der ersten Seite. Kugelschreiber, meine Schrift noch ein wenig kindlich und verspielt, ähnlich wie die Worte.

Für A. Manchmal werden Märchen wahr. Pour toujours, C.

Ich lasse den Buchdeckel fallen, für mich schlägt es krachend zu wie ein Pistolenschuss, aber niemand hat es gehört.

»Ah, endlich«, ruft Noé erfreut. »*Bonjour,* ihr zwei, schön euch zu sehen. Fröhliche Weihnachten. Wie geht es euch?«

Obwohl die Erkenntnis sich bereits wie ein brennendes Gift in mir ausbreitet, bin ich nicht vorbereitet, als ich unwillkürlich den Kopf hebe und auf den Bildschirm schaue. Da ist er. Ist der Schmerz heiß oder kalt, stechend oder dumpf? Fühle ich überhaupt irgendwas?

Er ist älter geworden, die Falten eines Denkers, das Gesicht ein wenig runder und ein Grauschimmer im dunklen Haar. Aber die Augen sind so unverändert durch die Zeit gereist wie mein Märchenbuch. Er ist es.

Neben ihm sitzt eine Frau mit geblümter Bluse, die bunten Blumen verschwimmen mit dem üppig geschmückten Weihnachtsbaum hinter ihnen. Noé redet in sprudelndem Französisch auf die beiden ein. Antoine lächelt zurückhaltend, verdammt, allein an diesem Lächeln hätte ich ihn erkannt, sofort und ohne Zögern. Plötzlich passiert etwas in seinem Gesicht und mir wird klar, dass er mich ebenso sehen kann wie ich ihn. Ich bin mir sicher, dass er mich wahrgenommen hat, aber nicht erkannt. Noch nicht. Er wirft einen kurzen Blick auf die Frau an seiner Seite, als könne sie ihm helfen. Aber da bin ich schon aufgesprungen, greife hektisch nach dem Buch und weiche aus dem Bild.

»Tschuldigung.« Ich wanke durch die Tür in den Flur.

»Mama?«, ruft Milli mir hinterher.

Ich presse das Buch an meine Brust und flüchte die Treppe hinauf in das Zimmer, das einmal meins war. Vor so vielen Jahren. Ich schmeiße mich mit dem Rücken aufs Bett und starre im Halbdunkeln an die Zimmerdecke. Alles ist wieder da.

Du hast mich gesehen. Ich hatte das Gefühl, dass du der Erste warst, der mich wirklich wahrgenommen hat in Nantes. Ich war die Jüngste und die Stillste im Austauschprogramm, für alle unsichtbar oder nicht mehr als ein Schatten, der stumm mitlief. Für mich war das okay. Die vielen Gesichter und Stimmen überforderten mich. Es gab diese ständige Unruhe, als warteten alle auf einen Startschuss. Die zwangsläufige Gruppenbildung ging so schnell und ohne System, dass ich sie verpasste und keinen Anschluss mehr fand. Es fiel keinem auf, weil ich keinem auffiel. Nur dir. Auf den ersten Blick, auch wenn du versucht hast, es dir nicht anmerken zu lassen. Aber ich habe es gespürt. Warum hätte ich sonst den Kopf aus meinem Buch gehoben, ausgerechnet in dem Moment, als du in der Tür der Bibliothek standst und mich ansahst? Du hast sofort weggesehen, aber etwas von der Energie war bei mir geblieben. Und ich musste dich anschauen, weil ich mich auf seltsame Weise mit dir verbunden fühlte. Als hätte ich auf dich gewartet. Du sahst gut aus, wenn auch nicht im Sinne der amerikanischen Collegeserien, die alle gerade schauten. Die Haut etwas blass, die Frisur streng gescheitelt, eine Brille mit dunklem Rahmen ähnlich wie meine und zwei vertikale Falten zwischen den Augen, die dich älter wirken ließen als die einundzwanzig, die du warst. Die Lederjacke und der Schal ein wenig zu schick und ein wenig zu altmodisch, aber sie passten zu dir. Ein hübscher Nerd, als das noch kein Trend war.

Es gab an diesem Tag unzählige freie Plätze im Lesesaal, aber du hast dich an den Tisch neben meinem gesetzt. Du hast dabei nicht zu mir geschaut, nicht eine Sekunde, einfach nur deine Bücher abgelegt, die Jacke über die Stuhllehne gehängt, dich gesetzt und angefangen zu lesen. Aber du wusstest, dass ich da bin. Es lag eine Spannung in der Luft zwischen uns, die ich anders nicht erklären konnte. Du musst meine verstohlenen Blicke gespürt haben, die gar nicht dir galten, da noch nicht, sondern dem Stapel aus Lehrwerken vor dir. Vielleicht habe ich mich da schon ein wenig verliebt. Kann es ein, dass man Herzklopfen kriegt, weil jemand Diracs *Prinzipien der Quantenmechanik* liest? Darin versinkt und sich verliert, wie man es sonst nur von sich selbst kennt? Ich glaube ja.

Und später hast du mir erzählt, dass es dir ähnlich ging. Dass du mich hübsch gefunden hast und ein wenig geheimnisvoll, aber wirklich fasziniert habe ich dich durch

Feynman und Stryer, die ich neben dir verschlungen habe. Du hast mich also ebenfalls beobachtet, ich habe dich nie dabei ertappt, es wahrscheinlich auch gar nicht gewollt. Jeden Tag sind wir zu unseren Tischen in der Bibliothek zurückgekehrt, meistens war ich vor dir da und habe versucht, nicht aufzublicken, wenn du kamst.

Einmal haben sich unsere Augen dann doch getroffen, wir waren beide davon überrascht und nicht in der Lage, woanders hinzusehen. Schließlich hast du ein wenig gelächelt und »*Bonjour*« gesagt, und ich bin rot geworden, meine Antwort war bestimmt so leise, dass du sie kaum hören konntest. Aber ab da haben wir uns jedes Mal gegrüßt und verabschiedet, beiläufig, mit kurzem Blickkontakt, der mich durch den Rest des Tages getragen und bis tief in die Nacht begleitet hat. Ich kannte nicht einmal deinen Namen, aber du hattest mich aufgeweckt. Alles an mir richtete sich auf, ich sah die Welt klarer, als hätte ich neue Brillengläser, und in mir entstand eine erwartungsvolle, ungeduldige Energie, die neu war. Selbst in der Austauschgruppe wurde ich plötzlich wahrgenommen, und eine Mädchenclique fragte mich sogar, ob ich nachmittags mit ihnen in die Stadt wollte. Doch für nichts auf der Welt hätte ich einen Nachmittag mit dir in der Bibliothek hergegeben.

Es kostete mich trotzdem all meinen Mut, dich anzusprechen, obwohl ich dich einfach nur nach einem Buch gefragt habe. Ich weiß nicht mehr, welches es war, ich deutete einfach auf das oberste deines Stapels und fragte, ob ich es mir für einen Moment ausleihen dürfte. Französisch zu sprechen fiel mir leicht, trotzdem zitterten meine Lippen und die Worte kamen stockend. Du gabst mir das Buch, unsere Finger ganz nah beieinander, ohne sich zu berühren. Ich überflog das Verzeichnis, dann schlug ich irgendwo auf und begann zu lesen, ohne den Inhalt zu erfassen. Das Einzige, was ich wahrnahm, war dein Blick auf mir. Eine Haarsträhne löste sich unvermittelt aus meinem Dutt und fiel mir ins Gesicht. Ich traute mich nicht, sie hinters Ohr zu streichen.

»Darf ich mal deine Bücher sehen, bitte?« Deine Stimme war tiefer, als ich sie mir vorgestellt hatte. Du zeigtest auf die drei Bücher, die ich mir für den Tag zurechtgelegt hatte. Ich folgte dabei keinem Plan, lief einfach die Regalreihen der Naturwissenschaften entlang, strich mit den Fingern über die Buchrücken und blieb irgendwo hängen. Während ich zu Hause strukturiert lernte, Themen vertiefte und gezielt Fragestellungen bearbeitete, waren die Nachmittage in der Bibliothek in Nantes wie eine wilde Reise, bei der ich mal hier, mal da nippte, um von der Unendlichkeit zu kosten, die auf mich wartete. Es war, als würde ich die Zehenspitzen in die Brandung tippen, voller Vorfreude, mich irgendwann in die Fluten zu stürzen.

Ich weiß noch, dass ich gezögert habe. Was, wenn meine zufällige Auswahl dir nicht gefiel, oder falsche Rückschlüsse zuließ. Doch dann habe ich deinen freundlichen Blick erwidert und genickt. Ich hätte sie dir reichen können, so wie du mir dein Buch, es waren keine zwei

Armlängen Abstand zwischen unseren Tischen. Aber ich konnte mich nicht bewegen, so sehr war ich damit beschäftigt, nicht zu explodieren vor Aufregung und Angst und Glück. Also bist du mit deinem Stuhl an meinen Tisch gerückt, eine Bewegung wie eine Frage, und ich habe noch mal genickt und bin deinem Blick nicht ausgewichen.

Du hast meine Bücher betrachtet, behutsam über die Umschläge gestrichen und ganz vorsichtig darin geblättert, obwohl es Bibliothekslektüre war, mit fester Klebefolie eingeschlagen und bestimmt groben Umgang gewöhnt. Du hast einen Absatz ausgesucht und ihn vorgelesen, einfach so, mit leiser Stimme, nur für mich. Ich war wie verzaubert. Die Frage, die du danach gestellt hast, war nicht forsch oder prüfend, sondern voller ehrlichem Interesse, und sie zeigte, dass du dich mit dem Thema befasst hattest. Zufällig hatte ich eine Antwort, ich hatte ein paar Tage zuvor erst darüber gelesen, und konnte es dir wiedergeben. Erstaunt hast du dich zurückgelehnt und gefragt, wie alt ich bin.

»*Dix-huit*«, habe ich geantwortet, achtzehn, und es war das einzige Mal, dass ich dich belogen habe.

Du hast anerkennend genickt und nachdenklich gelächelt. »Ich bin drei Jahre älter, aber du bist mir weit voraus.«

»Das denke ich nicht«, habe ich gesagt, anscheinend zu laut, denn ein paar Tische weiter zischte jemand ein *Sch* in unsere Richtung. Also haben wir uns gemeinsam wieder über das Buch gebeugt, du hast den nächsten Absatz gelesen und ich habe versucht, mich auf die Worte zu konzentrieren. Du warst so nah und hast so gut gerochen, ich konnte die ganze Zeit nur auf deine Hand schauen, die auf der Buchseite lag und mit den Fingern die Zeilen entlangstrich.

Ich habe eine winzige Bewegung gemacht, und meine Schulter hat deine gestreift für den Bruchteil einer Sekunde. Dabei bist du über ein Wort gestolpert, irgendein Kohlenwasserstoff, ich glaube, es war Tetra-tert-butylethylen. Es wollte nicht dir nicht über die Lippen kommen, bei jedem Versuch hat es sich anders verknotet, und du hast lachend aufgegeben. Ich wollte dir helfen, aber ich musste selbst so lachen, dass ich es nicht zu Ende sprechen konnte und je mehr wir versuchten, es zu unterdrücken, desto alberner wurde unser Gelächter, bis wir schließlich von der Bibliotheksaufsicht gebeten wurden, nach draußen zu gehen.

Etwas verloren standen wir also nebeneinander auf den Stufen vor dem Gebäude, heute denke ich, du hattest kaum mehr Erfahrung als ich mit dem, was da zwischen uns geschah. Dann hast du mir die Hand entgegengestreckt in einer seltsam altmodischen Geste, die trotzdem zu dir passte und nicht aufgesetzt wirkte. »*Je suis Antoine.*«

Dein Name flatterte in meinem Bauch auf.

»Cordula«, sagte ich, und du hast nur nachdenklich genickt, als wäre mein Name Frage und Antwort zugleich. »Möchtest du spazieren gehen, Cordula?«

Zusammen liefen wir hinein in die wintergraue Stadt.

Ich erfuhr etwas über deine älteren Brüder, alle drei solide Handwerker, die über deine Idee zu studieren amüsiert und besorgt waren, was dich aber kaum störte, du sprachst sehr liebevoll von ihnen. Ich selbst erzählte wenig von meinem Zuhause in Neuberg, sondern sprach vor allem von meinen großen Vorbildern in der Wissenschaft und genoss, dass jemand sie genauso verehrte wie ich. Es war, als hätten wir gemeinsame Freunde.

Irgendwann fiel dir das Buch auf, das ich mit klammen Fingern an die Brust gedrückt hielt, weil ich keine Tasche mitgenommen hatte. Ich hatte das alte Märchenbuch meistens dabei, denn es half mir, zwischendurch darin zu lesen, um die schwierigen Fachtexte zu verarbeiten und die Gedanken in weichem, bis auf den Grund bekanntem Wasser treiben zu lassen. Außerdem war es ein Stück Zuhause, das gegen Heimweh half. Auch wenn ich es nie zugegeben hätte, schleppte ich es vor allem deshalb ständig mit mir herum. Ich hatte Sorge, du könntest es kindisch finden, und es fiel mir schwer, es aus der Hand zu geben, deshalb habe ich gezögert, als du angeboten hast, es in deine Tasche zu packen. Schließlich hielt ich es dir doch hin und du nahmst es so vorsichtig, als könne es in deiner Hand zu Staub zerfallen. »Was ist das?«

»*Contes*«, murmelte ich. Märchen.

Du blicktest überrascht auf das Buch und dann zu mir. »Würdest du mir etwas daraus vorlesen?«

Ich war mir nicht sicher, ob du dich über mich lustig machtest, und grinste unsicher. »Aber es ist auf Deutsch.«

»*Pas grave.*« Macht nichts.

Es war eigentlich viel zu kalt, um auf einer Parkbank zu sitzen. Die Sèvre floss unter dem bedeckten Himmel dunkel dahin und Passanten eilten vorbei, um die Straßenbahn zu erwischen.

Ich las erst leise und stockend, dann mit mehr Intensität und Betonung, denn obwohl du kein Wort verstandst, hast du meiner Stimme so aufmerksam gelauscht, dass mir davon ganz warm wurde, und ich nicht genug kriegen konnte von deinem Blick, wenn ich aufsah. Wir hätten für immer dort sitzen bleiben können.

Auf dem Rückweg hast du meine Hand genommen und dann haben wir uns auf der Treppe vor der Bibliothek geküsst. Es war mein erster Kuss, der Kuss, der für immer bleibt, an dem sich alle zukünftigen Küsse messen lassen müssen. Du hast die Latte verdammt hoch gelegt.

Wir haben uns nie verabredet, in den ganzen Wochen nicht, aber wie selbstverständlich haben wir uns jeden Tag an unseren Tischen im Lesesaal getroffen, uns Seite an Seite in die Bücher vertieft, um dann gemeinsam aufzubrechen zu endlosen Spaziergängen, auf denen wir uns alles erzählten.

Im Anschluss setzten wir uns immer in ein Café, tranken Milchkaffee und ich las dir vor. Als wir alle Märchen durchhatten, fing ich einfach vorn wieder an. Inzwischen saßen wir dabei ganz nah beieinander, du schautest über meine Schulter mit ins Buch, so dass dein Atem über meine Wange strich. Deine Hand auf meinem Oberschenkel, die sich fast unmerklich bewegte, Rock und Strumpfhose gegeneinander verschob, und mich beim Lesen aus dem Konzept brachte.

Es war nicht geplant. Du wolltest mir erst gar nicht zeigen, wo du wohntest, aber ich war neugierig, und an diesem Nachmittag drängte ich darauf, neckte dich damit, dass du dich ziertest und ließ nicht locker. Ich habe es nicht darauf angelegt, nicht bewusst jedenfalls, dann wäre ich besser vorbereitet gewesen. Aber ich wusste, dass meine Tage in Nantes gezählt waren, und hatte es dir noch nicht gesagt. Meine Hormone müssen an diesem Tag in Hochstimmung gewesen sein, und ich hatte noch nicht gelernt, damit umzugehen.

Du gabst irgendwann nach und nahmst mich mit zu deinem Studentenzimmer. Ich glaube, es war dir wirklich ein wenig peinlich, dass es so winzig war und dunkel, mehr eine Kammer als ein Raum. Aber für mich war es großartig. Mit sechzehn sind die eigenen vier Wände, weit weg von zu Hause, eine Sehnsucht. Du bliebst unentschlossen in der Tür stehen, aber ich streifte die Schuhe ab, nahm unser Buch aus der Tasche und warf mich auf das Bett. Es roch so gut nach dir. Weil du dich immer noch nicht bewegt hattest, drehte ich mich zu dir. »Komm her, ich lese dir Dornröschen vor.«

Du zogst zögernd die Tür hinter dir zu und legtest dich neben mich. Wir kamen nicht mal bis zur Spindel. Aus einem Kuss wurden Hände überall, erst auf der Kleidung, dann darunter. Die Erregung hatte sich seit Wochen in

Blicken und Berührungen aufgebaut und wurde jetzt ein nicht enden wollendes Feuerwerk. Ich war unerfahren, aber mit dir fühlte ich keine Hemmungen, deine Hände und dein Mund machten alles richtig. Mich an deinen nackten Körper zu schmiegen, dich zu riechen und zu schmecken, ließ mich alles andere vergessen. Ich wollte nur das, ich wollte nur dich.

»Cor, ich habe nichts zum Verhüten«, sagtest du an meinem Ohr und die Art, wie du meinen Namen abgekürzt hast, so dass er wie *cœur*, Herz, klang, schoss mir erst recht heiß zwischen die Beine.

»*Pas grave*«, sagte ich, und als du meinen Blick suchtest, hielt ich ihm stand und wiederholte: »*Pas grave.*«

Ich zog das Band aus meinem Haarknoten und fühlte, wie die schweren blonden Haare auf die Schultern fielen bis hinunter zu meinen nackten Brüsten. Weil meine Brille längst irgendwo jenseits der Bettkante lag, sah ich dein Gesicht nur schemenhaft, aber die Wirkung auf dich war spürbar, dein erregtes Seufzen vibrierte durch meinen Körper. Mit sanften Händen nahmst du meine Hüfte, schobst mein Becken zurecht und drangst mit einer langsamen Bewegung in mich ein. Ich war bereits so feucht, dass es nur für einen kurzen Augenblick ziepte, dann gab ich mich voll und ganz dem unfassbaren Gefühl hin, dich in mir zu haben, von dir ausgefüllt zu sein. Du überließt dich ganz meinem Rhythmus, der schneller und tiefer wurde, während ich kaum fassen konnte, was dabei mit mir geschah. Ich kam vor dir, brach regelrecht auf dir zusammen, und du fingst mich auf mit einer festen Umarmung, schobst dich sanft weiter in mir vor und zurück, bis du schließlich heiß und tief in mir kamst.

Pas grave. Ich habe dich nicht belogen, auch wenn du es wahrscheinlich so verstanden hast, dass ich die Pille nahm, was ich nicht tat. Ich mache dir keinen Vorwurf, es war meine Entscheidung. *Pas grave.* Macht nichts. Nicht schlimm. Es war mir in diesem Augenblick wirklich egal. Vielleicht habe ich es sogar gewollt. Etwas, das bleibt von dieser großen Liebe. Denn Liebe war es. Für mich.

»Ich fliege zurück nach Deutschland. Nächste Woche schon.« Wir lagen nebeneinander, noch ganz erschöpft und berauscht, nackt und verletzlich. Als von dir keine Antwort kam, richtete ich mich auf. Das offene Haar strich mir über den Rücken. Du hast mich stumm betrachtet. Dann hast du die Hand gehoben und eine Haarsträhne um deinen Finger gewickelt. »Ich komme dich besuchen. Bald. Und ich lerne Deutsch.« Dein Lächeln war traurig. Nachdenklich. Und wirkte ehrlich. »Es war einmal ...«, sagtest du auf Deutsch, es klang wunderschön.

Ich meldete mich die letzten Tage krank und blieb bei dir. Du besorgtest Kondome, wir konnten ja nicht ahnen, dass es dafür längst zu spät war. Wir lasen, aßen Croissants vom Bäcker nebenan, redeten über die Naturwissenschaften mit all ihren ungeklärten Fragen, die uns beide so faszinierten, und schliefen miteinander, wild und zärtlich, Tag und Nacht. Wir haben nicht über dich und mich, über uns gesprochen, vielleicht hätten wir das tun sollen, es hätte mich dann nicht so kalt erwischt.

Am Tag vor der Abreise musste ich dich verlassen, um zu packen und mich abzumelden. Ich schrieb dir etwas in mein Märchenbuch und ließ es bei dir. Du wolltest es erst nicht annehmen, aber für mich gehörte es längst dir.

»Wir treffen uns morgen am Flughafen. Da tausche ich es gegen deine Adresse. Nimm es mit nach Hause, und in den nächsten Ferien komme ich zu dir und hole es.«

Ich nickte. »Einverstanden. Aber es ist jetzt dein Buch.«

Du hast gelächelt. »Mein Buch bei dir.«

»Und du kommst es holen? In Deutschland?«

»Versprochen. Und ich werde sehr viel lernen, damit ich dir daraus vorlesen kann.«

Ich lachte. »Na, dann fang am besten gleich mit Üben an.« Ich drückte dir Grimms Märchen in die Hand.

An den letzten Kuss kann ich mich nicht erinnern, weil ich damals nicht wusste, dass es der letzte sein würde.

Du bist nicht zum Flughafen gekommen. Als Letzte der Reisegruppe stand ich noch in der Flughafenhalle und hab gewartet, konnte es einfach nicht glauben. Die Betreuerin musste mich schließlich ziemlich rüde durch die Sicherheitskontrolle schieben, während sie gereizt auf mich einredete, weil ich immer noch nicht bereit war zu gehen. In meiner Hand hielt ich den Zettel mit meiner Adresse in Neuberg, in klarer Blockschrift für dich notiert, inzwischen war er zerknickt und klamm. Im Gehen schloss ich die Finger darum und ballte eine Faust.

Ich hatte keine Nummer von dir, niemand besaß damals ein Mobiltelefon, aber es spielte auch keine Rolle. Was hätte ich schon zu dir sagen sollen?

Im Vorbeigehen ließ ich den Zettel in einen überfüllten Mülleimer fallen. Und dich auch. Es war vorbei.

Ich hob das Kinn, richtete mich auf und beschleunigte meine Schritte, so dass die immer noch schimpfende Betreuerin überrascht hinter mir zurückblieb.

Ich habe nicht geweint wegen dir. Nicht an diesem Tag und auch nie danach. Du warst eine Lektion, und ich habe sie gelernt.

Als der Arzt mir wenige Wochen später den kleinen pulsierenden Fleck auf dem Bildschirm zeigte, da hatte das nichts mit dir zu tun. Dieses winzige Herz gehörte nur mir.

*

Antoine. Ich nehme meine Brille ab und reibe über meine Augen, als könnte ich ihn damit aus meinen Gedanken vertreiben und aus meinem Leben, in dem er nichts zu suchen hat. Er darf nicht einfach auftauchen auf einem kleinen Bildschirm und in Form eines Buchs, an das ich seit Jahren nicht gedacht habe. Das geht nicht und es kann nicht sein.

Ich setze die Brille wieder auf, drehe mich auf die Seite und starre das verdammte Buch an, das jede Verwechslung unmöglich und jeden Zweifel zunichtemacht.

Er hat es seinem Sohn gegeben. Noé. Mir wird eiskalt. Wie ein dumpfer Schmerz, der plötzlich stechend wird, kommt es in meinem Kopf an. Wenn Antoine Noés Vater ist, dann bedeutet das, dass Milli ...

Es klopft an der Zimmertür und sie öffnet sich einen Spalt.

»Darf ich reinkommen?«, fragt Kaya.

»Nein«, sage ich leise und mit belegter Stimme. Aber warum sollte meine Schwester plötzlich auf mich hören. Sie tritt ein, zieht die Tür hinter sich zu und setzt sich auf die Bettkante. Ohne sie zu beachten, starre ich an ihr vorbei an die Decke. Plötzlich fühle ich ihre Hand, die sich in meine schiebt und sanft zudrückt.

»Raus mit der Sprache, Große. Was ist los?«

Große hat unser Vater mich immer genannt, manchmal tut er das heute noch. Ich drehe den Kopf und schaue sie an. Sie beißt auf ihre Unterlippe und hebt die Augenbrauen. Ich kann ihr so vieles vorwerfen und sie mir. Wir waren einfach zu verschieden, um gut miteinander auszukommen. Aber wenn ich Kaya gebraucht habe, war sie immer für mich da. Und für Milli.

Ich merke, wie eine einzelne Träne meine Schläfe herunterrollt. Kaya drückt meine Hand fester. Hat sie mich jemals weinen sehen?

»Ich wollte immer alles richtig machen, und jetzt mache ich wieder alles kaputt. Das wird Milli mir nie verzeihen.« Ich versuche, ruhig zu sprechen, aber meine Stimme zittert.

»Rück mal ein Stück.« Ohne meine Hand loszulassen, hebt Kaya die Beine aufs Bett und legt sich neben mich auf den Rücken. »Und jetzt erklär mir mal alles von Anfang an.«

22
KAYA

SCHWESTERN. Da liegen wir plötzlich nebeneinander und sind uns lange nicht mehr so nah gewesen. Das Gefühl ist seltsam und ein bisschen unwirklich. Einerseits ist Cordula mir so vertraut wie sonst kaum jemand, schließlich kenne ich sie mein ganzes Leben, wir sind zusammen aufgewachsen und alle Erinnerungen und alles Vergessene aus unserer Kindheit ist untrennbar miteinander verwoben. Andererseits ist sie eine Fremde für mich, nicht erst jetzt in diesem Augenblick, sondern schon immer gewesen. Wir haben einander nie ganz verstanden. Als kämen wir von verschiedenen Planeten, haben wir uns gegenseitig mal skeptisch, mal fasziniert beobachtet, aber es nie geschafft, den unsichtbaren Graben zwischen uns zu überwinden. Nie waren wir die typischen Schwestern. Vielleicht waren wir es aber auch gerade in unserer Gegensätzlichkeit und dem Wunsch, eigene Wege zu gehen. Die ruhige, kühle Perfektionistin und die wilde, extrovertierte Chaotin. Klischees, die uns nicht wirklich gerecht werden, aber ein wenig haben wir beide sie schon erfüllt, und vielleicht hat uns gerade der Kontrast auch irgendwie verbunden.

Als Milli kam, wurde Cordula schlagartig erwachsen und verschwand in eine Welt, in der ich sie nie eingeholt habe. Selbst jetzt noch, selbständig, verheiratet und mit eigenen Kindern, habe ich das Gefühl, nie so erwachsen sein zu können wie meine Schwester, die fokussiert und strukturiert auf hohen Schuhen durch ihr Leben geht, als hätte sie für alles einen Plan. Ich bewundere sie dafür und bin trotzdem froh, dass ich die bin mit dem Leben auf dem Ponyhof, das sich trotz eigenem Laden und Familie immer noch ein bisschen anfühlt wie ein verrücktes Spiel.

Cordula hat noch keinen Ton gesagt, seit ich neben sie aufs Bett geklettert bin, aber sie hat ihre Hand in meiner liegen lassen, also scheint es ausnahmsweise okay zu sein, dass ich ihr auf die Pelle rücke. Dass es ihr nicht gut geht, war mir schon klar, als sie so plötzlich vor der Tür stand. Das vorgeschobene, leicht angehobene Kinn und die gespannten Schultern sind bei ihr ein Zeichen, dass innerlich ein Orkan tobt. So gut kenne ich sie dann doch. Aber ich hätte nie eindringlich nachgefragt, damit hätte ich sowieso nichts erreicht. Cordula ist eine Einzelkämpferin, die Probleme am liebsten selbst aus der Welt schaffen will, ohne Unterstützung. Ihr Hilfe anzubieten ist für sie ein Angriff.

Deshalb weiß ich gar nicht, warum ich ihr gefolgt bin, als sie plötzlich aufgesprungen und ohne ein Wort aus der Küche gestürmt ist. Lasse hat mir einen fragenden Blick zugeworfen, doch als ich mit den Schultern gezuckt habe, hat er weiter das Gemüse in die Auflaufform geschichtet.

Noé und Milli haben Cordula ebenfalls irritiert hinterhergesehen, sich dann aber wieder dem Videotelefonat mit Noés Eltern zugewandt.

Vielleicht wollte ich im ersten Moment auch wirklich nur nach den Zwillingen sehen, die wir unter doppeltem Protest zu einem Mittagsschlaf genötigt hatten. Die beiden schliefen tief und fest in ihrem Zimmer, und wie immer hätte ich vor Liebe explodieren können, während ich sie betrachtete. Phillip hatte seine Decke zum Boden gestrampelt und Henry wie immer den Daumen im Mund. Noch ganz erfüllt von der Wärme des Anblicks, blieb ich unentschlossen vor der Tür zu Cordulas Zimmer stehen. Und plötzlich war ich mir sicher, dass meine große, starke Schwester mich braucht.

Jetzt liege ich hier neben ihr und bin nicht bereit, sie allein zu lassen mit dem, was ihr gerade den Boden unter den Füßen wegreißt. Was auch immer es ist.

Etwas drückt hart in meinen Rücken. Ich taste mit der freien Hand danach und ziehe ein Buch hervor. Grimms Märchen. Es ist alt und sieht ziemlich mitgenommen aus, ganz dunkel erinnere ich mich, dass wir mal so eins hatten. Cordula war eine Zeitlang ganz verrückt nach Märchen, obwohl sie dafür eigentlich schon zu alt war. Ich weiß noch, dass ich sie damit gern aufgezogen habe. Ich drehe den Kopf und schaue meine Schwester an. »Ist das deins?«

Sie starrt auf das Buch in meinen Händen. »Ja.« Dann schaut sie wieder an die Decke. »Nein. Es gehört Millis Vater.«

Ich bekomme eine Gänsehaut und meine Hand schließt sich fester um ihre. Nie, nie, nie hat sie von ihm gesprochen. Sie hat immer so getan, als wäre ein biologischer Vater das Unwichtigste, was man sich vorstellen kann. Als hätte es nie einen gegeben.

Sie erwidert den Druck meiner Hand kurz, dann zieht sie ihre zurück und greift nach dem Buch. Sie hält es über unseren Gesichtern in der Luft und betrachtet es nachdenklich, dann legt sie es auf ihrem Bauch ab, ohne es loszulassen.

»Ich habe immer gedacht, man kann etwas hinter sich lassen. Wenn ich ohne zu zögern vorwärts gehe und nicht zurückschaue, dann wird es verschwinden.«

Ich drehe den Kopf zu ihr. Angestrengt starrt sie in die Luft, als würde dort ein Film mit einer ziemlich komplizierten Handlung laufen. Ich folge ihrem Blick. »Und dann holt es dich ein?«

»Schlimmer«, sagt sie tonlos. »Irgendwie rast es mir plötzlich in voller Fahrt entgegen.«

Normalerweise würde ich schmunzeln über so einen instapoetischen Satz, der überhaupt nicht zu meiner Schwester passt. Aber ihre echte Verzweiflung lässt mich schlucken.

»Cordula, ich versteh kein Wort. Bitte sag mir, was los ist.«

Endlich schaut sie mich an, mustert mich nachdenklich, als sei sie sich nicht ganz sicher. Dann nickt sie.

»Als ich damals in Nantes war, hatte ich was mit einem

Studenten. Antoine. Das Ergebnis kennst du.« Milli. Sie lächelt zaghaft beim Gedanken an ihre Tochter. Dann wird sie wieder ernst. »Leider hat sich gerade herausgestellt, dass Antoine der Vater von Noé ist. Und damit ist Milli zumindest genetisch seine Halbschwester.«

Ich setze mich ruckartig auf und starre sie entgeistert an. Dann lache ich auf, aber ich merke selbst, wie unsicher es klingt. »Du spinnst! Wir sind nicht in einer Seifenoper und Nantes ist nicht Neuberg. Weißt du, wie viele Antoines da leben? Tausende wahrscheinlich.«

Sie seufzt. »Ich hab ihn doch gesehen, Kaya.«

»Ja, nach über zwanzig Jahren. Meinst du nicht, da kannst du dir schnell mal eine Ähnlichkeit einbilden?«

»Aber das hier bilde ich mir wohl nicht ein!«, fährt sie mich an, setzt sich auf und knallt mir das alte Buch ziemlich fest auf den Oberschenkel. Mit einer fahrigen Bewegung schlägt sie die erste Seite auf, auf der eine von Hand geschriebene Widmung steht.

Für A. Manchmal werden Märchen wahr. Pour toujours, C.

Ich lese es wieder und wieder, während ich versuche, eine Erklärung dafür zu finden, die keine Katastrophe ist.

»Das war mein Buch, das ist meine Schrift. Noé schleppt das mit sich rum, und sein Vater heißt Antoine«, fasst meine Schwester nüchtern die Fakten zusammen, um jeden Einwand meinerseits im Keim zu ersticken. Dann wird ihre Stimme leise und zerbrechlich. »Und jetzt sag mir, was ich tun soll. Sag du es mir, Kaya. Ich weiß es nämlich nicht.«

Ich nehme sie in den Arm und halte sie fest. Erst macht sie sich steif und wirkt so angespannt wie ein nervöses Pferd zwischen Flucht und Angriff. Aber dann gibt sie nach und lässt ihren Kopf schwer auf meine Schulter sinken.

»Du musst es Milli sagen«, flüstere ich.

»Ich kann nicht«, sagt sie kleinlaut.

»Es geht nicht anders.«

Sie nickt. »Ich weiß.«

Dann hebt sie den Kopf und schaut mich an. »Kannst du bitte dabei sein?«

Ich sage nichts. Sie kennt die Antwort. Schwestern.

23
MILLI

»*AU REVOIR.*« Noé steckt das Tablet in die Hülle zurück. Dann schaut er mich erwartungsvoll an. »Sie sind nett, oder? Mochtest du sie?«

»Sehr.« Inzwischen bin ich auf den Stuhl neben ihn gerückt, nachdem meine Mutter nicht wieder aufgetaucht ist. »Sie hat ja einfach eine liebe Art und hat mich so viel gefragt. Es tut mir leid, dass du irgendwann nur noch der Übersetzer warst.«

Er lacht. »Das hat mich nicht gestört. Es hat mich gefreut, dass ihr Frauen euch so gut verstanden habt.«

»Bei ihm weiß ich nicht so richtig, was er von mir hält. Er hat ja nicht viel gesagt.«

Noé nickt nachdenklich. »Normalerweise redet er viel mehr, er war heute mit seinen Gedanken woanders. Aber beobachtet hat er dich und zugehört auch. Ich glaube, dass er dich sympathisch findet.«

Da bin ich mir nicht so sicher. Eigentlich hat er mich eher skeptisch betrachtet und immer wieder die Stirn gerunzelt, als würde ihn etwas an mir stören. Und dann hat er ganz unvermittelt nach meinem Alter gefragt. Auf

Deutsch. Und auf meine Antwort nichts mehr gesagt. Das war irgendwie skurril. »Spricht er denn so gut Deutsch wie du?«

Noé kippt abwägend die Hand. »Nicht so wie ich. Seine *prononciation* ist eine Katastrophe. Er hat sich das meiste selbst mit Büchern beigebracht. Aber die ersten deutschen Wörter habe ich von ihm gelernt, und er war es auch, der mir als Kind die deutschen Märchen vorgelesen hat.«

Das klingt ja süß. Dann scheint er ja wirklich nicht so unnahbar zu sein, wie es beim Videotelefonat gerade rüberkam.

Noé schaut sich suchend in der Küche um. »Wo ist denn das Märchenbuch? Hat deine Mutter es mitgenommen?«

Ich schüttle grinsend den Kopf. »Ganz bestimmt nicht. Meine Mutter hasst Märchen.« Ich wusste noch in der Grundschule nicht, wer Dornröschen und Rotkäppchen sind.

»Kannst du bitte mal mit hochkommen, Milli?« Kaya steht plötzlich in der Küchentür, und irgendwas an ihrer Stimme lässt mich besorgt aufspringen. »Ist was mit den Zwillingen?«

Sie schüttelt den Kopf, aber so richtig beruhigend sieht es nicht aus. »Nein, die schlafen. Aber wir müssen was mit dir besprechen.« Wir? Was denn besprechen?

Lasse dreht sich mit gerunzelter Stirn zu Kaya um, er scheint auch keine Ahnung zu haben, worum es geht.

»Kann Noé dich hier bei deinen Kochkünsten unterstützen?«, fragt sie ihn.

»*Bien sûr*, sehr gern.« Er wendet sich mit einem verschmitzten Lächeln an Noé. »Du bist doch bestimmt ein Experte für Mousse au chocolat.«

Wenn ich an Noés ersten Spaghetti-Kochversuch denke, habe ich da so meine Zweifel. Grinsend will ich ihm noch schnell einen Kuss geben, aber Kaya zieht mich am Arm von ihm weg. »Na, keine Küsse mehr jetzt. Es ist wirklich dringend.«

Ich will protestieren, aber Noé zwinkert mir zu und stellt sich dann motiviert zu Lasse an die Arbeitsplatte. Mein Herz klopft ihm hinterher. Irgendwie gehört er schon fast ein kleines bisschen zur Familie.

»Kaya, was ist denn los?« Ich folge ihr ins obere Stockwerk und dann in das kleine Zimmer, in dem meine Mutter auf der Bettkante sitzt und mich besorgt anschaut.

»Hallo, Milli«, sagt sie leise.

Kaya schiebt mich neben sie. »Setz dich bitte.« Dann zieht sie sich selbst einen Stuhl heran.

Zögernd nehme ich neben meiner Mutter Platz. »Ihr macht mir Angst, Leute. Stimmt etwas nicht?«

Die beiden wechseln einen Blick. Kaya holt Luft. »Wir müssen mit dir über Noés Vater sprechen.«

»Okayyy«, sage ich gedehnt. Was wird das hier?

»Hat er was zu dir gesagt?« Meine Mutter schaut mich forschend an.

»Nein.« Ich habe nicht die geringste Ahnung, worauf die beiden hinauswollen.

»Sicher?«, hakt meine Mutter nach.

Ich verzichte auf eine Antwort und schaue nur argwöhnisch zwischen den beiden hin und her. »Könnt ihr mir jetzt mal sagen, was ihr von mir wollt?«

Wieder ein Blickwechsel. Kaya ergreift erneut das Wort. »Also ... du hast ja Noés Vater kennengelernt und ...«

»Nein«, unterbreche ich sie, »ich kenne Noés Vater noch nicht.«

Sie nickt ungeduldig. »Ja, vielleicht. Aber du hast ihn gerade gesehen und mit ihm telefoniert.«

Das Ganze ist so absurd, dass ich auflache. »Hab ich nicht.«

»Nicht?«, fragen die beiden im Chor und wirken schlagartig ähnlich irritiert wie ich.

Hilflos zucke ich die Achseln. »Ich habe keine Ahnung, worum es hier geht. Aber Noés Vater sitzt heute im Flieger nach Sydney.«

Die beiden schauen mich an, als hätte ich »zum Mars« gesagt.

»Man darf im Flugzeug nicht telefonieren«, erkläre ich unnötigerweise. Ich weiß von Noé, dass sein Vater in diesem Jahr sogar an Weihnachten geschäftlich unterwegs ist. Das war ein weiterer Grund für ihn, die Feiertage nicht in Nantes zu verbringen.

»Aber warum war er dann ... Wer war denn dann ...?« Meine Mutter stockt.

Kaya räuspert sich und streicht eine Haarsträhne hinters Ohr. »Milli, mit wem habt ihr da gerade gesprochen? Wer war auf dem Bildschirm zu sehen?«

Was sind das für Fragen? Ist das irgendein bescheuertes Spiel? Zu Kaya könnte das passen, aber meine Mutter würde bei so was auf keinen Fall mitziehen.

Ich seufze ergeben. »Das waren Eloise und Antoine. Sie leben in Noés Haus als ... Mieter. Er kennt sie schon von klein auf, sie sind so was wie seine Paten.« Eigentlich leben sie als Angestellte bei den Dubrasquets, Eloise ist die Sekretärin und Antoine Hausmeister und Gärtner. Aber das klingt so dekadent, und ich will nicht, dass Mama und Kaya Noé für einen Schnösel halten. Und es stimmt, dass die beiden für ihn immer Teil der Familie waren, eine Art zweites Zuhause in der Stadtvilla, die oft zu groß und zu einsam für ihn war.

Meine Mutter und meine Tante schauen mich völlig entgeistert an, als hätte ich dieses seltsame Gespräch begonnen. Dann fängt Kaya an zu lachen, worauf meine Mutter sie wütend anfunkelt, aber sie kann nicht aufhören. »Manchmal werden Märchen wahr«, prustet sie. Also doch ein Spiel?

Hilfesuchend schaue ich zu meiner Mutter. Sie erwidert meinen Blick ernst. »Antoine ist also nicht Noés Vater?«

Kaya wird still, aber ich beachte sie nicht.

»Nein. Ist er nicht. Warum fragt ihr mich so was?« Meine Stimme klingt inzwischen ziemlich verzweifelt.

Meine Mutter greift nach meiner Hand und hält sie fest. Sie weicht meinem Blick nicht aus. »Weil Antoine dein Vater ist.«

Es dauert eine Weile, bis die Worte bei mir ankommen.

In diesem Moment atme ich nicht, mein Herz schlägt nicht, ich bin gar nicht da. Mit dem ersten Atemzug fange ich an zu heulen.

Ich weiß nicht, wie lange ich nicht aufhören kann zu weinen. Wahrscheinlich sind es nur wenige Minuten, aber mir selbst kommt es vor wie ein ganzer Tag und ein Leben. Ich fühle mich weder traurig noch glücklich, nur völlig überfordert. Es ist schrecklich, aber auch schrecklich schön, denn da sind Mama und Kaya an meiner Seite, die mich halten, mir über den Rücken streichen und mich einfach flennen lassen. Auf dem Schoß halte ich einen Karton Zupftücher fest, den Kaya vom Wickeltisch der Zwillinge besorgt hat, und wenn das der einzige war, wird sie über die Feiertage wohl ohne auskommen müssen, denn mein Rotz und Wasser haben von der Packung so gut wie nichts übrig gelassen.

Erst als ich mich etwas beruhigt habe, bemerke ich, dass auch Kaya und Mama rote Nasen und Tränen in den Augen haben. Irgendwie lässt mich das Bild von uns drei Heulsusen auf der Bettkante auflachen. »Ihr seid echt für Überraschungen gut«, schniefe ich.

Mama lächelt und küsst mich auf die Stirn, wie sie es oft getan hat, als ich noch klein war.

Ich schaue ihr in die Augen. »Erzählst du mir mehr davon?«

Sie hebt ganz leicht die Augenbrauen. »Jetzt?«

Ich nicke. Als Kind hab ich mir so oft gewünscht, dass

dieser Moment kommt. Schon lange habe ich nicht mehr darauf gewartet, aber jetzt, da es ganz plötzlich so weit ist, will ich keine Zeit mehr verlieren. Sie wirft Kaya einen Blick zu, dann greift sie hinter sich nach einem Buch und tauscht es gegen die Zupftuchkiste in meinem Schoß. Es ist das alte Märchenbuch, das Noé eben vermisst hat. Sie hatte es doch.

Leise beginnt sie zu erzählen, erst unsicher und stockend, doch dann wird es eine richtige Geschichte. Voller Glück erkenne ich, dass es eine Liebesgeschichte ist, wenn auch mit einem traurigen Ende. Ein einsames Mädchen am Flughafen. Kein Happy End.

»Oh doch.« Mama lächelt. »Dann kamst du. Und du bist das Beste, was mir passieren konnte.«

»Uns allen«, ergänzt Kaya und zupft an meinem Pferdeschwanz.

Ich schlage das Buch auf und streiche mit dem Finger über die Widmung. Dabei versuche ich, mich an den Mann zu erinnern, den ich vorhin am Bildschirm gesehen habe, aber er bleibt verschwommen. Ich wusste es ja nicht. Ob er etwas ahnt?

Plötzlich fällt mir der konfuse Anfang dieses Gesprächs ein, die ersten seltsamen Fragen. Die Puzzleteile setzen sich zusammen. Ich kann mir ein Grinsen nicht verkneifen. »Sagt mal, habt ihr zwei etwa gedacht, Noé wäre mein Bruder?«

Die betretenen Blicke reichen als Antwort. Ich muss lachen. Das ist so verrückt. »Kaya, deshalb hast du mir untersagt, ihn zu küssen?«, kichere ich. »Verbotene Liebe 2.0!«

»Lach nicht«, sagt sie empört, grinst jedoch dabei. »Was meinst du, wie es uns hier ging? Wir sind fast gestorben.«

Mama nickt bestätigend, aber auch sie lächelt.

Ich fühle mich auf einmal so leicht, als könnte ich fliegen. »Wisst ihr was? Ich bin so verliebt, es wäre mir wahrscheinlich egal gewesen. Dann wäre ich halt mit ihm durchgebrannt.«

»Niemals. Dafür müsstest du ja Neuberg verlassen. Das würdest du nicht übers Herz bringen.« Kaya streckt mir die Zunge raus.

Es klopft und Lasse öffnet mit Henry auf dem Arm die Zimmertür. Hinter ihm steht Noé und hält Philipp an der Hand. Alle sind mit Winterjacken und Mützen ausgestattet. »Also, wir Männer wären jetzt abmarschbereit für die Stallbescherung. Wenn die Damen aber noch etwas Zeit für sich benötigen, würden wir im Garten eine Runde Fußball spielen. Freundschaftsspiel Deutschland gegen Frankreich, immer wieder spannend.«

Kaya lacht. »Alles klar. Gebt uns eine Viertelstunde, dann kommen wir dazu.«

»Wartet!« Ich springe auf und schiebe mich an Lasse vorbei zu Noé. »Ich schulde dir noch einen Kuss.«

Er schmunzelt und küsst mich. Die Welt steht still. Dann schaut er mich besorgt an. »Ist etwas passiert?«

Kann man so sagen. Ich nicke. »Ich will es dir erzählen,

aber ich brauche noch ein bisschen, bis ich so weit bin. In Ordnung?«

Er lächelt. »*D'accord*. Hauptsache zwischen uns ist alles gut.« O ja, alles ist gut.

»Schieß ein Tor für mich«, sage ich und küsse ihn auf die Wange.

»Und ich schieße drei für dich«, kräht Philipp, »weil ich nämlich drei bin.«

»Ich aber auch«, ruft Henry von Lasses Arm und alle lachen.

Ich drehe mich um und mein Blick trifft den von Mama. Wir sind immer noch ein Team.

24
CORDULA

ICH FOLGE MILLI und Kaya in die Küche, wo sie noch schnell das Weihnachtsessen für Mitternacht und die Pferde kochen wollen. Ich fühle mich, als würde ich schweben und zugleich bei jedem Schritt im Boden versinken. Völlig erschöpft und völlig aufgekratzt wie nach einer langen Reise. Und auch den beiden scheint es ähnlich zu gehen. Zwischen uns herrscht eine stille Verbundenheit, als hätten wir gemeinsam zu Fuß die Alpen überquert. Aber was sind überhaupt ein paar hohe Berge gegen das, was da gerade mit uns passiert ist. So viel, dass mein Kopf es gar nicht erfassen kann, während es nachhallt. So wie man abends nach einem Tag am Meer die Wellen noch spürt. Milli. Antoine. Milli. Sie hat das Märchenbuch mit runtergebracht, und ich sehe, wie sie nachdenklich über den Einband streicht, bevor sie es vorsichtig auf Noés Tasche legt, die noch neben dem Küchenstuhl steht. Sie gibt es ihm zurück.

Kaya, die gerade einen übergroßen Topf mit Wasser auf den Herd gestellt hat, lehnt sich mit dem Rücken an die Anrichte und schaut von Milli zu mir. »Was habt ihr jetzt eigentlich vor? Werdet ihr Antoine sagen, dass er eine Tochter hat?«

Ich schlucke und schließe die Augen. Hat es für ihn überhaupt eine Bedeutung? Es ist so lange her.

»Ich glaube, er weiß es bereits.« Millis Stimme klingt leise und ein wenig schuldbewusst. Trotzdem irgendwie erwartungsvoll. Geht das überhaupt gleichzeitig? Ich öffne die Augen.

Kaya nickt. »Zumindest ahnt er es wohl. Du siehst Cordula sehr ähnlich, und wenn er dein Alter kennt, sollte ihm als Naturwissenschaftler ziemlich schnell ein Licht aufgehen.«

Das glaube ich nicht. Bestimmt hat er mich längst vergessen. »Er wird sich wahrscheinlich kaum an mich erinnern.«

»Das sehe ich anders.« Kaya deutet auf das Buch. »Du scheinst einen bleibenden Eindruck hinterlassen zu haben.«

Ich verstehe nicht, dass Antoine das Buch behalten hat. Und auch nicht, dass er Deutsch gelernt hat. Es passt einfach nicht ins Bild. Er ist nicht zum Flughafen gekommen. Er hat mich nie gesucht, denn er hätte mich gefunden. Für ihn war es vorbei. Und für mich auch. »Das ist egal. Es spielt keine Rolle mehr.«

Kaya lächelt und legt den Kopf schief. »Für dich vielleicht nicht. Aber da ist ja noch jemand ...«

Mein Blick geht zu Milli. Meine große Kleine. Sie schaut mich an. »Ich nehme keinen Kontakt zu ihm auf, wenn du das nicht willst, Mama, versprochen. Und Noé wird ihm auch nichts sagen. Aber ... mit Noé würde ich wirklich gern darüber sprechen, sonst platze ich.«

Sie ist einfach unglaublich. »Milli, ich werde dir bestimmt nichts verbieten, was sich für dich richtig anfühlt. Ich kann es nicht, und ich will es nicht.« Ich hole Luft. »Ich hätte dir wahrscheinlich schon längst alles erzählen sollen. Vielleicht von Anfang an. Aber ...«

»Alles ist gut.« Sie lächelt ihr unvergleichliches Milli-Lächeln. »Ich verstehe das. Ehrlich!«

»Und du kannst Noé natürlich alles erzählen. Und auch jedem sonst. Es ist schließlich auch deine Geschichte.«

Sie strahlt. Und Kaya mit ihr. Hinter den beiden tauchen Dampfwolken auf.

»Äh, ich weiß ja, dass Wasser nicht anbrennen kann. Aber meint ihr nicht, es ist langsam heiß genug.«

»Verdammt.« Meine Schwester stellt hektisch die Platte aus und schiebt den sprudelnden Topf zur Seite, wobei ein ordentlicher Schwung Wasser dampfend auf der Kochfläche landet. Grinsend dreht sie sich zu uns um. »Deshalb gehöre ich einfach nicht an den Herd. Helft ihr mir mit dem Mash?«

Wir füllen ein staubiges Müsli aus einem großen Sack in Futtereimer und gießen das heiße Wasser drauf. Der Brei sieht ziemlich widerlich aus, aber er riecht angenehm nach Getreide.

Kaya lacht zufrieden. »Na, das nenne ich mal ein Festmahl.«

Ich werfe einen skeptischen Blick auf die Eimer. »Ich bin froh, dass du für die Vierbeiner kochst und dein Mann für uns.«

Sie schmunzelt. »Wer weiß, vielleicht machen wir es nächstes Jahr mal umgekehrt. Bist du trotzdem wieder dabei?«

Ich werfe einen Blick zu Milli, die in dem Moment aufschaut. Dann nicke ich. »Auf jeden Fall.« Ich fühle mich gerade so wohl, dass ich sogar dieses Matschmüsli probieren würde.

Wir verladen die dampfenden Eimer in Kayas Kofferraum. Ich verzichte auf die Bemerkung, dass nach einer Vollbremsung nicht mal ein Tatortreiniger gegen den Getreidekleister im Innenraum ankäme. Allerdings kommt es bei dem Bodenbelag aus Stroh, Pferdehaaren, Krümeln und Matschbrocken darauf sowieso nicht mehr an. Es gibt Dinge, für die meine Schwester keine Lebenszeit verschwenden will, und Auto reinigen gehört dazu. Lasse, der seinen uralten Polo hegt und pflegt, weigert sich zurecht, für Kayas Gebrauchsgegenstand einen Finger zu rühren. Mein Blick entgeht ihr nicht.

»Cordula, du fährst mit Milli und Noé am besten bei Lasse mit. Ich schnapp mir die Minimonster, die haben sich wahrscheinlich sowieso schon längst wieder im Schlamm gewälzt.«

Jubelnd werden wir im Garten von den Zwillingen begrüßt, die sofort wild brabbelnd von ihren besten Torschüssen erzählen und von einem großen Abenteuer, bei dem Noé den Ball aufs Garagentor geschossen hat, und er in einer wilden Kletteraktion gerettet werden musste.

»Noé ist ein Hochschießer«, sagt Henry ehrfürchtig.

Milli lacht und blinzelt ihrem Freund zu. »Ich weiß ja nicht, ob das für eine Sportkarriere reicht, aber ich bin dein Fan.« Sie küsst ihn, und er legt die Arme um ihren Nacken und zupft an ihrer Bommelmütze. Sie sehen wirklich glücklich zusammen aus. Es freut mich und es macht mir Angst. Wie wird es ihr gehen, wenn es zerbricht?

Lasse kommt zu uns und wirft den Ball gekonnt in eine Holzkiste neben der Terassentür. »Ist drin alles vorbereitet?«, fragt er Kaya leise. Sie lächelt und nickt. Dann geht sie vor den Zwillingen in die Hocke. »Wisst ihr was? Wenn wir vom Stall zurückkommen, war vielleicht sogar schon das Christkind da.«

Henry und Philipp hüpfen aufgeregt auf der Stelle und plötzlich kann es ihnen gar nicht schnell genug gehen. Ich denke an das Wohnzimmer, wo unter dem leuchtenden Baum schon die Geschenke liegen, und irgendwo in meinem Bauch flirrt die kindliche Aufregung, die meine Neffen gerade von Kopf bis Fuß ausfüllt. Es tut gut, heute hier zu sein. Ich habe für die beiden zwei große Plüschbienen besorgt und mit unter den Weihnachtsbaum gelegt. Ich hoffe, die ungefährliche, antiallergische Variante ihrer Stechbienen gefällt ihnen. In meinem Koffer liegt eine dritte. Für Paul. Ich fand es eine lustige Idee, irgendwie unverfänglich und trotzdem persönlich. Es ist unwahrscheinlich, dass ich sie ihm noch geben werde. Trotzdem flammt der Gedanke an ihn heiß auf. Er fehlt. Ich schüttle unwirsch den Kopf, aber das Gefühl bleibt. Der Wunsch, er wäre hier, obwohl mir das gerade noch gefehlt hätte. Als wäre heute nicht sowieso schon alles ziemlich außer Kontrolle geraten. Nein, es ist gut, dass ich zur Vernunft gekommen bin und ihn weggeschickt habe. Er will jetzt wahrscheinlich nichts mehr von mir wissen, aber es war richtig. Es ist besser so, für uns beide.

»Sind sie nicht zuckersüß, die zwei?« Kaya stupst mich an und nickt Richtung Milli und Noé, die Hand in Hand vor uns gehen. Ich muss lächeln. Natürlich sind sie das.

»Meinst du, sie geht mit ihm nach Frankreich?«

Erschrocken schaue ich Kaya an. Das wird sie nicht machen, das wäre doch verrückt.

»Jetzt guck doch nicht so. Milli wird schon wissen, was sie tut. Sie ist immerhin deine Tochter.«

Ich antworte mit einem vielsagenden Blick und sie schmunzelt. »Ich glaube, die beiden finden einen Weg, ihrer Liebe eine Chance zu geben. Sie sind mutig genug.«

Ich weiß, dass sie recht hat. Und ich muss einfach darauf vertrauen, dass Milli für sich die richtigen Entscheidungen trifft. Wie sie es schon immer getan hat. Viel besser als ich. Weil sie gar nicht erst versucht, alles bis in die letzte Konsequenz durchzudenken. Wozu auch, wenn doch alles anders kommt? Und manchmal ist anders viel besser. Dass ich mich auf meine Gefühle für Antoine eingelassen habe, hat mein Leben verändert. Aber ich würde es wieder tun, denn ohne ihn gebe es Milli nicht, und auch ich wäre nicht die, die ich bin. Es hat weh getan, und es war so nicht geplant, aber es war trotzdem gut. Vielleicht braucht das Leben einfach die ehrliche Chance, es gut werden zu lassen.

»Kaya, ich muss noch etwas erledigen.« Ich taste in meiner Jacke nach dem Autoschlüssel und finde ihn. »Wie lange werdet ihr am Stall sein?«

Sie schaut mich überrascht an. »Eine gute Stunde, denke ich. Achterbahn braucht ja inzwischen eine Weile, bis er sein Futter aufgemümmelt hat.«

Ich nicke hektisch. »In Ordnung. Ich komme nach. Bis gleich.«

Kaya ruft mir hinterher, aber ich drehe mich nicht um. Weil vorm Haus nicht genug Parkplätze sind, steht mein Auto ein Stück die Straße runter. Ich erreiche es im Laufschritt. Wahrscheinlich wird er gar nicht dort sein. Aber es gibt eine Chance. Eine ehrliche Chance.

*

Die Auffahrt zu Bauer Wilhelms Hof ist voller Schlaglöcher und Zweifel. Ich versuche, beidem auszuweichen, was mir nicht so richtig gelingt. Was tue ich hier? Glaube ich wirklich, dass Paul zurückgekommen ist und den Nachmittag vor Weihnachten allein mit seinen Bienen verbringt? Ja, genau das glaube ich. Oder ich hoffe es. Denn wenn er hier ist, habe ich keine Zeit, den Mut zu verlieren.

Doch er ist nicht da. Der Hof ist still und verlassen, von Pauls Auto keine Spur. Enttäuscht parke ich neben der Mauer. Was mache ich jetzt? All die Aufregung, die Ungeduld, die Sehnsucht und die wilden Pläne, mit denen ich hergerast bin, prallen aufeinander und wissen nicht wohin. Weil ich nicht bereit bin, einfach umzukehren, steige ich aus. Die Luft ist frisch und kalt. Im Stall blökt eine Kuh, dann ist es wieder völlig still. Und weil in mir gerade alles tobt, tut das richtig gut.

Wenn ich ihn jetzt anrufe, finde ich sowieso keine Worte. Und er auch nicht, da tun wir uns nicht viel. Soll ich ihm eine Nachricht schicken und ihn fragen, wann er wieder nach Neuberg kommt? Aber wirkt das nicht seltsam, nachdem ich mich ja nicht gerade nett verhalten habe? Hilfe, wie machen die Leute das?

Ich atme tief ein und versuche, mich auf die Problemlösung zu fokussieren. Ich leite drei Forschungsgruppen, bin Mitglied des fachwissenschaftlichen Publikationsausschusses und spreche drei Fremdsprachen fließend. Es kann nicht sein, dass ich an einer einfachen Kommunikationsaufgabe scheitere. Aber ich kann Paul ja schlecht ein Memo an den Monitor kleben? Oder? Ich könnte einen Zettel schreiben und ihn an die Bienenkästen hängen. Wenn er ihn sieht, wird er sich melden. Vielleicht schon morgen.

Ich hole Stift und Notizbuch aus dem Handschuhfach und starre auf das weiße Papier. Ich kenne mich. Ich muss mir jeglichen Rückzug, jedes Ausweichmanöver, jede Ausrede verbauen. Weil ich mir schon morgen nicht mehr trauen werde und die Bedenken die Kontrolle übernehmen. Also schreibe ich *Ehrliche Chance!* in großen, klaren Buchstaben, die ein wenig denen auf der ersten Seite des alten Märchenbuchs ähneln. Unwillkürlich muss ich lächeln. Vielleicht ist es ja doch noch irgendwo, das junge, wilde Mädchen, das aufs Ganze geht. Ich trenne das Blatt heraus und werfe das Schreibzeug auf den Fahrersitz.

Dann gehe ich zu der Stallecke, an der die Bienenkästen stehen. Standen. Sie sind weg. Hilflos bleibe ich vor der kargen, rauen Wand stehen und kann es nicht glauben.

Ich habe ihn selbst weggeschickt. Nicht richtig, aber irgendwie doch. Ich versuche, mich zu erinnern, was ich zu ihm gesagt habe, aber alles verschwimmt. Leider weiß ich auch so, wie kühl und abweisend ich sein kann, wenn mir jemand zu nah kommt.

Das Papierstück in meiner Hand wird schwer. Vielleicht ist es besser so. Eine ehrliche Abfuhr.

Trotzdem werden meine Knie weich. Dieser verdammte Tag. Plötzlich bin ich wieder sechzehn und stehe verlassen am Flughafen mit einem Zettel in der Hand. Aber diesmal weine ich mit leisen Schluchzern, die niemand hört, obwohl sie in der Stille des Hofs das einzige Geräusch sind. Bis ein Auto mit Anhänger rumpelnd um die Ecke biegt und neben meinem hält.

Nein, nein, nein. Ich will nicht, dass Bauer Wilhelm oder irgendein anderer Dorftyp mich sieht. Nicht hier.

Nicht so. Ich drücke mich mit dem Rücken an die Stallwand, als könnte ich darin verschwinden. Als ich sehe, wer aussteigt, beschleunigt sich mein Herzschlag.

»Paul?« Meine Stimme klingt gleichzeitig freudig überrascht und panisch. Und genauso fühle ich mich auch.

Erstaunt kommt er auf mich zu. »Was machst du denn hier? Also, ich wusste nicht, dass du noch mal kommst ... also, ich freu mich ...« Dann sieht er mein verheultes Gesicht und schaut mich besorgt an. »Was ist passiert?«

»Ich dachte, du wärst weg«, schniefe ich.

Er runzelt die Stirn. »Weg? Ich habe gerade die Bienen hoch an den Waldrand gebracht. Da ist ein Schuppen, wo es etwas windstiller ist, als hier in der Ecke. Da den Feldweg hoch.« Er deutet in eine Richtung.

»Ach so«, sage ich kleinlaut und nehme die Brille ab, um mir mit dem Jackenärmel die Tränen von der Wange zu wischen.

Paul wartet geduldig, bis ich die Brille wieder aufhabe. »Aber du weinst doch nicht so, weil du gedacht hast, dass die Stechbienen weg sind.«

Obwohl mir immer noch zum Heulen zumute ist, muss ich schmunzeln. »Nein. Doch. Auch. Aber eigentlich wollte ich zu dir, und du warst nicht da und die Bienen auch nicht. Da dachte ich ... weil mir das zu schnell war ... und dann ist was passiert ... ich muss dir so viel sagen und weiß gar nicht, wo ich anfangen soll ... das ist alles ziemlich kompliziert ...«

Er nickt ruhig, als hätte er irgendwas von meinem wirren Erklärungsversuch verstanden. Dann deutet er auf den Zettel in meiner Hand. »Und was ist das?«

Für eine Sekunde überlege ich, ob es eine Option ist, das Papier zu zerknüllen und runterzuschlucken. Dann hebe ich nur mit hängenden Armen die Schultern. »Ein Memo für dich.«

»Ein Memo?«, wiederholt er skeptisch.

»Oder so was Ähnliches.« Ich komme mir albern vor, und Paul hält mich wahrscheinlich für völlig durchgeknallt. Womit er eventuell richtigliegt.

»Darf ich?«, fragt er und streckt vorsichtig die Hand aus, als könnte der Zettel auch eine Waffe sein. Als ich zaghaft nicke, nimmt er ihn mir aus der Hand, ohne dass unsere Finger sich berühren.

Er schaut auf das Blatt. Zu mir. Und wieder auf das Blatt. Dann lacht er. Warm, weich und zärtlich. »Ich wusste gar nicht, dass du so romantisch sein kannst.«

»Sagt der, der in seiner leeren Gartenhütte zufällig noch eine Kiste Kaminholz hat.«

Er lacht lauter und ich muss einfach mitlachen. Vielleicht ist es ja gar nicht so kompliziert. Gleichzeitig verstummen wir und schauen uns an.

»Ich glaube, wir haben eine gute Chance«, sage ich leise.

Paul nickt ernst. »Das glaube ich auch.«

»Na ja, trotzdem gehe ich zurück an meine Uni und du an deine, wir beide arbeiten viel, werden uns also nicht ständig sehen können …« Soll ich zur Sicherheit alle Einwände und Unwägbarkeiten aufzählen?

Paul lächelt. »Das kriegen wir schon hin.«

Er klingt so sicher, dass ich es plötzlich auch bin.

Er greift nach meiner Hand und zieht mich sanft von der Stallwand weg. »Komm ich zeig dir den neuen Platz für die Bienen. Es ist wunderschön da oben am Wald.«

»Ich kann nicht«, sage ich und weiß nicht, ob ich es witzig oder unverschämt finden soll, dass sein Blick als Erstes auf meine Schuhe fällt. Die gerade definitiv nicht das Problem sind. »Am Pferdestall wartet meine Familie auf mich und dann noch das komplette Weihnachtsprogramm. Ich will sie nicht sitzen lassen. Nicht heute.«

Er nickt. »Na, dann mach dich auf den Weg. Treffen wir uns morgen?«

Ich schaue ihn an. Dopamin, Adrenalin, Oxytocin. Aber es ist mehr als das. »Komm doch mit.«

Er zieht die Augenbrauen hoch. »Ich soll mitkommen?«

»Ja«, sage ich und meine es und fühle es.

Er mustert mich. »Eine Wohnung mit Doppelbett aktiviert bei dir jegliche Fluchtreflexe, aber Weihnachten mit der ganzen Familie findest du okay?«

»Das ist ja wohl was anderes.« Aber seltsamerweise finde ich plötzlich auch die Idee mit der Wohnung gar nicht mehr so schlecht. Es wäre doch wirklich ganz praktisch, hier in Neuberg eine kleine Bleibe zu haben. Nicht zum Wohnen, das auf keinen Fall, aber vielleicht für eine kleine Auszeit auf dem Land am Wochenende. Ich könnte Kaya und die Zwillinge ein bisschen häufiger sehen. Und Milli natürlich. Bevor irgendwann vielleicht auch ihr geliebtes Neuberg sie nicht mehr halten kann, und sie in die weite Welt verschwindet. Außerdem gäbe es einen Platz für Paul und mich. Für uns. Die ehrliche Chance.

Paul versteht mein nachdenkliches Zögern falsch. »Fahr ruhig allein zu deiner Familie, Cordula. Das ist völlig in Ordnung, ehrlich.« Er lässt meine Hand los und streicht kurz über meinen Arm.

»Warte.« Ich drehe mich um und lasse ihn einfach stehen. Die Tür zur Milchkammer ist nicht verschlossen, aber es ist düster, und ich finde den Lichtschalter nicht. Wo war noch mal der Haken an der Wand? Der Vorteil von Sehschwäche ist, dass man sich im Dunkeln ziemlich gut zurechtfindet. Übungssache. Ohne nachzudenken greife ich nach dem Schlüssel. Ich lasse kein Zögern zu.

Paul schaut mir argwöhnisch entgegen, er hat keine Ahnung, was ich hier treibe. Ich spüre das kalte Metall in meiner Faust. Mein Herz rast.

»Was machst du da?«, brummt er, und ich muss daran denken, wie er mir bei unserer ersten Begegnung im Kuhstall etwas Ähnliches entgegengeschnauzt hat. Jetzt klingt es nicht unfreundlich, aber irritiert.

Ich halte ihm den Schlüssel auf der geöffneten Handfläche vor die Brust. »Ich bin dabei. Wir nehmen die Wohnung. Aber wenn das schiefgeht mit uns, ist es deine. Dann kannst du dich allein mit Bauer Wilhelm herumschlagen.«

Er starrt auf den Schlüssel und sagt nichts. Dann legt er seine Hand unter meine und hebt sie ein wenig höher. Dabei schaut er mich an. »Willst du das wirklich?«

Ich wünschte, ich könnte ja sagen. Ohne Zweifel, ohne Angst. »Ich weiß es nicht. Aber ich würde es gern mit dir zusammen herausfinden.«

Er schließt seine Hand um meine. Und meine um den Schlüssel. »Dann bin ich auch dabei.«

Bevor er noch etwas sagen kann, küsse ich ihn. Er zieht mich an sich heran. Alles wird ganz leicht.

Wir lösen uns ein kleines Stück voneinander und er streift sanft mit der rauen Hand meinen Nacken. »Musst du nicht los?«

Ich schüttle den Kopf. »Nein, wir müssen los.«

Er zögert.

»Na komm. Milli wird sich freuen. Und die Zwillinge erst. Du musst Mitternacht kennenlernen. Und Achterbahn. Außerdem kocht Lasse sowieso immer viel zu viel.«

Paul lacht. »Du musst mich gar nicht überreden. Ich komme gern mit. Sehr gern.«

Ich lächle. »Willkommen in Neuberg«, sage ich leise.

Zärtlich küsst er mich auf die Stirn. »Willkommen zurück.«

Er weiß gar nicht, wie wahr diese Worte sind. Dann begegne ich seinem Blick. Vielleicht weiß er es doch.

Ich hatte das so nicht geplant. Aber ungeplant entstehen manchmal die besten Geschichten.

25
CORDULA

DER MAI WAR kühl und verregnet, aber seit ein paar Tagen ist die Sonne zurück und es riecht nach Frühling.

»Scheunenparty! Ich freu mich so.« Milli wirft fröhlich den Kopf in den Nacken und ihr Pferdeschwanz wippt. Es ist schön, sie so ausgelassen zu sehen. Um die Nase wirkt sie ein wenig blass, und sie ist insgesamt schmaler geworden. Das Studium fordert sie sehr, nahezu ununterbrochen hockt sie über den Büchern und hat trotzdem das Gefühl, nie genug zu tun. Und dass ihr Noé inzwischen zurück in Frankreich ist und mit seinem eigenen Lernstoff zu kämpfen hat, macht es für sie nicht leichter. Ich weiß, dass die beiden oft die halbe Nacht telefonieren, was zusätzlich zum Prüfungsstress die kleinen Schatten unter Millis Augen erklärt. Aber ich will sie mit meinen Mamasorgen nicht nerven, vor allem heute nicht. Sie hat sich seit Wochen auf diese Party gefreut, und vielleicht bringt es sie einfach mal auf andere Gedanken, hier zu sein.

»Es ist schön, dass du doch mitgekommen bist.« Sie strahlt mich an und meint es ehrlich.

Ich muss lächeln. »Ich freu mich auch.« Ein bisschen

wenigstens. Welche Tochter überredet schon ihre Mutter, auf die heißersehnte Party des Jahres mitzukommen? Aber diesen Einwand ließ Milli nicht gelten.

»Ach, auf unserer Scheunenparty feiern alle zusammen. Das war schon immer so«, hat sie in einem Tonfall gesagt, als hätte sie schon seit hundert Jahren in Neuberg gelebt, und ich wäre gerade erst zugezogen. Verrückterweise fühlt es sich aber auch genauso an.

Wir sind gerade erst auf der Veranstaltung angekommen, aber es gefällt mir jetzt schon besser, als ich befürchtet hatte. Keine Schunkelmusik, kein Altherrengegröle und keine bierernst getragenen Schützenuniformen. Stattdessen rockige Covermusik von einer jungen Band auf der Bühne, der Charme des alten Bauernhofs, der für diese eine Nacht als Partylocation herhalten muss, und ein tatsächlich buntgemischtes Publikum voller vibrierender Vorfreude. Es kennt nicht jeder jeden, aber viele kennen viele, so ist es ein ständiges Winken, Grüßen und Nicken, in das ich wie selbstverständlich mit einbezogen werde. Ich bin nicht fremd, und niemanden scheint es zu wundern, dass ich da bin.

Noch vor einem Jahr hätte ich es hier gehasst, hätte jeden Blick gedeutet und versucht zu zeigen, dass ich das nicht brauche, kein Teil davon sein will. Aber inzwischen gelingt mir das nicht mehr.

Milli atmet tief ein, als wolle sie die ganze Atmosphäre in sich aufnehmen, und tatsächlich haben ihre Wangen schon etwas mehr Farbe. »Und dann ist es auch noch so wunderbar mild und sommerlich heute. Wusstest du, dass die Scheunenparty früher in den Osterferien stattgefunden hat? Das muss so ungemütlich gewesen sein. So ist es besser.«

Ich schmunzle und sage nichts dazu, dass der Juni dem April in Sachen widerspenstiger Wetterlage in nichts nachsteht und Dauerregen oder Gewitterstürme keine Seltenheit sind. Aber nicht heute. Auch jetzt am späten Abend ist die Luft angenehm lau und riecht nach Heu.

»Bist du schon aufgeregt wegen der Reise nach Nantes?« Bevor in den Semesterferien die nächste große Prüfungsphase beginnt, möchte Milli für zehn Tage zu Noé fliegen.

Sie nickt und lächelt unsicher. Wir sind beide vorsichtig mit dem Thema, es ist dünnes Eis und keine weiß, wie weit die andere gehen möchte. Wir tasten uns heran, Schritt für Schritt. Milli wird nicht nur Noé wiedersehen, sondern auch zum ersten Mal ihren Vater treffen. Antoine. Sie hat mir erzählt, dass sie sich geschrieben haben, aber ich weiß nicht was und worüber. Wahrscheinlich ist es besser so, denn ich bin noch nicht so weit. Vielleicht werde ich es nie sein.

Mir hat Antoine ebenfalls geschrieben, eine lange E-Mail, die zwischen den Jahren in meinem Posteingang einschlug wie ein Blitz. Ich fasste erst irgendwann im Januar den Mut, sie zu öffnen und zu lesen.

Cordula, ich hätte diese Nachricht schon längst schreiben sollen, sie kommt zu spät, viel zu spät. Aber erst habe ich mich geschämt für das, was passiert ist. Dann für das, was daraus geworden ist. Und dann dafür, dass ich nie die richtigen Worte gefunden hatte und zu viele Tage vergangen waren.

Er hatte mich am Bildschirm erkannt wie ich ihn, sofort und ohne Zweifel. Und dann war da Milli, die mir Mama hinterherrief, ihr Alter und die herzförmige Gesichtskontur, etwas, das sie nicht von mir hat. Für ihn war es wohl in diesem Moment so, als hätte er es die ganze Zeit geahnt und nun endlich Gewissheit.

Ich wäre zum Flughafen gekommen. Ich war verrückt nach dir und wollte eine Zukunft für uns. Aber es sollte nicht sein.

Er hatte sich vom Nachbarn ein Auto geliehen, um zum Flughafen rauszufahren. Er war ein ungeübter und unsicherer Fahrer, er war aufgeregt und der stockende Verkehr machte ihn nervös. Wahrscheinlich waren es aber einfach diese drei Sekunden, die alles verändern, und deren Luftzug jeder von uns schon mal gespürt hat. Antoine übersah eine Fußgängerin, die zwischen den sich stauenden Fahrzeugen die Straße überqueren wollte. Blaulicht und Sirenen, Hubschrauber, eine junge Frau in Lebensgefahr. Er wurde ein anderer. Für immer.

Er brach sein Studium ab und verbrachte viel Zeit bei der Frau im Krankenhaus, die den Unfall überlebte, aber querschnittsgelähmt blieb. Zur Schuld kamen Schulden. Er konnte bei der wohlhabenden Familie eines Schulfreunds einziehen und dort als Hausmeister arbeiten.

Irgendwie war es mir lange Zeit lieber, du hältst mich für ein Arschloch, bevor du erfährst, dass wegen mir ein Mensch fast gestorben wäre, und ich nie der erfolgreiche Wissenschaftler werden würde, den du in mir gesehen hast.

Und noch dazu verliebte er sich in eine andere. Die verletzte Fußgängerin Eloise und er wurden ein Paar und heirateten.

Ich weiß, dass es zu spät ist für diese Erklärung und dafür, um Verzeihung zu bitten. Ich tue es trotzdem aus tiefem Herzen. Und ich hoffe und wünsche mir, dass wir miteinander reden können.

Ich arbeite noch an meiner Antwort, aber nachdem er mich mehr als zwanzig Jahre hat warten lassen, finde ich das ziemlich in Ordnung. Ich weiß nicht, ob meine Nachricht ein Abschluss oder ein Anfang wird.

»Ich hoffe, es ist alles noch genau so, wenn Noé und ich uns wiedersehen.« Milli sieht beim Gedanken an ihn so aufgeregt und glücklich aus, dass ich da keine Bedenken habe. »Schade, dass er heute nicht hier sein kann.«

»Vielleicht im nächsten Jahr«, sage ich aufmunternd, obwohl ich mir nicht mal sicher bin, ob Milli zur nächsten Scheunenparty da sein wird. Womit sie nie gerechnet hat, ist passiert. Etwas zieht sie fort aus Neuberg. Noé und sie planen ein gemeinsames Auslandssemester in Wien. Sie hat mich sogar gefragt, ob ich mich dann an den Wochenenden ab und zu um Mitternacht kümmern würde, obwohl er natürlich von Kaya und Anabel bestens versorgt werden wird. Ohne Zögern habe ich es ihr versprochen, obwohl mir ein wenig mulmig bei dem Gedanken ist. Zum Glück wäre ich dabei nicht allein.

»Da bin ich wieder. Es war gar nicht so leicht, an etwas zu trinken heranzukommen.« Paul stellt sich zu uns und verteilt die drei randvollen Getränkebecher aus Hartplastik. »Aber meine Rüpelstimme hat gewirkt. Jetzt bin ich mal dran«, schnauzt er grimmig und grinst dann. Milli und ich müssen lachen. Schließlich haben wir ihn beide bei der ersten Begegnung so kennengelernt und nicht geahnt, was für ein freundlicher und nachdenklicher Mensch hinter der rauen Schale steckt. Ich lehne mich leicht an seine Seite und er legt den Arm um mich. Unsere ehrliche Chance hat es immerhin schon bis in den späten Frühling geschafft, auch wenn wir es einander nicht leicht machen. Aber er kommt damit klar, wenn mich das Durchdenken möglicher Szenarien und der Wunsch, alle Probleme schon im Voraus zu erkennen, so stressen, dass ich nicht weiß, wohin mit mir selbst.

Und ich kann ihn in Ruhe lassen, wenn der mürrische Eigenbrötler in ihm gerade nur sich selbst ertragen kann, ohne es persönlich zu nehmen.

Aber bei uns beiden werden diese Momente seltener, als würde unser Zusammensein als Katalysator wirken. Wir tun uns gut. Wir können an unseren Wochenenden stundenlang reden oder schweigend nebeneinander in der Wohnung werkeln und von beidem nicht genug kriegen. Voneinander sowieso nicht. Das erste Mal auf dem Hüttenboden vorm alten Ofen war nur ein prickelnder Vorgeschmack auf das, was zwischen uns möglich ist, mit all der Nähe und Vertrautheit, die in den letzten Monaten hinzugekommen ist. Allein der Gedanke daran kribbelt unverschämt meine Beine hinauf, und nervös taste ich in meinem Nacken, ob der Haarknoten sitzt. Pauls Hand an meiner Taille drückt ein wenig fester, er hat es bemerkt. Hoffentlich werde ich nicht rot, vor Milli wäre mir das peinlich. Ich räuspere mich. »Sollen wir mal Kaya und die anderen suchen?«

Milli nickt dankbar und grinst. »Da müssen wir nicht lang suchen. Im Zweifel sind sie da, wo es etwas zu essen gibt.«

Tatsächlich stehen Kaya und Lasse mit Rob und Anabel in der Nähe des Imbisspavillons und futtern Pommes. Meine Schwester winkt und ruft, alle begrüßen sich herzlich, und es ist irgendwie schön, ein wenig zu dieser Bande dazuzugehören. Sie reden durcheinander, erzählen und fragen, freuen sich über das Wetter, die Musik und das Essen. Erstaunt erfahre ich, dass es für Rob ebenfalls die erste Scheunenparty ist, weil er bisher durch Notdienst in der Tierarztpraxis nie mitkommen konnte. In diesem Jahr hat seine Kollegin Caro das kürzere Streichholz gezogen.

»Ich musste ihn trotzdem zwingen, dass er mitkommt«, lacht Anabel. »Es fiel ihm wirklich schwer, Emma mal eine Nacht der Oma zu überlassen.«

»Sie ist doch noch so klein«, verteidigt sich Rob.

Anabel lächelt und der kleine Silberring in ihrer Unterlippe blitzt auf. »Sie hat einen guten Schlaf und einen guten Appetit. Solange deine Mutter die Milchflasche parat hat, wird sie uns kaum vermissen.« Sie stellt sich auf die Zehenspitzen und küsst ihn auf den Mundwinkel.

Rob sieht mit seinen dunklen Haaren, dem markanten Kinn und dem sportlichen Körper mal wieder aus wie ein Covermodel der *GQ*. Trotz des karierten Hemds. Und Anabel passt mit ihren auffälligen Tätowierungen und den bunten Haaren auf den ersten Blick nicht gerade in ein beschauliches Dorfcafé. Man sieht jemandem eben nicht an, wo er wirklich hingehört. Und manchmal ändert es sich. Oder jemand ändert es. Ich werfe einen Blick zu Paul, der mit Lasse schon in ein Gespräch vertieft ist. Milli verdrückt sich unter einem gemurmelten Vorwand, wahrscheinlich hat sie wenig Lust, den gesamten Abend mit uns alten Leuten zu verbringen. Ich sehe es ihr nach. Doch für einen Moment fühle ich mich verloren, solche Situationen sind nicht gerade meine Komfortzone. Warum kann ich nicht einfach so entspannt plaudern und Pommes von fremden Tellern stibitzen wie alle anderen? Stattdessen fühle ich mich irgendwie schon wieder fehl am Platz. Meine Schwester schiebt sich neben mich und hält mir lächelnd ihre Frittenschale hin. Zögernd nehme ich eine vom Rand, die noch nicht völlig im Ketchup ertrunken ist. Sie stupst mich mit der Schulter an. »Erzähl mal von der Arbeit. Was macht die Anti-Allergie-Biene?«

Kaya hat sich nie sonderlich für meine Forschungsprojekte interessiert, aber seit ich in einer interdisziplinären Gruppe daran arbeite, die allergieauslösenden Peptide in der Honigbiene auszuschalten, ist sie Feuer und Flamme. Und nicht nur sie. Als ich an meinen Platz im Institut zurückgekehrt bin, hatte ich das Gefühl, Jahre fortgewesen zu sein, während jeder so tat, als wäre ich nur ein paar Tage im Urlaub gewesen. Nichts hatte sich geändert, und alles war anders. Aus einer übermütigen Laune heraus begann ich zu recherchieren, welche biochemischen und molekularbiologischen Themen aus dem Bereich der Bienen als vielversprechend galten. Als ich dabei auf die Minus-Allergie-Biene per Protein-Knockout las, war ich nicht mehr zu bremsen. Erstaunlicherweise wollte das auch niemand, im Gegenteil, ich erfuhr in meinem Fachbereich eine Unterstützung, mit der ich nicht mehr gerechnet hatte. Susanne erwähnte nie unser Gespräch vor meinem Weggang, aber manchmal sah ich ein kleines schelmisches Lächeln, wenn ich ihr vom Projekt berichtete. Sie wusste, dass ich zurückgefunden hatte.

»Wir sind noch ganz am Anfang, Kaya«, sage ich und meine damit das Forschungsprojekt. Sie stupst mich noch mal an und grinst. »Das sind wir.«

Dann zieht sie abrupt ihr Handy aus der Jeanstasche und schaut drauf. »Amelie verspätet sich. Ihr ist etwas dazwischengekommen«, ruft sie in die Runde.

Lasse hält vielsagend sein Handy hoch. »Mark auch.«

Alle schmunzeln und jeder von uns denkt das Gleiche. Schließlich spricht Anabel es an. »Meint ihr, sie rücken irgendwann mal damit raus, damit wir nicht mehr so tun müssen, als wüssten wir von nichts?«

Kaya beißt sich auf die Unterlippe. »Ich wüsste ja schon gern, wie das mit den beiden angefangen hat.«

Lasse zwinkert ihr freundlich zu. »Hauptsache, du weißt, wie es mit uns angefangen hat. Nämlich genau hier. Auf meiner ersten Scheunenparty.«

»Falsch.« Sie lächelt, zupft mir mit einer geschickten Bewegung die Brille von der Nase und setzt sie sich auf. »Eigentlich hat nämlich alles mit der Brille meiner Schwester begonnen.«

Verschwommen sehe ich, wie sie ihren Pferdeschwanz zu einem Haarknoten aufdreht, und muss mitlachen. Sie reicht mir die Brille zurück und schmiegt sich in Lasses Arm. Er zieht sie lachend an sich. »Und mit Millis Ratten natürlich.«

Rob nickt. »Ach ja, Thelma und Louis. Einfach unvergessen die beiden.« Er legt von hinten die Arme um Anabel und sie lehnt sich an ihn. Er schaut zu Kaya und Lasse. »Für uns zwei hat es mit eurer Hochzeit angefangen.«

Anabel schüttelt wild den Kopf. »Auf der Hochzeit war ich für dich nur die durchgeknallte Berlinerin.«

»Na, und ich für dich der langweilige Schönling.«

»Gar nicht wahr«, lacht sie. »Na ja, vielleicht ein bisschen.«

Er grinst. »Ich finde, dann hat es mit der Geburt von Mitternacht begonnen. Auf dem Hof von Bauer Wilhelm.«

Auf unserem Hof, denke ich, bevor ich etwas dagegen tun kann. Aber wenn Paul und ich uns dort treffen, dann fühlt es sich wirklich ein klein wenig an wie nach Hause zu kommen. Ich suche Pauls Blick und ich brauche nichts zu sagen, er weiß es. Er nickt fast unmerklich und kommt an meine Seite, sein Handrücken liegt an meinem. Eine kleine Berührung voller Gefühl.

Kaya lächelt mir zu. »Siehste. Irgendwie fängt es also immer in Neuberg an.«

Ich zucke mit den Schultern. »Kleiner Ort, große Liebe.« Es rutscht mir so raus und überrascht mich selbst wahrscheinlich am meisten.

»Und das von dir, Mama!« Milli, die mit einem Tablett voller Schnapspinnchen bei uns auftaucht, schaut mich mit großen Augen an.

Ich hebe noch mal die Schultern. »Ist doch wahr.«

Sie strahlt. »Das ist es.« Dann hält sie uns das Tablett hin. »Hannes hat mir eine Runde Treckersprit für euch mitgegeben.«

Während alle begeistert zugreifen, betrachte ich die bräunliche Flüssigkeit in meinem Glas skeptisch. Landleben ist hart.

»Worauf stoßen wir an?«, fragt Anabel.

Kaya lacht. »Ich finde, mit den Worten meiner Schwester. Auf Neuberg. Kleiner Ort, ganz große Liebe.«

Alle sind dabei.

Das Zeug schmeckt noch scheußlicher als erwartet. Ich verziehe das Gesicht. Paul sieht es und schmunzelt. Dann sagt er leise: »Und auf die beste ehrliche Chance aller Zeiten.«

Wie von selbst schiebt sich meine Hand in seine, und ich lege meinen Kopf an seine Schulter. Es ist eine dieser lauen Frühlingsnächte, die Hoffnung auf den Sommer machen. Und auf mehr.

DANKSAGUNG

Niemals schreibe ich so ganz allein. Da gibt es Lieblingsmenschen, die mir Raum und Halt geben, Schreibfreunde, an deren Seite die Sätze leichter werden, und nicht zuletzt die Leser*innen, die mich mit ihrer Begeisterung und Vorfreude motivieren.

Und es gibt Menschen, die schenken mir für meine Geschichte einen Teil ihrer Welt, nehmen mich mit und beantworten ehrlich und geduldig alle Fragen.

Das große (sehr, sehr große) Vorbild für Mitternacht ist der Ochse Woodie mit seiner Sina. Die Geschichte, wie aus der Rettung eines Kälbchens eine tierisch beste Freundschaft wurde, hat mich berührt und inspiriert. Vielen Dank, liebe Sina, dass du sie persönlich mit mir geteilt hast. Auf Instagram könnt ihr den beiden *@cowgirl_sina* folgen.

Pferdezüchter und Hobbyimker Matthias *Mölle* Möllmann hat mich mit seiner Begeisterung für Bienen neugierig gemacht auf diese ganz anderen tierischen Gefährten. Er hat mir nicht nur all meine Fragen zur Bienenhaltung beantwortet, sondern auch sehr eindrücklich erzählt, was ihm seine Bienenvölker bedeuten. Zwischen Scheune, Koppel und Bienenkästen hat er sich immer Zeit genommen, wenn ich es genauer wissen wollte.

Da mein Tiermedizinstudium in Gießen ja schon etwas her ist, bin ich sehr froh, dass Georgina Bredel mir alle Fragen dazu beantworten konnte und mich sogar für ein paar Tage noch mal mit ins Studentenleben genommen hat. Inzwischen hat sie ihre letzte Prüfung bestanden und ist ins Tierarztleben gestartet. Georgina, ich freue mich so sehr und wünsche dir alles Gute für deinen Weg.

Liebe Leser*innen, vielen Dank, dass ihr mich nach Neuberg begleitet habt!
   Lisa Keil

Ihr wart gern mit Lisa Keil in Neuberg?
Ihr liebt solche Bücher – auf und mehr davon?
Dann reist auf den folgenden Seiten mit ihrer
Kollegin Lisa Kirsch an den wunderschönen
Ammersee in Bayern:

1

Ich lief über die Wiese, nahm auf dem Holzsteg Anlauf und sprang kopfüber in den Ammersee.

Prustend kam ich hoch. Das Wasser war eisig, kleine Nadeln bohrten sich in meine Haut und einen Moment lang hatte ich das Gefühl, die Kälte würde mir das Herz zusammendrücken. Doch dann schwamm ich ein paar Züge und genoss, wie sich meine Haut langsam an die Temperatur gewöhnte. Es war 6 Uhr morgens und im See spiegelte sich der rosa Schleier, der noch am Himmel hing. Ich atmete tief ein. Es gibt doch nichts Schöneres als frische Nebelluft mit ein wenig Entengeruch als Würze.

Wie jeden Tag zwang ich mich zu drei Runden. An dem Graureiher vorbei, der auf dem umgefallenen Baum auf Fische lauerte, bis an die Grundstücksgrenze und zurück. Dabei beobachtete ich meinen kleinen Bauwagen. Wirklich klein war er eigentlich nicht. »Der Wohlwagen 2000, Größe M, mit viel Platz für Autarktechnik und Kellerkasten für Stauraum«, hatte der nette Verkäufer in Göttingen damals gesagt. »Genau richtig für einen Singlehaushalt!« Die Spitze mit dem Singlehaushalt hatte ich einfach mal ignoriert. Vielleicht war es auch keine Spitze gewesen, sondern der Versuch, meinen Beziehungsstatus zu erfragen, aber ich war empfindlich geworden bei dem Thema und hörte aus allem einen versteckten Vorwurf heraus. Das lag natürlich an meiner Mutter – wie so vieles in meinem Leben.

Aber die Autarktechnik hatte mir gefallen. Die hatte ich auch direkt eigenhändig eingebaut, sobald der Wagen an seinem Platz stand. Solarzellen auf dem Dach, ein Ofen im Wohnzimmer, Wasseraufbereitungsanlage, eine ausfahrbare Terrasse – sogar eine Wanne hatte ich.

Von außen wirkte mein Wohlwagen simpel. Niemand, der ihn da stehen sah, mit der Kapuzinerkresse, die sich die Treppe hinaufrankte, und den weißen Fensterrahmen, würde erwarten, was sich in seinem Inneren verbarg. So schlicht wie möglich und am besten mitten im Grünen, das war schon immer meine persönliche Version eines Traumzuhauses gewesen. Gegen technische Annehmlichkeiten hatte ich hingegen nichts einzuwenden. Mit meinem Peter hatte ich den perfekten Kompromiss zwischen Luxus und Naturnähe gefunden. Ich hatte die Holzpaneele blau angestrichen und den Wagen nach Peter Lustig benannt, dem freigeistigen Helden meiner Kindheit, dem ich die Idee für mein Zuhause verdankte. Auf dem Dach neben den Solarzellen gab es eine Sonnenterrasse, die man über eine winzige Wendeltreppe erreichte. Auch die hatte ich selber angebaut. Und links von der Eingangstür stand mein selbstgezimmertes Hochbeet. Die letzten Erdbeeren dieses Sommers schimmerten rot zwischen den Blättern hindurch. Da konnte ich gleich fürs Frühstück ernten gehen.

Als ich mich auf den Steg hievte und das Wasser von meinem Körper schüttelte, sah ich hinter den Sträuchern eine Bewegung. Es stimmt wohl, dass Rentner unter chronischer Schlaflosigkeit leiden, dachte ich grimmig, als ich mir die

Haare auswrang und den Blick über das Nachbargrundstück schweifen ließ. Anders ließ sich nicht erklären, dass der alte Kratzer jeden Morgen so früh schon im Garten rumwerkelte. Es sei denn, er stellte sich extra den Wecker für meinen Kopfsprung. Zuzutrauen wäre es ihm. Eigentlich tat er mir leid, er war Witwer, leidenschaftlicher Meckerer und geradezu krankhaft an meinem Leben interessiert, aber ich hatte das Gefühl, dass er irgendwo hinter seiner spießigen Vorstadtfassade ein gutes Herz verbarg. Nur versteckte es sich, ähnlich wie bei meiner Mutter, so gut hinter der Sorge um gesellschaftliche Regeln und Konventionen, dass es schwer zu finden war.

Vor der Haustür ließ ich das nasse Höschen fallen *(nimm das, alter Kratzer!)*, warf es über die Leine neben dem Küchenfenster und zog den Vorhang der Außendusche zur Seite. Einen Spalt ließ ich ihn offen stehen, so dass ich den See beobachten konnte, während das heiße Wasser meinen zitternden Körper zum Prickeln brachte. Der See: meine große Liebe, mein wahres Zuhause. Ich lächelte und nahm meine Zahnbürste aus dem Hängeregal. Während ich schrubbte und den weißen Schaum einfach aus dem Mund in den Abfluss tropfen ließ, dachte ich wie so oft, dass nichts mich glücklicher machte, als die glitzernde Ruhe des Ammersees und der majestätische Anblick der Alpen, die ihn bewachten. Den See in meiner Nähe zu wissen, dass ich mich abends, wenn ich in der Bahn saß, auf ihn freuen konnte, das wog alles auf: das frühe Aufstehen, das Pendeln nach München, die langen Arbeitstage. Heute war es so windstill, dass sich die Wolken im Wasser spiegelten und es fast aussah, als schwämmen die Enten im Himmel.

Wenn ich den Vorhang noch ein klein wenig mehr nach rechts zog, sah ich nicht nur den See, sondern auch das Haus. Wie immer bei seinem Anblick durchfluteten mich gemischte Gefühle. Als Erstes kam die Trauer, dunkel und schmerzhaft. Mein Vater war jetzt schon weit über ein Jahr tot, und doch war die Wunde in meinem Herzen noch so frisch, dass es mich immer wieder überraschte. Als würde mir jemand jeden Tag aufs Neue ein kleines Messer in die Brust stoßen. Dann kam die Sorge um meine Mutter. Dieses Gefühl war ein wenig ambivalenter, denn neben der Sorge schwang auch Gereiztheit mit. Gereiztheit und Überforderung. Außerdem war da noch die Beklemmung, die ich immer spürte, wenn ich an meine Kindheit dachte. Das Haus auf dem Hügel am See stand für alles, was ich eigentlich hinter mir gelassen hatte, mein altes Leben, die alte Marie. Hinter mir gelassen nicht nur im übertragenen, sondern auch im wahrsten Sinne des Wortes, denn ich hatte meinen Wohlwagen direkt davor geparkt. Sozusagen in erster Reihe am See.

Es war doch seltsam, dass ich wieder hier gelandet war, dachte ich, und spuckte Wasser in die Luft, während ich basisches Kräuter-Duschgel auf meinen Luffa drückte. Ich hatte meine Zwanziger damit verbracht, vor dem spießigen Kleinstadtleben hier davonzulaufen. Dann war mein Vater krank geworden, und ich war zurückgekommen. Um bei ihm zu sein, um meine Mutter zu unterstützen, um nicht die Tochter zu sein, die zuerst an sich und ihre Freiheit denkt. Aber ich hatte nicht mehr im Haus leben können. Wieder in mein altes Kinderzimmer zu ziehen war mir wie ein fataler Rückschritt in die Vergangenheit erschienen, den es unter allen Umständen zu vermeiden galt. Doch die Mieten in der Gegend waren unerschwinglich. Meine Eltern hatten natürlich angeboten, mich zu unterstützen. Sie hätten mir alles bezahlt, um mich zurückzuholen. Aber mit 31 wieder von ihnen abhängig zu sein, nachdem ich zwölf Jahre damit verbracht hatte, mich freizustrampeln, konnte ich einfach nicht akzeptieren. Und dann war mir die perfekte Lösung eingefallen. Gut, wenn man es ganz genau nahm, war ich auch jetzt nicht wirklich unabhängig, denn der Grund und Boden, auf dem Peter parkte, gehörte meiner Mutter. Aber alles im Leben ist ein Kompromiss, sagt man das nicht so?

Als ich fertig war mit meiner Dusche, zog ich, noch ins Handtuch gewickelt, meine Rottweilerhündin Dexter unter viel Kraftaufwand nach draußen und zwang sie dazu, sich zu erleichtern. Die Hündin konnte den Wagen eigentlich jederzeit durch die Klappe verlassen, die ich ihr eingebaut hatte, aber momentan war sie hochschwanger. Ich fürchtete, dass sie vielleicht ohne mein Nachhelfen zu faul sein würde, und die Holzdielen waren frisch gestrichen.

Ein Blick auf die Uhr sagte mir, dass ich mich beeilen musste. Ich hatte zu oft den Snooze-Button gedrückt, föhnen war heute nicht drin. Schnell drehte ich die nassen Haare im Nacken zu einer Schnecke und stopfte die Entwürfe für die neue Küchenmaschine, die ich gestern im Home-Office noch perfektioniert hatte, in meine Aktentasche. Das Kostüm verstaute ich zusammen mit meinem Make-up-Täschchen und den hohen Schuhen in meinem wasserdichten Rucksack. Ich rollte ihn oben zusammen, schlüpfte in meine zerfetzte Lieblingsjeans, streifte die Birkenstocks über, und zwei Minuten später schob ich mein Fahrrad über die Wiese. Fröhlich winkte ich dem alten Kratzer zu, der gerade die Rosen wässerte und so tat, als würde er mich nicht bemerken. »Herrlicher Morgen zum Baden, was?«, rief ich, ein wenig extra enthusiastisch, und er hob empört die Hand zum Gruß. Er war vor zwei Jahren nebenan eingezogen, und wir waren noch nicht miteinander warm geworden. Ich hatte das Gefühl, dass er mir meine gute Laune generell übel nahm. Wie kommt diese Person nur dazu, immer so fröhlich zu sein in ihrem schäbigen Bauwagen, schien er jedes Mal zu denken, wenn ich mit ihm sprach. Manchmal drehte ich abends extra laut die Musik auf, wenn ich ihn auf der Terrasse sah.

 2

Döner roch doch manchmal ein wenig nach Dixi-Klo. Das hatte er in den letzten Wochen schon öfter gedacht. Zumindest um 8 Uhr morgens, wenn man außer Kaffee noch nichts im Magen hat.

Johannes drehte den Kopf zur Seite, als er an der neonbeleuchteten Bude vorbeilief, wo Seyhan gerade mit etwas, das aussah wie eine kleine Heckenschere, an einem überdimensional großen, vor Fett triefenden Fleischklotz herumsäbelte, als gäbe es keine schönere Aufgabe auf der Welt.

»Morgen, Jo!« Er grinste fröhlich und entblößte eine halbgerauchte Zigarette, die zwischen seinen Zähnen hing.

»Na wenn die mal nicht im Essen landet!« Johannes winkte kurz in seine Richtung, rang sich ein Lächeln ab, denn er mochte Seyhan eigentlich sehr gerne, und betrat die Bäckerei nebenan. Wer braucht überhaupt so früh am Morgen schon Döner in Herrsching?, fragte er sich, während er in seiner Tasche nach dem Portemonnaie kramte. Hier kamen um diese Uhrzeit doch nur Pendler vorbei. Morgens in der Bahn die anderen Mitreisenden mit nahöstlichen Geruchsschwaden belästigen, war das nicht eine tolle Idee? Wahrscheinlich würde gleich einer direkt neben ihm sitzen und mit Knoblauchatem Smalltalk halten wollen.

Er merkte selber, dass er schlechte Laune hatte. Was hieß

schlecht. Miserabel. Geradezu unterirdisch. Wenn er abends hier ankam, machte er öfter mal einen Stopp bei Seyhan, der ihn immer nach seinem Tag fragte und ihm immer zwei extra Peperoni oben aufs Kraut legte, obwohl es eigentlich nur eine pro Kunde gab, weil sie beim Einkauf in der Metro preislich reinhauten, wie er ihm mal erklärt hatte. Aber Jo tat Seyhan leid, und deswegen bekam er extra Peperoni.

Abends roch der Döner auch nicht nach Pisse, sondern verführerisch nach einer schnellen, befriedigenden Mahlzeit, die er sich mit einer Portion Pommes rot-weiß reinziehen konnte, bevor er nach Hause radelte. Eine kleine, tröstliche Auszeit vor dem Chaos. Meist hörte er dazu Böhmermanns Podcast und stierte gedankenverloren auf die Gleise.

Wenn er dann daheim vor einem vollgehäuften Teller saß, mit der Gabel im Essen seines Vaters stocherte und versuchte herauszufinden, was er da vor sich hatte und ob es eventuell lebensgefährdende Bestandteile enthielt (einmal hatte er eine Schraube aus dem Blaukraut gezogen, und ein anderes Mal – das war bisher seine schlimmste Woche gewesen – hatte er erst gemerkt, dass das Fleisch verdorben war, nachdem er zwei große, wirklich große Stücke gegessen hatte und sich plötzlich so fühlte, als habe ihm jemand in den Magen geboxt), war er dankbar für den Puffer, den ihm der Döner verschafft hatte. Beinahe jeden Abend malte er eine halbe Stunde mit dem Besteck psychedelisch anmutende Muster ins Essen und kippte sein Kunstwerk anschließend ins Klo. Dann bestellte er gegen zehn noch eine Pizza, die er für zwei Euro Extratrinkgeld an der hinteren Gartenpforte entgegennahm, oder versuchte, sich aus den Vorräten im Kühlschrank was zusammenzubrutzeln, wenn es die Arbeit erlaubte. Meistens erlaubte sie es nicht, und der Abend endete mit einer großen Vesuvio und einer Cola. Mehr als einmal hatte er in einer Besprechung fettige Fingerabdrücke auf den Unterlagen gehabt, die von der Salami herrührten.

Aber das war momentan eben sein Leben.

Er stellte sich in die Schlange und trippelte ungeduldig vor sich hin. Was bestellte die vor ihm denn noch alles? Natürlich, einen Soja-Matcha-Latte. Normaler Kaffee ging ja nicht mehr, der machte auf Instagram nicht genug her. Er musterte die roten Haare der Frau, die gerade durch die News bei Focus Online scrollte. Den Bericht über den Anschlag in Tunesien schnickte sie mit dem Finger weg, aber die neuesten Gerüchte um die Trennung von Tom Kaulitz und Heidi Klum schienen sie zu interessieren. Sie hatte ihr Handy an einer goldenen Stoffkordel um den Oberkörper geschlungen, wie es jetzt alle machten. Damit man es noch schneller zücken konnte und ja keinen erinnerungswürdigen Moment verpasste. Er rollte hinter ihrem Rücken mit den Augen, während er die Bäckerin beobachtete, die mit rosa Krallennägeln quälend langsam die Dose mit dem Matchapulver öffnete. Nun musste die Milch noch heiß gemacht und geschäumt werden. Auch noch zwei Brezen? Alles klar, vielleicht noch eine frischgeschmierte Semmel mit Extrabelägen dazu? Er hatte schließlich den ganzen Tag Zeit!

Okay, jetzt wurde er gemein. Das passierte immer, wenn er zu wenig schlief und einfach alles zu viel war. Heute Nacht hatte er überhaupt nicht geschlafen. Und zu viel war ihm alles schon lange. Eigentlich von Anfang an. Aber fragte danach irgendjemand? Nein, alle schienen äußerst zufrieden mit der Situation. Alle außer ihm.

Endlich hatte die Rothaarige ihren Matcha und ihre Brezen und raffte die Tüte an sich. Sie drehte sich um, und er wollte schon vorrücken, da trafen sich ihre Blicke, und er blieb wie angewurzelt stehen.

Leseprobe aus:

Lisa Kirsch
Das Glück in vollen Zügen
Roman

Originalausgabe
Erschienen bei FISCHER Taschenbuch
Frankfurt am Main, September 2020
© 2020 S. Fischer Verlag GmbH, Hedderichstr. 114,
D-60596 Frankfurt am Main
ISBN 978-3-596-70029-5